KB253108

물과 꿈

L'EAU ET LES RÊVES

essai sur l'imagination de la matière

Gaston Bachelard

물과 꿈

물질적 상상력에 관한 시론

가스통 바슐라르 지음 | 이가림 옮김

문예출판사

차 례

❙ 이 책에서 원주는 1, 2, 3, …으로, 역주는 *, **, ***,…으로 하였음.

상상력과 물질

히드라가 안개 속을 빠져나갈 수 있도록 도와주자.
— 말라르메, 《횡설수설》, p. 352.

I

우리의 정신이 갖는 상상적 힘은 매우 다른 두 개의 축(軸) 위에서 전개된다.

그 하나는 새로움 앞에서 비약을 찾는, 즉 회화적(繪畵的)인 것(pittoresque)이나 다양함, 예기치 않은 사건을 즐기는 것이다. 이러한 힘이 활발하게 만드는 상상력은, 묘사하지 않으면 안 되는 봄을 언제나 갖고 있다. 자연 속에, 우리에게서 멀리 떨어져 있는 곳에, 이 힘은 이미 싱싱하게 꽃을 가꾸고 있는 것이다.

또 하나의 상상적 힘은, 존재의 근원에 파고들어가 원초적인 것과 영원적인 것을 동시에 존재 속에서 찾아내려고 한다. 이러한 상상력은 계절과 역사를 지배한다. 자연 속에서, 우리의 안과 밖에서, 이 힘은 형식이 실체*에 꼭 끼어 들어가, 형식이 내재(內在)하는 싹〔芽〕을 가꾸고 있다. 바로 이것을 철학적으로 표현한다면 형식적 요인에 생명을 부여하는 상상력, 또는 더 간단히 말한다면, 형식적 상상력과 물질적 상상력 두 가지로 구별할 수 있을 것이다. 간추려진 형태로 표현된 이들 개념은 사실, 우리에게는 시적 창조의 완전한 철학적 연

---

* 실체Substance : 바슐라르가 빈번히 사용하는 용어 중의 하나이다. 철학적 의미에서는 (a) 卽自的 存在, (b) 물질의 본질로서의 실질, (c) 추상적 사물의 본질, (d) 자신의 여러 특성을 특징짓는 실체 등으로 나누어진다. 우리말로는 존재·실질·본질·실체 등으로 옮길 수 있다. 이 번역서에서는 거의 대부분 '실체'로 통일해서 옮겼다. 그러나 사실상 바슐라르는 위에 열거한 네 개의 철학적 의미를 그때 그때 알맞게 사용하고 있다.

구에 필수적인 것처럼 생각된다. 작품이 언어의 다양성과 변화하는 빛의 생명을 지니기 위해서는 감상적 요인이나 심정적 요인이 형식적 요인으로 되지 않으면 안 된다.

그러나 상상력의 심리학자들에 의해서 빈번히 환기되는 형식의 이미지 이외에 물질의 이미지, 즉 '물질의 직접적' 이미지가 있다. 그것들을 명명하는 것은 시선이지만, 인식하는 것은 손이다. 역동적(力動的)인 즐거움이 그것들을 가공하고 반죽하여 가볍게 만든다. 이러한 물질의 이미지가 형식, 즉 소멸하기 쉬운 형식, 공허한 이미지, 변화하는 표면에서 멀어짐에 따라, 사람들은 본질과 내면의 깊은 곳에서 꿈을 꾼다. 그것들은 무게를 가지며 핵심을 갖게 되는 것이다.

아마도 두 개의 상상적 능력이 서로 협력하는 여러 작품들이 있으리라. 양자를 완전히 분리하는 것은 불가능하기까지 하다. 가장 가동적(可動的)이고 변형적인, 또 가장 완전하게 형식에 따른 몽상이라도 바닥짐,* 밀도, 완만함, 발아(發芽)를 포함하는 것이다. 반대로 물질의 견고한 항구성(constance)과 훌륭한 단순성을 발견하기 위해서 존재의 근원으로 아주 깊이 내려가는 모든 시적 작품, 즉 세심한 실체 요인의 행동 속에 그의 힘을 끌어올리는 모든 시적 작품도, 역시 꽃을 피워 스스로를 장식하지 않으면 안 되는 것이다. 뿐만 아니라, 독자의 맨 처음 마음을 끌기 위해서 넘칠 만큼의 형식적 아름다움을 맞아들여야만 하는 것이다.

---

* 해양 용어 '밸라스트'를 뜻하는 것으로 배의 균형을 잡기 위해 배의 바닥에 싣는 짐을 말함.

이러한 유혹의 필요 때문에, 형체와 색깔의 다양성과, 변모와 표면의 미래의 방향으로 상상력은 가장 종합적으로 활동하여, 거기에 환희가 — 적어도 어떤 환희가 생기는 것이다! 상상력은 깊이나 실체적 내밀성(l'intimité)이나 부피를 떠나버리는 것이다.

그러나 이 책에서 우리가 특히 주의를 기울이고자 한 것은, 식물처럼 자라나는 물질적인 기능에 대한 내면적 상상력에 대해서이다. 우선 파괴적인 철학자들만이 미(美)에서 모든 접미사를 떼어내고, 나타나 있는 이미지 뒤에 숨어 있는 이미지를 찾아내기 위해 전력을 다하며, 상상하는 기능의 뿌리 자체에 이르는 이 막중한 일에 손을 댈 수 있는 것이다. 물질의 근원에는 어두운 하나의 식물이 자라고 있어, 물질의 밤에는 검은 꽃들이 피어 있다. 꽃들은 이미 벨벳의 꽃잎과 향기의 방식을 갖고 있다.

II

우리가 물질의 미(美)의 관념에 대해 명상하기 시작했을 때, 우리는 곧 미학 속에 '물질적 요인'이 결여되어 있다는 것에 놀랐던 것이다. 더욱이 물질이 갖는 개별화의 기능이 낮게 평가되고 있는 것처럼 생각되었던 것이다. 사람들은 왜 항상 개인의 관념을 형식의 관념에 결부시키는 것일까? 그 최소한의 부분에 있어서, 물질이 항상 전체성(全體性)을 지니게 하는 깊은 개별성이라고 하는 것이 존재하지 않을까?

깊이의 원근법 속에서 명상하게 되면 확실히 물질은 형식을 쫓아버리는 원리가 된다. 그것은 형식적 활동의 단순한 부정물이 아니다. 모든 세분화에도 불구하고, 그것 자체로서 머무는 것이다. 먼저 물질은 심화와 비약이라는 두 개의 방향으로 가치를 부여하게 된다.[*] 심화의 방향에서는 신비와 같이 헤아릴 수 없는 것으로 나타난다. 그리고 비약의 방향에서는 기적과 같이 아무리 퍼내도 끝이 없는 힘으로 나타난다. 이 두 개의 경우, 다같이 물질에 대한 명상은 '열린 상상력(imagination ouverte)'을 이끌어낸다. 적당한 물질에 귀속시키면서 형식을 연구할 때, 비로소 인간적 상상력의 완전한 가르침을 우리는 검토해볼 수 있을 것이다. 거기서 이미지라는 것이 대지와 하늘, 실체와 형식을 필요로 하는 하나의 식물이란 것을 이해하게 되리라. 인간에 의해 발견된 이미지는, 천천히 그리고 어렵게 진보하는 것이며, "하나의 이미지는 인간에 대해 새로운 유전질이 식물에 끼치는 것과 같은 정도의 노력을 필요로 한다"라는 자크 부스케(Jacques Bousquet)의 의미심장한 지적을 이해하게 된다. 시도된 바 있는 이미지의 대부분이 남아 있지 못한 것은, 그것들이 단순한 형식의 장난이며, 장식하지 않으면 안 되는 물질에 진실로 적응될 수 없었기 때문이다.

그래서 우리는 상상력의 철학적 가르침이 무엇보다도 먼저 물질

---

[*] 가치부여 valoriser : 로베르 사전에 의하면 1933년에 만들어진 새 낱말이다. 가치를 무엇인가에, 또는 누군가에게 부여한다는 뜻과 가치를 증대시킨다는 뜻으로 쓰인다. 현대 프랑스 철학에서 그렇듯이 '가치'라는 개념은 바슐라르의 세계에서 대단히 중요한 의미를 갖는다. 이와 함께 자주 쓰이는 가치부여 valorisation라는 말도 바슐라르적 가치 개념의 새로운 특징을 드러내는 것이라 하겠다.

적 인과율(因果律 causalité)과 형식적 인과율의 관계를 연구해야 한다고 믿는다. 이 문제는 조각가에게와 마찬가지로 시인에게도 부과된다. 시적 이미지는 하나의 물질을 갖는 것이다.

III

이 문제에 대해 우리는 이미 연구한 바 있다. 《불의 정신분석 *La Psychanalyse du Feu*》에서 전통적 철학과 고대적 우주론에 영감을 불어넣은 물질의 4원소(éléments matériels)의 상징에 의한 상상력의 여러 가지 타입에 유의할 것을 우리는 제안했다. 사실, 우리는 상상력의 영역에 있어서 불, 공기, 물, 흙의 어느 것에 결부되느냐에 따라 다양한 물질적 상상력을 분류하는, 4원소의 법칙을 규정하는 것이 가능하다고 믿는다. 그리고 만약 우리가 주장하는 바와 같이, 모든 시학이 물질의 본질에서 그것이 아무리 미약한 것이라 할지라도 분력(分力 composante)[*]을 받아들여야만 하는 것이라면, 필연적으로 시적 혼을 가장 강력하게 결합시키는 것은 기본적 물질 원소에 의한 분류일 것이다.

하나의 몽상이 작품에 쓰이는 데 충분한 일관성을 가지고 계속되기 위해서, 또한 그것이 단순히 덧없는 시간의 휴가가 아니기 위해서

---

[*] 벡토르를 구성하는 두 개의 힘을 의미한다.

12

는 자신의 물질을 찾아내야만 하며, 어떤 물질적 원소가 자신의 실체나 규칙 또는 특별한 시학을 몽상에 주어야만 한다. 최초의 철학*이 방법에 있어서 때때로 결정적인 선택을 했던 것은 쓸모없는 일이 아니다. 이러한 철학은 자신의 형식 원칙에 '철학적 체질(tempéraments philosophiques)'을 나타내는 특징이 되었던 네 개의 기본적 원소 가운데 하나를 결합시켰다. 이러한 철학적 체계에 있어서, 학문적 사상은 원초적인 물질적 몽상에 결부되어 있으며, 조용하고 확고부동한 지혜는 실체적 항구성 속에 깊이 뿌리박혀 있다. 그리고 더욱이 이들 단순하고 강력한 철학이 아직도 신뢰의 원천을 지니고 있는 것은, 사람이 그것을 연구함으로써 아주 자연스런 상상적 힘을 재발견하기 때문이다. 이와 같은 일은 언제까지나 변하지 않으리라. 즉 철학의 세계에서는 근본적 몽상을 암시하고 꿈의 통로를 사고(思考)에 되돌려 주어야만이 납득시킬 수 있는 것이다.

명석한 사고나 의식된 이미지 이상으로, 꿈은 네 개의 근본적 원소의 지배 아래 있다. 네 개의 물질 원소의 교의(敎義 doctrine)를 네 개의 신체 조직에 결부시킨 시도는 많이 있다. 이를테면 오래된 저술가 레시우스(Lessius)는 《장수비결 l'Art de vivre longtemps》(p. 54)에서 다음과 같이 쓰고 있다.

담즙질 인간의 몽상은 불과 화재와 전쟁과 교살이며, 우울질 인간의 몽상은 매장과 분묘와 유령과 도망과 무덤, 즉 음산한 모든 것들이며, 점액

---

* 소크라테스 이전의 철학인 탈레스, 엠페도클레스의 철학을 가리킴.

질 인간의 몽상은 호수와 강물의 범람과 난파이며, 다혈질 인간의 몽상
은 새의 비상과 경쟁과 향연과 음악회, 그리고 사람이 차마 이름 붙이기
를 꺼리는 것과 같은 사물들이다.

따라서 담즙질(les bilieux), 우울질(les mélancoliques), 점액질(les
pituiteux), 그리고 다혈질(les sanguins)은 불, 흙, 물, 공기에 의해서
각기 특징지워지는 것이다. 그들의 몽상은 그들을 특징짓는 물질 원
소에 즐거이 작용한다. 확실히 명백하고 일반적인 생리학상의 잘못
에도 깊은 꿈(onirique)의 진리가 대응할 수 있는 것이 인정된다면, 물
질적으로(matériellement) 몽상을 해석할 준비가 마련되어 있는 것이
다. 그러므로 꿈의 정신분석 이외에 꿈의 정신 과학과 정신 화학을
만들지 않으면 안 될 것이다. 매우 물질주의적인 이 정신분석은, 원
소에 관련된 병(les maladies élémentaires)이 원소에 관련된 의학(les
médecines élémentaires)에 의해 치료되기를 바랐던 저 낡은 처방에 합
치될 것이다. 물질 원소는 치료에 있어서와 마찬가지로, 병에 대해서
도 결정적이다. 우리는 꿈에 의해서 괴로워하며, 꿈에 의해서 치료된
다. 꿈의 우주론에서 물질적 원소는 근본적 원소 그대로이다.

일반적으로 명상*에 앞서는 물질적 몽상의 지대를 연구함으로써,

---

* 명상la contemplation : 정신적인 또는 종교적인 주제에 대해 깊이 생각하거나, 지성
과 의지의 통일에 의해 神과의 일치를 도모하는 것을 가리킨다. 명상·靜觀·靜思·凝
視 등의 말로 번역할 수 있는데, 바슐라르의 경우에서는 대상을 주의 깊게 응시하는 觀
照의 의미가 많이 깃들어 있다. 따라서 일반적으로 쓰는 명상méditation이라는 말과는
구분된다.

미적 정서의 심리학은 얻는 바가 있으리라고 우리는 생각한다. 사람은 명상하기 전에 꿈꾼다. 의식된 광경이기에 앞서 모든 풍경은 하나의 꿈(onirique)의 경험이다. 먼저 꿈에서 본 풍경만을 미적 정열을 가지고 사람은 바라본다. 그러므로 티크*가 자연미의 머리말을 인간의 꿈속에서 알아차린 것은 옳은 일이다. 어떤 풍경의 통일성은 여러 번 자주 꿈꾸었던 '꿈의 성취로서(wie die Erfüllung eines oft getraumten Traums)' 드러나는 것이다.(L. Tieck 작품집 제5권, p. 10.) 그러나 몽환적인 풍경은 여러 인상으로 가득 차 있는 하나의 액자가 아니고, 부풀어 오르는 하나의 물질인 것이다.

그러므로 불과 같은 물질 원소에 믿음, 정열, 이상(理想), 철학을 일생 동안 지배하는 몽상의 타입이 결부될 수 있다는 것을 우리는 이해한다. 불의 미학, 불의 심리학, 나아가서는 불의 윤리에 대해 말하는 데는 어떤 의미가 존재한다. 불의 시학은 이 모든 교육을 요약하는 것이다. 현실성의 명령에 따라 마음의 확신을 지탱하며, 또 반대로 우리 마음의 생활에 의해서 우주의 생명을 이해시키는 이 경탄할 만한 양립적인(ambivalent) 교육을 이들 두 개의 학문이 형성하고 있는 것이다.

다른 모든 원소도 이와 비슷한 양립적인 불변성을 아낌없이 제공

---

* 티크Ludwig Tieck(1773~1853) : 독일 로망파의 소설가이며 비평가. 주로 중세 민담에서 작품의 소재를 취하는 게 특징. 몽환과 정열에 넘치는 《금발의 에크베르트》, 예술가의 생활을 그린 《프란츠 슈테른발트의 편력》 등의 작품을 남겼으며, 외국문학의 번역과 소개, 중세문학의 연구 등 다채로운 활동을 했음.

하고 있다. 그것들은 비밀스런 속내 이야기를 암시하며, 또 눈에 띄는 이미지를 내보여준다. 그것들은 네 가지 모두 충실한 복종자를 갖고 있으며, 더 정확하게 말하면, 이미 깊이 물질적으로, 각자가 시적 충일성의 한 체계(un système de fidélité poétique)인 것이다. 그것들은 시에서 노래함으로써 좋아하는 이미지에 충실하다는 것을 믿으며, 사실 인간의 원초적 감정과 최초의 유기적 현실에, 그리고 근원적인 꿈의 기질에 충실하다는 것이 된다.

IV

우리는 이 책에서 이상과 같은 명제를 확증하게 되며, 거기에서 불보다도 여성적이며 한결같은 원소, 사람 눈에 더 안 띄고 단순하며, 또한 단순화된 인간의 힘과 일치하는 보다 항구적인 원소로서의 물의 실체적 이미지를 연구하여, 물의 '물질적 상상력'의 심리학을 이룩할 것이다. 이와 같은 단순성과 단순화에 의해서 우리의 작업은 여기서 보다 어렵고 단조롭게 될 것이다. 시의 기록은 아주 적고 한층 빈약한 것이 된다. 시인들과 몽상가들은 물의 표면적인 놀이에 유혹되기보다는 즐기게 된다. 그때 물은 그들의 풍경의 한 장식물이 되어 있으며, 진실로 그들의 몽상의 '실체(substance)'는 아닌 것이다. 철학자의 입장에서 말한다면, 물의 시인들보다는 불과 흙의 부름에 귀를 기울이는 시인들 편이 자연의 물이 소유하는 실재(la réalité aquatique)에 '참여'하고 있는 것이다.

물의 사고, '물의 심적 현상'*의 정수, 바로 그것인 이와 같은 '참여(participation)'를 밝히기 위해서, 우리는 매우 드문 몇 가지 예를 깊이 밝혀낼 필요가 있을 것이다. 그러나 물의 표면적인 이미지 밑에 더욱더 심화되고 점착력 있는 이미지의 한 계열이 존재하고 있다는 것을 독자들에게 납득시킬 수 있다면, 이와 같은 심화에의 공감을 그 스스로의 명상 속에서 바로 경험할 것이며 형식의 상상력 밑에 실체의 상상력이 시작된다는 것을 느낄 것이다.

독자는 물의 속, 물의 실체 속에서 내밀성의 한 타입(un type d'intimité), 즉 불과 물의 '깊이'가 암시하는 것과는 아주 다른 내밀성을 인정할 것이다. 물의 물질적 상상력이 상상력의 특수한 한 타입이란 것을 인정하게 될 것이다. 물질적 원소에 있어서 이와 같은 깊이의 인식에 힘입어, 독자는 물이 운명의 한 타입(un type de destin)이며, 그것도 유동하는 이미지의 공허한 운명, 미완성된 꿈의 공허한 운명이 아닌 존재의 실체를 끊임없이 변모시키는 근원적 운명이라는 것을 이해하게 되리라.

그때부터 독자는 헤라클레이토스 사상의 성격 가운데 하나에 한층 더 공감하게 되고 고통스럽게 이해하게 되리라. 독자는 헤라클레이토스의 유동성이 '구체적인' 철학이며 '전체적인' 철학이라는 것

---

* 'psychisme hydrant(물의 심적 현상)' : 바슐라르가 만든 용어일 것이다. 특히 hydrant 은 사전에도 없는 형용사로서 접두어 hydr가 '물의' 뜻을 갖는 hydro와 관련되는 것인지, 아니면 '물뱀'의 뜻을 갖는 hydre에 관련되는 것인지 분명치 않으나, 아마 hydro 에 더 가까운 것 같다. 그리고 le psychism은 정신·사고의 상태를 지칭하는 것으로서 심적 현상·심리 현상·심령 등으로 번역할 수 있다.

을 알게 될 것이다. 사람은 같은 강(江)에서 두 번 목욕하지 않는다.[*]
왜냐하면, 이미 그의 깊이에 있어 인간 존재는 흐르는 물의 운명을
지니고 있기 때문이다. 물은 참으로 변하기 쉬운 원소이다. 그것은
불과 흙 사이의 본질적인 존재론적 변모이다. 그것은 순간마다 죽으
며, 그의 실체의 무엇인가는 끊임없이 무너지고 있다.

일상적인 죽음은 하늘을 화살로 꿰뚫는 불의 발랄한 죽음은 아니
다. 일상적인 죽음은 물의 죽음이다. 물은 항상 흐르며, 물은 항상 떨
어지며, 그리고 항상 수평적인 죽음으로 끝난다. 물질화하는 상상력
에 의해 물의 죽음이 흙의 죽음보다 더 몽상적인 것임을 우리는 수많
은 예에서 보게 될 것이다. 물의 고통은 끝이 없다.

V

우리의 연구 계획 전체를 제출하기 전에 그 제목에 대해서 설명
해보고자 한다. 왜냐하면 이 설명이 우리의 목적을 밝혀줄 것이기 때
문이다.

이 책이 《불의 정신분석 *La Psychanalyse du Feu*》 이후 시의 4
원소에 관한 법칙의 새로운 본보기임에도 불구하고, 앞의 시론과 한
짝을 이룰 수 있는 《물의 정신분석 *La Psychanalyse de l'Eau*》이라

---

[*] 헤라클레이토스의 유명한 잠언.

18

는 제목을 쓰지 않았다. 우리는 《물과 꿈》이라는 보다 애매한 제목을 골랐다. 그것은 성실성이 강요한 의무 때문이다. 정신분석에 대해 말하기 위해서는 그 최초의 특권에 대한 흔적을 조금도 남김없이 원초적 이미지를 분류하지 않으면 안 되며, 욕망과 꿈을 오랫동안 결부시켜온 콤플렉스를 분명히 지적하여 갈라놓지 않으면 안 되었던 것이다. 《불의 정신분석》에서 우리는 그것을 다했다고 생각한다. 한 사람의 이성적인 철학자가 착각이나 오류에 그토록 오랜 관심을 갖는 것, 그리고 거짓 재료에 대한 수정으로서 합리적 가치와 분명한 이미지를 끊임없이 제시할 필요가 있다는 것에 놀랐을지도 모른다. 사실상 우리는 소박하고 직접적이며 기초적인 합리성에서 어떠한 견고성도 보지 않는다.

사람은 이성적 인식 속에 단번에 자리잡는 것은 아니다. 그리고 근원적 이미지에 대한 정당한 시각이 처음부터 주어지는 것도 아니다. 합리주의자일지라도? 우리는 문화의 총체 속에서뿐 아니라, 우리가 가진 사고의 세부나 친근한 이미지의 상세한 질서 속에서 그렇게 되려고(devenir) 애쓴다. 그러므로 객관적 인식과 이미지(imagée)에 의한 인식의 정신분석에 의해서, 우리는 불에 관한 합리주의자가 되었던 것이다. 하지만 물에 대한 똑같은 정립에는 성공하지 못했다고 고백하는 것이 성실성에 대한 의무라 할 것이다. 우리는 물의 이미지에 아직 살고 있으며, 때때로 그것에 불합리한 집착을 하면서 최초의 복합성 속에 총괄적으로(synthétiquement) 살고 있는 것이다. 나는 잠자는 물 앞에서, 변치 않는 우수, 즉 축축한 숲 속의 늪의 빛깔을 한 아주 특수한 우수, 억압도 없고 꿈결 같고 완만하며 온화한 우수를 언제나 발견한다. 물의 생활의 하잘것없는 세부가, 나에게는 종종 하나의 본질적인 심리적 상징이 된다. 그러므로 박하수의 냄새는 내 속에 일종의 존재론적 교감을 불러일으켜 인생이란 것이 단순한 향기이며, 어떤 냄새가 실체에서 풍겨 나오는 것처럼 인생은 존재에서 풍겨 나오는 것이며, 냇물의 식물은 물의 혼을 발산하고 있는 것이라고 생각하게 한다……. 원초적 세계와 원초적 인식을 냄새 속에서 찾은 콩디야크 조상(彫像)[*]의 저 철학적 신화를, 만약 자기 나름대로 다시 살려야 한다면, ‘나는 장미의 냄새다’라고 말하는 대신 ‘나는 박하의 냄새, 그것도 박하수의 냄새다’라고 말하지 않을 수 없으리라. 왜냐하면 존재란 무엇보다 먼저 각성이며, 더욱이 이상한 인상의 의식 속에서 눈을 뜨기 때문이다. 개인은 일반적인 여러 인상의 총체가 아니며, 특수한 여러 인상의 총체인 것이다. 이리하여 친근한 신비(les mystères familiers)가 우리들 속에 창조되는데 그것은 드문 상징(rares symboles) 속에서 가리켜진다. 몽상이라는 것이 발산하는 한 우주이며, 몽상가의 중개에 의해 사물에서 풍겨 나오는 향기 나는 입김이라는 것을 내가 가장 잘 이해한 것은 물과 물가의 꽃들 곁에서이다. 만약 내가 물의 이미지의 생활을 탐구하려고 한다면 그 주요한

---

* 콩디야크의 조상(彫像) la statue de Condillac : 콩디야크는 그의 책 《감각론》에서, 인식의 유일한 근원을 감각에서 찾고 있으며, 기억·사고·판단·추리 등 모든 것을 그것으로 설명할 수 있다고 보고, 자아도 기억에 떠올려지는 감각의 총체라고 결론 지었다. 이러한 이론적 근거를 바탕으로 그는 ‘우리와 내면적 조직을 같이 하고 있고, 모든 종류의 관념을 없앤 정신’의 조상을 상상할 것을 제안했다. 그리하여 ‘인간-조상’이 취각이나 미각을 어떻게 인식하는가를 설명하고 있다.

역할을 내 고향의 강물과 샘에 돌려주지 않으면 안 된다. 나는 작은 골짜기가 많기 때문에 발라쥬라는 이름을 가진 기복이 많은 샹파뉴 지방의 한 모퉁이, 강과 시냇물의 나라에서 태어났다. 내게 있어 가장 아름다운 장소는, 골짜기의 움푹 파인 곳이나 맑게 흐르는 물가, 수양버들의 짧은 그늘 속에 있었다. 그리고 강 위에 안개가 끼어 10월이 될 때…….

나의 즐거움은 아직도 시냇물과 동무가 되어 둑을 따라 바른 방향, 즉 인생을 어딘가 다른 곳, 말하자면 이웃 마을 쪽으로 인도하는 물의 흐름을 따라 걷는 것이다. 나의 '다른 곳'은 그렇게 멀리 가지는 않는다. 내가 처음으로 대양(大洋)을 본 것은 서른 살 무렵이었다. 그러므로 이 책에서는 바다에 대해 잘 말하지 못할 것이며, 시인들의 책이 그것에 대해 말하고 있는 것에 귀를 기울임으로써 간접적으로 또 무한에 대해서는 학교에서 배운 평범한 감화에 머무름으로써 거기에 대해 말할 것이다. 나의 몽상에 접촉한다는 점에서 내가 물에서 발견하는 것은 무한이 아니고 깊이이다. 게다가 보들레르는, 바다 앞에서 꿈꾸는 인간에게 6, 70리는 무한의 반경(半徑)을 나타내는 것이라고 말하고 있지 않은가(《내면 일기》, p. 79). 발라쥬는 180리의 길이와 120리의 폭을 갖고 있다. 그러므로 그것은 하나의 세계이다. 나는 그것을 전부 알고 있지 못하며, 그 지방의 강을 모두 따라가본 것은 물론 아니다.

그러나 고향이라는 것은 공간의 넓이라기보다는 물질이다. 즉 화강암이나 흙, 바람이나 건조함, 물이나 빛인 것이다. 그 속에서만 우리는 우리의 몽상을 물질화하며, 그것에 의해서만 우리의 꿈은 적합한 실체를 얻는 것이며, 그것을 향해서만 우리는 우리의 근원적 색깔을 요구하는 것이다. 나는 냇가에서 꿈꾸면서 물 — 푸르고 맑은 물, 목장을 푸르게 물들이는 물에 나의 상상력을 바치는 것이다. 깊은 몽상에 잠김이 없이, 또 나의 행복을 다시 보지 않고는 냇가에 앉을 수가 없다……. 그것이 고향의 물이나 시냇물이어야 한다는 것은 필요치 않다. 무명의 물도 나의 모든 비밀을 알고 있다. 그러므로 모든 샘에서 똑같은 추억이 솟아 오르는 것이다.

우리는《물의 정신분석》이라는 제목을 책에 붙이지 않은, 감상적이거나 개인적인 것이 아닌 또 하나의 이유가 있다. 사실 이 책에서 우리는 깊은 정신분석에서 그것이 필요한 만큼, 물질화된 이미지의 유기생체적(有機生體的) 특성(le caractère organiciste des images matérialisées)를 체계적으로 전개시키지는 않았다. 우리의 꿈에 지울 수 없는 흔적을 남기는 최초의 정신적 관심은 유기체적인 관심이다. 최초의 따사로운 확신은 육체적 안락함이다. 최초의 물질적 이미지가 생기는 것은 육체 속이나 기관 속이다. 이와 같은 최초의 물질적 이미지는 역동적이고 활동적이며, 놀랍게도 단순하고 조잡한 의지에 결부되어 있다.

유아적 리비도(libido)에 대해 말함으로써, 정신분석은 많은 반향을 일으켰다. 만일, 그것에 막연하고 일반적인 형태를 다시 주어 유기체적인 모든 기능에 그것을 결부시킨다면, 아마도 더 잘 리비도의 행위를 이해할 수 있으리라. 그때 리비도는 모든 욕망과 요구에 굳게 결부되는 것으로서 모습을 나타내리라. 그것은 욕구의 역학으로 간주되어, 안락함의 모든 인상 속에서 안정을 발견하리라.

어쨌든 어린아이에게 몽상이 물질주의적(matérialiste) 몽상이라고 하는 것만은 확실하다. 어린아이는 타고난 물질주의자이다. 그의 최초의 꿈은 유기적 실체에 관한 꿈인 것이다.

창조하는 시인의 꿈이 아주 깊고 자연스럽기 때문에 모르는 사이에 유아적인 육체의 이미지를 그가 다시 발견하는 때가 있는 것이다. 뿌리가 매우 깊은 시편은 기묘한 힘을 종종 가지고 있다. 어떤 힘이 시편을 가로질러, 독자는 알아차리지 못하는 사이에 이 원초적 힘에 참가하는 것이다. 독자는 더 이상 그 기원에 대해서는 알지 못한다. 다음 문장에는 원초적 이미지의 유기적 성실성이 드러나 있다.

> 내 자신의 양(量)을 알고 있는 것, 그것은 나다. 나는 나의 모든 뿌리를 끌어당겨 불러본다.
>
> 갠지스강을, 미시시피강을, 오리노코강의 칙칙한 수풀을, 라인강의 길다란 실을, 두 개의 방광을 지닌 나일강을…….[1]

이렇게 해서 풍성함은 전진한다……. 민간의 전설 속에는, 거인의 방뇨(miction)에서 유래하는 강이 수없이 많다. 가르강튀아(Gargantua) 역시 변덕스런 산책을 하다가 프랑스의 전원을 물에 잠기게 했던 것이다.[*]

---

1 폴 클로델, 《다섯 개의 위대한 오드 *Cinq Grandes Odes*》, p. 49.
* 프랑소와 라블레, 《가르강튀아》 참조. 거인 가르강튀아가 오줌을 누자 파리 시내가 온통 물바다가 되고, 그 홍수에 26만 418명이 빠져 죽었다는 허풍스런 이야기가 기록되어

만약 물이 값진 것이 되면 정액이 된다. 그때, 물은 보다 신비함으로 노래 불려진다. 오로지 유기체적인 정신분석만이 다음과 같은 혼란스런 이미지를 밝혀낼 수 있을 것이다.

> 원소들의 우글거리는 먹이를 자신의 정리(定理)로 나누어 주면서,
>
> 정액의 물방울이 수학의 도형을 잉태하도록,
>
> 영광의 육체는 진흙의 육체 밑에서 욕망을 느끼고,
>
> 그리고 밤은
>
> 눈에 보이는 것 속에서 분해되기를 바란다.[2]

세계를 창조하고 밤을 분해하기 위해서는 강력한 한 방울의 물만으로도 충분하다. 이 강력함을 꿈꾸기 위해서는, 깊이에 있어서 상상된 한 방울의 물만이 필요하다. 이와 같이 역동화된 물은 싹(germe)이 되며, 인생에 무궁무진한 비약을 준다.

이와 마찬가지로, 에드거 포처럼 관념화된 작품 속에서, 마리 보나파르트 부인은 수많은 주제의 유기적인 미를 발견했다. 그것은 몇 개의 시적 이미지의 생리적 특성에 대해 수많은 증거를 제출하고 있다.

유기적 상상력의 뿌리를 향해 이와 같이 깊이 다가가기 위해서, 또 물의 심리학 밑에 꿈의 물의 생리학을 쓰기 위해서 우리가 충분히 준비가 되어 있다고는 생각하지 않았다. 그렇게 하기 위해서는 의학

있다.(제1권의 제17장, 제36장, 제38장)

2 폴 클로델,《다섯 개의 위대한 오드》, p. 64.

적 소양과 특히 신경증에 대한 굉장한 실험이 필요하리라. 우리로서는 인간을 알기 위해서 독서밖에, 그것도 쓰여진 것에 따라 인간을 판단하는 근사한 독서밖에 갖고 있지 않다. 인간에 대해 우리가 무엇보다도 사랑하는 것은 그에 대해 쓸 수 있다는 것이다. 쓰여질 수 없는 것, 그것은 살 만한 값어치가 있는 것일까? 그러므로 우리는 '접목(接木 greffée)된' 물질적 상상력의 연구에 만족해야 했으며, 어떤 문화가 자연 위에 그의 표시를 붙였을 때, 물질화하는 상상력의 여러 가지 작은 가지를 '접목 위에서' 연구하는 데 거의 언제나 만족했던 것이다.

더구나 이것은 우리로서는 단순한 비유가 아니다. 그와 반대로, 인간의 심리를 이해하기 위해 접목은 본질적 개념처럼 생각된다. 우리에게 말하라고 한다면, 이것은 인간의 상상력을 명시하는 데 필요한 기호, 인간의 기호이다. 우리가 상상하는 인간성은 능동적 자연(nature naturante)의 먼 위쪽에 위치하고 있다. 물질적 상상력에 참으로 형식의 풍요함을 줄 수 있는 것은 접목이다. 형식적 상상력에 물질이 갖는 풍부함과 밀도를 전할 수 있는 것은 접목이다. 그것은 야생의 어린 나무를 꽃피게 하며, 또 꽃에 물질을 주는 것이다. 모든 비유와 관계없이 시 작품을 산출하기 위해서는 몽상적 활동성과 관념적 활동성이 일치하지 않으면 안 된다. 예술은 접목된 자연에 속해 있다.

물론 이미지에 대한 우리의 연구에 있어서, 보다 멀리 흐르는 수액을 보았을 때는 도중에 그것을 기록해두었다. 극히 관념화된 이미지에 대해서, 유기체적 기원을 밝혀내지 않는 것은 아주 드물기조차

하다. 그러나 그것은 우리의 연구가 철저한 정신분석의 축에 끼어들
수 있을 만한 가치가 충분히 있는 것은 아니었다. 그러므로 우리의
책은 문학적 미학의 시론(詩論)에 머물러 있다. 이 책은 시적(詩的)
이미지의 실체(實體)와 근원적 물질에 대한 여러 형식의 적합성을 결
정하는 이중의 목적을 가지고 있는 것이다.

VI

우리의 연구의 개괄적인 계획을 이제 기술하기로 한다. 물질화하
는 상상력의 축이 어떤 것인가를 보여주기 위해서, 우리는 '물질화'
를 잘 하지 않는 이미지에서 시작할 것이다. 즉 물질에 작용하는 시
간 동안 상상력을 남김없이 원소의 표면에서 놀게 하는 이미지들, 피
상적인 이미지들을 우리는 떠올릴 것이다. 제1장은 맑은 물, 순간적
이고 쉬운 이미지를 주는 빛나는 물에 바쳐질 것이다. 그러나 우리가
원소의 통일성에서 보면, 이 이미지들이 정리되고 조직화된 것임을
알게 될 것이다. 그때 우리는 다양한 물의 시(poésie)에서 물이라는
것의 초시학(超詩學 métapoétique)으로의 이행, 복수에서 단수로의 이
행을 예견하게 될 것이다. 이와 같은 초시학에 있어서, 물은 더 이상
단순히 방랑하는 명상 속이나, 단속적이고 순간적인 몽상의 연속에
있어서 이미 알려진 이미지의 한 '그룹'이 아니며, 그것은 이미지의
'받침대(support)', 바로 이미지를 기초 지워주는 원리, 이미지의 '출
자금(apport)'인 것이다. 이리하여 물은 물질화하는 상상력의 원소를

깊이 파고드는 명상 속에서 조금씩 변화하는 것이다. 달리 말하자면, 표면에서 즐기는 시인들은 일년생의 물, 즉 봄에서 겨울로 가는 물, 모든 계절을 쉽게 수동적으로 경쾌하게 반영하는 물처럼 산다. 그러나 보다 깊은 시인은 생생한 물, 스스로 재생하는 물, 변화하지 않는 물, 지워버릴 수 없는 표시를 자신의 이미지에 새기는 물, 세계의 한 기관, 유동하는 여러 현상의 양식(aliment), 식물처럼 자라나는 원소, 윤 나는 원소, 눈물의 실체를 발견한다……

그러나 거듭 말하지만, 우리가 깊이의 가치를 이해하게 되는 것은, 무지개 빛으로 빛나는 표면에 오랫동안 집착하고 있기 때문이다. 그러므로 우리는 표면적인 이미지를 통일하는 몇 개의 응집 원리를 명확히 하려고 애쓸 것이다. 우리는 특히, 개인적 존재의 나르시시즘이 어떻게 진실한 우주적 나르시시즘의 테두리 속에 조금씩 갇혀지는가를 볼 것이다. 제1장의 마지막에서, 우리는 또한 백조의 콤플렉스(complexe du cygne)라는 이름으로 특성을 나타내게 되는, 흰〔白〕것과 우아함의 용이한 이상을 연구할 것이다. 사랑스럽고 경쾌한 물은, 거기에서 매우 정신분석을 하기 쉬운 상징을 발견하는 것이다.

따라서, 제2장에서만 — 거기에서 우리는 에드거 포의 초시학(métapoétique)의 주요한 부분을 연구하게 될 것인데, 원소(l'élément) — 즉 실체로서의 물, 실체에 있어서 몽상된 물에 우리가 도달하는 것이 확실하게 될 것이다.

이러한 확실성에는 하나의 이유가 있다. 그것은 물질적 상상력이 거기에서 배우는 근원적 물질에는 깊고 영속적인 대립 감정이 결부되어 있기 때문이다. 그리고 이 심리적 특성은 매우 항구적이어서 상상력의 원초적 법칙으로서 환위 명제를 표명할 수 있다. 즉 상상력이 이중으로 살게 할 수 없는 물질은 근원적 물질이라는 심리적 역할을 다하지 못하는 것이다. 심리적 대립 감정의 기회를 갖지 못한 물질은 끊임없이 전환을 가능하게 하는 시적분신(詩的分身 double poétique)을 찾을 수가 없다. 따라서 물질적 원소(l'élément matériel)가 영혼 전체를 이끌기 위해서는, 이중의 참여(double participation), 욕망과 공포의 참여, 선과 악의 참여, 백과 흑의 조용한 참여가 필요하다. 그래서 에드거 포가 강이나 호수 앞에서 명상할 때 지금까지 있었던 것보다 더 뚜렷한 몽상의 이원론(二元論)을 우리는 보게 될 것이다. 이상주의자 포, 지성과 논리의 사람인 포가, 비합리적이고 '노고가 많은' 불가사의하게 생생한 물질과의 접촉을 다시 찾아내는 것은 물에 의해서이다.

언어의 활동적 생명에 대해 변증법이 필요하다는 것은 클로드 루이 에스테브(Claude Louis Estève)가 잘 알고 있었으나, 에드거 포의 작품을 연구함으로써 우리는 그 좋은 예를 보게 될 것이다. 그는 '만일 가능한 한 논리와 과학을 비주체화해야만 한다면, 반대로 어휘와 통사론을 비객체화하는 것도 그에 못지않게 불가결한 것이다'[3]라고 말하고 있다. 대상의 이러한 비객체화가 없다면, 또 대상 밑에 우리가 물질을 볼 수 있게 하는 형식의 변형이 없다면 잡다한 사물로 움직이지 않고 생기 없는 고체나 우리들 자신과는 무관한 것으로, 세계는

---

3 클로드 루이 에스테브,《문학적 표현에 관한 철학적 연구》, p. 192.

흩어져버릴 것이다.

그때 혼은 물질적 상상력의 결여에 괴로워한다. 물은 이미지를 집합시키고, 또 실체를 분해하면서 상상력이 비객체화와 동화작용을 행하는 것을 돕는다. 또한 물은 통사론(統辭論)의 한 타입이지만, 이미지의 연속적인 결합, 객체의 결부된 몽상의 닻을 끌어올리는 이미지의 조용한 운동을 가져온다.

이렇게 해서 에드거 포의 메타포에티크의 원소적 물은 우주를 기묘하게 움직이고 있다. 그것은 기름처럼 완만하고 온화하며 조용한 헤라클레이토스적 사상을 상징화하고 있다. 그때, 물은 생명의 상실인 속도의 상실과 닮은 것을 느끼는 것이며, 삶과 죽음 사이의 조형적인 매개자가 되는 것이다. 포를 읽을 때, 죽은 물의 이상한 생활이 보다 내밀하게 이해되며, 언어는 통사론(syntaxe) 가운데서 가장 무서운 것, 멸망해가는 사물의 통사론, 즉 죽어가는 삶을 배우는 것이다.

변전(devenir)과 사물의 이러한 통사론, 즉 삶과 죽음과 물이라는 삼중의 통사론을 강하게 특징짓기 위해서, 우리가 카롱의 콤플렉스(le complexe de Caron)와 오필리아의 콤플렉스(le complexe d'Ophélie)라고 명명한 두 개의 콤플렉스를 기억해둘 것을 제안한다. 우리는 이 두 가지가 다같이 마지막 여행과 마지막 분해에 관한 사상을 상징하고 있기 때문에 같은 장에 모아 두었다. 깊은 물 속이나 먼 수평선 너머로 모습이 사라지는 것, 깊이 또는 무한과 맺어지는 것, 이러한 것들이 물의 운명에서 자신의 이미지를 보는 인간의 운명인 것이다.

이렇게 해서 상상하는 물(l'eau imaginaire)의 표면적인 특성과 깊은 특성을 뚜렷하게 결정한 후 우리는 이 원소와 물질적 상상력의 다른 여러 원소들과의 구성에 대한 연구를 시도할 수 있을 것이다. 어떤 시적 형식이 이중의 물질로 스스로를 기르고, 이중의 물질주의가 종종 물질적 상상력에 작용하는 것을 우리는 보게 될 것이다. 몇 개의 몽상에 있어서는, 각각의 원소가 자신을 진정시키든가 흥분시키든가 하는 결혼 또는 투쟁이라는 두 개의 모험을 찾고 있는 것처럼 보인다. 다른 몽상에서 상상하는 물은 화해의 원소로서, 혼합의 기본적 도식으로서 우리에게 나타날 것이다. 그렇기 때문에, 우리는 물과 흙의 결합, 즉 반죽 속에서 현실주의적 구실을 발견하는 결합에 주의를 기울일 것이다. 그때, 반죽은 물질성의 기본적 도식이 된다. 물질의 개념 자체가 반죽의 개념과 서로 긴밀하게 관계 맺은 것처럼 생각된다.

형식적 요인과 물질적 요인의 현실적이고 실험적인 관련을 옳게 확정하기 위해서는, 반죽하기와 도형 제작에 대한 오랜 연구에서부터 시작해야 할 필요가 있으리라. 잘 마무리된 윤곽을 매만지며, 완성된 일을 검사하는 한가함을 가지고 쓰다듬는 손은 쉬운 기하학에 매혹될 수 있으리라. 그 손은 직공이 일하는 것을 보는 철학자의 철학에 이른다. 미학의 영역에 있어서 완성된 일의 이와 같은 시각화는 당연히 형식적 상상력의 패권에 다다른다. 반대로, 일하기 좋아하고 명령적인 손은 애정은 깊으나 거역하는 육체처럼 저항하며, 동시에 양보하는 물질에 작용함으로써 현실적인 것의 특성인 본질적인 기관 기능의 항진(dynamogénie)을 배우는 것이다.

따라서 이것은 모든 대립감정을 모은다. 일에 쫓기는 이러한 손은, 형식을 수용할 수 있는 물질과 생명을 수용할 수 있는 실체가 어떤 것인가를 잘 이해하고 있기 때문에, 흙과 물의 올바른 혼합을 필요로 하는 것이다. 가루를 반죽하는 사람의 무의식중에는 초벌은 작품의 태아이며, 찰흙은 동상의 모태인 것이다. 그러므로 창조하는 무의식의 심리를 이해하기 위해서는 유동성과 전연성(展延性 malléabilité)의 경험에 대해 아무리 강조해도 지나치지 않으리라. 반죽의 경험에 있어 물은 지배적 물질로서 뚜렷이 모습을 나타낼 것이다. 찰흙이 지니는 순종의 은혜를 받을 때, 사람들은 물에 대해서 꿈을 꾸게 될 것이다.

다른 여러 원소와 함께 스스로를 결합하는 물의 적성을 보여주기 위해서는 다른 구성에 대해서도 연구해야 되지만, 물질적 상상력에 있어서 구성의 진정한 타입은 물과 흙의 구성이라는 것을 기억해야 할 것이다.

물질 원소의 모든 결합은 무의식에 있어서 결혼이라는 것을 이해했을 때, 우리는 소박한 상상력과 시적 상상력에 의해서 물에 예속되는, 거의 언제나 여성적인(féminin) 특성을 설명할 수 있다. 우리는 또한 물의 깊은 모성(maternité)을 보게 될 것이다. 물은 싹을 눈뜨게 하고 샘을 넘치게 한다. 물은 어디서나 생겨나며, 증가하는 것을 볼 수 있는 물질이다. 샘은 억누를 수 없는 탄생, 지속적인(continue) 탄생이다. 이 매우 커다란 이미지는 그것을 사랑하는 무의식적인 것을 언제나 가리키고 있다. 그것은 끊임없이 몽상을 불러일으킨다. 특별한 한 장(章)에서, 우리는 신화학(神話學)에 젖은 이 이미지가 어떻게 아직도 자연스레 시의 작품을 활기차게 하는가를 보여주고자 했다.

어떤 특별한 물질에 전적으로 결부되어 있는 상상력은 쉽사리 대상에 가치를 부여한다. 물은 인간의 사고 가운데서 가장 큰 가치부여작용(valorisation)의 하나, 즉 순수성에 의한 가치부여작용의 대상이다. 맑고 밝은 물의 이미지, 즉 순수한 물(une eau pure)에 대해 말하는 이 아름다운 동의어의 반복이 없다면 순수성의 관념은 어떻게 될 것인가? 물은 순수함의 모든 이미지를 받아들인다. 그러므로 우리는 이 상징주의의 힘의 기초가 되는 모든 이유를 정리하고자 했다. 우리는 거기서 근원적 실체의 명상에서 배운 일종의 자연에 의한 교훈(morale naturelle)의 한 예를 얻는 것이다.

존재론적 순수성이라는 문제와 관련하여 모든 신화학자들이 인정한 민물(l'eau douce)의 바닷물에 대한 우위성을 이해할 수 있을 것이다. 우리는 한 짧은 장(章)을 이 가치부여작용에 바쳤다. 정신을 여러 실체의 고찰로 귀결시키기 위해서 이러한 장이 필요하다고 우리는 생각했다. 사람은 경험(les expériences)과 외관(les spectacles) 사이의 균형을 회복하였을 때에야 비로소 물질적 상상력의 교의를 잘 이해할 수가 있다. 구체적인 미(la beauté concrète), 즉 실체의 미를 고찰하는, 미학의 책 가운데서 물질적 상상력의 실제적 문제에 대해 자주 언급하고 있는 것은 드물다.

하나의 예만을 들어보기로 하자. 셸러[*]는 그의 《미학 *Esthétique*》

---

[*] 막스 셸러 Max Scheler(1874~1928) : 독일 철학자. 처음에는 후설의 지도를 받아 현상학으로 기울었으나, 스승 오이겐의 영향을 강하게 받아 윤리와 종교의 분석에 직관

에서, '구체적 자연미(die konkrete Naturschönheit)'를 연구할 것을 제안하고 있다. 그는 10페이지밖에는 여러 원소에 대해 할애하고 있지 않으며, 그 가운데서 3페이지를 물에, 더욱이 핵심적인 부분을 바다의 무한성에 할애하고 있다. 따라서 아주 흔한 자연의 물이나, 몽상가를 붙잡기 위해 무한을 필요로 하지 않는 물에 결부되는 몽상을 우리가 역설한 것은 매우 당연한 것이었다.

우리의 마지막 장은 매우 다른 여러 가지 방법으로 물의 심리학의 문제에 접근할 것이다. 이 장은 본래, 물질적 상상력(l'imagination matérielle)에 대한 연구가 아니라 역동적 상상력(l'imagination dynamique)에 대한 연구로서, 그에 대해서는 또 하나의 다른 책을 바칠 수 있기를 우리는 바란다. 이 장은 '난폭한 물(l'eau violente)'이라는 제목이다.

먼저 난폭함 속에서 물은 특수한 분노를 지닌다. 달리 말하면 물은 분노의 타입(type de colère)의 모든 심리적 특징을 쉽사리 받아들이는 것이다. 이러한 분노를 꺾어버리는 것을 인간은 뽐내는 것이다. 따라서, 난폭한 물은 곧 폭력을 가하는 물이 된다. 인간과 물결 사이에 악의의 결투가 시작된다. 물은 원한을 품고 성(性)을 바꾼다. 심술궂게 됨으로써 물*은 남성이 된다. 이것은 새로운 방식에 의한 원소

적이며 치밀한 이론을 제시했음. 주요 저서로는 《인간에 있어서 영원한 것》(1921), 《지식의 여러 형식과 사회》(1926) 등이 있음.

* 프랑스어에서 물 l'eau은 여성명사임.

속에 새겨진 이원성(二元性)의 극복이며, 물질적 상상력에 의한 원소의 원초적 가치의 새로운 표시인 것이다.

그러므로 우리는 헤엄치는 인간을 활기 있게 하는 공격의 의지를, 그리고 물결의 복수 — 포효하며 반향하는 분노의 밀물과 썰물을 보여줄 것이다. 우리는 난폭한 물과의 거듭되는 교차 속에서 인간 존재가 획득하는 특수한 기관 항진(器官亢進)을 설명할 것이다. 이것은 상상력의 기본적 유기체설(有機體說)의 새로운 한 예가 될 것이다. 이렇게 해서 우리는 로트레아몽(Lautréamont)의 에너지 학설적 메타포에티크(la métapoétique énergétique)에서 그 작용에 대해 특기해둔 바 있는 저 근육적 상상력(l'imagination musculaire)을 다시 발견할 것이다.[*] 그러나 물이나 물질 원소와 접촉함으로써 이러한 물질적 상상력은 로트레아몽의 동물화된 상상력보다 더 자연스럽고, 동시에 인간적인 것으로서 나타날 것이다. 따라서 이것은 여러 원소에 대한 명상 속에서 물질적 상상에 의해 형성된 상징의 직접적 특성을 한층 입증하는 것이 될 것이다.

우리는 책 전체를 통해서, 아마 진저리 날 정도로 집요하게 물질적 상상력이라는 주제에 대해서 강조하는 것을 신조로 삼을 것이므로 구태여 결론 속에서 그것을 요약할 필요는 없을 것이다.

거의 전적으로, 이 결론을 파라독스 가운데서 가장 극단적인 것에 바칠 것이다. 그것은 물의 목소리〔音〕가 거의 은유적인 것이 아니

---

[*] 바슐라르는 시인의 상상 세계에 대한 심층분석을 시도한 《로트레아몽》을 1940년에 썼는데, 그 책 제5장에서 이 문제를 다루고 있다.

라는 것, 물의 언어는 직접적인 시적 현실이라는 것, 시냇물과 강물은 말 없는 풍경을 기묘할 정도로 충실하게 유성화한다(sonorisent)는 것, 졸졸 소리를 내는 물은 노래하고 말하고, 다시 말하는 것을 새와 인간에게 가르쳐준다는 것, 요컨대 물의 언어와 인간의 언어 사이에는 연속성이 있다는 것을 증명하는 데 있다.

반대로 우리는 이제까지 너무나 지나치게 주목하지 않았던 사실, 인간의 언어는 유기적으로 어떤 유동성(liquidité)을 갖고 있으며, 총체 속의 일정한 유량(流量 débit), 자음(子音) 속의 일정한 수량(水量)[*]을 갖고 있다는 것을 역설할 것이다. 우리는 이와 같은 유동성이 특수한 심령학적 흥분, 물의 이미지를 불러오는 흥분을 일으킴을 보여줄 것이다.

그리하여 물은 우리에게 하나의 육체와 혼과 목소리를 가지고 있는 전체적 존재로서 나타날 것이다. 아마 다른 어떤 원소보다도, 물은 완전한 시적 현실일 것이다. 그 외관의 다양성에도 불구하고, 물의 시학은 통일성을 확실히 하고 있다. 물은 시인에게 원소의 통일성(l' unité d' élément)이라는 새로운 의무를 암시할 것이다. 이와 같은 통일성이 없으면 물질적 상상력은 만족하지 않을 것이며, 또 형식적 상상력은 어울리지 않는 여러 특징들을 결합하는 데 충분하지 못할 것이다. 실체가 없는 작품은 생명이 없다.

---

* [I] [R] 등의 유음을 가리키는 것으로 볼 수 있음.

VII

마지막으로 우리는 우리의 명제를 뒷받침하기 위해서 선택된 예증의 성격에 대해 몇 가지 주의를 함으로써, 일반적인 서론을 매듭 짓고자 한다.

이 예증의 대부분은 시에서 빌려온 것이다. 우리의 의견으로는, 상상력의 모든 심리학은 상상력이 영감을 불어넣는 시편에 의해서만 '실제로(actuellement)' 밝혀질 수 있기 때문이다.[4] 상상력은 그 어원이 암시하는 바와 같이 현실의 이미지를 형성하는 능력이 아니고, 현실을 넘어서 현실을 노래하는 이미지를 형성하는 능력이다. 그것은 초인간성(surhumanité)의 능력이다. 인간은 그가 초인인 정도에 따라 인간인 것이다. '인간의 조건(l' humaine condition)'을 넘어서게 하는 여러 경향의 총체에 의해 인간을 정의해야만 한다.

활동하는 정신의 심리학은 당연히 예외적 정신의 심리학, 즉 오래된 이미지에 접복(接木)된 새로운 이미지인 예외적인 것을 유혹하는 정신의 심리학이다. 상상력은 사물과 드라마 이상으로 창조하는 것이며, 새로운 생명과 정신을 창조하고, 여러 가지 새로운 타입을 지니는 비전의 눈을 뜨게 하는 것이다. 상상력은 스스로가 '여러 가

---

4 특히 물의 심리학의 '역사' 가 우리의 주제는 아니다. 이러한 주제는 마르틴 닝크 Martin Ninck의 저서 《고대인의 예배와 생활에 있어서의 물의 의미, 하나의 상징사적 연구 *Die Bedeutung des Wassers in Kult und Leben der Alten, Eine symbolgeschichtliche Untersuchung*》, 필로로구스版, 1921에서 찾아볼 수 있다.

지 비전'을 갖고 있는지 어떠한지를 보게 될 것이다. 만약 상상력이 경험과 함께, 교육받기 전에 몽상과 함께 교육받는다면, 그리고 만약 경험이 그의 몽상의 증거로서 그 후에 온다면, 상상력은 비전을 갖게 될 것이다. 다눈치오의 다음과 같은 말처럼.

> 가장 풍부한 사건은, 우리의 마음속에서 흔히 그것을 알아차리기 전에 다가오는 것이다. 그리고 보이는 것 위에 눈을 열기 시작할 때, 이미 우리는 오래전부터 보이지 않는 것에 소속되어 있었던 것이다.[5]

보이지 않는 것에의 소속, 이것이 원초적 포에지(poésie)이며, 우리의 내적 운명에 흥미를 느끼게 하는 것을 가능케 하는 포에지인 것이다. 이것은 우리에게 끊임없이 경탄하는 능력을 돌려줌으로써, 청춘 또는 젊어지는 것에의 감화를 주는 것이다. 참다운 포에지라고 하는 것은 눈을 뜨게 하는 기능을 말한다.

시는 우리의 눈을 뜨게 하지만, 전제가 되는 몽상의 추억을 보존하지 않으면 안 된다. 그 때문에 우리는 시가 표현의 영역을 뛰어넘는 순간을 지연시키려고 때때로 시도했던 것이다. 즉 그러한 징조가 있을 때마다 시편에 이르는 꿈의 길을 다시 그리고자 했던 것이다. 그것은 샤를르 노디에*가 《몽상 *Rêveries*》(랑뒤엘 판, p. 162)에서 말한

---

5 다눈치오, 《죽음의 명상 *Contemplation de la Mort*》, 불역판, p. 19.
* 샤를르 노디에 Charles Nodier(1783~1844) : 젊은 시절에는 대혁명에 열광하여 과격 왕당파의 저널리스트로 활약했으나, 아르스나르 도서관장으로 취임한 이후, 자택의

것과 같은 것이다. 상상할 수 있는 세계의 지도는 꿈속에서밖에는 그릴 수 없다. 감각할 수 있는 세계는 무한히 적다! 몽상과 꿈은 어떤 혼(사람)에게는 미(美)의 재료(la matière)가 되는 것이다. 꿈에서 빠져나옴으로써 아담은 이브를 발견했다. 그것은 여자라는 것이 그렇게도 아름다운 이유이다.

이 모든 신념에 힘입어, 우리는 닳아빠진 지식과 힘도 생기도 없는 교훈 속에서 더 오래 살아나가는, 형식적이고 우의적(寓意的 allégorique)인 신화학을 제외할 수 있었다. 우리는 또한 매우 다양하고 희미한 메아리를 배가시키는 데 열중하고 있는, 맥빠진 엉터리 시인들의 성실성 없는 수많은 시편을 제외할 수도 있었다. 신화학의 사실에 우리가 의지한 것은, 그 속에서 오늘날의 혼에 미치는 영속적인 작용과 무의식적인 작용을 인정했기 때문이다. 물의 신화학은 전체적으로 보면 하나의 이야기에 지나지 않을 것이다. 그러나 우리는 하나의 심리학을 쓰려고 했으며, 문학적 이미지와 꿈을 다시 결부시키려고 했던 것이다. 먼저 우리는 회화적인 것(le pittoresque)이 신화의 힘과 시의 힘을 동시에 가로막는 것을 자주 목격했다. 회화적인 것은 꿈의 힘을 흩어지게 한다.

살롱에 빅토르 위고를 비롯한 로망파 시인 작가들을 모이게 해 그 중심적 인물이 되었다. 그러나 온건하고 내성적인 성격 때문에 그들로부터 멀어졌으나 그 감화의 힘은 그대로 살아서 낭만주의의 숨은 대표적 존재가 되었다. 그의 저작활동은 매우 다양해서, 박물학자·언어학자·역사학자·소설가로서 면모를 보여준다. 주요 저서로는 《프랑스 擬聲語 사전》(1801), 《대혁명 및 第一帝政史에 관한 회상·삽화·초상》(1831)이 있고, 환상과 신비의 아름다운 판타지를 보여주는 소설 《스마라》(1821), 《트리르비》(1822) 등이 있다. 네르발 또한 상징주의를 예고하는 선구자라 할 수 있다.

활동하는 존재로서의 하나의 환상은 잡동사니와 같은 권리를 갖지 않는다. 신이 나서 그린 환상은 행동하기를 멈추는 환상이다. 여러 가지 물질 원소에는 힘을 지니고 있는 환상이 호응하는데, 그것은 그들의 물질에 충실한 한도 내에서이며, 또한 거의 같은 것이 되는 경우도 있는데, 그것은 원초적 꿈에 충실한 한도에서이다.

문학적인 예의 선택도 결국, 만약 우리의 탐구가 주의를 끌 수 있다면, 문학 비평을 갱신하기 위한 몇 가지 수단과 도구를 가져다 줄 수 있을지도 모르는 야심(野心)에 있었다는 것을 마지막으로 조용히 고백하고자 한다. 문학의 심리학에서 문화의 콤플렉스(complexe de culture)*라는 개념을 도입한 이유가 바로 여기에 있다. 이렇게 해서, 우리는 심사숙고한 작업 자체에 명령을 하는 몰지각한 태도(attitudes irréfléchies)에도 주의를 기울인다. 예컨대, 그것은 상상력의 영역에서는 외계의 광경 속에서도 보게 되나, 실은 은밀한 혼의 투영(projections)**에 지나지 않는 편파적인 이미지이다.

---

* 바슐라르가 사용하는 콤플렉스 개념은 프로이트적 정신분석학에서 말하는 '꿈이나 신경증의 원인이 되는 억압당한 무의식 속에 있는 감정표상의 複合'과는 다른 것이다. 이 개념은 상상력에 관한 최초의 저서 《불의 정신분석》에서, 객관적 인식의 과정에 부딪친 前近代 科學的인 심리 경향의 그룹을 명명하는 가운데 붙인 개념이다. 그리고 '文化(culture)'라는 말은 경작·예배·교양·지식 등을 뜻하는 것으로서, '자연'과 대립하면서 그것을 보완하는 기능을 갖는다.

** 投影 또는 投射라는 용어는 심리학 및 정신분석학에서는 환각이나 망상 따위의 내용이 환자의 생각과 감정을 나타낼 때, 사고나 감정이 환각·망상에 '투영'되었다고 말한다. 바슐라르에 있어서는 이보다 더 확대된 뜻으로 쓰여, 시인이 편애하는 이미지에 시인의 깊은 혼이 반영되는 것을 가리킨다.

사람은 스스로를 객관적으로 교화한다고 생각하면서도 문화의
콤플렉스를 기른다. 그리하여 현실주의자는 '자신의' 현실을 현실
속에서 선택하고, 역사가는 '자신의' 역사를 역사 속에서 선택한다.
시인은 하나의 전통에 결부시킴으로써 자신의 인상을 정리한다. 좋
은 형식 밑에서 문화의 콤플렉스는 상상력이 없는 작가의 교단적 습
관이 되는 것이다.

물론 문화의 콤플렉스는 정신분석에 의해서 밝혀진 좀 더 깊은
콤플렉스 위에 접목되어 있다. 샤를르 보두앵(Charles Baudouin)이 강
조한 바와 같이, 콤플렉스라는 것은 본질적으로 마음의 에너지를 변
형시키는 것이다. 문화의 콤플렉스는 이러한 변형을 계속한다. 문화
적 승화(la sublimation culturelle)는 자연적 승화를 연장시킨다. 교화된
인간에게 승화된 이미지는 결코 아름답게는 보이지 않는다. 그는 승
화*를 갱신하기를 바란다. 만약 승화작용이 개념에 관한 단순한 일이
라면, 이미지가 개념론적 도식 속에 갇히게 되자마자 곧 그 작용은
멈추게 되리라. 그러나 색깔은 넘쳐 흐르고, 물질은 부풀어 오르고,
이미지는 스스로를 교화한다.

즉 시편이 그것을 표현하고 있음에도 불구하고 꿈은 압력을 가하
기를 계속하는 것이다. 이러한 조건 속에서, 이미지의 능동적 대차대
조표에 만족하려 하지 않는 문학 비평은 원초적 콤플렉스와 문화의

---

* 승화(昇華 la sublimation) : 정신분석 용어로는, 무의식의 성적 에너지가 예술적·종
  교적 활동 등 사회적 가치가 있는 것으로 치환되는 것을 가리킨다. 바슐라르의 경우에
  서는 욕망의 부정이 아니라, 理想을 향한 '高揚'과 '淨化'의 의미를 갖는다.

콤플렉스와의 관련을 추적함으로써, 상상력의 역동적 특성이 다시 살아나는 심리학적 비평으로 뒷받침하지 않으면 안 된다. 우리의 생각으로는, 문학 작품 속에서 활동하는 시화능력(les forces poétisantes)을 측정하는 다른 방법은 없다. 심리학적 기술(記述 description)만으로는 불충분하다. 여러 형식을 기술하는 것보다도 하나의 물질을 계량(물질을 다는 것)하는 것이 문제이다.

다른 책들에서처럼 이 책에도 다소 경솔함은 있다 할지라도, 교화된 모든 인간이 인정하는 기호(signe), 책들과는 떨어져 생활하고 있는 인간에게는 울림(retentissement)이 없이 숨겨진 기호, 즉 교화된 기호에 의해서 새로운 콤플렉스를 명명하는 것을 우리는 주저하지 않는다. 강물을 따라서 오필리아처럼 떠나가버리는 시들어버린 꽃의 비통한 매력에 대해 말함으로써 책을 읽지 않는 사람을 매우 놀라게 하리라. 문학 비평이 그 발달과 더불어 살아오지 않은 하나의 이미지가 거기에 있는 것이다. 전혀 자연적인 것이 아닌 이와 같은 이미지들이 어떻게 수사학의 여러 형식이 되었는가, 또 이러한 수사학의 여러 형식이 시의 교양 속에서 어떻게 활발하게 머무를 수 있었는가를 보여주는 것은 흥미 있는 일이다.

만약 우리의 분석이 정확하다면, 그것은 아마 일반적 몽상의 심리학에서 쓰이고 그럼으로써 정돈되는 몽상 — 최초의 꿈을 체계적으로 뛰어넘기는 하지만 근원적인 꿈의 실재에는 그래도 충실한 채 머물러 있는 기묘한 몽상 — 인 문학적 몽상의 심리학으로 이행하는 것을 도와주는 것이 되리라. 한 편의 시를 낳는 꿈의 이러한 항구성을 갖기 위해서는 현실적 이미지 이상의 것을 눈앞에 갖지 않으면 안 된다. 우리 자신 속에서 태어나 우리의 꿈속에서 사는 이 이미지, 물질적 상상력을 위해 무궁무진한 양식인 풍부하고 농밀한 꿈의 물질로 가득찬 이 이미지를 추적하지 않으면 안 된다.

제1장

맑은 물, 봄의 물과 흐르는 물,
나르시시즘의 객관적 조건. 사랑스런 물

홀로 자라서 물 속에 자신의 그림자를 힘없이 바라보는
감동밖에는 갖지 않는 슬픈 꽃
— 말라르메, 《에로디아드》

…… 거울 속에 익사한 많은 사람들이 있었다 ……
— 라몽 고메즈 드 라 세르나, 《우스꽝스런 사람 귀스타브》, 불역판, p. 23.

I

　물을 물질로 하거나 구실로 하는 '이미지'는 흙이나 수정, 금속
이나 보석에 의해서 제시되는 이미지의 불변성과 견고성을 갖고 있
지 않다. 그것은 불의 이미지의 강렬한 생명을 갖고 있지 않다. 물은
'그럴싸한 거짓(vrais mensonges)'을 구성하고 있지 않는 것이다. 강
물에 비치는 신기루에 진실로 속기에는, 아주 혼란에 빠진 혼이 필요
한 것이다. 물의 이러한 정다운 환영은, 즐기는 상상력 또는 즐기기
를 원하는 상상력의 인공적인 착각에 일반적으로 결부되어 있다. 그
러므로 봄의 태양에 비추어진 물의 여러 현상은 범속한 포에지
(poésie)를 활기 있게 하는 일반적이고 안이하며 풍부한 은유를 제공
하는 것이다. 이류의 시인들은 이것을 남용한다. 젊은 물의 요정들이
아주 낡아빠진 이미지와 한없이 장난치고 있는 시구들을 우리는 손
쉽게 모을 수 있으리라. 이러한 이미지들은 자연스런 것이기는 해도
우리의 마음을 사로잡지 못한다. 마찬가지로 일반적이기는 하면서
도, 불이나 흙의 몇 개의 이미지가 작용하는 것처럼 그렇게 우리의
마음속에 깊은 감정을 눈뜨게 하지 못한다. 순식간의 것이기 때문에,
그것들은 사라져가는 인상밖에는 주지 않는 것이다. 태양이 빛나는
하늘을 쳐다보는 것은 우리를 빛의 확실성에 되돌아가게 하고 내적
인 결정이나 갑작스런 의지는 우리를 흙이 갖는 의지력, 구멍을 뚫고
집을 짓는다는 적극적인 행동에 되돌아가게 하는 것이다. 거의 자동
적으로 거친 물질의 숙명에 의해서 흙의 생명은 물의 반영에 그의 휴

가와 꿈의 구실밖에 잡지 못하는 몽상가를 다시 정복해버리는 것이다. 물의 물질적 상상력은 언제나 위기에 처해 있으며, 흙 또는 불의 물질적 상상력이 끼어들 때에는 스러져버릴 위험이 있는 것이다. 그러므로 그 자체로서 흩어져버리기 때문에 물의 이미지의 정신분석은 거의 좀처럼 필요로 하지 않는다. 그것들은 어떤 몽상가라도 마술을 걸지는 않는다. 그럼에도 불구하고 우리는 다른 장에서 그것을 고찰하게 될 것이지만 — 물에서 태어난 몇 개의 형태가 더욱 매력과 집요함과 견실함을 갖는 것이다. 그것은 보다 물질적이고 깊은 몽상이 생겨나기 때문이며, 우리의 내적 존재가 보다 깊숙이 참가하고, 우리의 상상력이 보다 가까이 창조 행위를 꿈꾸기 때문인 것이다. 그때 반영의 포에지에서 느끼지 못했던 시적 힘이 갑자기 나타나는 것이다. 물은 무거워지고, 어두워지고, 깊어져, 스스로 물질화된다. 그리하여 이제 물질화하는 몽상은 유동적이 아닌 보다 감각적인 몽상에 물의 꿈을 결부시키면서 마침내 물 위에 구축되어 보다 강하게 그리고 보다 깊이 있게 물을 느끼게 되는 것이다. 그러나 만일 무지개 빛으로 빛나는 여러 형태를 먼저 표면에서 연구해두지 않았다면, 물의 몇 가지 이미지의 '물질화(matérialité)'나 몇 가지 환영의 '밀도(densité)'를 바르게 규정하지는 못하리라. 피상적인 포에지와 같은 포에지를 구별하는 이러한 '밀도'를 사람들은 '감성적 가치(valeurs sensible)'에서 '감각적 가치(valeurs sensuel)'로 이행시킴으로써 맛보게 될 것이다. '감각적 가치'와의 관계에서 바르게 분류할 수 있을 때에만 상상력의 교의가 밝혀지리라고 우리는 생각한다.[*] 단지 감각적 가치만이 '만물조응(des correspondances)'을 부여하는 것이다. 감성적 가치는 번역밖에는 주지 않는 것이다. 시적 정서의 참으로 역동적인 연구가 중지된 것은 감성적인 것과 감각적인 것을 혼동하면서, (매우 지적인 요소인) '감각'의 만물조응을 제시했기 때문이다. 그러므로 감각 가운데서 가장 감각적이 아닌 시각으로부터 시작해서 그것이 어떻게 감각화하는가를 보기로 하자. 물을 그 단순한 외양(parure)에서 연구하는 것으로부터 시작해보자. 이어서 점진적으로 매우 연약한 징후에서부터 물의 '나타남의 의지(volonté de paraître)'를, 또는 적어도 물을 응시하는 몽상가의 '나타남의 의지'를 어떻게 물이 상상하는가를 우리는 이해하게 되리라. 정신분석의 교의가 나르시시즘에 관한 '본다. 그리고 나타난다(voir et se montrer)'라고 하는 변증법의 이중의 용어를 다같이 강조한 것처럼 보이지 않는다. 물의 시학은 이 두 개의 연구에 기여하는 것을, 우리에게 가능케 할 것이다.

II

정신분석학이 자기 자신의 영상이나 잔잔한 물에 비치는 얼굴에

---

* 여기서 말하는 '감성적(感性的 sensible)'이란 의미는 감각과 지각의 수용 가능한 상태를 가리키는 것으로 생각해볼 수 있다. 따라서 표면에서 깊이로의 이행, 감성적 가치에서 감각적 가치로의 이행이 대응되는 것이다. 바슐라르에 있어서 '감각적(感覺的 sensuel)'이라 함은 관능적이라는 의미가 아니고, 지각하고 감각하는 능력을 가리키는 것이라 할 수 있다.

대한 인간의 사랑을, 나르시스의 표시로 보이도록 결정한 것은 안이한 신화학의 단순한 욕구가 아니라 여러 가지 자연적인 경험의 심리학적 역할에 대한 참다운 예견인 것이다. 사실 인간의 얼굴은 무엇보다도 매혹시키는 데 쓰이는 도구인 것이다. 자기 모습을 비쳐봄으로써 이 얼굴, 이 시선, 즉 매혹의 모든 도구를 인간은 준비하고, 날카롭게 하며 닦는 것이다. 거울은 공격적 사랑의 '전쟁놀이(Kriegspiel)'이다. 우리는 고전적인 정신분석에서 아주 잊어버린 이러한 '능동적 나르시시즘'을 대충 보여준 것이다. '거울의 심리학'을 전개하는 데에는 책 한 권이 온통 필요하리라. 우리의 연구에서 처음에는 마조히스트적 특질로부터 사디스트적 특질로 옮겨 후회하고 또 희망하는 명상, 위로하며 또 공격하는 명상이라는 나르시시즘의 깊은 양의성(l'ambivalence)을 보여주는 것으로 만족하기로 하자. 거울 앞에 선 사람에게는 언제나 '그대는 누구를 위해서 비쳐보는가? 그대의 아름다움을 의식하는 것인가 아니면 힘을 의식하는 것인가?' 라는 이중의 질문을 던질 수 있다. 이 같은 짤막한 지적이 나르시시즘의 맨 처음으로 복잡한 성격을 나타내는 데에는 충분하리라. 우리는 이 장이 진행됨에 따라 나르시시즘이 페이지에서 페이지로 복잡해지는 것을 보게 될 것이다.

먼저 물의 거울의 심리학적 효용성을 이해하지 않으면 안 된다. 즉 물은 우리의 이미지를 '자연화(naturaliser)' 하여 내면적인 명상의 오만함에 약간의 순진함과 자연스러움을 되돌려주는 데 쓰이는 것이다. 거울은 너무나 문명화되고 너무나 손쉬우며 너무나 기하학적인 물건이다. 그것은 그 자체로 꿈의 삶에 적응하는 꿈의 도구로서는 너무나 명증적(明證的)인 것이기도 하다. 매우 도덕적으로 감동적인 그의 책의 생기 넘치는 서문에서 루이 라벨*은 물의 반영이 갖는 자연스런 깊이와 그 반영이 암시하는 꿈의 무한성을 다음과 같이 지적하고 있다. "만일 거울 앞의 나르시스를 생각해본다면, 유리와 금속과의 저항은 그의 계획에 하나의 장벽을 대립시키는 것이다. 거기에 그가 이마와 주먹을 부딪치며 그 주위를 한 바퀴 돌아본다 해도 아무것도 발견하지 못한다. 거울은 그의 속에, 그에게서 도망치는 배후의 세계(arrière-monde)를 감금시켜, 거기서는 자기를 볼 수가 있어도 붙잡을 수는 없으며, 또 좁힐 수는 있어도 뛰어넘을 수가 없는 가짜 거리에 의해서, 그 세계는 그로부터 떨어져 있는 것이다. 그와는 반대로 샘물은 그에게 열린 길인 것이다."[1] 샘물의 거울은 따라서 열려진 상상력의 기회가 된다. 약간 어슴푸레하고 약간 창백한 반영은 관념화의 작용을 암시하고 있다. 자신의 이미지를 비치는 물 앞에서, 나르시스는 자신의 아름다움이 '계속되는' 것, 또 그것이 완성되지 않아, 완성시키지 않으면 안 된다는 것을 느낀다. 유리의 거울은 방의 강한 빛 속에서 지나치게 안정된 이미지를 준다. 살아 있는 자연스런

---

* 루이 라벨 Louis Lavelle(1883~1951) : 프랑스 철학자, 19세기 오귀스트 콩트와 뒤르켐의 사회적 경향과는 달리, 정신의 철학 쪽으로 나아간 그는 실존주의와 존재의 철학 경계선에 위치한다. 철학적 활동은 객체 세계에 대한 것이 아닌 주제에 대한 반성을 구성하고 있으며, '존재'는 전체이고 그 각 부분은 목적을 향해 나아갈 때 활동적이 된다고 그는 말한다. 주요 저서로는 《존재에 대하여》(1927), 《행위에 대하여》(1937) 등이 있음.

1 루이 라벨, 《나르시스의 오류 *L'erreur de Narcisse*》, p. 11.

물에 거울을 비교하고 '재자연화된(renaturalisée)' 상상력이 샘물과 강물의 야외극의 '참가'를 받아들일 수 있을 때, 거울은 살아 있는 것이 되며, 자연스러운 것이 될 것이다.

여기서 우리는 '자연의 꿈'의 요소 가운데 하나, 즉 자연 속에 깊이 들어가려는 꿈을 지닌 욕구를 붙잡는 것이다. '물체(objets)'와 함께 사람은 깊게 꿈꾸는 것이 아니다. 깊이 꿈꾸기 위해서는 '물질(matières)'과 함께 꿈꾸지 않으면 안 된다. 거울에서부터 시작하는 시인은, 만일 그가 '완전한 시적 경험'을 부여하고자 한다면 '샘의 물(l'eue de la fontaine)'에 도달하지 않으면 안 된다. 우리의 관점으로 본다면, 시적 경험은 꿈의 경험에 종속되지 않으면 안 된다. 말라르메의 작품처럼 잘 다듬어진 시라도 이러한 법칙을 어기는 일은 드물다. 그의 작품은 우리에게 거울의 이미지 속에 이루어놓은 물의 이미지의 영양섭취를 보여줄 것이다.

오, 거울이여!

권태로 인해 너의 테두리 속에 얼어붙은 차디찬 물

몇 번인가, 그리고 몇 시간 동안인가, 가지가지의 꿈으로 비탄에 잠기며 깊은 구덩이의 네 얼음 밑에

나뭇잎 같은 내 추억을 찾아 헤매며, 아득한 그림자처럼 나는 네 속에 나타났다.

하지만 두렵구나! 저녁이면 네 엄숙한 샘물 속에

어수선한 내 꿈의 적나라한 모습을 나는 알았다.[2]

조르주 로덴바흐*의 작품에 그려진 거울의 체계적인 연구도 똑같
은 결론에 다다르게 되리라. 언제나 밝고 공격적인 샅샅이 뒤지기를
좋아하는 눈인 정탐경(偵探鏡 l'espion)을 빼놓고 생각한다면, 로덴바
흐의 모든 거울들이 흐리며, 그것들이 브뤼주(벨기에의 도시)를 둘러
싸고 있는 운하의 물과 똑같은 회색의 삶을 지니고 있다는 것을 인식
하게 되리라. 브뤼주에서는 모든 거울이 잠자는 물인 것이다.

III

그리하여 나르시스는 숨겨진 샘이나 숲 깊숙이 들어간다. 거기에
서만, 그는 자신이 '자연스럽게' 이중적이라는 것을 느낀다. 즉 자기
자신의 이미지를 향해서 팔을 내뻗고 손을 담그며 자기 자신의 목소
리에 말을 거는 것이다. 메아리는 끊임없이 나르시스와 함께 있다.
그녀는 바로 그인 것이나. 그녀는 그 자신의 목소리를 가지고 있다.
그녀는 그 자신의 얼굴을 가지고 있다. 나르시스는 그녀의 커다란 외
침을 듣지 않는다. 그는 유혹자의 목소리, 매혹자의 목소리로서 벌써
그녀의 속삭임을 듣고 있는 것이다. 물 앞에서 나르시스는, 그 자신

---

2 스테판 말라르메, 《에로디아드》, 플레이야드版, p. 45.

* 조르주 로덴바흐 Georges Rodenbach(1876~1898) : 벨기에의 작가. 처음에는 프랑
   스 파리에서 상징주의 운동에 가담했으나 귀국 후 벨기에의 상징주의 운동을 추진했다.
   명상적이고 섬세한 신비주의에 빠진 그는 죽음의 그림자가 지배하는 플라망의 고색창
   연한 거리를 떠올리게 한다. 대표작 《죽음의 도시 브뤼주》는 널리 알려진 소설이다.

의 동일성과 이원성, 남성적이며 여성적인 그의 이중의 매력, 특히
그 자신의 현실성과 관념성의 계시(révélation)를 갖는 것이다.

그리하여 샘가에서는 상상력의 심리학을 위해서 우리가 아주 급
하게 주목하고자 하는 '관념화하는 나르시스(narcissisme idéalisant)'
가 생겨난다. 이것은 고전적 정신분석이 이러한 관념화의 역할을 과
소평가하는 것처럼 보이는 만큼 필요한 것처럼 우리에게는 생각된
다. 사실 나르시시즘은 언제나 신경증적인 것은 아니다. 그것은 또한
미술 작품에서, 그리고 문학 작품에서 재빠른 도치(倒置)에 의해 적
극적 역할을 하고 있는 것이다. 승화작용(sublimation)이 언제나 욕망
의 부정은 아니며 또 그 부정은 본능에 '반(反)하는' 승화작용으로서
언제나 나타나는 것도 아니다. 아마 그것은 이상(idéal)을 '위한' 승
화작용이 될 수 있으리라. 그때 나르시스는 '나는 있는 그대로의 나
를 사랑한다' 라고는 더 이상 말하지 않으며, '나는 나를 사랑하는 자
로서 존재한다' 라고 말한다. 나는 열정적으로 자신을 사랑하므로 열
렬한 존재인 것이다. 내가 사람들 눈에 띄게 되기를(paraître) 바란다
면, 나의 장식(la parure)을 늘려야만 하는 것이다. 따라서 인생에는
이미지들로 덮여지는 것이다. 인생은 자라나고, 존재를 변형시키고
순결함을 취하여 꽃을 피게 하며 상상력은 가장 먼 은유로 열려 갖가
지 꽃의 삶에 참가하는 것이다. 이러한 꽃의 역학(dynamique)과 함께
현실의 삶은 새롭게 비약한다. 만일 비현실성의 적당한 휴가가 주어
지면, 현실의 삶은 보다 더 건강하게 되리라.

이상화하는 이러한 나르시시즘은, 이때 애무(la caresse)의 승화를
실현하는 것이다. 물 속에 응시된 이미지는 매우 시간적인 애무가 윤

곽을 가지는 것으로서 나타난다. 그것은 애무하는 손을 조금도 필요로 하지 않는다. 나르시스는 선형적(線形的 linéaire)이고 잠재적이며, 형식화된 애무로 만족한다. 이 섬세하고 연약한 이미지 속에는 어떠한 물질적인 것도 존재하지 않는다. 나르시스는 숨을 죽이는 것이다.

> 내가 내뿜는
>
> 조그만 숨결이
>
> 푸르고 금빛 나는 물 위
>
> 내가 감탄하는 것
>
> 하늘과 숲
>
> 물결의 장미 빛깔을
>
> 내게서 빼앗아 가게 되리라
>
> — '나르시스', 폴 발레리, 《멜랑쥬》

그렇게도 많은 연약함과 섬세함, 그리고 비현실성이 나르시스를 현재 밖으로 밀어내버린다. 나르시스의 응시(contemplation)는 거의 숙명적으로 희망에 결부되어 있다. 자신의 아름다움에 대해 명상하면서 나르시스는 자신의 미래를 명상하는 것이다. 그때 나르시시즘은 일종의 '자연에 의한 거울 점(catoptromancie naturelle)'을 결정하는 것이다. 더욱이 물점(hydromancie)과 거울점의 결합은 드물지 않은 것이다. 들라트[3]는 물의 반영과 샘물 위에 걸려 있는 거울의 반영이 결합되는 하나의 실제 예를 보여주고 있다. 때때로 사람들은 물속에 점치는 거울을 담금으로써 참으로 반사력을 부가시키는 것이다. 따라서 물점의 구성 요소 가운데 하나가 나르시시즘에서 유래하고 있다는 것은 부인할 수 없는 것처럼 보인다. 점(占)의 심리학적 특성에 대한 체계적인 연구를 하게 될 때, 물질적 상상력에 매우 큰 역할을 부여하지 않으면 안 될 것이다. 물점에서 잔잔한 물에 이중의 관점(vue)이 부여되어 있는 것처럼 보이는 것은, 그것이 우리 인격의 복사(複寫 double)를 보여주기 때문이다.

IV

그러나 나르시스는 샘에서 다만 자기 자신의 응시에만 마음을 내맡기고 있는 것만은 아니다. 그 자신의 이미지는 한 세계의 중심인 것이다. 나르시스와 더불어, 그리고 또한 나르시스로서, 자기 모습을 비추어 보는 것은 숲 전체이며, 자신의 장대한 이미지를 의식하기에 이르는 것은 하늘 전체인 것이다. 그것만으로 하나의 긴 연구를 해볼 가치가 있는 책 《나르시스》에서 요하힘 가스케(Joachim Gasquet)는 상상력의 형이상학을 아주 훌륭하게 깊은 비중의 공식으로 우리에게 다음과 같이 제시하고 있다. "세계는 자기 자신을 생각하고 있는 거대한 나르시스이다"(p. 45) 자신의 이미지 속에서보다도 더 자기 자신을 생각할 수 있는 곳이 어디이겠는가? 샘의 수정 속에서는 하나

---

3 들라트 Delatte, 《그리스 거울 占과 그 부산물》, 파리, 1932, p. 111.

의 몸짓이 이미지를 어지럽게 하고, 하나의 휴식이 이미지를 회복시
킨다. 반영하는 세계는 잠잠함의 정복인 것이다. 정지밖에는 요구하
지 않으며, 또 몽상의 태도밖에는 필요하지 않는 숭고한 창조여, 거
기서는 움직이지 않은 채 보다 길게 몽상하면 할수록 더욱더 세계가
드러나 보이게 되는 것을 알게 되리라! 여러 가지 형식 밑에 우리가
좀 더 길게 연구하게 될 '우주적 나르시시즘(narcissisme cosmique)'은
그러므로 아주 자연스럽게 자기 중심적인 나르시시즘(narcissisme
égoïste)을 계속하는 것이다. "자연이 아름다우므로 나는 아름답다.
내가 아름다우므로 자연은 아름답다." 이것이 창조적 상상력과 그 자
연의 모델과의 사이에 있는 끊임없는 대화인 것이다. 일반화된 나르
시시즘은 모든 존재를 꽃으로 변형시키며, 또 모든 꽃에게 자신의 아
름다움의 의식을 준다. 꽃들은 모두 스스로를 나르시스화하며, 물은
꽃에 대해서 나르시시즘의 훌륭한 도구가 되는 것이다. 이러한 우회
로를 거쳐 비로소 셸리(Shelley)의 "노란 꽃들은 수정 같은 잔잔함에
비치는 자기 스스로의 번민하는 눈을 영원히 바라보고 있다"[4]라는 생
각에 충분한 힘과 철학적 매력을 부여할 수 있는 것이다. 리얼리스트
의 관점에서 보면, 이것은 서투르게 쓰여진 이미지로서 꽃의 눈 따위
는 존재하지 않는 것이다. 그러나 시인의 꿈에서는 맑은 물에 자신을
비추어 보기 위해서 꽃을 바라보지 않으면 안 되는 것이다. 키츠
(Keats)도 감미로운 신선함의 페이지 속에서 인간적이고 그 다음에는

---

4 셸리, 《전집》, 라브 역, 제1권, p. 93.

우주적이며, 맨 나중에는 꽃에 관계된 나르시스의 전설을 모으고 있다. 그의 시 속에서 나르시스는 먼저 에코(écho)에게 말을 한다. 그때 그는 조그만 숲 속 빈터에 있는 연못 가운데 비친 푸른 하늘의 허무함과 청명함을 보고, 마침내는 색깔들의 기하학적 예술과 아름다움이 물가에 드러나 있는 것을 본다.

> ……그는 한 송이 쓸쓸한 꽃을 놀라게 했다.
>
> 슬픈 자신의 이미지에 애정을 기울여 다가가기 위해
>
> 물결의 거울 위에 아름다운 모습을 기울이면서
>
> 아무런 오만함도 없는, 버려진 한 송이 수줍은 꽃을
>
> 가벼운 서풍에도 귀 기울이지 않고 그녀는 꼼짝도 하지 않네.
>
> 하지만 탐욕스레 몸을 굽히고, 야위어가며 사랑하는 듯하네.

아름다운 것 하나 하나에, 그리고 꽃들 가운데서 가장 단순한 것에, 자신의 아름다움의 의식을 주는, 오만함이 없는 나르시시즘의 섬세한 뉘앙스, 한 송이 꽃으로서 물가에 태어난다는 것, 그것은 참으로 자연의 나르시시즘, 즉 축축하고 소박하며 조용한 나르시시즘에 몸을 바치는 것이다.

만일 우리가 시도하는 바와 같이 특수한 현실 앞에서의 특수한 몽상을 하나씩 하나씩 붙잡는다면 몇 개의 몽상은 매우 규칙적인 미학적 운명을 지니고 있다는 것을 발견하게 되리라. 물의 반영 앞에서 하는 몽상의 경우가 바로 그러한 예이다. 시냇가와 그 반영 속에서 세계는 아름다움을 향한다. 아름다움에 대한 최초의 의식인 나르시

시즘은 따라서 범미주의(汎美主義 panclisme)의 싹이다. 이러한 범미주의의 힘을 형성하고 있는 것, 그것은 진보적인 것이며 상세한 설명을 요하는 것이다. 우리는, 그것을 연구하는 데 있어 다른 기회를 가질 것이다.

먼저 처음에 우주적 나르시시즘의 여러 가지 종류를 보도록 하자. 강하게 빛나는 반영의 명확하고 분석적인 나르시시즘 대신에 가을 물의 명상 가운데서는, 흐리고 안개 자욱한 나르시시즘이 생겨나는 것을 볼 수 있다. 물체(objets)들이 스스로를 비추는 의지를 결여하고 있는 것처럼 보이는 것이다. 그때 하늘, 즉 구름이 남아 있어, 그들의 극(drame)을 나타내기 위해서 호수가 호응한다. 성난 호수가 폭풍우에 대응할 때, 시인에게 일종의 분노의 나르시시즘이 과해지는 것을 보게 된다. 셸리는 이러한 성난 나르시시즘을 놀라운 이미지로 번역하고 있다. 그리하여 물은 "하늘의 이미지가 새겨진 한 개의 보석과 닮았다"고 그는 말하는 것이었다.(p. 248)

만일 사람이 그 환원된 모양에 만족하여, 보편화로부터 그것을 떼어놓는다면 나르시시즘의 중요성을 완전히 이해하지 못할 것이다. 자기의 아름다움을 믿는 존재는 범미주의에의 경향을 갖는다. 세계 속에 하나의 극(極)이 없으면 혼의 양극성은 세워질 수 없으리라고 하는 루트비히 클라게스(Ludwig Klages)[5]에 의해서 매우 오랫동안 전개된 원리를 적용한다면, 개인적인 나르시시즘과 우주적인 나르시시

---

5 클라게스, 《魂의 敵으로서의 정신 *Der Geist als Widersacher der Seels*》, 제3권 제1책, p. 1132.

즘 사이의 변증법적 활동을 보여줄 수 있으리라. 만일 처음에 나의 초상을 그려주지 않는다면 호수는 솜씨 좋은 화가가 되지 못할 것이라고 개인적 나르시시즘은 선언한다. 다음에 샘물 가운데 비춰진 얼굴은, 물이 도망치는 것을 갑자기 방해하며, 우주적 거울이라는 기능에 그것을 돌려보내는 것이다. 다음과 같이 엘뤼아르는 《열려진 책》에서 노래하고 있다.(p. 30)

> 여기서는 자신을 잃어버릴 수가 없다.
>
> 그리고 나의 얼굴은 맑은 물 속에 있어 나를 본다.
>
> 오직 하나의 나무를 노래하며
>
> 조약돌을 진정시켜
>
> 수평선을 비추는 것을.

　　조금씩 조금씩 아름다움은 테두리에 지워져간다. 그것은 나르시스에서 세계로 퍼져서, 프리드리히 슐레겔*의 "우리는 우리가 세계의 가장 아름다운 곳에 살고 있다는 것을 분명히 알고 있다"(《루신데》

---

* 프리드리히 슐레겔 Friedrich Shelegel(1772~1829) : 독일 문예비평가로서 형 빌헬름과 함께 이에나에서 낭만파 기관지 《아테네움》을 발간했다. 신화의 부활, 근대문학의 본질로서의 소설을 치켜올렸으며, 괴테보다는 티크에 경도되어 가톨릭으로 개종한 후 철학적 신비주의로 전향했다. 대표작 《루신데 Lucinde》는 자유분방한 미적 생활에 빠져 있으나, 로맨틱 아이러니에 관한 그의 사상과 아포리즘은 많은 작가들에게 영향을 끼쳤다. 그에 의하면 예술과 상상력이 미적 기능을 통해, 한정된 인간 존재는 우주의 무한한 통일성에 참여할 수 있으며, 신의 경지에까지 도달할 수 있다는 것이다.

1907년판 p. 16)라는 말의 확실성을 이해하게 된다. 범미주의는 내면적 확실성이 되는 것이다.

때때로 어떤 시인에게, 이러한 우주적 환영(mirage)에 대한 저항을 느낄 수 있다. 우리가 생각컨대 에우게니오 도르스[*]의 경우가 그렇다. E. 도르스는 아주 명백하게 '흙(terrestre)'의 시인이다. 그에 의하면 풍경은 먼저 '지질학적(géologique)' 존재임에 틀림없다. 물의 포에지에의 저항을 나타내고 있는 한 페이지를 옮겨보기로 하자. 대조적으로 그것은 우리 자신의 관점을 밝게 할 것이다. 에우게니오 도르스[6]는, 공기와 빛의 조건이 풍경의 참다운 '실체'를 우리가 인식하도록 할 수 없는 '형용사(adjectifs)'임을 증명하고자 한다.

예를 들면, 그는 해양화(海洋畵 marine)가 '건축적인 일관성(une consistance architecturale)'을 나타낼 것을 요구하여, 다음과 같이 결론을 짓는다.

"예컨대 거꾸로 바꾸어놓을 수 있는 그런 해양화는 서투른 그림일 것이다. 터너(Turner) 자신조차도 — 그토록 빛으로 가득 찬 환상 풍경에서 대단했으나 — 결코 '거꾸로 할 수 있는(réversible)' 바다 풍경, 즉 하늘이 물로, 그리고 물이 하늘로 간주될 수 있는 그림을 그리는 위험을 범하지는 않고 있다. 그리고 인상주의 화가 모네(Monet)

---

[*] 에우게니오 도르스 Eugenio d'Ors(1882~1954) : 스페인의 철학자이며 비평가. 특히 미술평론 《바로크에 대하여》는 지금까지 부당하게 취급받아온 '바로크적인 것'을 재평가하게 한 역작으로 알려져 있다.

6 에우게니오 도르스, 《고야의 생애 *La vie de Goya*》, 불역판, p. 179.

가 〈수련 *Nymphéas*〉의 모호한 연작에서 그렇게 했다면, 그는 죄 가운데서 자신의 회개를 발견한 것이라고 말할 수 있으리라. 왜냐하면 모네의 〈수련〉은, 예술사에서 정당한 제작으로서 이제까지 취급되지 않았으며, 앞으로도 취급되지 않으리라는 까닭에서이다. 오히려 그것은 일시적 기분(caprice)으로 간주되어 한순간 우리의 감수성을 어루만지지만, 추억의 고귀한 고문서 보관처에 간직될 수 있는 자격을 결여하고 있는 것이다. 즉 짧은 시간의 기분전환이며, 상업미술의 제작물 가운데서, 지금부터 완전히 장식적인 것과 이웃해서 자리잡은 대체할 수 있는 물건이며, 아라베스크 무늬나 벽장식, 도자기 접시 등과 같은 종류로서, 요컨대 꿰뚫어봄이 없이 막연히 본다거나, 아무런 생각 없이 그것을 붙잡기도 하고, 또 아낌없이 잊어버리기도 하는 물건인 것이다."

'대체할 수 있는 물체(l' objet fongible)' 에 대한 얼마나 큰 경멸인가! 움직이지 않는 아름다움에 대한 얼마나 큰 욕구인가! 에우게니오 도르스와는 반대로 만일 그러한 결함이 우리에게 몽상의 길을 열어준다면, 설령 우리를 속이기까지 하지만, 동성(動性 mobilité)의 환영을 주는 예술 작품을 우리는 어떻게 기꺼이 맞이해야 할 것인가. 우리가 《수련》 앞에서 느끼는 것은 바로 이러한 것이다. 물의 경치와 공감할 때 언제나 그 나르시스적인 기능을 즐길 준비가 되어 있는 것이다. 이러한 기능을 암시하는 작품은 곧 물의 물질적 상상력에 의해서 이해되는 것이다.

V

  아마도 자기중심적 나르시시즘과 우주적 나르시시즘과의 관계에 대한 이와 같은 지적이, 만일 그 형이상학적 특성을 강조한다면, 보다 더 근거가 있는 것으로 생각되리라.

  쇼펜하우어 철학은, 미학적 명상(contemplation)이 의지*의 드라마로부터 인간을 떼어냄으로써 인간의 불행을 잠시 동안 달래주는 것을 보여주고 있다. 명상과 의지와의 이러한 분리는, 우리가 강조하고자 하는 특성인 명상하는 의지를 지워버린다. 명상(응시) 또한 어떤 의지를 결정하는 것이다. 인간은 보는 것을 원한다. 본다는 것은 직접적인 요구이다. 호기심은 인간의 정신을 역동화한다. 그러나 자연 그 자체에 있어서, '비전의 힘(des forces de vision)' 은 적극적인 것처럼 보인다. '명상화된 자연(nature contemplée)' 과 '명상하는 자연(nature contemplative)' 과의 관계는 긴밀하고 상호적이다. '상상하는 자연(nature imaginaire)' 은 '능산적(能産的) 자연(natura naturans)' 과 '소산적(所産的) 자연(natura naturata)' 의 통일을 실현한다. 한 사람의 시인이 자신의 꿈과 시적 창조를 살〔生〕 때 그는 이러한 자연적 통일을 실현하는 것이다. 그때 응시(contemplée)된 자연은 명상을 도와주

---

* 쇼펜하우어에 의하면, 식물에서 인간에 이르기까지 세계는 그 자체로서 의지(표상)되는 일이 없는, 살려고 하는 맹목적 의지가 지배하고 있는 것으로 이것은 고통과 불행의 의식에 다름 아닌 것이다. 그러므로 자기 소멸의 니르바나에 이르러야 비로소 거기에서 탈출할 수 있다는 것이다. 플라톤적 이데아의 직관의 예술도 이러한 맹목적 의지로부터 탈출할 수 있는 한 수단이 될 수 있다.

며, 또 이미 명상의 여러 수단을 포함하고 있는 것처럼 보이는 것이다. 시인은 우리에게, '존재하는 것의 명상에 우리가 대표로 위임한 물과 가능한 한 가까이 맺어질 것'[7]을 요구한다. 그러나 보다 더 잘 응시하는 것은 호수일까, 아니면 눈일까? 호수나 연못이나 잠자는 물은, 우리를 물가에 멈춰 서게 한다. 그것은 의지(vouloir)를 향해서 다음과 같이 말한다. 너는 보다 멀리 가지는 못할 것이다. 너는 먼 사물들, 즉 저쪽의 사물들을 보도록 되어 한편 무엇인가를 여기서 이미 보고 있는 것이다. 호수는 모든 빛을 빼앗아 그것으로 하나의 세계를 만든다. 그에 의해서 이미 세계는 응시되고 표현되어 있다. 그는 또한 세계는 나의 표현이라고 말할 수도 있다. 호숫가에서는 '생동하는 시각작용(la vision active)'이라는 옛 생리학 이론을 이해할 수 있다. 그 활동하는 시각작용에서 눈은 빛을 투사하며 그 자체로 영상을 비추는 것이다. 그때 눈은 자신의 비전을 보려는 의지를 가지며, 응시 또한 의지라는 것을 이해하게 된다.

따라서 우주는 확실히 어떤 방법으로든지 나르시시즘과 관련되어 있다. 세계는 자기 스스로를 보고자 한다. 쇼펜하우어적 국면에서 다루어진 의지(la volonté)가 응시하기 위해서 그리고 아름다움을 즐기기 위해서 눈을 창조한 것이다. 눈은 그것 자체만으로서도 빛나는 아름다움이 아닐까? 눈은 범미주의의 표시를 지니고 있는 것이 아닐까? 아름다운 것을 보기 위해서는 눈이 아름다운 것이지 않으면 안

---

7 폴 클로델, 《해뜨는 나라의 검은 새 *L'Oiseau noir dans le Soleil levant*》, p. 230.

된다. 눈동자 속으로 아름다운 색깔이 들어가기 위해서는 눈의 홍채(虹彩 l'iris)가 아름다운 색깔을 지니지 않으면 안 된다. 푸른 눈이 참으로 볼 수 있겠는가? 검은 눈이 없다면 어떻게 밤을 볼 수 있겠는가? 거꾸로 모든 아름다움은 안상반점(眼狀班點 ocellée)이 있는 것이다. 보이는 것과 시각과의 이러한 범미주의적 결함을 많은 시인들은 명확하게 규정 짓지 않은 채 느끼며 살아온 것이다. 이것이 상상력의 기본적인 법칙이다. 예를 들면《속박에서 풀려난 프로메테우스》에서 셸리는 이렇게 쓰고 있다.[8]

오랑캐꽃의 우아한 눈이 그녀가 바라보고 있는 것의 색깔에 자신의 색깔이 닮게 될 때까지 푸른 하늘을 바라보고 있다.

그 본질적인 의태(mimétisme)의 자취 속에서 물질적 상상력을 어떻게 이보다 더 잘 뜻하지 않게 포착할 수 있겠는가?

스트린드베리의《백조의 무희 Swanevit》는 그녀가 매혹의 왕자를 기다리고 있는 동안, 공작의 등이며 꼬리를 어루만진다.

"사랑스런 파보! 사랑스런 파보! 넌 무얼 보고 있니? 넌 무얼 듣고 있니? 어떤 사람이 올 건가? 누가 올 건가? 사랑스런 왕자님인가? 그 사람은 아름답고 멋진가? 넌 너의 푸른 눈으로 그 사람을 볼 수가 있겠지? (그녀는 공작의 깃털 하나를 공중에 치켜들고 깃털의

---

8 셸리,《전집》, 라브 역, 제1권, p. 23.

눈[*]을 뚫어지게 바라보고 있다)"[9]

덧붙여서 깃털의 '눈(l'œil)'이 또한 '거울(miroir)'이라고 불리고 있는 것을 주목하기로 하자. 이것은 두 개의 분사 vu와 voyant〔동사 '보다 voir'의 과거분사와 현재분사임〕에 대해서 행해진 양의성의 새로운 증거이다. 양의적인 상상력에 있어서 공작은 증가하는 시각(vision)인 것이다. 크로이처에 의하면 '원초의 공작(le paon primitif)'은 백(百)의 눈을 가지고 있다[10]는 것이다.

새로운 뉘앙스가 즉시 일반적 시각 속에 들어가, 명상의 '의지적 (volontaire)' 성격을 강화한다. 스트린드베리의 요정극은 이러한 성격을 밝혀주고 있다. 공작 깃털의 홍채, 즉 눈꺼풀이 없는 '눈', 이 '불변의 눈(œil permanent)'은 갑자기 냉혹해진다. 응시하는 대신 그것은 관찰한다. 아르고스^{**}의 관계(une relation d'Argus)가 이때 감탄하는 사랑의 귀여운 매혹을 흐트러지게 하고 있다. 조금 전까지 너는 나를 바라보고 있었으나 지금은 나를 관찰하고 있다. 애무가 끝난 뒤 곧바로 백조의 무희는 '눈 모양의 반점이 있는 꼬리(roue ocellée)'의 요구를 알게 된다. "고약한 알구스, 너는 관찰하기 위해 거기에 있었구나…… 어리석은 녀석! 나는 막을 잡아당길 거다, 알겠니. (그녀는

---

[*] 공작의 깃털 무늬가 눈의 형태를 하고 있는 모습을 '깃털의 눈'이라고 압축하여 표현한 듯함.

9 스트린드베리, 《백조의 무희》 불역판, p. 329.

10 크로이체 Creuzer, 《고대의 종교 *Religion de l'Antiquité*》, 기니오 역, 제1권, p. 168.

^{**} 아르고스 Argus는 그리스 신화에 나오는 황소를 망 보는 백 개의 눈을 가진 파수꾼으로서, 주의 깊은 파수꾼의 비유로 흔히 사용된다.

풍경이 아니라 공작을 숨기고 있는 막을 잡아당긴다. 그러고 나서 비둘기 쪽으로 간다) 나의 희고 하얗고 하얀 멧비둘기들, 너희들은 보다 하얀 것이 있다는 것으로 알겠지." 마침내 유혹이 찾아왔을 때, 잔혹한 눈을 지닌 알구스인 공작은 막을 잡아당긴다.(p. 248) "누가 막을 잡아당겼어? 백의 눈으로 우리들을 바라보도록 도대체 누가 새에게 명령했어?" 오, 수많은 눈을 가진 꼬리여!

현실적이고 논리적인 확신을 자랑하는 비평은, '눈'이라는 말, 우연하게도 공작 깃털의 원환적 반점에 힘입은 바 큰 이 말에 대해 여기서 우리가 다룬 것을 비난할 것이다. 그러나 공작에 의해서 주어진 명상에의 초대를 진정 받아들일 수 있는 독자는, 이러한 백 개의 '시선'의 집중이 주는 기묘한 인상을 잊어버리지 못할 것이다. 아주 명확하게, 꼬리 그 자체는 유혹하기를 '바라는' 것이다. 펼쳐진 꼬리를 잘 관찰해보기를 바란다. 그것은 평면이 아니다. 조가비처럼 안쪽으로 휘어져 있다. 만일 어떤 가금(家禽)이 오목 거울, 이 오목한 시각의 가운데를 지나가게 되면, 오만함은 격분으로 변하고 노여움이 깃털 속으로 달려들어, 꼬리 전체가 전율하며 희미한 소리를 내는 것이다. 관찰자는 그때 아름다움의 '직접적 의지(volonté directe)'와 수동적인 채로 있을 수 없는 과시의 능력을 눈앞에 보고 있다는 느낌을 갖는 것이다. 어리석게 과시된 아름다움이라는 인간적 심리학은 동물의 관찰자가 모르는 체하지 못할 저 '공격적 미(beauté offensive)'의 특성을 결여하고 있다. 이러한 예에 대해서 명상의 자기(磁氣 magnétisme)가 의지의 질서에 속한다고 하는 새로운 종합으로, 쇼펜하우어의 여러 가지로 나누어진 교훈을 통합할 필요가 있다는 것을,

쇼펜하우어적 철학자라면 확신할 수 있으리라. 명상한다는 것, 그것은 의지에 대립하는 것이 아니고, 의지의 또 하나의 곁가지를 좇아가는 것이며, 보편적 의지의 한 요소인 미의 의지에 참가한다는 것이다.

미의 현상을 시각(vision)의 의지에 결부시키는 적극적 상상력의 교리가 없다면, 스트린드베리의 그것과 같은 페이지들을 이해할 수 없는 것이며 애매모호한 것이 될 것이다. 만일 거기에서 알기 쉬운 상징을 찾는다면 그 페이지들을 잘못 읽게 되는 것이다. 그 페이지들을 올바르게 읽기 위해서는 상상력이 형식의 삶과 물질의 삶에 동시에 참가하지 않으면 안 된다. 살아 있는 공작은 이러한 종합을 실현하고 있는 것이다.

우주적 나르시시즘과 역동적 범미주의의 이와 같은 구성을 빅토르 위고에게서 지나쳐서는 안 된다. 자연이 우리에게 명상을 강요하고 있다는 것을 그는 이해했던 것이다. 라인 강가의 위대한 경치들 가운데 한 경치 앞에서 그는 이렇게 썼다.

> 그것은 자연이라는 이름의 장대한 공작이 꼬리를 펼치는 것을 보는 것처럼 생각되는 장소들 가운데 하나였다.[11]

따라서 공작은 우주적 범미주의의 소우주라고 말할 수 있는 것이다.

---

11 빅토르 위고, 《라인 *Le Rhin*》, 제2부, p. 20.

그리하여 매우 여러 가지 모양으로, 그리고 매우 다른 기회에 서로 무관한 작가들에게, 시각(vision)에서 보이는 것으로의 (보는 주체에서 보이는 객체로의) 끊임없는 교환이 다시 나타나는 것을 볼 수 있다. 보여지게 하는 모든 것은 보는 것이다. 라마르틴(Lamartine)은 《그라지엘라 *Graziella*》에서 다음과 같이 쓰고 있다.

> 나의 방 벽 위 불길의 눈 깜박임처럼 빛이 나의 덧문의 틈새기를 통해서 쉴 사이 없이 쏟아져 나온다.[12]

그리하여 비치는 빛은 바라보는 것이다.

그러나 물체(chose)의 눈길이 조금 상냥하다고 한다면, 조금 무겁고 생각에 잠기는 것은 물의 눈길이다. 상상력의 검토는, 일반화된 시각의 상상력 속에서 물이 예기치 못한 역할을 맡는다는 역설에 우리를 이끌어간다. 대지의 참다운 눈은 물이다. 우리의 눈 속에서 꿈꾸는 것은 '물'인 것이다. 우리의 눈은, '하나님이 우리 자신의 근원에 주신 액체의, 빛의, 아직 탐험되지 않은 그러한 물웅덩이'[13]가 아닐까? 자연에 있어서 본다든가 꿈꾼다든가 하는 것은 역시 물인 것이다. "호수는 뜰을 만들었다. 생각하는 이 물 주위에 모든 것이 구성되어 있다."[14] 꿈과 명상이 있는 힘을 다 모아서, 상상력의 영역에 전

---

12 라마르틴, 《속내 이야기 *Confidences*》, p. 245.
13 폴 클로델, 《해뜨는 나라의 검은 새》, p. 229.
14 앞의 책.

적으로 몰두할 때, 폴 클로델(Paul Claudel)의 "그리하여 물은 대지의 시선이 되고, 시간을 바라보는 계기가 되는 것이다……"[15]라고 하는 사고의 깊이를 이해하게 되는 것이다.

VI

이와 같은 형이상학적인 회담을 한 뒤에, 물의 심리학의 보다 단순한 여러 특성으로 다시 돌아가기로 하자.

영상들을 모두 비치는 밝은 물이나 봄의 물의 모든 유희에, 물의 포에지 분력(composante)을 부가시키지 않으면 안 된다. 그것은 '신선함(fraîcheur)'이다. 우리는 나중에 순수함의 신화를 연구하게 될 때(제6장), 물의 양에 속하는 이러한 특성을 다시 발견하게 될 것이다. 그러나 이것이 직접적인 다른 이미지들과 화해하는 것이기에, 지금 곧 기록해두지 않으면 안 된다. 상상력의 심리학은, 미학적 의식의 모든 직접적인 여건들을 총체적으로 생각할 필요가 있는 것이다.

시냇물에 손을 씻으면서 느끼게 되는 이러한 신선함은 확대되고 퍼져서 자연 전체를 점령하는 것이다. 그것은 재빠르게, 봄의 신선함이 된다. 불 이외의 어떤 명사(substantif)에도 '봄의(printanier)'라고 하는 형용사가 보다 강하게 결부될 수 없는 것이다. 프랑스 사람의

---

15 앞의 책.

귀로서는 '봄의 물(eaux printanières)' 이라는 말보다 더 신선한 말은
없다. 그 신선함은 흐르는 물에 의해서 봄에 스며든다. 즉 부활
(renouveau)의 계절 전체에 가치를 부여하는 것이다. 반대로 신선함
은 공기의 이미지의 영역에 있어서는 업신여김을 받는(péjorative) 것
이다. 이미 상쾌한 바람은 시원함을 던지고 있는 것이다. 그것은 열
광을 냉각시켜버린다. 이와 같이 각각의 형용사는, 물질적 상상력이
아주 재빨리 예약해버리는 특권적인 명사를 가지고 있는 것이다. 그
리하여 '신선함'은, 물의 형용사가 된다. 어떤 점에서 보면, 물은 실
체화된 신선함이기도 하다. 그것은 어떤 시적 기질을 나타낸다. 따라
서 그것은 푸른 에린(Erin 아일랜드의 옛 이름)과 붉은 스코틀랜드를, 그
리고 풀에 대한 히이드를 변증법적으로 통일하는 것이다.

　시적 특성의 실체적인 뿌리가 발견되었을 때, 또 물질적 상상력
이 그 위에 작용하는 물질, 즉 형용사의 '물질'이 참으로 발견되었을
때, 아주 깊이 뿌리박은 모든 은유들은 그 자체로서 발전한다. 감각
적 가치는 — 감각은 아니다 — 실체에 결부되어 있기 때문에, 기대
에 어긋나지 않는 '교감(correspondance)'을 부여한다. 그러므로 물질
과 같은 푸른 향기는 분명히 신선한 향기이며, 신선하고 윤나는 육
체, 어린아이의 신체처럼 충만한 육체인 것이다. 모든 '교감'은 '원
초적인 물(l'eau primitive)', 육체의 물, 우주적인 원소에 의해서 지탱
되는 것이다. 물질적 상상력은 어떤 은유의 존재론적 가치를 알게 되
었을 때 스스로에 대해서 확신을 갖는다. 그와 반대로 포에지에 있어
서 현상론(phénoménisme)*은 힘없는 교의가 된다.

VII

신선하고 밝은 것은 또한 강물의 노래이다. 사실 물의 소리는 아주 자연스럽게 신선함과 밝음의 은유를 지닌다. 웃음 짓는 물, 빈정거리는 듯한 시냇물, 떠들썩한 즐거움의 폭포 등은 보다 다양한 문학적 풍경 속에 있다. 이러한 웃음소리와 졸졸거림은, '자연(Nature)'의 순진한 말처럼 생각된다. 시냇물 속에서, '자연'이 어린아이로서 말하는 것이다.

이 어린아이와 같은 포에지에서 벗어나는 것은 어려운 일이다. 수많은 시인들이 아주 빈번히 어린아이의 혼을 다다, 보보, 로로, 꼬꼬라는 빈약한 자음의 2음절 속에 봉쇄해버리는, '육아실'에서의 특유한 똑같은 소리의 졸졸(glou-glou)을, 작은 시냇물은 말하는 것이다. 어른들이 만든 어린아이용의 옛날이야기에서는 시냇물이 이와 같이 노래하는 것이다.

그러나 순수하고 깊은 조화의 지나친 이 단순화, 오래 지속되는 이 순진함, 숱한 시편들의 결함인 이 시적인 유치함 등은 물이 가지는 젊음과 생생한 물[**]이 주는 활발함의 교훈을, 우리로 하여금 낮게 평가절하하지 못하게 된다.

가끔 숨겨진 이들 작은 '숲의 샘(Waldquellen)'을 사람들은 보기 전에 그 소리를 듣는다. 꿈에서 벗어나 깨었을 때 그것을 듣는 것이

---

[*] 현상만이 實在하는 것으로서 인식할 수 있다고 생각하는 철학.
[**] 샘에서 끊임없이 솟아 나오는 살아 있는 물을 뜻하는 것이리라.

다. 그리하여 파우스트는 그 소리를 페네이오스 강변에서 듣는 것이
다.

그러나 이러한 신화가 진정한 힘을 지니고 있는 것일까? 시냇물
의 신선한 노래나 살아 있는 자연의 실제적인 소리에 눈을 뜨는 사람
은 얼마나 행복하겠는가. 그에게 새로운 매일매일은 탄생의 역학
(dynamique)을 갖는 것이다. 새벽에, 시냇물의 노래는 청춘의 노래,
젊음의 충고가 되는 것이다. 우리에게 '자연의' 눈뜸, '자연 속에서
의 눈뜸'을 되돌려 주는 것은 누구일까?

VIII

반영의 표면적인 시에는, 아주 시각적이며 인공적이고 때때로 현
학적인 성화작용(sexualisation)이 결부되어 있다. 그것은 나이야드
(naïade)나 님프에 대한 다소 책 냄새 풍기는 환기를 불러일으킨다.
이렇게 해서 욕망과 이미지의 축적, 즉 '나우시카의 콤플렉스
(complexe de Nausicaa)'*라는 이름으로 아주 적절하게 나타내게 될

참다운 문화의 콤플렉스가 형성되는 것이다. 사실 물의 요정이라든가 바다의 요정, 숲의 요정이라든가 수목의 요정은 이미 학교 냄새가 나는 이미지들에 지나지 않는다. 그것들은 벼락치기 공부를 한 부르주아지의 산물들이다. 시골에다 학교 시절의 추억을 옮겨놓음으로써, 〔i〕 위의 몇 개의 분음 부호(分音符號 tréma)를 습음으로 발음하면서, 스무 마디 정도의 그리스어를 인용하는 부르주아는, 님프 없이는 샘물을, 또 왕의 딸(Nausicaa를 가리킴) 없이 어두운 작은 만(灣)을 상상하지 못하는 것이다.

우리는 이 장의 끝 부분에서 전통적인 상징에서의 '말'과 '이미지'의 대차대조표를 작성하게 될 것인데 그때, '문화 콤플렉스'의 특성을 보다 더 잘 나타내게 될 것이다. 그러니 지금은 상상력이 은유의 근원에 있는 실제적인 현상(spectacle)의 검토로 되돌아가기로 하자.

시인들이 묘사하고 암시하며, 또 화가들이 그리고 있는 바 그대로의 '목욕하는 여인(la femme au bain)'은 우리의 시골에서는 찾아볼 수 없다. 목욕은 이미 스포츠에 지나지 않는다. 스포츠인 한에서, 그것은 여성적인 수줍음과는 반대이다. 그렇게 된 때부터 목욕하는 것은 '군중(foule)'적인 것이 되었다. 그것은 소설가들에게 하나의 '환

---

* 《오디세이아》(제6권)에 의하면, 폭풍에 의해 파이에크스 섬에 밀어 올려져 잠이 든 오디세이아는 파라스 아데나의 책략으로 빨래를 하러 왔던 아르기노스왕의 딸 나우시카와 시녀들의 외치는 소리에 눈을 뜬다. 그때 그는 그녀들을 님프로 착각하는데, 아마 바슐라르가 말하는 '나우시카의 콤플렉스'는 이 이야기에 근거를 두어 명명한 것인 듯 하다. 학교에서 가르치는 얕은 고전적 지식과 대비하여, 참다운 '문화의 콤플렉스', 즉 깊은 잠과 놀라움에 관계되는 '님프의 환상'을 이와 같이 이름 붙인 것이리라.

경(milieu)'을 제공해준다. 그것은 더 이상 참다운 자연의 시(poème)
를 주지는 못하는 것이다.

더욱이 저 소박한 이미지, 즉 반짝거리는 반영을 동반하는 멱 감
는 여인의 이미지는 거짓이다. 물을 움직임으로써 멱 감는 여인은 자
기 자신의 영상을 깨뜨린다. 멱 감는 사람은 자기를 비추지 않는다.
그러므로 상상력이 현실을 보완하지 않으면 안 된다. 그때 상상력은
어떤 욕망을 실현하는 것이 되는 것이다.

그러면 시냇물의 성적 기능이란 무엇인가? 그것은 여성의 나체를
환기시키는 것이다. 이 물은 아주 맑구나, 라고 산보하는 사람은 말한
다. 이미지 가운데서 가장 아름다운 것을, 얼마나 충실하게 그 물은
비추는 것일까! 그러므로 거기에서 멱 감는 여인은 희고 젊어지며 나
체가 되는 것이다. 물은 먼저 '자연의' 나체, 깨끗함을 지닐 수 있는
나체를 환기시킨다. 상상력의 영역에서는 양털을 입지 않은 진정으로
벌거벗은 존재는 언제나 대양에서 출현하는 것이다. 물에서 나타나는
존재는 조금씩 자기 자신을 불질화해가는 반영으로서, 어떤 '손재'가
되기 전의 '이미지', 어떤 이미지가 되기 전의 욕망인 것이다.

몇 개의 몽상에 있어서, 물에 자기를 비추는 모든 것은 여성적인
흔적을 가지고 있다. 여기에 이러한 환각의 좋은 예가 있다. 물가에
서 꿈꾸는 장 파울*의 한 작중 인물은 아무 설명도 없이 갑작스레 이

---

* 장 파울 Jean-Paul Richter(1763~1825) : 가난한 목사의 아들로 태어나 장편소설 《헤
스페르스》를 써서 일약 유명해졌으며, 바이마르에서 괴테와 쉴러를 만났으나 그들의
귀족 취미와 코스모폴리티즘에 어울릴 수가 없었다. 독일의 소박한 민족성과 시민성

야기를 시작한다. "호수의 맑게 개인 물결 한가운데서 언덕이나 산의 꼭대기가 솟아올라, 물에서 나타나는 많은 멱 감는 여인들처럼 보였다……."[16] 누구라도 좋으나 임의의 리얼리스트에 도전하여, 이러한 이미지를 설명하지 못할 것이다. 또 임의의 지리학자에 대해서, 만약 꿈 때문에 대지를 내버리지 않는다면, 결코 산악학적(orographique) 옆얼굴과 여성의 옆얼굴을 혼동하는 것 같은 일은 없는가고 물을 수 있으리라. 반영에 대해서 몽상함으로써, 여성의 이미지가 장 파울에게 주어진 것이다. 우리가 제안하는 심리학적 설명의 기나긴 우회로를 통해서밖에는 이것은 이해되지 않는 것이다.

IX

백조는 문학에서 벌거벗은 여성의 대용물이다. 그것은 허가된 나체이며, 깨끗하긴 하나 과시된 백색인 것이다. 아무튼 백조는 보는 것을 허용하고 있다! 백조에 감탄하는 자는 멱 감는 여인을 욕구하고 있다.

《파우스트》제2부의 제1정경은, 어떻게 해서 배경이 인물을 출현

에 더 이끌린 것이다. 낭만주의적 환상과 기지가 넘치는 현실적 풍자, 목가적인 행복의 찬가와 강력한 비판 정신이 양립되어 있으면서 독자적 형식과 문체를 지니고 있다. 하이네에서 헤세에 이르기까지 깊은 영향을 끼치고 있다. 주요 저서로는《미학 입문》, 《거인》 등이 있다.
16 장 파울, 《거인 *Le Titan*》, 샬르 역, 제1권, p. 36.

시키는가, 또 여러 가지 가면 밑에서 꿈꾸는 사람의 욕망이 어떻게 해서 전개되는가를, 우리에게 자세히 보여준다. 다음의 정경을 우리는 풍경 — 여성 — 백조라는 세 개의 화면으로 분할하여 보기로 하자.[17]

우선 맨 처음에는 인기척이 없는 풍경.

"물은 칙칙한 무성함의 상쾌함을 통해서 조용히 움직이고 있다. 물은 중얼거리지도 않고 약간 흐르고 있다. 수많은 샘물은 멱 감기에 알맞은 평평하고 맑게 개어 반짝이는 수반과 닮아 있다."

"멱 감기 위해 평평하고 깊게 판 공간."

그러므로 자연은 멱 감는 여인들을 숨기기 위해서 지하실을 만든 것처럼 생각된다. 이윽고 시편(詩篇) 가운데, 구멍이 파여진 상쾌한 공간에는, 물의 상상력의 법칙에 따라 사람이 모여드는 것이다. 이것이 두 번째 화면이다.

"매혹된 눈이 비치어, 물거울에 이중이 되는 여인들의 화려하게 젊은 모습이여! 그녀들은 대단하게 헤엄치기도 하고 두려움을 지닌 채 걸어가면서, 함께 즐거이 멱을 감는다. 그리고 마침내 물결 속에서의 외침과 다툼!"

그때 욕망은, 응집하고 분명하게 되며 내면화한다. 그것은 이미 단순한 눈의 기쁨이 아니다. 완전하고 생생한 이미지가 준비된 것이다.

"이들 미녀들이 나를 만족하게 할 것이며 여기서 나의 눈을 즐길

---

17 괴테, 《파우스트》, 제2부 제2막, 포르샤 역, p. 342.

것이다. 하지만 나의 욕망은 늘 전진하여, 눈길은 쑥 들어간 곳까지 깊이 투시할 것이다. 칙칙한 녹색의 풍부한 무성함은 고귀한 여왕을 숨기고 있다.” 그리고 몽상가는 숨겨 있는 것을 진실로 바라보며, 현실로써 신비를 만들어내는 것이다. ‘덮여 있는 것(couverture)’의 이미지가 이렇게 해서 나타나는 것이다. 이제야 우리는 환각의 핵심에 있는 것이다. 잘 덮여지면, 핵은 번식할 것이며, 그것은 아주 멀리 떨어져 있는 이미지까지도 쌓아올릴 것이다. 이렇게 해서 먼저 백조들, 이어서 ‘백조’가 나타나는 것이다.

“오, 엄청난 놀라움! 백조들도 쑥 들어간 곳에서 순수한 위엄 있는 몸짓으로 헤엄치러 온다. 얌전하고 정답게 조용히 그들은 헤엄친다. 하지만 머리와 주둥이는 얼마나 자랑스럽고 즐겁게 움직이고 있는 것인가…… 더욱이 그들 중의 한 마리는 대단하게 몸을 뒤로 젖히는 것처럼 보이고, 딴 백조를 앞질러 재빨리 돛을 세운다. 그의 날개는 부풀어, 물결을 차례차례 밀어젖히고 성스런 은신처로 나아가는 것이다.”

독일 고전문학에서 극히 드문 말없음표(les points de suspension)는 괴테에 의해 여러 곳에서 쓰여졌다.〔1888년 바이마르의 헬만 볼라우판에, 약 7300에서 7306〕많은 경우에 그러하듯이 말없음표는 본문을 ‘정신분석’ 하는 것이다. 그것들은 분명하게 말해서는 안 될 것을 미완안 채로 그대로 둔다. 우리는 포르샤(Porchat)의 불어판 번역에서, 독일어 원문에 없는 말없음표를 생략하는 잘못을 범했으나, 그것들은 정신분석을 요구하는 말 빠뜨림(évasion)과 특히 비교해본다면, 무력하고 허위인 말 빠뜨림을 암시하기 위해서 덧붙인 것이다.

게다가 이 최후에 나타난 백조의 이미지 가운데서 '남성적' 특성을 포착하는 것은, 정신분석학의 가장 미숙한 초보자에게도 어려운 일이 아닐 것이다. 무의식계에서 움직이는 모든 이미지와 같이, 백조의 이미지는 남녀 양성인 것이다. 백조는 빛나는 물의 응시에 있어서는 여성이며, 행동에 있어서는 남성이다. 무의식에 있어서 활동은 행위이다. 무의식에 있어서는 '어떤 현실적 행위(un acte)' 밖에 존재하지 않는다……. 어떤 행위를 암시하는 이미지는, 무의식계에 있어 여성에서 남성에로 발전하는 것이다.

《파우스트》제2부의 페이지는 그러므로 우리가 '완전한 이미지' 또는 완전히 역동화된 이미지라고 이름 붙이게 될 그러한 것의 좋은 예를 우리에게 제공해준다. 상상력은 흔히 관능의 선을 좇아서 이미지를 모은다. 그것은 우선 처음에 멀리 있는 이미지에서 스스로를 길러, 넓은 전망 앞에서 몽상하며, 그 다음에 거기에서 은밀한 장소를 분리시켜 거기에 보다 인간적인 이미지를 모으는 것이다. 상상력은 눈의 즐거움으로부터 보다 내면적인 욕망으로 이행해간다. 마침내 유혹의 몽상의 정점에서 영상은 성적인 목표로 변화한다. 그것은 행위를 암시한다. 그때 "날개는 부풀고 백조는 성스런 은신처로 나아가는 것이다……."

더욱이 정신분석 쪽으로 나아가본다면, 다음과 같은 것이 이해되리라. 즉 죽음 직전에 부르는 백조의 노래는 사랑하는 사람의 웅변 같은 서약의 말로서, 또 최상의 순간 직전, 정말로 '사랑의 죽음'인 앙양의 그토록 숙명적인 종말 직전에, 유혹자가 외치는 열렬한 목소리로서 해석될 수 있는 것이다.

이 '백조의 노래', 이 성적 죽음의 노래, 다시 말하면 치유를 찾으려고 하는 고양된 욕망의 노래는, 복합적 의미작용 속에는 드물게밖에 나타나지 않는다. '백조의 노래'의 은유는 특히 너무나 흔하게 쓰여왔던 것이므로, 우리의 무의식에는 이미 반향(反響)하지 않는 것이다. 이것은 기교적인 상징주의 밑에 짓눌려버린 은유이다. 라 퐁텐의 백조가 요리사의 식칼 밑에서 '임종의 노래'를 고할 때, 시는 사는 것, 감동시키기를 그치며, 또한 인습적 상징주의나 효력을 없앤 현실적 의미작용의 이익을 위해서, 시는 그 자체의 의미작용을 잃어버리는 것이다. 리얼리즘의 화려한 시대에는 백조의 후두부가 정말로 노래하는 것이나 고민의 외침까지도 부르짖는 것을 허용하는지 어떤지를 자문했던 것이다. 관습의 편에서도 현실의 편에서도 백조의 노래의 은유는 설명되어질 수 없다. 다른 많은 은유에 대해서와 마찬가지로 무의식 속에서 설명의 여러 동기를 찾지 않으면 안 되는 것이다. 만약 반영에 대한 우리의 일반적 설명이 정확하다면, 백조의 이미지는 언제나 어떤 '욕망'인 것이다. 그렇다면 그가 노래할 때는 '욕망'으로서인 것이다. 그런데 죽으면서 노래하며, 노래하면서 죽는 단 하나의 욕망, 그것은 성적(性的) 욕망이다. 따라서 백조의 노래, 그것은 원점에 있어서의 성적 욕망인 것이다.

예를 들면 우리의 해석은 다음과 같은 니체의 아름다운 페이지[18]의 무의식적인 시적 반향을 전부 설명할 수 있는 유일한 것이라고 생

---

18 니체, 《비극의 탄생 *La naissancéde la tragédie*》, G. 비앙키 역, p. 112.

각된다. 그리스 신화는 현상의 세계를 그 한계에까지 이끌어간다. 이러한 한계에 있어서 현상의 세계는 스스로를 부정하고 진실하며 유일한 실재의 품속으로 도망쳐 돌아가려고 하는 것이다. 그래서 현상의 세계는 이졸데(Yseult)와 마찬가지로 다음과 같은 형이상학적인 백조의 노래를 부르기 시작하는 것처럼 생각되는 것이다.

용솟음치는 높은 파도 속에 향기 나는 물결이

높이 울리는 울림 속에 세계의 고동침이

움직이는 통일성 속에 —

빠져 — 가라앉는다 —

모르는 사이에 — 아, 최상의 기쁨이여!

향기 나는 물결 속에 가라앉으면서 존재를 멸망시키며, 항상 파도처럼 고동치고 요동하는 한 우주에 존재를 합치시키는 이 희생은 도대체 무엇일까? 자기 자신의 멸망과 행복에 대해 동시에 무의식적이 되는 가운데 도태하고, 노래하는 이 희생은 도대체 무엇일까? 그렇다. 이것은 결정적인 죽음은 아닌 것이다. 이것은 하룻밤의 죽음인 것이다. 이것은 물 위에 몸을 펴는 백조의 이미지를 햇빛이 새롭게 하는 것처럼, 빛나는 아침에 선명하게 재생시키는 충만된 욕망인 것이다.[19]

X

　우리가 지금 정의한 백조 콤플렉스와 같은 콤플렉스가 충분히 시화(詩化 poétisante)하는 기능을 발휘하기 위해서는, 시인의 마음속에서 ‘은밀히’ 활동하여, 물 위의 백조를 오랫동안 응시하는 시인은, 그 자신이 보다 부드러운 아방튀르(aventure)를 욕구하는 것을 의식하지 않아야 할 필요가 있다. 어쩌면 이것이 괴테의 몽상의 경우일 것이다. 파우스트의 몽상의 자연스러움을 강조하기 위해서, 우리는 상징이 명백하게 조작적이거나 조잡한 끌어 모음으로써 나타나게 될 두 번째 예를 대조시켜보기로 하자. 이 예 속에서 우리는 문화 콤플렉스의 매우 특징적인, 조잡스런 헬레니즘이 움직이고 있는 것을 보게 될 것이다. 욕망과 상징의 융합이 여기서는 행해지지 않고, 원초의 이미지가 고유의 삶을 가지지 않으며, 습득된 신화학의 추억에 의해 너무나도 빨리 점유되어버리는 것이다. 그러한 예를 피에르 루이[*]가 《님프들의 황혼》(몽테뉴 판)이라는 제목으로 모은 소설 중의 하나

19　어쩌면 말라르메의 ‘백조’ 속에서 우리는 나르시시즘과 사랑스런 죽음의 나르시시즘의 융합을 포착할 수 있으리라. 클로드 루이 에스테브는 말라르메에 관한 에세이 《문학적 표현에 관한 철학적 연구》(p. 146)에서 다음과 같이 총괄적으로 말하고 있다. “(다리가 아니라) 목이 흰 고통을 흔들거나, 또는 물 속에서 꼼짝도 하지 않는 나르시스적 쇠약함과 아름다움을 지닌 말라르메의 백조는 언제나 ‘순수’와 ‘장엄함’으로 계속 머물러 있는 것이다.”

[*]　피에르 루이 Pierre Louÿs(1870~1925) : 프랑스 시인. 1891년에 상징주의 잡지 《라 콩크》(소라고둥)를 발간하여 지드, 발레리, 앙리 드 레니에와 함께 활동했다. 관능적인 고전(그리스, 로마)의 세계에 심취한 그는 박식하고 우아한 문체를 구사, 많은 콩트와

에서 차용해보기로 하자. 이 책은 대단히 아름다운 페이지를 포함하고 있다. 우리는 문학적 관점에서 판단하는 것을 주장하지 않는다. 우리가 지금 관심을 기울이고 있는 것은 심리학적 관점인 것이다.

《레다 또는 행복한 어둠의 찬가 *Lêda*[20] *ou la louange des bienheureuses ténèbres*》라는 소설 가운데서 '백조 콤플렉스'는 직접 자기 자신의 너무나도 인간적인 특질을 폭로하고 있다. '덮개의 이미지(images de couverture)'는 역할을 다하지 않은 것이다. 여기서는 너무나도 뚜렷하게 보여진다. 음험한 독자는 곧바로, 그리고 직접적으로 서비스를 받는 것이다. "아름다운 새는 여성처럼 희고, 빛처럼 반짝이며 장밋빛이었다."(p. 21) 그러나 여성같이 흰 새가, 님프 주위를 돌며, '옆에서 그녀를 바라보자마자' 벌써 상징적 가치를 포기해버리는 것이다. 그래서 그는 레다에게 다가간다.(p. 22) 백조〔제우스의 화신〕는 "레다 바로 옆에 이르자 더욱 다가가는 것이다. 그리고 붉고 큰 다리로 일어서면서, 푸르러지기 시작한 싱싱한 넙적다리 앞, 그리고 허리 위의 부드러운 주름살에까지 가능한 한 높이, 자신의 우아하게 물결치는 목을 길게 내뻗는 것이다. 레다의 팔은 깜짝 놀라 작은 머리를 주의 깊게 껴안고 애무로 감싸는 것이다. 새는 깃털 구석구석까지 떨고 있다. 넓고 푸근한 날개 속에 있는 벌거벗은 다리를 꽉 조여 오그리고 있다. 레다는 쓰러지게 되었다." 그리고 2페이지 더 나

산문시를 남겼다. 특히 성공한 작품으로는 《빌리티스의 노래》(1894)와 《아프로디테》(1896)가 있다.

20 우리는 인용 속에서 작가가 선택한 철자법(orthographe)을 그대로 간직한다.〔Lêda〕

아가서 모든 것은 끝이 나는 것이다. "레다는 그에게 창가의 푸른 꽃 같이 자신을 벌리고 있다. 차디찬 무릎 사이에 새의 따스한 몸을 느끼는 것이다. 갑자기 그녀는 아!…… 아!…… 하고 부르짖었고, 창백한 나뭇가지처럼 팔이 떨리는 것이었다. 부리가 그녀를 무섭도록 꿰뚫어, 마치 그녀의 내장을 맛있게 먹고 있는 것 같이 백조의 머리는 심하게 움직이는 것이다."

이와 같은 페이지는 전혀 신비성을 잃고 있어서, 설명하는 데 정신분석학자를 필요로 하지는 않는다. 백조는 여기서 전혀 쓸모가 없고 우회적인 화법(euphémisme)인 것이다. 그는 이미 물의 주민이 아니다. 레다는 '강가의 푸른꽃'이라는 이미지에 아무런 자격이 없다. 물의 어떤 장식품도 여기서는 설 자리가 없는 것이다. 피에르 루이의 위대한 문학적 재능에도 불구하고, '레다'는 시적 힘을 가지고 있지 않다. 《레다 또는 행복한 어둠의 찬가》라는 소설은 다양한 이미지가 있는 근원적 이미지에 결부되기를 바라는, 물질적 상상력의 법칙에 위배되어 있다.

피에르 루이의 다른 많은 페이지에서도, 백조의 이미지 밑에 숨겨진 이 문학적 나체주의의 여러 예들을 발견할 수 있을 것이다. '푸시케'에서, 준비도 분위기도 없고 아름다운 새나 반영하는 불을 암시하는 아무것도 없이, 피에르 루이는 쓰고 있다.(p. 63) "앙피르(Empire) 양식의 장롱 맨 상단의 서랍 속에 아라쾨리는 알몸으로 앉아, 자물쇠 앞에 누운 누렁 구리의 큰 백조의 레다처럼 보였다." 마찬가지로 또한 아라쾨리가 '언제나 가장 아름답게 소생하기 위해서만 그녀의 팔 속에서 죽은' 연인에 대해 이야기한다고 덧붙일 필요가 있을까?

　민간전승(folklore) 역시 백조의 '나체주의(nudisme)'에 마음을 움직인다. 이 누디즘이 신화학적 부담없이 보여주고 있는 전설을 하나만 들어보기로 하자.

> 연못가에서 양떼를 지키고 있던 웨상 섬(l'île d' Ouessant)의 한 젊은 목동이, 백조가 쉬고 있는 것을 보고 있었는데, 거기에 발가벗은 처녀들이 나타나, 목욕을 한 후에 날개를 달고 날아가버리는 데 놀라서, 그 광경을 전부 할머니에게 이야기했다. 그랬더니 할머니는 그 목동에게, 그것은 백조의 처녀들(filles-cygnes)로서, 그 옷을 빼앗는 데 성공한 사람은 네 개의 황금 쇠사슬로 구름 속에 떠받쳐 있는 아름다운 궁전으로 데리고 가도록 그녀에게 명령할 수 있다고 말했다.[*]

　목욕하는 여인들의 옷을 훔친다는 것은 마치 개구쟁이 아이들의 나쁜 희롱이 아니셨는가! 꿈속에서는 흔히 이런 재난을 경험한다. 백조는 여기서 말의 완전한 의미에 있어서 은폐의 상징인 것이다. '백조로서의 처녀'는 밤에 꾸는 꿈보다는 오히려 몽상에 속한다. 아주 조그만 핑계로 그녀는 물의 꿈속에 나타난다. 조그만 하나의 특징이 흔히 이것을 나타내는 것이며, 이 '물의 꿈'의 빈틈없이 꼼꼼한 성격을 입증하는 것이다. 그리하여 깨끗한 백색으로 싸여 있는 장 파울의

---

[*] 여기서 우리나라의 전설 〈선녀와 나무꾼〉 이야기를 대비적으로 떠올릴 수 있으리라.

어떤 꿈속에서는 '백조가 두 팔처럼 날개를 펴고' 나타나는 것이다. 이러한 이미지는 그 초보적인 모습 속에 그 이상의 것을 말하는 것이다. 이것은 충동적 상상력, 즉 충동으로서 포착하지 않으면 안 되는 상상력의 표시를 지니고 있는 것이며, 활짝 편 양팔인 날개는 지상의 행복을 가리키고 있는 것이다. 이것은 날개임과 동시에 우리를 하늘 높이 데리고 가는 두 팔과는 대조적인 이미지인 것이다.

XI

신화학적 부담의 과잉에 있어서 피에르 루이의 '백조'의 예는 이제 '문화 콤플렉스'의 정확한 의미를 이해시킬 수 있는 것이리라. 아주 빈번히 문화 콤플렉스는 학교적, 즉 전통적 교양에 결부되어 있는 것이다. 백조의 상징이 가지고 있는 통일성과 다양성을 동시에 판단하기 위해서, 많은 문학 속에 신화와 옛이야기를 수집한 박식한 파울루스 카셀[21]의 인내를, 피에르 루이가 가지고 있었다고는 생각되지 않는다. 피에르 루이는 소설을 쓰기 위해, 학교에서 배우는 그런 신화학에 기대었던 것이다. 신화의 '학교적 인식'을 가진 '초보자들'만이 그의 책을 읽을 것이다. 그러나 만약 그러한 독자가 만족한다면, 그 만족은 불순한 채 그대로 머물어 있을 것이다. 그 독자는 자신이

---

21 파울루스 카셀 Paulus Cassel, 《전설과 인생에 있어서의 백조 *Der Schwan iu Sage und Leben*》, 베를린, 1872년.

내용을 좋아하는지 형식을 좋아하는지 알지 못하며, 이미지에 연결되어 있는지, 그렇지 않으면 열정에 연결되어 있는지 모르는 것이다. 상징은 흔히 그 상징적 발전을 고려하지 않고 수집되어 있다. 레다에 대해 말하는 사람은 백조와 알에 대해 말하지 않으면 안 된다.

그와 동일한 콩트는 알의 신화적 성격을 통찰함이 없이 두 개의 이야기를 통일할 것이다. 피에르 루이의 소설에서, 레다는 '사티로스*가 하고 있는 것을 보고 있었던 것과 같이 알을 뜨거운 재 속에서 익히는' 것이 가능하리라는 생각까지 나타내고 있다. 더구나 문화 콤플렉스가, 흔히 깊고 성실한 콤플렉스와의 접촉을 잃어버린다는 것을 우리는 알고 있는 것이다. 그것은 이윽고 잘 이해되지 않는 전승(tradition) 또는 결국은 같은 것이 되어버리는 것이지만 단순히 합리화된 전승의 동의어가 되는 것이다. 고전에 대한 박식은 마리 델쿠르 부인[22]이 매우 교묘하게 보여주고 있는 것처럼 신화에 대해 그것이 가지고 있지도 않은, 합리적이며 공리적인 관계를 부과시키는 것이다.

그러므로 문화 콤플렉스의 정신분석은 상징의 분석이 바라보는 것과 욕구하는 것과의 분리를 요구하는 것처럼, '알고 있는' 것과 '느끼고 있는' 것과의 분리를 언제나 요구하게 되는 것이다. 이러한

---

* 그리스 신화에 나오는 반인반수(半人半獸)의 숲의 신.

22 마리 델쿠르Marie Delcourt, 《고전적 古代에 있어서의 신비적 不毛性과 저주받은 탄생 *Stérilités mystérieuses et naissances maléfiques dans l'antiquité classique*》, 1938년.

해결에 의해서, 어떤 낡은 상징이 아직도 상징적 힘으로 활기를 지니는 것인가를 자문할 수 있으며, 때로 낡은 이미지를 소생시키려고 하는 미적 돌연변이의 가치를 인정할 수 있는 것이다.

이렇게 해서 참다운 시인의 손에 의해 다루어지게 되면, 문화 콤플렉스는 스스로의 관습적 형식을 잊어버리게 할 수 있는 것이다. 그때 문화 콤플렉스는 역설적 이미지를 지탱할 수 있는 것이다. 가브리엘 다눈치오의 '백조가 없는 레다'의 비유가 아마 이러한 것이리라. 여기에 출발의 이미지를 소개하기로 한다.(불역판, p. 51) "지금 백조가 없는 레다는, 손바닥에 손금이 없을 정도로 매끄러운, 또 참으로 에우로타스(Eurotas)의 물에 닦인 모습으로서 거기에 있다." 백조는 물의 작용을 받아 냇물의 흐름에 매끈해진 미와 같다. 오랫동안 그것은 배[船]의 최초의 모델이며, 작은 배에 어울리는 모양으로 생각되었다. 돛은 미풍 속에 펼쳐지는 날개의 진귀한 모습을 하고 있는 것이다.

그러나 다눈치오 은유의 첫째 이유로 생각되는 윤곽의 이 순수함과 단일함은, 너무나도 형식적인 상상력에 결부되어 있다. 어떤 형태로서 백조의 이미지가 상상력에 떠오르면, 곧 물이 반드시 솟아올라, 백조를 둘러싸는 모든 것은 물의 물질적 상상력의 충동에 따르지 않으면 안 되는 것이다. 이러한 방향을 따라서, 가브리엘 다눈치오의 시를 활기 있게 하는 변신에의 격앙을 추적하기 바란다. 여자는 물결 속에 나타나지는 않는다. 흰 그레이하운드에 둘러싸여서 나타나는 것이다. 그러나 여자는 매우 아름답고 또 욕망을 북돋음으로써, 레다와 백조가 혼합된 상징이 대지 위에 형성되는 것이 되리라.(p. 58)

"변신의 고대적 리듬이 아직도 세계를 꿰뚫어 돌아다니고 있는 것이다. 물은 어디에서나, 존재하는 것의 안이나 밖에서 솟아오를 것이다." 그 젊은 여성은 자연의 젊음 속에서 또다시 붙잡혀 창조되며, 그녀의 수정의 눈에 거역하여 물거품 이는 샘에 자리를 빼앗기는 것처럼 보였다. "그녀는 자신의 샘과 냇물과 강가, 플라타너스 그늘, 갈대의 수런거림, 이끼의 벨벳이 되었다. 날개 없는 큰 새들이 그녀를 괴롭혔다. 그리고 확실히, 그녀가 그 중의 한 마리에 손을 뻗쳐 깃털이 난 목을 붙잡았을 때, 테스티오스(Thestios)* 딸의 몸짓을 정확하게 되풀이하고 있었다." 이보다 더 잘 '상상하는 물'의 내재성을 말할 수 있을까? 이탈리아의 하늘 밑, 이탈리아의 대지 위 ― 개들과 한 사람의 여성, 이것이 소재인 것이다. 그렇지만 사람이 이름 붙이는 것을 거부하는, 부재하며, 소심하고, 숨어 있는 한 마리 '백조'의 이미지 배후에는, '백조 없는 레다의 물'이 흘러, 정경을 침식하고, 등장인물을 목욕시키고, 자신의 전설적 삶을 말하기까지 하는 것이다. 만약 단순한 '관념 연상(association d'idées)'이나 '이미지 연상'을 사람들이 참조한다면, 이와 같은 페이지를 판단하지 못할 것이다. 그것들의 이미지가 물질적 상상력의 근원적 실재에 관여하고 있으므로 보다 직접적인 충동과 깊은 부분까지 동질의 이미지 창조가 문제인 것이다.

---

* 그리스 신화에 나오는 에티네르 전설의 왕. 레다는 그의 딸.

XII

　백조의 이미지와 같은 적극적인 이미지는, 모든 확대가 가능하
다. 우리가 우주적 나르시시즘에 대해 말한 것과 마찬가지로, 몇 장
의 페이지에서는 우주적인 백조(cygne cosmique)를 인정할 수가 있
다. 피에르 르베르디*가 말한 것처럼 "우주적 드라마와 인간적 드라
마는 서로 평등하게 되기를 지향한다"[23]는 것이다. 커다란 욕망은 스
스로를 우주적 욕망으로 생각해버리는 것이다.

　물에 비치는 '백조'의 주제에 대해서는, 알베르 티보데의 젊은
시절의 작품《붉은 백조》속에서, 거대함에 의한 그러한 승화의 한
예를 발견할 수 있는 것이다. 그것은 극 형태의 신화이며 잘 다듬어
진 태양신화인 것이다.(p. 175) "석양의 수평선 깊숙이 붉은 백조는
변함없이 영원한 도전을 펼치고 있다…… 그는 공간의 왕이며, 빛나
는 왕관의 발 밑에 있는 노예처럼 바다는 창백해 있다. 그러나 내가
현신(現身)으로 만들어져 있듯이 그는 거짓으로 만들어져 있는 것이
다……." 이와 같이 병정이 말하고, 아내가 대답한다.(p. 176) "또한
자주, 장밋빛 진주모색(眞珠母色 nacre)의 휘황함 한가운데 자리를 차
지하고 있었던 붉은 '백조'는 천천히 미끄러져, 그 그림자는 사물 위

---

* 피에르 르베르디 Pierre Reverdy(1889~1960) : 프랑스 시인. 잡지《南北》지를 간행
　하여 전위시인들을 소개하는 한편,《산문시집》(1915),《타원형의 창》(1916) 등을 발
　표, 참신한 형식과 기발한 발상에 의해 입체파를 대표하는 시인이 되었다. 그의 시론
　집《모피장갑》은 쉬르레알리즘으로 이어지는 이론적 근거를 표명하고 있다.
23 피에르 르베르디,《모피장갑 *Le gant de crin*》, p. 41.

에 침묵의 길다란 천처럼 펼쳐져 있다…… 그 반영은 바다 위에 입맞춤의 가벼운 접촉과 같이 비치고 있다." 두 사람의 등장인물이 상징을 양식으로 삼고 있음에도 불구하고 이미지는 일관성이 있다. 작자는 자신의 이미지가 전쟁이 지배하는 질서의 것이라 생각하고 있는 것이다. 사실상 성적(性的)인 표시에 넘쳐 있어서 붉은 백조는 소유하고 정복하지 않으면 안 되는 여성인 것이다. 따라서 티보데에 의해 만들어진 신화는 '비상징주의(dissymbolisme)'의 좋은 예, 즉 분명하게 표명된 이미지라는 측면의 상징주의와 그 성적 의미작용이라는 측면의 상징주의인 것이다. 이러한 비상징주의를 깊이 경험해보면, 마음이 욕망을 끌어 모으는 것 같이 시각(視覺 vue) 이미지를 끌어 모으는 것처럼 생각되는 것이다. 정서적 상상력은 형식의 상상력의 기초가 되는 것이다. 그런데 상징주의가 핵심으로 직접 스스로의 힘을 끌어올릴 때는 얼마나 시각(vision)이 넓혀질 것인가! 그때 시각은 '생각하는' 것처럼 보인다. 《붉은 백조》와 같은 작품에 있어서는 명상이 북상의 뒤를 따라가고 있다고 생각된다. 바로 그러한 이유 때문이다. 은유가 하늘을 휩쓸어버리는 것도 바로 그러한 이유 때문인 것이다.

게다가 C. G. 융은 백조가 물 위의 빛이며 동시에 죽음의 찬가가 갖는 특징인 이유를 우주적 측면에서 우리에게 이해시키는 몇 가지 논증을 제시하고 있다. 그야말로 그것은 죽어가는 태양의 신화인 것이다. 독일어의 '백조(Schwan)'는 태양과 활력인 Sonne와 같은 어원의 Swen에서 비롯된 것이다.[24] 그리고 다른 페이지(p. 156)에서 융은 노래하는 백조의 죽음이 '수면 밑으로 모습이 사라지는 것'으로서 묘사된 시편(詩篇)을 인용하고 있다.

> 양어장에서 백조는 노래하며
>
> 여기 저기 헤엄치면서
>
> 계속 노래 부르며 보다 낮은 쪽으로
>
> 그는 가라앉아 마지막 숨을 쉰다.

또 우주적 차원에까지 승격한 백조의 은유의 다른 예를 쉽사리 발견할 수 있을 것이다. 태양과 마찬가지로 달도 이러한 이미지를 환기시킬 수 있다. 장 파울의 "하늘의 아름다운 백조인 달은 하늘의 꼭대기에 베스비아스(Vésuve)의 흰 날개를 여기저기 펼치고 있었다……."[25] 그와는 반대로 쥘 라포르그(Jules Laforgue)에 있어서 백조는 낮 동안의 달의 '대용품'인 것이다.[26]

'전설적 교훈(Moralités légendaires)' 속에서 라포르그가 또한 쓰고 있다.(p. 115) "백조는 나래를 편다. 그리고 무겁게 새로이 몸을 떨면서 똑바로 날아올라, 힘껏 날개를 치고, 이윽고 달 저편으로 사라진다."

"오, 배수진을 치는 숭고한 방법이여! 고귀한 약혼자여." 은유의 현실주의적 교의(敎義 doctrine)에서 본다면 매우 정돈되지 않고 설명

---

24 C. G. 융, 《리비도의 변형과 상징 *Métamor phoses et symboles de la Libido*》, p. 331.
25 장 파울, 《거인》, 샬르 역, 제2권, p. 129.
26 쥘 라포르그, 《편지》, N. R. F, 1941년 3월호, p. 432.

할 수 없는 이 모든 이미지들은 반영의 포에지에 의하거나 또 물의
포에지의 가장 근원적인 주제의 하나에 의해서만 진실로 통일성을
지니는 것이다.

제2장

깊은 물, 잠자는 물, 죽은 물.
에드거 포의 몽상에 있어서의 '무거운 물'

그림을 이해하기 위해서는 화가를 판단하지 않으면 안 된다.
— 니체, 《쇼펜하우어》, p. 33.

I

상상력처럼 불안정하고 움직이기 쉬운, 변화 많은 능력을 연구하는 심리학자가 '상상력의 통일성'이라는 매우 드문 천부의 재능에 혜택을 입은 한 사람의 시인을 만난다는 것은, 대단히 유익한 일이다. 에드거 포는 이와 같은 시인이며 천재이다. 그에게 상상력의 통일성은 흔히 지성적 구조나 논리적 연역이나 수학적 사고의 과정에 의해서 숨겨져 있다. 앵글로색슨의 군소 잡지의 독자가 요청하는 유머가 때로는 창조적 몽상의 깊은 가락을 덮어버리거나 숨겨버리는 것이다. 그러나 시가 스스로의 권리와 자유와 생활을 되찾게 되자, 에드거 포의 상상력은 그 오묘한 통일성을 또다시 찾아내는 것이다.

마리 보나파르트 부인(Mme Marie Bonaparte)은 에드거 포의 시와 콩트에 대한 면밀하고 깊은 분석에서, 이러한 통일성의 중요한 심리학적 이유를 발견했다. 이러한 상상력의 통일성이 소멸되지 않는 어떤 기억에 대한 충실성이라는 것을 그녀는 증명했던 것이다. 모든 기왕증(旣往症 anamnèse-정신분석학적 의미에 있어서)을 이겨내어 논리적이며 의식적인 심리학의 저쪽에까지 꿰뚫는 이와 같은 탐구가 어떻게 해서 심화되는 것인가를 우리는 잘 알지 못한다. 우리는 따라서 보나파르트 부인의 책에 축적된 심리학적 교훈을 고려하지 않고 결론만을 이용하기로 하자.

하지만 이와 같은 무의식적 통일성과는 달리, 우리는 에드거 포의 작품에 있어서의 표현수단의 통일성, 즉 작품을 '비범한 단순성'

으로 완성하는 언어의 음조(tonalité)를 특징지을 수 있다고 생각한다. 위대한 작품은 언제나, 거기에서 심리학이 비밀스런 분장실을 발견하며, 문학비평이 독자적인 언어를 발견하는 두 가지의 징후를 지니는 것이다. 에드거 포와 같은 위대한 시인의 언어는 말할 것도 없이 풍부하지만, 계급제도(hiérarchie)를 가지고 있다. 수많은 형식 밑에 상상력은 특권적 실체, 표현의 통일성과 계급제도를 결정하는 활동적 실체를 감추는 것이다. 포에게 특권적 물질(matière privilégiée)은 물이라는 것, 또는 더 정확하게는 특수한 물, '무거운 물(eau lourde)'이며, 자연 속에서 발견되는 모든 잠자는 물이나 죽어 있는 물이나 깊은 물보다도 더 잠에 빠져 있고 죽어 있으며 깊다는 것을 증명하는 데 우리는 괴로워하지 않을 것이다. 에드거 포의 상상력에서, '물'은 최상급이며 일종의 실체의 실체이며, 어머니로서의 실체인 것이다. 그러므로 에드거 포의 시와 몽상은, 내적 몽상의 무게, 즉 내면적 물질을 이미지의 하나 하나에 정착시킴으로써 이미지를 연구할 수 있다고 믿는 그러한 '시적 화학(詩的化學)'의 중요한 요소를 특징짓기 위한 전형적인 역할을 다할 수 있을 것이다.

II

우리가 그토록 독단적이라고 생각되는 것을 두려워하지 않는 까닭은, 에드거 포에게 물이 갖는 이미지의 운명이 죽음의 몽상이라는 중요한 운명을 매우 정확하게 좇아간다고 하는, 선택의 증명을 곧바로 가지기 때문이다. 사실 보나파르트 부인이 아주 명백하게 보여준 것은, 에드거 포의 시학을 '지배하는' 이미지가 죽어가는 어머니의 이미지라는 것이다. 죽음이 빼앗을지도 모르는 다른 애인들, 헬렌이나 프랜시스나 버지니아는 최초의 이미지를 새롭게 하며, 가련한 고아에게 영원히 흔적을 남긴 맨 처음의 고뇌를 자극하는 것이다. 인간적인 것이란, 포에 있어서는 죽음이다. 삶은 죽음을 통해서 그려져 있다. '풍경'도 — 우리는 그것을 보여줄 터인데 — 마찬가지로, 끊임없이 죽어가는 어머니를 다시 만나는 근원적인 꿈과 몽상에 의해 결정되어 있다. 더욱이 그 결정이 현실의 어떠한 것에도 결부되지 않는 것이라면 보다 더 교훈적이다. 사실 에드거 포의 어머니 엘리자베스는 애인인 헬렌이나 계모인 프랜시스, 아내인 버지니아와 마찬가지로 침대 속에서 도회지의 죽음을 죽고 있다. 그들의 무덤은 묘지의 한구석, 즉 렐리아(Lélia)*가 영원히 쉴 카말뒤느(Camaldunes)의 낭만적인 그것과는 아무 관계도 없는 아메리카의 묘지 가운데 있는 것이다. 에느서 포는 렐리아처럼 사랑하는 사람의 시체를 호수의 갈내 속에서 발견하지는 않았다. 그렇지만 사자(死者)를 둘러싸고 또 사자 때문에, 어떤 토지 전체가 활기를 띠고, 영원의 휴식을 향해서 잠(眠)에 잠기면서 활기를 띠는 것이다. 인간의 불행을 모두 파묻어버리고 인간의 죽음의 고향이 되기 위해 헤아리기 어려울 정도의 깊이를 지니는 것은, 패여 어두워지는 골짜기인 것이다. 그러니까 어떤 물질적

---

* 조르주 상드의 가장 낭만적인 소설 《렐리아》(1833)에 나오는 여주인공.

원소는 스스로의 내밀성 속에 본질이나 숨 막히는 삶으로서, 또한 몽상의 힘을 결코 뛰어넘지 않는 무의식으로 살 수 있을 만큼 완전한 추억으로서, 죽음을 받아들이는 것이다.

그런데 원초적으로 밝은 모든 물은, 에드거 포에게 어두워지지 않으면 안 될 물이며 어두운 고뇌를 들이마셔야 할 물이다. 생생한 물〔샘〕은 모두 그 운명이 느슨해지고 무거워지는 물이다. 모든 살아 있는 물은 죽어가는 물이다. 그런데 '역동적인 포에지(poésie dynamique)'에 있어서 사물은 그것이 존재하는 것이 아니고 생성하는 것이다. 사물은 이미지에 있어서, 우리의 몽상, 끝없는 몽상 속에서 생성하는 것이다. 물을 응시한다는 것, 그것은 흘러간다는 것, 분해한다는 것, 죽어간다는 것이다.

언뜻 보아서 에드거 포의 시에서 우리는 시인들이 그렇듯 일반적으로 노래 부르는 물의 다양성을 믿을 수가 있는 것이다. 특히 기쁨과 괴로움의 두 가지 물을 발견할 수 있는 것이다. 그러나 단 하나의 추억이 존재할 뿐이다. 결코 무거운 물은 가벼워지지 않으며, 결코 어두운 물은 밝아지지 않는다. 언제나 반대인 것이다. 물에 관한 소설은 죽어가는 물에 대한 인간다운 소설인 것이다. 몽상은 때때로 무한한 반영과 수정을 닮은 음악으로 소리를 내는 맑은 물 앞에서 시작된다. 그리하여 마침내 몽상은 그 슬프고 음울한 물의 중심, 이상하고 불길한 중얼거림을 전하는 물의 중심에서 끝나는 것이다. 물 옆에서의 몽상 또한 물 속에 잠기는 세계와 마찬가지로 사자(死者)들을 다시 발견하면서 죽어가는 것이다.

III

우리는 상상된(imaginée) 물의 삶, 즉 강력한 물질적 상상력에 의해 의인화된 실체의 삶을 추구하여, 죽음에 의해 이끌려지는 삶, 다시 말하면 죽기를 바라는 삶의 여러 가지 도식을 상상력이 끌어 모으는 것을 보게 될 것이다. 좀 더 정확하게 말한다면, 물이 특수한 죽음에 의해 이끌려진 특수한 삶의 상징을 제시하는 것을 보게 될 것이다.

먼저 처음에 출발점으로서 '원초적인 물(eau élémentaire)', 즉 '반영의 절대성(l' absolu du reflet)'이라고도 이름 붙일 수 있는 것을 소유하고 있기 때문에, 창조적 몽상의 이상을 실현하고 있는 상상적 물에 대한, 에드거 포의 사랑을 보게 될 것이다. 사실 몇 개의 시편이나 소설을 읽을 때, 보다 순수하기 때문에 반영(反映)은 현실적인 것보다도 더 한층 현실적인 것으로 생각된다. 인생은 꿈속에서의 꿈이기 때문에, 우주는 반영 속에서의 반영이다. 또 우주는 '절대적인 이미지(image absolue)'인 것이다. 하늘의 영상을 부동화함으로써 호수는 자신의 중심에 하늘을 창조한다. 젊디젊은 투명성 속의 물은, 거기에 별들이 새로운 삶을 붙잡는 뒤집혀진 하늘인 것이다. 또한 포는 물가에서의 응시에 있어서 하늘의 섬인 별, 호수의 수인(囚人)인 액체의 별, 즉 별-섬(étoile-île)이라는 저 불가사의한 이중의 개념을 형성하고 있는 것이다. 세상을 떠난 정다운 사람에게 에드거 포는 속삭인다.

자, 멀리, 내 사랑하는 사람아

오, 멀리로 가거라……

…

깊은 휴식의 꿈속에서

미소 짓는 쓸쓸한 호수에

그 중심을 보석처럼 흩뿌려놓은

무수한 별-섬 쪽으로

　―《알 아라프》(무레, 불역판, p. 162)

　현실이 있는 곳은 하늘인가, 아니면 물의 밑바닥인가? 우리의 몽상에 있어서, 무한은 하늘과 마찬가지로 물결 밑에서도 깊다. 상상력의 심리학에 있어서 섬-별(île-étoile) 같은 이중의 이미지에 대해 그렇게 세심한 주목을 기울이지는 못하는 것이다. 그러한 이미지는 말하자면 꿈의 접합점(charnière)이며, 그런 이미지를 통해서 꿈은 음전(音栓 registre)을 변하게 하고 물질을 변하게 하는 것이다. 여기 이러한 접합점에서 물은 하늘을 붙잡는다. 꿈은 물에서 가장 먼 조국, 하늘에 있는 조국의 감각(sens)을 주는 것이다.

　소설 속에서, '절대적인 반영(reflet absolu)'이라는 그러한 구조가 한층 교훈에 차 있는 것은, 소설이 흔히 그럴싸함이나 논리, 현실성 등을 요구하기 때문이다. 아른하임(Arnheim)의 지역으로 나 있는 운하 속에서, "배는, 건너갈 수도 돌파할 수도 없는 나뭇잎 무성한 벽과, 내부에 마루는 없으나 울트라마린 색깔의 사틴(천의 일종)의 천장이 있는 마술적인 서클 속에 갇힌 것처럼 생각되며, 흔들거리는 용골(龍骨)은 실재의 배를 지탱하기 위해 제자리에 빙빙 돌면서 표류하고 있는 것처럼 위에서 밑으로 뒤집혀진 환상적인 배의 용골과 놀라운 균형을 이루고 있었다."[1] 이와 같이 물은 반영에 의해 세계를 이중으로 만들며, 사물을 이중으로 만든다. 물은 또한 몽상가를 이중으로 만드는데, 그것은 단순히 공허한 분신으로서 그렇게 하는 게 아니라, 그를 새로운 꿈의 경험에 참가시킴으로써 그렇게 만드는 것이다.

사실 조심성 없는 독자라면 거기에서 너무 쓰여져 낡아빠진 이미지밖에는 보지 못할 것이다. 그것은 독자가 반영이 지니는 쾌적한 적시성(敵視性 opticité)을 진정으로 즐기지 않았기 때문이다. 그리고 또 저 자연의 회화, 즉 가장 강렬한 색채에도 축축함을 주는 불가사의한 수채화의 상상적 역할을, 독자가 경험하지 않았기 때문이다. 그렇다면 이야기는 사람이 환상을 물질화하는 행위에 그러한 독자가 어떻게 따라갈 수 있겠는가? 상상력에 의한 도치(inversion)가 드디어 실현되었을 때 — 갑자기 현실의 배 밑에 미끄러져 들어가는 저 배 — 즉 환영의 배에 어떻게 독자가 탈 수 있겠는가? 현실을 좋아하는 독자는 반영의 광경을 꿈에의 초대로서 받아들이려 하지 않는다. 그렇다면 그가 어떻게 꿈의 역학과 놀랄 만한 경쾌함의 인상을 느낄 수 있겠는가? 만약 독자가 시인의 모든 이미지를 현실로 인정하고 자신의 리얼리즘을 고려하지 않는다면, 마침내 그는 여행에의 유혹을 겪게 될 것이며 이윽고 그 자신도 '이상함의 미묘한 감정에 감싸일' 것이다. "자연의 관념은 아직 존재하고 있으나 이미 변질되어, 그 성격에 있어 흥미 깊은 수정을 받고 있다. 그것은 새로운 창조에 있어서

---

1 에드거 포, 《기이하고 진실한 이야기 *Histoires grotesques et sérieuses*》, 보들레르 역, p. 280.

의 신비하고 장엄한 균형이며, 감동적인 균일성, 마법적인 정정인 것이다. 한 개의 마른 가지도, 말라빠진 이파리도 인식하지 못하며, 한 개의 잘못 삐져 나온 조약돌도, 갈색 흙의 둔덕도 알아보지 못하는 것이다. 수정과 같은 물이, 매끄러운 대리석이나 또는 깨끗한 이끼 위에 날카로운 선으로 흘러내려, 눈을 두렵게 함과 동시에 황홀케 하고 있다."(p. 282) 그러므로 여기서 반영된 이미지는 환영(幻影)이 현실을 정정한다는 체계적 관념화(idéalisation)에 따르는 것이다. 환영이 현실을 정정하는 것이다. 환영은 현실로부터 이음매(bavure)나 비참함을 떨쳐버리는 것이다. 이와 같이 물은 만들어진 세계에 플라톤적 위엄성을 주는 것이다. 물은 또한 아주 투명한 거울 속에서는 '세계나 나의 환시(幻視 vision)'라고 한 쇼펜하우어적 형식을 암시하는 '개성적' 특징도 세계에 부여한다. 조금씩 나는 나만이 보고 있는 것, 나의 시점에서 보고 있는 것의 작자라고 느끼는 것이다.《요정의 섬 *L'Ile de la Fée*》에서 에드거 포는 반영의 그러한 고독한 비전의 가치를 인식하고 있다. "많은 맑은 호수의 '하늘'을 바라보고 있었던 때의 관심은, 내가 혼자서만 바라보고 있다는 생각에 의해, 매우 증대된 관심이 되었다."[2] 순수한 비전과 고독한 비전, 이것이야말로 반사하는 물의 이중의 선물인 것이다. 티크는《슈테른발트의 여행》에서 고독이 지니는 그와 똑같은 의미를 강조한 바 있다.

만약 아른하임의 지역으로 흘러가는 수많은 꾸불꾸불한 냇물을

---

2 에드거 포,《새로운 奇譚集 *Nouvelles histoires extraordinaires*》, 보들레르 역, p. 278.

따라서 여행을 계속한다고 하면, 사람들은 시각적인 자유로움에 대해 새로운 인상을 갖게 될 것이다. 반영과 현실의 이중성이 완전한 평형을 이루게 되는 중앙의 연못에 사실상 도달하는 것이다. 에우게니오 도르스(Eugenio d'Ors)가 회화에서 금지되기를 바라고 있었던 저 전도성(轉倒性 réversibilité)의 예를, 문학의 양식으로 표현하고 있는 것은 매우 흥미 있는 일이라고 우리는 생각한다. "그 연못은 매우 깊었다. 그러나 물이 너무 투명해서 설화석고(雪化石膏 albâtre)의 작고 둥근 조약돌의 두꺼운 덩어리로 되어 있는 것처럼 보이는 물 밑바닥은 때때로 반짝거려 뚜렷하게 눈에 보였다. 다시 말하면, 거꾸로 된 하늘 밑바닥에 비쳐진 언덕의 꽃들을, 눈이 '보지 않게 될' 적마다."(앞의 책, p. 283)

다시 한 번 말하지만 이와 같은 텍스트에는 두 가지의 읽는 법이 있다. 즉 삶이 우리에게 알려준 풍경 속에, 화자(narrateur)의 방법에 따라서 살며 생각할 수 있는 장소를 떠올리려고 애쓰며 실증적 정신 속에서 실증적 경험을 추구하면서 읽을 수 있는 것이다. 독서의 이와 같은 원리에 의한다면, 현재의 텍스트를 읽어내는 데 상당히 어려울 만큼 초라하게 보인다. 그러나 이러한 페이지를 창조적 몽상에 의해 공감하려고 애쓰면서 또 문학적 창조의 꿈의 중핵에까지 파고들려고 애쓰면서, 나아가 무의식에 의해 시인의 창조 의지와 교섭하면서 읽는 것도 가능한 것이다. 그때 자신의 '주관적 기능(fonction subjective)'에 되돌아가, 정태적(情態的) 리얼리즘에서 해방된 이러한 기술(description)은 세계의 다른 비전, 바꾸어 말하면 다른 세계의 비전을 보여주는 것이다. 에드거 포의 교훈에 따를 때, 물질화하는 몽

100

상 — 물질을 꿈꾸는 저 몽상 — 은 형식의 저쪽에 있는 것이다. 보다 단순하게 말하면 '물질은 형식의 무의식(la matière est l'inconscient de la forme)'이라는 것이 이해될 것이다. 그것은 덩어리 속의 물 그 자체이다. 반영의 집요한 사명을 우리에게 보내주는 것은 이제 더 이상 표면은 아닌 것이다. 다만 물질만이 복잡한 인상과 감정의 무게를 받아들일 수 있는 것이다. 물질은 감정의 재산(bien)이다. 그리고 포가 이와 같은 명상에서 "관찰자에게 생긴 인상은 풍부함, 열기, 색깔, 정숙, 균일, 감미로움, 섬세함, 우아함, 관능과 문화의 기적적 과잉이었다"(앞의 책, p. 283)라고 우리에게 말할 때, 그는 진지했던 것이다.

깊이에 있어서 이러한 명상 속에서 문체 또한 자신의 내면성의 의식을 갖는다. 그러므로 이러한 명상은 직접적 '감정이입(感情移入 Einfühlung)'이나 유보 없는 융합이 아니다. 그것은 오히려 세계나 우리 자신에 대한 심화의 원근법인 것이다. 그것은 우리로 하여금 세계 앞에서 거리를 두는 것을 가능하게 하는 것이다. 깊은 물 앞에서 당신은 당신의 시각(vision)을 선택할 수가 있다. 또 당신은 움직이지 않는 물 밑바닥이나 흐름이나 강변, 아니면 무한을 제멋대로 볼 수가 있는 것이다. 당신은 보는 것과 보지 않는 것과의 양의적인 분석을 가지고 있다. 당신은 뱃사공과 같이 살든가, 또는 '근사한 취미를 지니고 당당하고도 세심한 활동가인 요정의 새로운 종족과 함께' 살 권리를 가지고 있는 것이다. 물의 요정, 즉 환영의 수호자는, 하늘의 모든 새들을 자기 손으로 붙잡고 있는 것이다. 물 웅덩이는 우주를 내포하고 있다. 꿈의 한순간은 혼 전체를 내포하고 있는 것이다.

이와 같은 꿈의 여행 후에 아른하임의 지역 한가운데 다다를 때

네 사람이 구축하는 꿈의 기사(技師)들이나, 원초적인 꿈의 여러 원소를 취급하는 네 사람의 위대한 거장들에게 의해 지어진 '내면의 성 (château intérieur)'을 볼 수 있을 것이다. "그것은 기적에 의해 공중에 지탱되고 있는 것처럼 보여 — 태양의 붉은 햇살로, 튀어나와 있는 창이나 망루나 회교사원의 긴 첨탑이나 작은 탑을 번쩍거리게 하면서 — 그리고 바람의 정(Sylphes)이나 요정(Fées), 정령(Génies)이나 지령(地靈 Gnomes)이 모여 있는 환상적인 작품같이 생각되는 것이다." 그러나 물의 공중 건축의 영광에의 완만한 도입부는, 감동적인 반영의 번쩍임 속에서 '자연'이 꿈의 성을 준비하는 물질, 그것이 물이라는 것을 확실히 말하고 있다.

때때로 반영의 건축이 그렇게 장대하지 않은 때가 있어, 그때 실현(réalisation)의 의지는 더 한층 경탄할 만큼 된다. 그러므로 《랑도르의 별장 *Cottage Landor*》의 작은 호수는, "거기를 점한 모든 사물들을 아주 뚜렷하게 반영하고 있으므로, 실제로 있는 둑이 어디서 끝나는지, 비쳐진 둑이 어디서 시삭뇌는지를 결성하기는 참으로 어려웠다.[3] 말하자면 이 호수에 번식하고 있는 것처럼 보이는 송어와 다른 몇 가지 종류의 물고기들이 참으로 나는 물고기의 정확한 모습을 지니고 있었다. 그것들이 공중에 떠 있지 않다고 상상하는 것은 거의 불가능했다." 이와 같이 물은 일종의 우주적 고향이 되어, 하늘에 고기를 번식시키는 것이다. 고생하는 이미지가 깊은 물에 새를, 그리고

---

3 동일한 영상작용이 《요정의 섬》 속에서 되풀이된다.(p. 279)

하늘에 물고기를 주는 것이다. '별-섬(l'étoile-île)'이라는 무력하고 양의적인(ambigu) 개념으로 나타낸 도치(inversion)가 여기서는 '새-물고기(oiseau-poisson)'라는 살아 있는 양의적 개념으로 표현되어 있다. 이러한 양의적 개념을 상상력 속에서 구성하도록 노력해주기 바란다. 그렇게 하면 아주 보잘것없는 이미지가 갑자기 얻게 되는 매혹적인 애매성을 맛보게 될 것이다. 그리고 또 물의 폭넓은 현상이 갖는 가역성(réversibilité)의 특수한 경우를 즐길 수가 있을 것이다. 만약 이러한 갑작스런 이미지의 생산적 유희를 깊이 생각한다면, 상상력이 끊임없이 변증법을 필요로 한다는 것을 이해할 수 있을 것이다. 분명히 이원화된 상상력에 있어서, 개념은 유사성에 의해 모여진 이미지의 교차점이 아니라 이미지의 똑바르고 날카로우며 결정적인 교차점인 것이다. 교차 후에 개념은 그 이상의 특성을 갖는 것이다. 물고기는 날고 헤엄치는 것이다.

우리가 《말도로르의 노래》[4]를 중심으로, 혼돈된 형태이기는 하나, 그 한 예를 이미 연구한 바 있는 저 하늘을 나는 물고기의 환상은, 에드거 포에 있어서는 악몽 속에서 산출되지 않는다. 그것은 몽상 가운데서 가장 조용하고 온화한 선물인 것이다. '하늘을 나는 송어'는 낯익은 몽상의 자연스러움으로, 드라마가 없는 이야기나 신비가 없는 소설 속에 나타난다. 《랑도르의 별장》이라는 제목의 소설이나 이야기조차 있을 정도가 아닌가. 그러므로 이러한 예는 어떻게 악

---

4 바슐라르, 《로트레아몽 *Lautréamont*》, 조제 코르티 刊, p. 64.

몽이 자연에서 솟아나오는가, 어떻게 몽상이 자연에 속하게 되는가, 또 충실하게 깊이 생각해본 물질이 어떻게 몽상을 낳는가 하는 것을 우리에게 보여주는 데 매우 적절한 것이 된다.

다른 많은 시인들은, 깊이 관찰한 물의 은유적인 풍부함을 반영과 깊이에서 '동시에' 느끼고 있다. 예를 들면 워즈워스의 《서곡》에서 "잔잔한 물 한가운데를 천천히 나아가는 배의 가장자리에 몸을 내밀고, 물 밑바닥에 보이는 여러 가지의 발견에 흥겨워하는 사람은 ― 풀과 물고기와 꽃과 동굴과 조약돌과 나무뿌리 ― 많은 아름다운 것들을 보며, 그 이상으로 상상을 하는 것이다"라고 씌어져 있다(르구이 불역판, 제4부, pp. 256~273). 그 사람이 그 이상으로 상상하는 것은, 깊이에서 모든 반영과 물체가 그에게 이미지의 길을 걷게 하기 때문이며, 하늘과 깊은 물의 그러한 결혼에서, 무한임과 동시에 정확한 은유가 생겨나기 때문이다. 그러므로 워즈워스는 계속한다. "그러나 그 사람은 자주 방황한다. 그림자와 실체를 갈라놓는 것, 맑게 갠 흐름의 깊이에 비치는 바위나 하늘이나 산이나 구름을 거기에 자리를 잡아 거기가 참다운 거처인 사물과 구별하는 것이 그 사람에게 늘 가능한 것은 아닌 것이다. 어느 때는 자기 자신의 반영에 의해 꿰뚫어지고, 어느 때는 태양빛에 의해, 또 그의 매혹적인 행위를 더욱 증대시키는 장애물인, 어디에서 오는지 알 수 없는 물결에 의해 꿰뚫어지는 것이다." 물이 이미지를 '가로질러 간다'고 하는 것보다 더 적절한 표현이 있을까? 그 이상으로 물이 갖는 은유의 힘을 이해시키는 방법이 있을까? 더욱이 워즈워스는 이러한 긴 비유적 표현을 발전시켜, 우리에게 '깊이'의 근원적 은유라고 생각되는 심리적 은유를 준비하고 있다. "그리하여 흐르는 시간의 물 표면에 오랫동안 몸을 굽히고 내가 즐겼던 것도 똑같은 불확실한 기분이었던 것이다"라고 그는 말한다. 깊이의 이미지 없이 진실로 과거를 묘사할 수 있을까? 그리고 만약 깊은 물가에서 명상하는 게 없다면, '충만한 깊이(profondeur pleine)'의 이미지가 언제 얻어질 수 있을까? 우리 혼의 과거는 깊은 물인 것이다.

그리고 이어서, 모든 반영을 보았을 때, 사람들은 갑자기 물 그 자체를 응시하는 것이다. 그때 사람들은 물이 미를 만들고 있는 과정의 뜻하지 않은 놀라움을 습격하는 것 같은 기분이 되며, 또 물이라고 하는 것이 내면적이고 적극적인 미, 즉 물의 분량에서 아름다움이라는 것을 깨닫게 되는 것이다. 용량분석적인(volumétrique) 일종의 나르시시즘이 물질 자체에 침투하는 것이다. 그때 꿈의 모든 힘을 다하여 팔로미드(Palomides)와 알라딘느(Alladine)의 메테르링크적 대화가 계속되는 것이다.

푸른 물은 "움직이지 않는 기묘한 꽃들로 가득 차 있다…… 달리 제일 큰 꽃이 피는 것을 본 적이 있는가? 그것은 율동적인 생명을 가지고 있는 것 같다…… 그리고 물…… 그것은 물일까? …… 그것은 지상의 물보다도 아름답고 맑으며 푸르른 것처럼 보인다. …… 나는 이제 더 이상 감히 바라볼 수가 없다."

혼 또한 매우 커다란 물질적인 것이다. 사람에게는 감히 그것을 바라볼 용기가 없는 것이다.

IV

에드거 포의 시학에 있어서 물의 상상력에 대한 최초의 상태는 이상과 같다. 이러한 상태는 명증과 투명의 꿈, 즉 밝고 행복한 색깔의 꿈에 결부되어 있다. 그것은 불행한 이야기꾼(conteur)의 삶 속에 있는 덧없는 꿈인 것이다.

우리는 이제 에드거 포의 시학에서 나타나는 ‘물의 운명(destin de l’eau)’을 쫓아가보도록 하자. 운명이야말로 물질을 심화하고, 인간적 고뇌를 짊어짐으로써 물질의 실체를 증대시키는 것임을 우리는 보게 될 것이다. 표면의 여러 성질들과 — 놀랄 만한 정의이긴 하지만 — ‘지고한 존재의 눈으로 본 중요한 관심사’(《요정의 섬》)인 용량(volume), 그 용량의 여러 성질들이 대립하고 있는 것을 보게 될 것이다. 물은 어둠을 증대시킬 것이다. 그리고 그렇게 함으로써, 물은 그림자를 물질적으로 빨아들일 것이다.

그러므로 햇빛에 비쳐진 호수로부터 시작하여 그림자가 어떻게 호수에 갑자기 작용하는가를 보도록 하자. 전경의 한 구역은 요정의 섬의 둘레에서는 밝게 되어 있다. 그쪽에서는 물의 표면을 “금빛과 진홍빛의 찬란한 폭포가 비치고 하늘의 서쪽에서 많은 샘이 흘러들어가고 있다.”(p. 278) “섬에 속한 다른 쪽은 보다 어두운 그림자 속에 가라앉아 있다.” 그러나 이러한 그림자의 부분은 단순히 하늘을 가려버리는 나무들의 장막에 의한 것이 아닌, 보다 실재적이며, 물질적인 상상력에 의해 더욱 물질적으로 ‘실재화’되어 있는 것이다. “나무들의 그림자는 물 위에 무겁게 드리워져, 여러 원소의 깊이를

어둠으로 침범하면서 스스로 매몰되어가는 것처럼 생각되었다."(p. 280)

이러한 순간에서부터, 형식과 색채의 포에지는 물질의 그것에 자리를 양보하는 것이다. 실체에 관한 꿈이 시작되어, 몽상하는 사람의 신뢰를 물질적으로 받아들이기 때문에 원소 속에 '객체적인' 내면성이 구멍을 뚫는 것이다. 그때 물이 실체인 것과 마찬가지로 밤도 실체가 되는 것이다. 밤의 실체는 유동하는 실체에 내면적으로 뒤섞이게 될 것이다. 하늘의 세계는 자신의 그림자를 시냇물에 '투사하게' 될 것이다.

여기서 '투사한다(donner)'고 하는 동사는, 꿈속에서 표현되는 모든 것과 마찬가지로 구상적인 의미로 포착하지 않으면 안 된다. 어떤 여름날에 나무 그늘을 주어, 낮잠 자는 사람을 지키는 무성한 나무에 대해 말하는 것만으로 만족해서는 안 된다. 에드거 포의 몽상에서, 그와 같이 꿈의 투시력에 충실한 살아 있는 몽상가에게, 식물의 기능 가운데 하나는 정진(靜振 seiche)[*]이 잉크빛을 토해내는 것과 같은 그늘을 만드는 일이다. 생애의 시간마다에 숲은, 밤이 세계를 어둡게 하는 것을 돕는 것이다. 매년 나무가 잎의 무성함을 만들고, 또 내버리는 것처럼, 매년 나무는 그늘을 만들고 내버리는 것이다. "나는 상상하고 있었다. 태양이 낮게 여느 때와 같이 더욱 낮게 내려감에 따라, 하나 하나의 그림자는 스스로를 태어나게 한 줄기로부터 섭

---

[*] 호수 양쪽의 기압 차로 파급없이 수면이 제자리 진동을 일으키는 현상.

섭하게 떨어져 나와 시냇물에 흡수되며, 그러는 동안 다른 그림자들이 그들의 죽은 연장자들의 자리를 차지하면서 순간마다 나무에서 태어나는 것이라고."(p. 280) 그림자들은 나무에 붙들려 있는 아직 살아 있는 것이며, 떨어져 나가면 죽어버리는 것이다. 다시 말하면 보다 어두운 죽음 속과 같은 물 속에 가라앉으면서, 죽어버림으로써 나무에 떨어져 나가는 것이다.

이와 같이 자기 자신의 한 부분인 일상적인 그림자를 투사하는 것은, 죽음과 함께 사는 것이 아닐까? 그때 죽음은 오랜 고뇌에 찬 역사이며, 단순히 숙명적인 시간의 드라마가 아니라 '일종의 우울한 쇠퇴'가 되는 것이다. 그리고 시냇물 앞에서 몽상가는, '나무가 그림자를 차례로 내버리는 것처럼, 죽음에 이르기까지 자신의 실체를 천천히 소모시키면서, 조금씩 생존을 신에게' 되돌려주고 있는 존재(être)에 대해 생각해보는 것이다. 스스로를 다 소모시켜버린 나무와 그늘을 빨아들여서 삼켜버리는 먹이 이상으로 어두워지는 물과의 관계는 '요정'의 생명과 그것을 삼켜버리는 '죽음'과의 관계와 꼭 같은 게 아닐까?

게다가 물질적 원소에 인간적 행위를 투사하는 이러한 새로운 전위(inversion)에 대해 주의하지 않으면 안 된다. 물은 이제 더 이상 마셔지는 실체가 아니고, 마시는 실체인 것이며, 검은 시럽(sirop)처럼 그림자를 '삼켜버리는' 것이다. 이것은 예외적인 이미지가 아니다. 목마름의 환상 속에서 쉽사리 발견할 수 있는 것이다. 그리고 이것은 깊은 무의식적 특징의 증거로서의 이상한 힘을, 시적 표현에 부여할 수 있는 것이다. 그리하여 폴 클로델은 이렇게 외친다. "하나님……

목말라 죽어가는 저희와 함께 있는 물을 불쌍히 여기소서!……"[5]

언어의 모든 힘에 있어, 이러한 그림자의 흡수가 '실재화' 됨으로써, 에드거 포의 시편 속에 나오는, 《애니를 위하여》의 역청(瀝青)의 냇물이나 더욱이 다른 곳에 윌라륨(ulalume) 유황의 흐름을 지닌 용암(scoriaque)의 냇물, 사프란색의 냇물이 흐르는 것을 볼 때에도, 우주적 괴상함으로 그것들을 생각할 수는 없다. 하물며 지옥의 강의 다소 새로워진 교과서적 이미지로 취급해서는 안 될 것이다. 이들 이미지들은 안이한 문화 콤플렉스의 흔적을 조금도 가지고 있지 않다. 이것들은 원초적 이미지의 세계 속에 자신의 기원을 가지고 있는 것이다. 물질적인 꿈의 원리 자체에 따르는 것이다. 그러한 물들은 그림자를 빨아들여, 날마다 우리 안에서 죽어가는 모든 것에, 나날의 무덤을 제공한다는 심리학적 기능을 본질적인 의미에서 다하고 있는 것이다.

이와 같이 물은 죽음에의 초대인 것이며, 원초적인 물질적 피난처 중의 하나에 우리가 되돌아가는 것을 가능케 하는 특수한 죽음에의 초대인 것이다. 다음 장에서 '오필리아의 콤플렉스'를 고찰할 때 보다 더 잘 그것이 이해될 것이다. 지금부터 우리는 포를 일종의 '영원한 자살(suicide permanent)', 즉 죽음의 주기적 폭음(dipsomanie)이라고도 말할 수 있는 것으로 인도하고 있는, 소위 간단없는 유혹에 주목하지 않으면 안 된다. 그에게서 깊이 명상한 각각의 시간은 회한

---

[5] 폴 클로델, 《다섯 개의 위대한 오드》, p. 65.

의 물에 합치할지도 모르는 살아 있는 눈물과 비슷하여, 시간은 한 방울씩 자연의 세계에서 떨어지는 것이다. 시간이 활기를 띠는 세계는 눈물을 흘리고 있는 우수 바로 그것인 것이다.

고뇌는 나날이 우리를 죽이는 것이며 고뇌라 함은 흐름에 떨어지는 그림자 바로 그것인 것이다. 에드거 포는 섬 주위를 돌아서 '요정 (Fée)'의 긴 여행을 따라간다. 우선 처음에 요정은 "기묘하게 허약한 한 척의 보트 위에 똑바로 서서, 환영과 닮은 노로 움직이고 있었다. 그녀가 아름다운 석양의 영향을 받고 있는 한에서는, 그녀의 태도는 환희를 나타내고 있는 것처럼 보였다. 그러나 그림자의 영역을 지나갔을 때 고뇌가 그녀의 표정을 변하게 했다. 천천히 그녀는 섬을 따라서 미끄러지듯이 나아가, 조금씩 조금씩 순회를 하고서 빛의 영역으로 되돌아왔다.

'― 요정이 막 끝낸 순회는 ― 늘 몽상하기를 멈추지 않는 나는 계속 생각했다. ― 그녀 인생의 짧은 한 해의 주기인 것이라고. 그녀는 자신의 겨울과 여름을 지나온 것이다. 한 해의 '죽음'에 다가선 것이다. 왜냐하면 그녀가 어둠 속에 들어갔을 때, 그녀의 그림자는 몸에서 떨어져 나가 어두운 물에 의해 삼켜져, 더욱 검은 어둠을 나타내고 있음을 나는 분명히 보았기 때문이다.'"

그리고 몽상의 시간이 계속되는 동안, 이야기꾼은 요정의 삶 전체를 뒤쫓아가는 것이다. 겨울마다 하나의 그림자가 떨어져 나가 '칠흑의 액체 속에' 떨어져, 암흑에 흡수된다. 해마다 불행은 무거워지고, '더욱 어두운 망령이 더욱 검은 그림자에 의해 빨아들여지는' 것이다. 그리고 종말이 찾아와 어둠이 마음과 혼에 존재하여, 사랑하는 사람들이 우리에게서 떨어져 나가 기쁨의 태양이 모두 지상을 떠났을 때 그림자들로 부풀어, 후회와 어두운 가책 때문에 무거워진 칠흑의 강은, 스스로의 늙고 둔한 생활을 시작하게 되는 것이다. 그리하여 이제 그 강은 사자(死者)들을 추억하는 원소가 되는 것이다.

그런 줄도 모르고 천재적인(génial) 꿈의 힘에 의해 에드거 포는, 죽음을 물의 생성(devenir hydrique) 속에서 본 헤라클레이토스적 직관을 다시 발견하는 것이다. 에페소스(Éphèse)의 헤라클레이토스는 이미 잠 속에서, 혼이 활활 타오르는 우주적인 불의 근원으로부터 빠져나오면서 '순식간에 축축함으로 변하도록 하고 있다'라고 상상하고 있다. 그때 헤라클레이토스에 있어 죽음이란 물 자체인 것이다. "물이 된다는 것은 혼에 있어서의 죽음이다."(《헤라클레이토스》, '단편' 68) 에드거 포는 무덤에 새겨진,

바라건대 오시리스가 그대에게 물을 바칠 수 있기를[6]

이라고 하는 저 바람을 이해하고 있었던 것처럼 생각된다.

이와 같이 우리는 이미지의 지배를 점차적으로 이해하는 것이다. 이러한 방법에 따라 보나파르트 부인에 의해 증명된 주제에 대해 보충적으로 기여할 수 있다고 우리는 생각한다. 보나파르트 부인이 발견한 것처럼, 죽어가는 어머니의 추억은 에드거 포의 작품에서는 독

---

6 마스페로 Maspero, 《신화학과 고고학 연구 I *Études de Mythologie et d'Archéologie I*》, p. 336 이하를 참조할 것.

창적으로 두드러진 것이다. 그는 동화(assimilation)의 힘과 괴상한 표현의 힘을 지니고 있다. 그러나 그토록 다양한 이미지가 어떤 무의식의 추억에 강하게 덧붙여 있는 것은 이미 그 이미지들이 미래의 긴밀함을 서로들 사이에 지니고 있기 때문인 것이다. 아무튼 바로 이것이 우리의 주제이다. 물론 이러한 긴밀성은 논리적인 것이 아니다. 또 직접적으로 현실적이지도 않다. 현실 속에서 나무 그늘이 물결에 빨아들여지는 것을 보는 것은 아니다. 그러나 '물질적 상상력'은 이미지와 몽상의 이러한 긴밀성을 정당화하는 것이다. 보나파르트 부인이 심리학적 탐구의 가치가 무엇이든지 간에, 상상력의 긴밀성에 대한 설명을, 이미지의 측면 그 자체, 표현 수단의 단계 그 자체에 따라 발전시키는 것은 쓸데없는 일이 아니다. 거듭 되풀이 말하지만, 우리의 현재의 연구가 바쳐지는 것은, 이미지에 대한 보다 표면적인 심리학에 대해서인 것이다.

V

풍부해지는 것은 무거워진다. 그토록 많은 반영과 그림자를 지닌 물은 '무거운 물(eau lourde)'이다. 이것은 참으로 에드거 포의 초시학(métapoétique)의 특질을 나타내는 물이다. 이것은 모든 물 가운데서 가장 무거운 물이다.

우리는 상상적인 물이 그 극한의 응축성에 다다르고 있는 한 예를 곧바로 들어보게 될 것이다. 우리는 그것을 《낸터킷의 아서 고든

112

핌의 모험 *Aventurès d'Arthur Gordon Pym de Nantucket*》에서 빌려오게 될 것이다. 이 작품은 다 아는 바와 같이 항해와 난파의 이야기이다. 이 이야기는 해상생활에 대한 기술적인 상세함으로 메꾸어져 있다. 다소 확실한 과학상의 관념을 좋아하는 화자(話者)의 기술적인 관찰이 지긋지긋할 정도로 지나치게 넘치는 페이지는 무수히 많다. 정확함에 대한 배려는 대단한 것이어서, 굶주림으로 죽어가는 조난자들이 달력 위에 자신들의 불운의 역사를 조사하여 밝혀놓을 정도이다. 나의 초보적 교양시대(고등학교 3학년 정도의 수준을 가리킴)에는, 이 작품에 대해서 싫증밖에 느끼지 않았으며, 스무 살 이후 에드거 포의 숭배자였음에도 불구하고 이들의 끝없이 단조로운 모험을 끝까지 읽어내는 용기를 가지고 있지 않았다. 내가 새로운 심리학에 의해서 성취된 개혁의 중요함을 이해했을 때 곧바로 지난날의 독서를 전부 다시 고쳐 했는데, 우선 먼저 실증적이고 현실주의적이며 과학적인 독자로 잘못 길들여졌던 독자를 싫증나게 했던 것, 특히 '고든 핌'의 독자를, 이번에는 드라마를 — 여기서는 모든 게 다 드라마이나 — 무의식과 의식의 경계에 자리잡게 하면서 다시 읽은 것이다. 그때 나는 겉보기로는 두 개의 대양 위에서 벌어지는 이 모험이, 실제에서는 무의식의 모험, 혼의 어둠 속에서 움직이는 모험이라는 것을 깨달았다. 그리고 수사학급의 교육을 받은 독자가 빈약하고 미완성이라고 잘못 이해하기 쉬운 이 책이, 오히려 이상한 통일성을 갖는 꿈의 완전한 성취로서 드러나게 되었던 것이다. 그 이후 나는 '핌'을 에드거 포의 훌륭한 여러 작품 속에 다시 자리잡게 했다. 이러한 예에 의해서 나는 아주 분명히, 새로운 심리학적 훈련의 '총체'로 제공된 '새로운 독서 방법'의 가치를 깨닫게 된 것이다. 새로운 분석 방법에 따라서 책을 읽게 되자마자 멀리 떨어져 있는 이미지를 받아들여, 다양한 길로 상상력을 자유로이 비약시키는, 매우 변화 많은 승화작용에 참가하게 되는 것이다. 고전적인 문학비평은 이러한 다양한 비약을 구속한다. 배워서 알 수 없는 본능적인 심리학적 인식이나 타고난 심리학적 직관을 주장함에 있어, 이러한 비평은 문학 작품을 진부한 심리학적 경험이나, 검토된 경험, '닫힌 경험(expérience fermée)'에 결부시켜버리는 것이다. 끊임없이 다시 상상하고 있을 때만이 시적 기능이 시적으로 존재하는 세계에, 새로운 형식을 부여하는 것임을 비평은 쉽사리 잊어버리고 있는 것이다.

그러나 여기서 어떠한 여행가도, 지리학자도, 또 현실주의자도 지상의 물이라고 인정하지 않을 놀랄 만한 페이지가 있다. 이 기묘한 물이 존재하는 섬은, 화자에 따르면 '위도 83도 20분, 서경 43도 5분에' 위치하고 있는 것이다. 이 물은 섬의 모든 야만인들에게 음료수로서 사용된다. 위대한 애너벨 리(Annabel Lee) 시편의 물이 '목마름을 말끔히 가시게 할' 수 있는 것과 마찬가지로 이 물이 목마름을 가시게 할 수 있는지 어떤지를 보도록 하자.

이야기는 이렇게 말한다.[7]

이 물의 특징으로 봐서, 그것이 썩어 있을지도 모른다는 것을 가정하여

---

7 포, 《아서 고든 핌의 모험 *Aventures d'Arthur Gordon Pym*》, 보들레르 역, pp. 210
   ~211.

114

우리는 맛보려고 하지 않았다. 그리고 이 군도(群島) 전체에 흐르고 있는 모든 물의 외관이 이와 같다는 것을 알게 된 것은, 조금 나중의 일이었다. 이 액체의 성질에 대해 명확한 관념을 부여하는 데 어떻게 써야 좋을지 모르며, 많은 말을 사용하지 않고는 가능할 것 같지가 않다. 이 물이 보통의 물처럼 경사를 빨리 흘렀음에도 불구하고, 폭포의 경우를 빼놓고는 '투명함'의 모습을 결코 지니고 있지 않았다. 그렇기는 하지만, 존재하는 석탄질의 어떤 물과 마찬가지로 맑게 개어 있었으며, 그 차이는 겉모습에서밖에는 존재하지 않았다고 말하지 않을 수가 없다. 언뜻 보아서 그리고 경사가 거의 느껴지지 않은 경우에는 농도에서 보통의 물에 아라비아 고무를 두껍게 용해시킨 것과 조금 닮아 있었다. 그러나 그렇다 해도 그 이상한 특성 가운데서 가장 눈에 드러나지 않는 것에 지나지 않았다. 그것은 무색도 아니었고, 또 똑같은 어떤 색에 속해 있지도 않았다. 그리고 흐를 때에는, 빛나는 비단의 다채로운 빛깔과 반영과 닮은 다양한 자줏빛을 눈에 보여주고 있었다…… 이 물은, 어떤 연못에 가득 넘쳐 잔잔하게 만들어 수평을 이루었을 때 액체 전체는 하나하나가 특수한 색깔을 가지는 숱하게 수없이 분명하게 나누어진 수맥(水脈 veine)으로 만들어져, 이들 수맥은 서로 뒤섞이지 않으며, 그 응집성은 형성된 부분인 분자에 대해서는 완전하지만 서로 가까이 있는 수맥에 대해서는 불완전하다는 것을 우리는 주목했던 것이다. 단면(tranche)을 관통해서 나이프의 뾰죽한 끝을 스치면, 물은 다시 뾰죽한 끝의 뒤에서 닫혀지고, 나이프를 빼어낼 때 칼날이 통과한 흔적은 모두 곧바로 없어져 버리고 마는 것이다. 그러나 만약 칼날이 신중하게 두 개의 수맥과 교차한다면, 완전한 분리가 행해져서 응집력도 곧바로 고쳐지지 않았던 것이다. 이러한 물의 현상은, 내가 마침내 둘러싸이게 된 기적적인 풍경, 그 긴 쇠사슬의 최초의 결정적인 고리를 이루었던 것이다.

마리 보나파르트 부인은 이러한 기묘한 두 페이지를 인용하는 것을 잊지 않았다. 그 책[8]에서 화자를 이끌어가는 지배적 환각의 문제를 해결하고 나서 인용하고 있는 것이다. 그리하여 그녀는 단순하게 다음과 같이 덧붙이고 있다.

이 물에서 피를 인정하는 것은 어렵지 않다. 혈관의 관념이 여기서 분명히 표현되어 있으며, '그렇게도 문명인에 의해 짓밟힌 모든 토지와는 본질적으로 다른', 그리고 지각되는 그 무엇과도 '친숙하지' 않은 이 토지는, 오히려 반대로 모든 인간에게 가장 친근한 것, 즉 육체인 것으로서 그 피는 아홉 달 동안 우리를 키워준 어머니의 피로서 모유를 먹기 전에 우리를 기르는 것이다. 우리의 해석은 단조롭고 늘 출발점으로 되돌아가는 섯처럼 보일는지 모른다. 이 결점은 우리 탓이 아니고 영원한 주제를 그 전사시대(前史時代 préhistoire)에 발견하는 인간의 무의식 탓이지만, 계속해서 그 주제 위에 무의식이 다양한 바리아시옹(변주 variation)을 짜는 것이다. 이러한 변주의 아라베스크 무늬 밑에 동일한 주제가 항상 재현되는 것이라면, 어찌하여 놀라는 것일까?

---

8 마리 보나파르트, 《에드거 포》, p. 418.

우리는 자세하게 이러한 정신분석학적 이해를 인용하기를 고집했다. 이것은 '머리말'에 쓴 바와 같이 무의식 속에서 매우 활발한 '유기체적 물질주의(matérialisme organique)'의 선명한 한 예를 보여주고 있다. 보나파르트 부인의 대저(大著)를 페이지에서 페이지로 연구하는 독자는, 먼저 어머니를, 다음에 에드거 포에게 끔찍이 사랑받았던 모든 여성들을 죽음으로 이끌어간 각혈이 삶에서 시인의 무의식에 각인을 찍은 것임을 의심치 않는다. 다음과 같이 쓴 것은 포 자신인 것이다. "그리고 이 말 — 피 — 이 지고한 말, 말 가운데 왕, 언제나 신비와 고뇌와 공포에 그렇게도 충만하여 — 어떻게 해서 이 말이 내게 3배나 더 큰 의미로 모습을 나타냈던 것인가! — 어떻게 이 막연한 음철(blood)이 그 성질을 결정해서 명확하게 하는 앞질러가는 일련의 말에서 떨어져 나와, — 나의 감옥의 깊은 어둠 속, 나의 혼의 가장 면밀한 부분에 무겁게 얼어붙어 떨어진 것일까!"(《핌》, p. 47) 그리하여 이와 같은 흔적을 가지는 심적 현상에서 자연 속에 무겁고 괴롭고 신비스럽게 흐르는 모든 것은, 죽음을 휩쓸어가는 피, 저주받은 피와 닮아 있다고 설명할 수 있는 것이다. 어떤 액체가 가치(價値) 지워질 때는 유기적 액체와 비슷해지는 것이다. 이리하여 피의 시학이 존재하게 된다. 피는 결코 행복스러운 것이 아니기 때문에 그것은 비극과 고뇌의 시학이 되는 것이다.

그렇기는 하지만, '용맹스러운' 피의 시학이 존재할 자리가 있다. 폴 클로델은 에드거 포의 시와는 아주 다른 '살아 있는 피(sang vivant)'의 시학을 활기 띠게 한다. 이와 같이 피가 가치 지워진 물이 되는 한 예를 다음에 들어보도록 하자.

모든 물은 우리에게는 소망스러운 것이다. 게다가 확실히 깨끗하고 푸른 바다 이상으로, 우리의 육체와 혼 사이에 있는 것을 호소하는 것이다. 힘과 정신으로 가득 찬 우리의 인간적인 물, 불타는 어두운 피에.[9]

고든 핌과 더불어 우리는 내면적 삶의 대칭점에 외견상 존재하는 것이다. 즉 모험이 지리학적이기를 바라는 것이다. 그러나 묘사적인 화법으로 시작하는 화자는 이상함의 인상을 주는 것이 필요하다고 생각한다. 그리하여 그는 공부하지 않으면 안 되며, 자신의 무의식에서 그것을 이끌어내지 않으면 안 된다. 우주의 액체인 이러한 물이 왜 기묘한 특성을 그와 같이 받아들여서는 안 되는 것일까? 찾아내어진 물은 그리하여 발명된(inventé) 액체가 되는 것이다. 무의식의 법칙에 따르는 발명은 유기적 액체를 암시하는 것이다. 그것은 우유가 될 수도 있었으리라. 그러나 에드거 포의 무의식은, 가치부여작용이 피에 의해 이루어졌으리라는 특수한 표시, 숙명적인 표시를 지니고 있다. 여기서는 의식이 개입하고 있는 것이다. '피'라고 하는 말이 이 페이지에서 쓰여지는 것은 있을 수 없는 일이리라. 이 말이 입에서 나오기가 무섭게 모든 것이 그에게 대항해서 서로 동맹을 맺게 될 것이다. 즉 논리적으로는 부조리로서, 경험적으로는 불가능으로서, 그리고 내면적으로는 저주스러운 추억으로서 의식이 또 다시 억압하게 될 것이다. 이상스런 물, 나그네를 놀라게 하는 물은, 이렇게

---

9 폴 클로델,《동방에의 인식 *Connaissance de l'Est*》, p. 105.

해서 이름 지워지지 않는 피, 이름 지을 수 없는 피(sang innommable) 가 될 것이다. 이것이 바로 저자 쪽에서 시도한 분석이다. 독자 쪽에 서는 어떠할까? 어떤 경우에는 ― 이것은 일반적이기에는 너무나 거 리가 먼 것이지만 ― 독자의 무의식이 피의 가치부여를 소유하는 것 이다. 즉 페이지의 내용이 충분히 이해되어 좋은 의도로 감동시킬 수 있거나 불쾌하게 해서 혐오감을 불러일으키거나 ― 이것은 가치부여 의 흔적을 여전히 남기고 있는 것이다. 또 어떤 경우에는 피에 의한 액체의 이러한 가치부여가 독자에게서 결여되기도 한다. 즉 페이지의 내용이 아주 흥미를 잃게 해서 이해할 수 없게 되는 것이다. 우리의 최초의 독자, 우리의 '실증적(positive)' 혼의 시대에, 우리는 너무나 안이한 자의(恣意 arbitraire)밖에는 보지 않았던 것이다. 그런 이해로 우리는 이러한 페이지가 어떠한 '객관적인' 진리를 지니지 않는다 해 도 적어도 어떤 '주관적인' 의미를 지닌다는 것은 이해했던 것이다. 이러한 '주관적 의미'가 작품의 실마리가 되는 꿈을 재발견하는 데 늦어지는 심리학자의 법의(法意)를 무리하게 강요하는 것이다.

그렇지만, 이상의 특수한 해결에 있어 우리가 그 교훈에 따랐던 고전적 정신분석이, 이미지의 양식을 모두 고려하고 있다고는 생각 되지 않는다. 이것은 피와 물 사이, 이름 붙일 수 없는 것과 이름 붙 여진 것 사이에 있는 중간지대를 탐구하는 것을 소홀히 한 것이다. 그러한 표현이 '많은 말'을 요구하는 중간지대에서, 에드거 포의 페 이지는, 실제로 경험된 액체의 각인을 찍고 있는 것이다. 이상한 수 맥 사이를 미끄러지는 나이프의 경험을 암시하는 것은 무의식이 아 니다. 거기에는 무형이기는 하지만 내면적 구조를 가지며, 또 그와 같은 것으로서 물질적 상상력을 끊임없이 즐거워하게 하는 액체의 '가느다란 섬유로 된 물(l'eau fibrillaire)'에 대한 실험적인 경험이 필요한 것이다. 우리는 그러므로 에드거 포가 유년시대에 젤리나 고무에 흥미를 가지고 있었다는 것을 확인할 수 있다고 생각한다. 그는 두꺼워지는 고무가 섬유질의 구조를 지니게 되는 것을 보았으며, 섬유들 사이에 나이프의 칼날을 밀어 넣어보았던 것이다. 그 자신이 그와 같이 말하고 있으니, 어찌 그것을 믿지 않을 것인가? 어쩌면 그는 고무를 가지고 놀면서 혈관에 대해 몽상하고 있었으리라. 그러나 그가 '현실적인' 이야기 속에 천천히 흐르는 강, 혈관을 짙은 물로 생각하면서 그 흐르는 강을 집어넣는 것을 주저하지 않았던 것은 ― 다른 많은 사람들과 같이! ― 고무를 가지고 놀았기 때문인 것이다. 이미 적극적인 상상력으로 표현한 법칙에 따르면 에드거 포는 한정된 경험을 우주적 수준에까지 끌어올렸던 것이다. 그가 유년시절 놀며 지냈던 창고에는 달디단 꿀이 있었다. 이것 또한 '우울한(mélancolique)' 물질이다. 존 알란(John Allan)과 같은 엄격한 의붓아버지를 가졌을 때, 특히나 그것을 맛보기를 주저하기 마련이다. 그러나 사람들은 나무 숟가락으로 그것을 휘젓기를 좋아하는 것이다. 또한 접시꽃을 뽑아서 잘라버리는 것이 얼마나 즐거운 일인 걸까! 친근한 물질의 자연스런 화학은, 우주론적 시편을 쓰는 것을 주저하지 않는 몽상가들에게 제1과가 되는 것이다. 에드거 포의 초시학에서 나타나는 무거운 물은, 확실히 매우 순수한 물리학에서 비롯되는 '분력(composante)'을 지니고 있다. 우리는 보다 인간적이며 극적인 몇 개의 '분력들'에 대한 검토에 다시 들어가기 전에 그것을 지적해두지 않으면 안 되었던 것이다.

VI

　만약 우리가 주장하는 바와 같이 물이 에드거 포의 무의식에 대해 근본적인 물질이라고 한다면, 물은 흙에 명령해야 할 것이다. 물은 '대지(la Terre)'의 피다. 그것은 대지의 생명이다. 풍경 전체를 자기 자신의 운명을 향해서 끌고 가려는 것은 바로 물인 것이다. 특히 그러한 물이나 작은 골짜기가 그러하다. 에드거 포의 시에 있어서는 가장 밝은 골짜기마저도 어두워진다.

　　'옛날엔' 침묵의 작은 계곡이 미소를 짓고 있었다.

　　거기엔 아무도 살고 있지 않았다.

　　…

　　'지금은' 찾아오는 사람마다

　　골짜기의 불안을 말하리라.

　　　—《불안의 계곡》, 무레, 불역판

　불안은 조그만 골짜기의 우리를 놀라게 할 것이 틀림없다. 골짜기는 물과 걱정스러움을 모으고, 지하수는 구멍을 뚫기 시작한다. 이 눈에 안 보이는 숙명, 이것이야말로 보나파르트 부인이 지적한 것처럼 '어떠한 포적 풍경 속에서도 생활하고 싶지 않게' 되도록 하는 것이다. "불길한 풍경에 대해서도 물론 그렇다. 누가 어서 가(家)에서 살고 싶어하겠는가? 그러나 포의 아름다운 풍경은 역시 거의 저항감을 불러일으키는 것이다. 그것은 너무나 의도적일 만큼 감미롭고 인공적이어서, 그 어디에서도 신선한 자연을 숨 쉬고 있지 않는 것이다."(p. 322)

모든 미의 슬픔을 보다 더 잘 강조하기 위해, 에드거 포에 있어서는 미가 죽음에 의해 보상을 받는다는 것을 우리는 덧붙이게 될 것이다. 달리 말하면, 포에게 '미는 죽음의 한 원인인' 것이다. 이와 같은 것이 여성과 골짜기와 물에 공통되는 이야기인 것이다. 아름다운 골짜기와 젊고 밝은 순간은 따라서 필연적으로 죽음의 테두리, 특유한 죽음의 테두리가 되는 게 틀림없다. 골짜기와 물의 죽음은 포에게는 낭만적인 가을이 아니다. 그것은 낙엽으로 만들어져 있지 않다. 나무들은 누렇게 되어 있지 않다. 단지 나뭇잎들은 밝은 초록색에서, 우리가 생각건대, 에드거 포의 메타포에틱(métapoétique)의 근원적 색깔인 물질적인 초록색, 짙은 초록색으로 이행(移行)하고 있다. 어둠 그 자체도 흔히 포적 환상에서는 이 초록색 빛깔을 지니고 있는 것이다. "천사 같은 눈이, '미'의 무덤을 위해 '자연'에 의해 편애되는 회색빛을 띤 초록색(greyish green), 그러한 세계의 어둠을 보았다."(《알 아라프》, 무레, 불역판) 즉 색깔의 징후로 봐서도, '죽음'은 포에게는 특수한 빛 속에 있는 것이다. 그것은 삶의 색깔로 분장된 죽음인 것이다. 보나파르트 부인은 여러 페이지를 할애해서 '자연'의 개념에 대한 정신분석학적 의미를 규정하고 있다. 특히 그녀는 에드거 포에 있어서 자연의 의미를 다음과 같이 명시하고 있다. "우리 각

122

자에 대해서, 자연은, 우리를 길러주고 키워주는 어머니와 처음부터 결부되는 원초적인 나르시시즘의 연장에 지나지 않는다. 포에게 어머니는 일찍부터 시체, 즉 젊고 아름다운 여성의 시체로 되어 있었으므로, 포적 풍경이 설령 아주 활짝 꽃이 피어 있다 할지라도, 언제나 분장된 시체와 닮은 무엇인가를 지니고 있다는 것에 어찌하여 놀라는 것일까?"(p. 322)

특히 포적인 호수인 오버 호(湖)가 쉬고 있는 것은 과거와 현재, 그리고 혼과 육체가 융합된 이와 같은 자연 속에서이다. 이 호수는 내적인 지리(地理), 주관적인 지리에만 속해 있는 것이다. 이것은 '사랑의 지도(地圖)'[*] 위가 아니라 '우수의 지도', '인간적인 불행의 지도' 위에 자리를 차지하고 있는 것이다.

"그것은 오버의 어두운 호수 바로 옆, 안개 자욱이 내린 와이어의 한결같은 지역이었다 — 거기 오버의 축축한 늪 가까이, 와이어의 흡혈귀가 출몰하는 숲속이었다."(《울라룸》, 말라르메, 불역)

다른 곳, '몽상의 토지'의 호수에도 같은 망령들, 같은 흡혈귀들이 출몰하는 것이다. '그러므로' 이것은 다 같은 호수, 같은 물, 같은 죽음이 되는 것이다.

"고독한, 저 고독한 죽음의 물이 — 경사진 백합빛 눈〔雪〕의 슬프고 슬픈 얼어붙은 물이 넘치는 호수를 지나 — 산들을 지나 — 회색빛 숲을 지나 — 두꺼비와 도마뱀이 사는 늪지대를 지나 — 흡혈귀들

---

[*] '사랑의 지도la carte du tendre'란 17세기 스퀴데리 양(Mlle de Scudéry)의 소설에 묘사된 사랑의 나라(지도)를 가리킨다.

이 살고 몹시 싫어하는 장소마다 있는 ─ 불길한 물웅덩이와 연못을 지나 ─ 아주 음침한 모퉁이마다, 도처에서 나그네는 놀란 '과거의 회상'을 만나는 것이다."(《몽상의 토지》, 말라르메 불역)

이들 물이나 호수는 자연 전체에서 떨어지는 우주적인 눈물로 길러지고 있는 것이다. "검은 골짜기 ─ 검은 물의 흐름 ─ 그리고 숲은 구름과 비슷해서 도처에 떨어지는 눈물 때문에 그 모습을 나타낼 수가 없다." 태양 자체도 물 위에 눈물을 흘린다. "이슬에 젖어 졸고 있는 듯한 몽롱한 일종의 감응력이, 황금의 햇무리에서 물방울을 떨어뜨리고 있다."(《이렌느》, 무레, 불역판) 물이 하늘에서 떨어지는 것은 진정으로 불행을 옮기는 '감응력(influence)'이며, 점성학적 감응력, 다시 말하면 신체적이며 물질적인 불행으로서 그것은 광선에 운반된 희박하고 점착력이 강한 물질인 것이다. 이러한 '감응력'은 연금술의 방법까지도 사용해서 '우주적 고통'의 '색조', 즉 눈물의 색조를 물에 가져오는 것이다. 이러한 힘은 이 모든 호수나 늪의 물을, 인간적인 고뇌의 어머니인 물, 우수의 물질로 만들어버린다. 막연하지만 일반적인 인상은 이제 더 이상 문제가 되지 않으며, 물질적 참여가 문제가 되는 것이다. 몽상가는 이제 더 이상 이미지를 꿈꾸지 않고, 물질을 꿈꾼다. 무거운 눈물이 인간적인 의미와 생명과 물질을 세계에 가져오는 것이다. 로맨티시즘은 이제 기묘한 물질주의(matérialisme)와 결부되는 것이다. 그러나 반대로, 물질적 상상력에 의해 상상된 물질주의가, 여기서는 매우 예민하고 고통스러운 감각성을 지니고 있기 때문에, 이상주의적인 시인의 고뇌를 모두 이해할 수 있을 정도인 것이다.

VII

에드거 포의 초시학(超詩學) 속에서, 상상적인 물이 스스로의 심리적 생성을 우주 전체에 부과시키는 것을 입증하기 위해서, 우리는 수많은 자료들 — 쉽사리 증가시킬 수 있는 것이지만 — 을 수집해왔다. 이제 우리는 이 '죽은 물'의 본질 그 자체에 나아가지 않으면 안 된다. 이렇게 우리는 물이 죽음의 참다운 물질적 '지주'인 것을 이해하고, 나아가 무의식 심리학에서의 매우 자연스런 도치(inversion)에 의해, 물이 각인을 찍은 물질적 상상력에서, 어떠한 깊은 의미로 죽음이 우주적인 히드라(l' hydre)가 되는가를 이해하는 것이다.

우리가 제안하는 무의식의 심리학의 정의가 그 단순한 형식에 의해서 범속하게 보일는지 모르나, 그러한 증명이야말로 새로운 심리학적 교훈을 야기시키는 것이라고 생각되는 것이다. 증명해야 할 교훈을 야기시키는 것이라고 생각되는 것이다. 증명해야 할 명제란 다음과 같은 것이다.

즉 죽은 물은 잠자는 물이기 때문에, 부동의 물은 죽은 자들을 환기시킨다는 것이다.

사실 무의식에 대한 새로운 심리학은, 죽은 자들이 아직 우리들 사이에 머물러 있는 한, 그들은 우리의 무의식에 있어서 잠자는 자들임을 가르쳐준다. 그들은 휴식하고 있는 것이다. 장례식이 끝난 뒤, 그들은 무의식에 있어서, 부재자, 다시 말하면 한층 숨겨지고, 덮여지고, 아주 잠에 떨어져버린 잠자는 자들인 것이다. 우리들 자신의 잠이 회상보다 더 깊은 꿈을 우리에게 가져다 줄 때에만, 그들은 눈을 뜨는 것이다. 그리하여 우리들도 죽은 자들과 함께 '밤' 의 고향에 다시 존재하게 되는 것이다. 어떤 자들은 저 멀리 갠지스강의 강변, '바닷가의 왕국', '초록색 골짜기 중의 골짜기', 이름도 없는 몽상의 물가에 가서 잠자기 위해 가버리는 것이다. 그러나 그들은 언제나 잠자고 있다.

> ⋯⋯ 죽은 자들은 모두 잠들어 있다
>
> '사랑의 신' 이 우는 시간만큼이나 길게
>
> ⋯⋯
>
> 추억의 눈에 어린 눈물만큼이나 길게
>
> ─《이렌느》(무레, 불역판, p. 218)

잠자는 물의 호수란 이러한 안전한 잠, 즉 눈뜨기를 바라지 않고, 살아 있는 자들의 사랑에 의해 보호되며, 회상의 연도(litanie)에 의해 출렁서려지는 그러한 삶의 상징인 것이다.

> 보라! 망각의 강(레테 강)을 닮은 호수가 의식 있는 잠을 자고 있는 것처럼 보인다.
>
> 그리고 결코 눈을 뜨려고 하지 않는다.
>
> 로즈마리가 무덤 위에 잠자고
>
> 백합은 물결 위에 누워 있다.
>
> ⋯⋯
>
> 모든 아름다움은 잠잔다.

— 《이렌느》(무레, 불역판, p. 218)

이와 같은 젊은 시절의 시구(詩句)는 에드거 포가 쓴 마지막 시편 가운데 하나인 《잠자는 여인》 속에 다시 수록된다. '무의식'의 발전에 어울리게, 이렌느는 마지막 시편에서 이름 없는 사자(死者), '우주적인 골짜기에서…… 신비로운 달빛에 비치어' 잠자는 여인이 되는 것이다.

"로즈마리는 무덤에 절을 하고, 백합은 물결에 떠돌며, 자신의 가슴을 안개로 감싸면서 폐허는 쉰 채로 내려앉는다. 보라! 레테 강에 비유될 수 있는 호수는 의식 있는 잠을 맛보고 있는 것처럼 보인다. 그리고 결코 눈을 뜨지 않으리라. 모든 아름다움은 잠자는 것이다."(말라르메 불역)

우리는 이제 에드거 포의 형이상학적 드라마 한가운데 있는 것이다. 여기서는 그의 작품과 인생의 좌우명이 완전히 의미를 지니고 있다.

나는 죽음의 입김이 미(美)의 입김과 뒤섞이는 곳에서만 사랑할 수 있다.

20세로서는 기묘한 격언이지만 이미 매우 짧은 과거를 마치고 과거에 대해 이야기를 하고 있어, 인생 전반에 걸치는 깊은 의미와 충실함을 보여주고 있다.[10]

그러므로 에드거 포를 이해하기 위해서는 시나 단편을 읽는, 결정적 순간에, '미'와 '죽음'과 '물'의 종합을 꾀하지 않으면 안 된다. '형식'과 '사건'과 '실체'의 이와 같은 종합은, 철학자에게는 인공적이어서 불가능한 것처럼 보일는지도 모른다. 그렇지만 이것은 도처에 전파되고 있는 것이다. 만약 사람이 사랑한다면, 곧 '감탄하고(admire)', '걱정하며(craint)', '보호하게(garde)' 되는 것이다. 몽상에 있어서는, 형식과 미래와 물질에 명령을 내리는 세 가지의 요인이 서로 떼어놓을 수 없을 정도로 잘 합치되어 있다. 에드거 포와 같은 깊이의 몽상가는 그것들을 동일한 상징적 힘 속에 모아두는 것이다.

왜냐하면 물이 아름다운 충실한 죽음의 물질이기 때문이다. 물만이 아름다움을 보호하면서 잠잘 수 있으며, 또 미의 반영을 보호하면서 움직이지 않은 채로 죽을 수가 있는 것이다. '거대한 추억'과 '유일한 그림자'에 충실한 몽상가의 얼굴을 비치면서, 물은 모든 그림자에 아름다움을 주어, 모든 추억을 소생시킨다. 이렇게 해서 우리가 사랑한 모든 사람에게 아름다움을 주는, 위임되어서 순환하는 일종의 나르시시즘이 생겨나는 것이다. 인간은 자신의 과거에 스스로를 비추며, 모든 이미지는 인간에 있어서 추억이 되는 것이다.

그리하여 물의 거울이 흐려지고, 추억이 몽롱해지고, 숨이 막힐 때,

---

10 보나파르트 부인은(p. 28) "이러한 몇 행은 포에 의해 삭제되어, 그 결과 말라르메에 의해서 번역되지 않았다"고 지적하고 있다. 이와 같은 삭제는 예문의 이상한 중요성에 대한 보증이 아닐까? 자신의 천재적 비밀을 감춰야 한다고 믿었던 포의 혜안(clairvoyance)을 나타내는 것이 아닐까?

…… 한 주일이나 두 주일이 지나가버리고

가벼운 웃음이 한숨을 막을 때,

무덤에 노여움을 느끼면서

살고 있을 때 ― 여러 번 ― 친구들과

함께 맑은 물에 목욕하러 왔었다.

추억의 어떤 호수에 이르는 길을 그는 가는 것이다.

그리고 거기 짓밟히지 않는 풀꽃

불어오는 밤 바람에

(오! 이제 들어보라)

'아! 아! 슬프구나! 슬프구나!' 라고 말하고 있는 풀꽃으로

자신의 투명한 이마를 위해 화환을 짜면서

떠나가버리기 전의 한순간

흐르는 맑은 물을 음미하며,

그리고 (괴로움에 짓눌려) 잠겨버리는 것이다.

망막한 어두운 하늘 저편에

―《이렌느》(무레, 불역판)

오, 너, 물의 환영, 단 하나의 밝은 환영이여, '투명한 이마' 의 아무것도 숨기지 않았던 마음의 고독한 환영, 나의 시냇물의 정령이여! 너의 잠은 '지속되는 한 언제까지나 깊게' 되기를 바랄 뿐이다.

VIII

마지막으로, 에드거 포의 포에지에 나타나는 물에, 기묘하고 잊지 못할 성격을 부여하고 있는 죽음의 표시가 하나 있다. 그것은 침묵이다. 우리는 상상력이 그 창조적 형식에 있어서, 창조하는 모두에 생성을 강요하고 있음을 믿고 있기 때문에, 침묵이라는 주제에 대해, 에드거 포의 시(詩) 속에서 물이 말 없는 것이 '되어가는' 것을 보여주게 될 것이다.

포에게 물의 쾌활함은 얼마나 덧없는 것인가! 에드거 포가 웃는 일이 있었던가? 몇몇 작은 냇물 뒤의 근원 가까이에서 강물은 곧바로 말이 없어진다. 강물의 목소리는 속삭임에서부터 침묵으로 나아가 갑자기 낮아지는 것이다. 불확실한 강물의 삶을 활기차게 하던 속삭임 자체도 기묘한 것이며, 도망쳐버리는 물결에 대해서 이방인과 같은 것이다. 만약 누군가가, 또는 무엇인가가 물 표면에 말을 건다면, 그것은 바람이나 에코이며, 그리고 또한 서로 한탄을 터놓고 이야기하는 몇 그루 물가의 나무가 있다면, 그것은 아주 낮게 숨을 쉬고 있는 환영인 것이다.

"수렁이 깊은 하상(河床)을 가진 이 냇물의 양 둑에는 몇 마일이나 되는 거인 같은 수련(睡蓮)의 창백한 평야가 펼쳐져 있다. 그들은 서로 고독 속에서 한숨을 쉬고, 하늘을 향해 유령 같은 긴 목을 내밀고, 여기저기 한결같이 머리를 흔들고 있다. 그리고 그들로부터는 지하수 같은 분명치 않은 속삭임 소리가 올라오는 것이다. 그리고 또 그들은 서로 한숨을 쉬는 것이다."[11]

이와 같이, 냇가에서 들리는 것은 시냇물의 목소리가 아니라, 한숨소리이며, 축축한 식물의 한숨, 즉 초록색 식물의 우울하고 기분을 언짢게 하는 애무인 것이다. 그러고 나서 바로, 식물 자체가 입을 다물어버리는 것이다. 그리고 슬픔이 바위를 후려칠 때에, 세계는 모두 표현하기 어려운 공포로 침묵하는 것이다.

"그때 나는 초조했다. 그리하여 나는 '침묵'의 저주로서, 냇물과 수련과 바람, 숲과 하늘과 천둥, 그리고 수련의 한숨을 저주했다. 그러자 그들은 저주를 받았으며 입을 열지 않게 되었다."(p. 273) 왜냐하면 모든 존재의 근원에서 말하며 또 존재의 근원에서부터 말을 거는 것, 그것은 어떤 후회의 목소리이기 때문이다. 그것들을 침묵시키고, 악에는 저주로 노하지 않으면 안 되며, 또 우리의 안과 밖에서 신음하는 모든 것, 그것을 침묵의 저주로 후려치지 않으면 안 되는 것이다. 그러므로 '우주'는 상처 입은 혼의 비난을 이해하여 침묵하고, 다루기 힘든 작은 냇물은 웃기를 그치며, 폭포는 웅얼거리기를, 시냇물은 노래하기를 그치는 것이다.

그러니 그대 몽상가여, 바라건대 침묵이 그대 속으로 되돌아가주기를! 물가에서 사자(死者)들이 꿈꾸는 목소리를 듣는 것, 그것은 이미 사자들이 잠자는 것을 방해하는 것이니까.

게다가 행복 자체가 말을 하는 게 아닐까? 참다운 행복은 노래하는 게 아닐까? 엘레오노르(Éléonore)의 행복한 시기에, 냇물은 이미

---

11 포, 〈침묵 *Silence*〉《새로운 奇譚集》, 보들레르 역, p. 270.

영원한 침묵의 무거움을 정복한 것이다. "우리는 그 냇물을 침묵의 냇물이라고 이름 붙이고 있었다. 그 흐름에는 사람을 평화롭게 하는 힘이 있는 것처럼 생각되었기 때문이다. 어떠한 속삭임도 하상(河床)에서부터 솟아나오지 않았으며, 그 냇물이 여기저기 아주 조용히 헤매었기 때문에, 냇물 속의 깊은 곳에 우리가 즐겨 바라보았던 진주 같은 모래알은, 하나 하나가 원초적인 옛 장소에서 영원한 빛에 반짝이면서 꼼짝도 하지 않았다."[12]

연인들이 열정의 본보기를 구하는 것은, 이 움직이지 않으며 말 없는 말을 향해서인 것이다. "우리는 이 냇물의 물결에서 '에로스'의 신(神)을 이끌어냈으나, 그가 우리들 속의 옛부터 전해내려오는 불타는 혼에 불을 붙이고 있음을 우리는 지금 느끼고 있다. …… 모든 정열이 힘을 합해서, 7색 잔디풀의 계곡(la Vallée du Gazon-Diapré) 위에 현혹되도록 환희를 불어대고 있었다."[13](p. 173)

따라서 시인의 혼이 물의 영감에 매우 강하게 결부되어 있기 때문에, 물 그 자체로부터 '사랑의 불꽃'이 생겨나지 않으면 안 되며, 그리하여 '옛부터 전해 내려오는 불타는 혼'을 지니게 되는 것도 물이 되는 것이다. 물의 약한 에로스가 한순간 덧없는 두 사람의 혼에

12　포, 〈엘레오노르〉《새로운 奇譚集》, 보들레르 역, p. 171.
13　목장, 즉 강의 작품인 목장은 그것만으로도 어떤 사람들에게는 슬픔의 테마가 된다. 혼의 목장에는 수선화(asphodèles)밖에 자라지 않는다. 바람은 거기에서 노래하는 나무가 아닌, 다만 동일한 초록색의 말없는 물결만을 발견한다. '목장의 테마'를 연구함으로써, 일찍이 엠페도클레스가 방문한 바 있는 '불행의 목장 속으로' 어떤 데몽이 에드거 포를 이끌어갔는가를 물어볼 수 있으리라.

'불을 붙이면', 그때 잠시 물은 말할 무엇인가를 갖는 것이다. 즉 냇물의 안쪽에서부터 "조금씩 속삭임이 솟아나, 마침내 아이오로스(Éole)[*]의 하프 선율보다 더 신성하고, 엘레오노르의 목소리가 아닌 그 모든 것보다 더 감미롭게 사람을 화평하게 하는 선율로 소리가 커지는 것이다."(p. 174)

그러나 엘레오노르는, "죽음의 손가락이 자기의 가슴에 놓여져 아지랑이처럼 죽기 위해서만 자기는 성장했던 것을 받았던 것이다."(p. 175) 그때 초록빛 풀의 양탄자는 퇴색하고, 수선화는 어두운 제비꽃으로 변하며, 그리고 "금빛과 은빛의 물고기가 도랑을 가로질러 헤엄치면서, 우리가 서 있는 아래쪽을 향해 도망치며, 이제 더 이상 아름다운 냇물을 물들이는 일은 결코 없었다." 마침내 해가 잠기고 꽃이 시든 뒤, 조화로움은 사라지는 것이다. 드디어 존재와 소리의 영역에 있어, 에드거 포의 극히 상징적인 물의 운명이 완성되는 것이다. "애무와 같은 음악은…… 점차 약해지는 속삭임의 상태로 조금씩 죽어가, 마침내는 작은 냇물이 스스로의 원초적인 장엄한 침묵에 완전히 되돌아가는 데까지 이르는 것이다."

침묵의 물, 어두운 물, 잠자는 물, 헤아릴 수 없는 물, 죽음을 명상하기 위한 많은 물질적인 교훈. 그러나 이것은 하나의 흐름으로서 우리를 멀리까지, 흐름과 더불어 데려가는 죽음, 헤라클레이토스적인 죽음의 교훈은 아니다. 이것은 움직이지 않는 죽음, 깊이의 죽음,

---

[*] 그리스 신화에 나오는 바람의 신.

우리와 함께, 그리고 우리 가까이에, 또 우리 내부에 서식하는 죽음
의 교훈인 것이다.

　입을 다물어버린 물이 아직 우리에게 말을 걸기 위해서는, 저녁
의 바람만으로 충분할 것이다……. 환영이 또다시 물결 위를 걷기 위
해서는, 그렇듯 부드럽고 창백한 달빛만으로 충분할 것이다.

제3장

카롱의 콤플렉스, 오필리아의 콤플렉스

침묵과 달······ 묘지와 자연······
— 쥘 라포르그, 《전설적 교훈》, p. 71.

I

아마추어 신화학자(神話學者)들도 때로는 쓸모가 있다. 그들은 최초의 합리화 영역에서 선의를 다해 일을 한다. 따라서 이성(理性)의 꿈을 설명해주지 않으므로 그들은 '설명'하고 있는 것을 설명하지 않은 채 그대로 남겨두는 것이다. 또 그들은 조금 급하게 우화를 분류하고 체계화한다. 그러나 이 성급함에는 이점이 있는 것이다. 즉 분류를 단순화하는 것이다. 그것은 또한 그토록 쉽사리 받아들여진 분류가 신화학자와 독자의 정신 속에 작용하는 현실적 경향에 결부되어 있는 것을 보여준다. 그렇기 때문에 《피씨올라》와 《학생들의 길》의 저자인 상냥하고 장황스런 생틴느[*]가 《라인지방의 신화학》을 써서 우리의 여러 관념을 분류하기 위한 기본적 교훈을 제공할 수 있는 것이다. 일찍이 한 세기 전에 그는 나무 예찬의 원초적 주요성을 이해하고 있었던 것이다.[1] 그는 이러한 나무 예찬에 사사(死者) 예찬을 결부시킨다. 나아가서 생틴느는 우리가 이름을 붙여보자면 '죽음의 네 개 나라의 법칙'을 말하고 있는 것으로서 이것은 네 개의 물질

---

[*] 생틴느 Saintine(Josephe-Xaxier Boniface)(1798~1865) : 프랑스 소설가이며 극작가. 1836년에 출판된 소설 《피콜라》의 성공은 영광과 명성을 가져다 주었다. 꽃에 대해 갖는 죄수의 따스한 마음을 그린 소설이다.

[1] 생틴느는 태생이 좋은 철학자였다. 제1장 끝부분에서, 우리 자신이 가끔 생각에 잠겼던 "더욱이 신화학자인 내가, 그것이 무엇이든지 간에 증명하지 않으면 안 되는 것인가?"라는 말을 우리는 읽을 수 있다.

원소에 관한 상상력의 법칙과 분명히 관련이 있는 것이다.

"켈트 사람들은 인간의 시체에 관해 그것을 소멸시키기 위해서 여러 가지 기묘한 수단을 쓰고 있었다. 어떤 지방에서는 화장을 했는데 출생기념의 나무가 땔감으로 제공되고 있었으며, 또 다른 지방에서는 도끼로 구멍을 뚫은 '죽음의 나무(Todtenbaum)'가 소유자의 관(棺)으로 쓰여졌다. 그 관은 어디인지 모르는 곳으로 떠내려가도록 냇물의 흐름에 맡겨지지 않는 한 지하에 파묻혀 있었다. 최후로 몇몇 지역에서는 — 끔찍한 관습이지만 — 시체를 야생 새들의 탐욕에 방치해버리는 관습이 있었는데, 그러한 끔찍한 유기(遺棄)의 장소는 사자(死者)의 출생시에 심어진 것과 똑같은 나무 꼭대기로서, 그 나무는 이번에는 예외로 시체와 함께 베어 넘어져서는 안 되었다."[2] 다시 생틴느는 충분한 증거나 실례도 없이 다음과 같이 덧붙이고 있다. "그런데 시체를 반환할 때의 공기, 불, 대지, 물에 의해 각기 구별된 이들 네 가지의 수단에서 우리는 무엇을 볼 것인가? 이것은 모든 시대, 그리고 오늘날 인도에서 브라만교도나 불교도 또는 조로아스타교도 사이에 실시되고 있는 네 가지 매장 양식인 것이다. 봄베이의 배화교도(拜火敎徒 Guèbres)는 갠지스강에서 목욕하는 회교승(回敎僧)과 같이 거기에 대해서 무엇인가를 알고 있다." 마침내 생틴느는 다음과 같이 보고하고 있다. "1560년 경, 치델제(Zuiderzée)의 충적층(沖積層 atterrissement)에서 땅파기 작업에 종사하고 있던 네덜란드 노

---

2 생틴느, 《라인 지방의 신화학과 할머니의 옛날이야기 *La Mythologie du Rhin et les contes de la mère-grand*》, 1863, pp. 14~15.

동자들이 아주 깊은 곳에 화석(化石)이 되어서 기적적으로 보존되어 있는 많은 나무줄기를 보게 되었다. 이 나무줄기 하나 하나에는 인간이 한 사람씩 살고 있었으며, 거의 화석이 되어 있었으나 그 몇 개의 잔해가 흔적을 남기고 있었다. 분명히 독일의 갠지스강인 라인강이 거기까지 차례차례 그것들을 떠내려 보냈던 것이다."

태어나자마자 인간은 식물에 바쳐져 자기 자신의 나무를 지니게 되었던 것이다. 죽음은 삶과 동일한 보호를 필요로 했던 것이다. 그렇기 때문에 식물의 한가운데 다시 놓여져 나무의 식물적 중심에 반환되어서, 시체는 불 또는 흙에 맡겨졌던 것이다. 또한 그것은 무성한 수풀 속이나 숲 꼭대기에서 대기 속의 분해, 즉 수많은 바람의 망령이나 밤의 새들에게 도움을 받는 분해를 기다리고 있었던 것이다. 아니면 마침내 그것의 '자연스런' 관, 식물적 분신(double)이나 탐욕스레 살아 있는 목관(木棺), 즉 나무 속에 한층 편안하게 발을 뻗고 있는 — 두 개의 매듭 사이를 — 그것은 물에 맡겨져 물결에 던져졌던 것이다.

II

물결 위의 죽음이라는 이 출발은 죽음에 대한 끝없는 몽상의 하나의 특징을 나타내는 데 지나지 않는다. 이것은 가시적(可視的 visible) 화면에만 대응하는 것으로서, 죽음을 명상하는 물질적 상상력의 깊이에 대해, 죽음 자체가 실질이며, 또 새로운 실질 속의 삶인 것처럼 잘못 생각하게 할는지도 모른다. 삶의 실질인 물은 또한 양의적(兩義的)인 몽상에 대해서는 죽음의 실질이 되기도 하는 것이다. '죽음의 나무'를 바르게 해석하기 위해서는 융(Jung)[3]과 더불어 나무는 무엇보다도 먼저 모성적 상징이라는 것을 상기하지 않으면 안 되며, 물도 모성적 상징이므로 '죽음의 나무' 속에 싹을 끼워넣는(l'emboîtement des germes) 것이라는 기묘한 이미지를 붙잡을 수가 있는 것이다. 죽음을 나무의 중심에 놓고, 또 나무를 물의 중심에 위탁함으로써 얼마만큼 모성적 기능이 배가되어, 융이 말하고 있는 바 "사자(死者)는 다시 태어나기 위해 어머니에게 되돌려졌다"고 상상할 수 있는 매장의 저 신화를 두 번 체험할 수 있게 되는 것이다. 이와 같은 몽상에 있어서, 물 속의 죽음은 사자로서는 가장 모성적인 것이 되는 것이리라. 융이 다른 데에서 말한 깃처럼, 인긴의 욕밍이란, "죽음의 어두운 물이 삶의 물이 되는 것, 죽음의 차디찬 포옹이 어머니의 포옹이 되는 것, 나아가서 바다가 태양을 잠기게 하지만 다시 그 깊이에서 탄생되는 그러한 것이다…… 결코 삶은 죽음을 믿을 수가 없었던 것이다."(p. 209)

---

3 C. G. 융, 《리비도의 변형과 상징 *Métamorphoses et symboles de la Libido*》, p. 225.

III

여기서 하나의 문제가 나를 괴롭힌다. "죽음이란 최초의 대항해자였던 것이 아닐까?"

살아 있는 사람들이 스스로를 물결에 맡기기 훨씬 이전에 관(棺)은 바다나 급류에 놓여졌던 게 아닐까? 이러한 신화학적 가설에 따른다면 관은 '마지막 배'가 될 수 없을 것이다. 그것은 '최초의 배'일 것이다. 죽음은 '마지막' 여행이 아닐 것이다. '최초의 여행'일는지도 모른다. 몇 사람의 깊은 몽상가에게 죽음은 최초의 진정한 여행이 될 것이다.

물론 이와 같은 여행의 개념은 곧 이에 반대하는 공리주의적 설명을 야기시킨다. 일반적으로 원초적 인간은 창의력이 풍부하다고 생각하고자 한다. 또 선사적(préhistorique) 인간은 자기의 생존 문제를 지성적으로 해결했다고 생각하고 싶어하는 것이다. 특히 공리성이라는 것이 명백한 관념이며, 항상 확실하고 직접적인 명증석(明證的) 가치를 지닌 것이라고 일반적으로 쉽사리 인정하고 있는 것이다. 그러나 공리적 인식은 이미 합리화된 인식인 것이다. 반대로 '원초적 관념'을 '공리적 개념'으로 개념화하는 것은 현재 매우 완전하게 그리고 균일하게, 물질적으로 굳게 닫혀 있는 공리주의의 한 체계 속에 효용성이 포함되어 있기 때문이다. 더욱 자기 도취적인 '합리화작용(rationalisation)'에 빠져버리는 것이다. 인간이란 유감스럽게도 그렇게 이성적이지는 못하다! 인간은 진실한 것과 마찬가지로 유용한 것을 애써 찾는 것이다…….

아무튼 우리가 관심을 가지는 이 문제에 대해서 조금 생각해볼 때, 선사적(先史的) 인간이 통나무 배를 파는 것을 결정할 만큼 '항해의 공리성'이 충분히 명료하지는 않은 것처럼 보인다. 어떠한 공리성도 바다에 나가는 거대한 위험을 범하는 것을 정당화시키지는 못하는 것이다. 항해에 과감하게 나서기 위해서는 강력한 이익이 필요한 것이다. 그러나 참으로 강력한 이익이란 공상적인 것이다. 즉 그것은 꿈꾸는 이익이지 계산하는 이익이 아니다. 가공적(架空的) 이익인 것이다. 바다의 영웅은 죽음의 영웅이다. 최초의 수부(水夫)는 사자(死者)와 마찬가지로 용감했던 최초의 생자(生者)를 말하는 것이다.

또 살아 있는 사람들을 완전한 죽음, 상소(上訴) 없는 죽음에 맡기고자 할 때, 그들을 물결에 내던지는 것이다. 마리 델쿠르 부인은 전통적 고대문화의 합리주의적 위장 밑에서 불길한 아이들의 신화적 의미를 발견했다. 많은 경우, 아이들은 땅에 닿는 것을 조심스럽게 피하고 있다. 그들은 대지를 더럽히고 풍요로움을 흩뜨리며, 그리하여 그들의 '페스트'를 전파시킬지도 모르는 것이다. "(그들은) 가능한 한 빨리 바다나 해안으로 옮겨진다."[4] "죽이고 싶지도 않고 또 땅에 닿게 하고 싶지도 않은 허약한 존재를 가라앉게끔 되어 있는 작은 배에 싣고서 물 위에 놓아두는 것 이외에 달리 무엇을 할 수 있겠는가?" 우리는 마리 델쿠르 부인으로부터 가져온 매우 의미 깊은 신화

4　마리 델쿠르, 《고전적, 고대에 있어서의 신비적 不毛性과 불길한 탄생 *Stérilités mystérieuses et naissances maléfiques dans l' antiquité classique*》, 1938, p. 65.

적 설명을 한층 더 진행시킬 것을 제안한다. 그리하여 우리는 불길한 아이의 탄생을 '대지'의 정상적인 풍요로움에 속하지 않은 존재의 탄생으로서 해석하는 것이다. 즉 아이는 바로 '흙의 원소'에, 가까운 죽음에, 무한의 바다나 떠들썩한 강에 지나지 않은 완전한 죽음의 나라에 되돌려지는 것이다. 대지에서 방해가 되는 것을 제거하는 것은 물만이 가능한 것이다.

그래서 바다에 버려진 이러한 아이들이 살아서 해안(海岸)으로 되돌아왔을 때, 즉 '물에서 구출되었을(sauvés des eaux)' 때 그들이 쉽사리 기적적 존재(奇蹟的 存在)가 되는 것이 증명된다. 물을 통과했으므로, 그들은 죽음을 통과해버린 것이다. 그리하여 그들은 도시를 만들고 사람들을 구제하고, 세계(世界)를 다시 만들 수가 있는 것이다.[5]

죽음은 여행이며, 여행은 죽음인 것이다. "출발하는 것, 그것은 조금 죽는 일이다." 죽는 것, 그것은 참으로 출발하는 것이며, 물의 흐름, 강의 흐름을 따라감으로써만 용기를 내어 과감하게 사람은 출발할 수 있는 것이다. 모든 강은 사자들의 강과 합류한다. 이러한 죽음만이 가공적인 것이다. 모험의 이름에 합당한 것은 이러한 출발밖에는 없다. 만약 참으로 한 사람의 사자가 무의식에 있어 부재(不在)

---

5 이 모든 것에 항해의 이미지가 결부되어 있다. 거기에는 단순히 서구적 전통이 존재하는 것만은 아니다. 《심리적 콤플렉스의 문화적 의미》(1935)에 수록된 폰 에르빈 루셀의 《중국인의 생활에 있어서 신비적 사실로서의 물》이라는 논문에 보고되어 있는 중국적 전통에서도 한 예를 찾아볼 수 있을 것이다.

의 인간이라고 한다면, 오로지 죽음의 항해자만이 그지없이 꿈꿀 수 있는 사자인 것이다. 그의 추억은 언제나 미래를 지니고 있는 것처럼 생각되어…… 공동묘지에 사는 사자와는 전혀 다를 것이다. 후자에게 무덤은 아직도 거처, 살아 있는 자들이 경건하게 찾아오는 거처인 것이다. 이와 같은 사자는 완전히 부재가 아니다. 그리고 민감한 혼은 이러한 것을 잘 알아차리고 있다. 우리는 일곱 사람으로서, 다섯 사람은 살아 있지만, 다른 두 사람은 언제나 묘지에 있으므로, 그녀들 옆에 있든가 같이 있든가 해서, 살아 있는 사람은 바느질을 하거나 실을 잣거나 할 수 있다고 워즈워스 시 속의 소녀가 말한다.

바다의 사자들에게는 또 하나의 공상, 특수한 몽상이 결부되어 있다. 그들은 타인과는 다른 미망인들, 즉 '암흑의 대양(Oceano Nox)'을 꿈꾸는 '흰 이마의 미망인들'을 마을에 남겨두고 있는 것이다. 그러나 바다의 영웅에 대한 존경은 또 '그녀들의 탄식을 침묵시킬 수는 없는 것인가? 트리스탄 코르비에르(Tristan Corbière)[6]의 저주 속에는 수사법의 어떤 종류의 효과 배후에 진지한 몽상의 흔적이 남아 있는 것이 아닐까?

그러므로 해변에서의 결별은 가장 비통한 것임과 동시에 가장 문학적인 것이다. 그러한 포에지는 옛날 그대로의 꿈과 히로이즘의 토지를 개발하고 있는 것이다. 그러한 결별은 어쩌면 우리들 속에, 가장 고뇌에 찬 반향을 눈뜨게 하는 것일 것이다. 우리들 밤의 혼의 모

---

6 트리스탄 코르비에르, 《노란 연인》〈마무리〉를 참조할 것.

든 측면은, 물 위의 출발로서 생각되었던 죽음의 신화에 의해 설명된다. 몽상하는 자에게, 이러한 출발과 죽음 사이의 도치(倒置 inversion)는 계속된다. 어떤 몽상가들에게, 물은 우리를 아직 가보지 못한 여행에로 인도하는 새로운 움직임인 것이다. 물질화된 이러한 출발은 우리를 흙의 물질에서 떼어놓는다. 또한 보들레르의 시구(詩句)는 말할 수 없이 놀랄 만한 위대함을 지니는 것으로서, 그 이미지는 얼마나 빨리 우리의 신비의 핵심에 와 닿는 것일까?

오오 죽음이여. 늙은 선장이여, 이제 시간이다. 닻을 올리자![7]

IV

만약 물 위의 여행 이미지를 바탕으로 장의(葬儀)의 둘레에 모여진 무의식적 가치를, 모든 원초적 구원으로 복원(復元)시키기를 강하게 바란다면, 지옥의 강의 의미와 모든 수상장의(水上葬儀)의 전승은 이해될 수 있을 것이다. 이미 합리화된 관습은 사자(死者)들을 무덤 또는 장작더미에 맡길 수가 있다. 물의 표시가 찍힌 무의식은 무덤이나 장작더미 훨씬 저쪽, 물 위의 출발을 꿈꿀 수 있는 것이다. 흙이나 불을 가로지른 후, 혼(魂)은 물가에 다다르게 되는 것이리라. 깊은 상

---

7 보들레르, 《악의 꽃》〈죽음〉, p. 351.

144

상력, 물질적 상상력은 물이 죽음 속에 분배를 갖기 바라는 것이다. 즉 여행의 감각을 죽음에 지니도록 하기 위해서 상상력은 물을 필요로 하고 있는 것이다. 그러므로, 이와 같이 끝없는 공상에 있어서, 장의의 종류가 무엇이든지 간에, 모든 혼은 '카롱*의 배'에 올라탈 것이 틀림없음을 이해할 수 있는 것이다. 만약 이성의 밝은 눈으로 항상 이것을 바라보아야만 하는 것이라면, 얼마나 기묘한 이미지이겠는가? 아주 반대로, 만약 우리가 꿈에게 질문하는 법을 알고 있다면, 얼마나 친밀한 이미지이겠는가! 잠 속에서 이러한 죽음의 항해를 경험한 시인들의 수는 무수히 많다. "나는 그대가 출발한 오솔길을 보았다! 잠과 죽음은 우리를 더 오랫동안 떼어놓지 않으리라…… 들어보라! 환영(幻影) 같은 급류가 와글거림을 멀리서 음악으로 가득 찬 숲의 속삭이는 미풍에 뒤섞고 있다."[8] 셸리의 꿈을 다시 살아봄으로써 어떻게 해서 '출발의 오솔길'이 조금씩 '환영 같은 급류'가 되는지를 이해할 수 있으리라.

게다가 만약 무의식적 가치가 지탱되고 있지 않다면 우리의 문명으로부터 이렇듯 떨어져 있는 이미지에 불길한 포에지가 어떻게 해서 오늘날에도 결부될 수 있겠는가? 합리적으로 사용된 그럴싸한 이미지에 대한 시적이며 연극적인 관심의 영속성은 문화의 콤플렉스 속에 자연의 몽상과 습득된 전승이 융합되어 있는 것을 우리에게 보여주는 데 사용될 것이다. 이 점에서 카롱의 콤플렉스를 공식화할 수

---

* 카롱은 그리스 신화에 나오는 황천(黃泉)길의 뱃사공.
8 셸리, 《전집》, 라브 역, 제1권, p. 92.

있는 것이다. 카롱의 콤플렉스는 그렇게 활발한 것이 아니며, 이미지
는 현재 상당히 퇴색되어 있다. 이 콤플렉스는 많은 교양 있는 정신
에 있어서 죽어버린 문학에 대한 수많은 참고자료라고 하는 운명에
처해 있는 것이다. 그렇게 되면 이미 그것은 하나의 상징에 지나지
않는 것이다. 그러나 그 허약함과 퇴색됨은 결국 문화와 자연이 충분
히 일치할 수 있다는 것을 우리가 느낄 수 있게 하기에 아주 적합한
것이다.

우선 먼저 자연에 있어서 — 다시 말하면 자연(발생)적 전승에 있
어서 — 고전적 이미지와는 아무런 접촉이 없는 카롱의 이미지가 구
성되는 것을 보도록 하자. 사자(死者)의 배의 전설, 민담(folklore) 속
에서 끊임없이 갱신되는 숱한 형태를 지니는 전설의 경우가 그것이
다. 세비요(Sébillot)는 다음과 같은 예를 보여주고 있다. "죽은 자의
배의 전설은 우리의 연안 지방에서 확증된 최초의 전설 가운데 하나
이다. 그것은 아마 로마의 정복 이전에 존재하고 있었던 것으로, 6세
기에 프로코피오스[*]는 나음과 같이 보고하고 있다. 즉 브르타뉴섬 앞
에 있는 골르족의 어부나 다른 주민들은 브르타뉴섬에서 숨을 거두
도록 정해져 있었고, 그렇게 함으로써 공물(貢物 tribut)을 바치는 것
이 면제되었다. 한밤중에 그들은 문 두드리는 소리를 들으면 일어나
서, 아무도 타지는 않았으나, 금방이라도 가라앉을 듯, 겨우 물 위에
떠 있는, 짐을 지나치게 많이 실은, 이상한 배를 강가에서 발견하는

---

[*] 프로코피오스 Prokopios : 5세기 반 경부터 6세기에 걸쳐 산 그리스의 역사가.

146

것이다. 그들 자신의 배로서는, 하룻밤 사이에 건너가는 것은 어려우나, 이 여행은 한 시간 도정(道程)으로 충분하다."(《골르족 戰史》, 제1권 제4부 20장)[9]

에밀 수베스트르[*]는 이 이야기를 1836년에 다시 취급했는데, 이와 같은 전설이 끊임없이 문학적 표현에 쓰고자 하는 것의 증거인 것이다. 그것은 우리의 관심을 끈다. 그것은 무수한 변주로 덮여버릴지도 모르는 근원적 주제인 것이다. 매우 다양하고 예기치 않은 이미지의 모습을 취하면서 '꿈의 통일성(l' unité onirique)'이라고 하는 가장 견고한 통일성을 지니고 있으므로 이러한 주제의 안정성은 보증되어 있는 것이다. 따라서 낡은 브르타뉴 전설 가운데는 방랑하는 홀란드 유령선[**]이나 지옥선이 쉴 새 없이 통과하는 것이다. 그리고 자주 난파선은 '되돌아오지만' 그것은 어느 정도 배가 혼과 일체라는 것을 증거하는 것이다. 더욱이 또 깊은 꿈의 근거를 충분히 나타내는 다음과 같은 부차적인 이미지가 있다. "이들 배는, 작은 연안 무역선이 몇 년 후에는 두 개의 마스트를 단 배의 크기에 달할 만큼 커졌다." 이러한 기묘한 '성장'은 꿈에 꼭 따라다니는 낯익은 것이다. 물의 꿈속에서는 빈번히 이러한 것을 볼 수 있다. 즉 몇 개의 꿈에서, 물은 스스

---

9 세비요, 《프랑스의 민속》, 제2권, p. 148.

* 에밀 수베스트르 Émile Souvestre(1806~1854) : 프랑스 소설가. 신선한 필치로 브르타뉴 지방의 풍속을 주로 묘사했다. 《지붕밑 방의 철학자》라는 작품이 있다.

** 홀란드 유령선 le Voltigeur hollandais은 18세기 독일의 전설이다. 사탄에게 저주를 받은 해적선은 영원히 항해를 계속해야 하며, 저주가 풀리지 않는 한 선장은 죽을 수도 없다.

로 삼투하는 모든 것을 성장시키는 것이다. 바로 이러한 것을 에드거 포의 단편 《병 속에서 발견된 수기》의 페이지마다에 널려 있는 환상적인 이미지와 결부시키지 않으면 안 된다. "살아 있는 수부(水夫)의 육체처럼 바다 그 자체가 커지는 바다가 존재하고 있다는 사실은 입증되어 있다."[10] 이와 같은 바다, 이것은 꿈의 물의 바다인 것이다. 그리고 에드거 포의 단편에서 이것은 또한 장의(葬儀)의 물, '더 이상 거품이 일지 않는 물' (p. 219)의 바다이기도 하다. 사실 세월에 의해서 팽창된 기묘한 배는 아득한 옛날부터 살아온 노인들을 통해 인도되고 있다. 가장 아름다운 단편 중의 하나인 이 콩트를 다시 읽어보기 바라지만 그렇게 되면 시와 전설의 삼투를 맛보게 될 것이다. 이것은 아주 깊은 꿈에서 솟아나오고 있는 것이다. "나에게는 미지의 것이 아닌 사물의 감각이 정신을 번개같이 통과하여 기억의 유동하는 저 환영(幻影)들에 낡고 기묘한 전설이나 아주 오래된 세기의 설명할 수 없는 추억이 뒤섞여 있는 것처럼 때때로 생각된다."(p. 216) 우리의 잠에서 꿈을 꾸는 것은 전설인 것이다.

또한 가짜 카롱, 특히 교대를 찾는 카롱들이 살아 있는 전설이 존재한다. 민중의 지혜는 미지의 배에 타지 말 것을 항해자(航海者)에게 충고하고 있다. 이러한 신중함에 신화적 의미를 부여하는 것이 과장된 것은 아닐까 하고 염려해서는 안 된다. 요컨대 바다의 소설에 그토록 넘치는 모든 신비한 배는 '사자(死者)의 배'에 참가하고 있는

---

10 에드거 포, 《기묘한 이야기》, 보들레르 역, p. 216.

148

것이다. 그것을 이용하는 소설가는 다소 숨겨 있기는 하지만 카롱의 콤플렉스를 소유하고 있는 것이 거의 확실한 것이다.

특히 단순한 '뱃사공'의 임무도 그것이 문학 작품 속에 놓여지게 되면 바로 거의 숙명적으로 카롱의 상징에 접근하는 것이다. 그가 단순한 작은 내를 건너는 것만으로는 아무 소용이 없다. 그는 저승의 상징을 지니고 있는 것이다. 뱃사공은 신비의 파수꾼이다.

환각에 이끌린 그의 나이 지긋한 눈길이

빛나는 먼 곳을 바라보고 있었다.

거기에서 구슬픈 목소리가 언제나

그가 있는 데까지 다가오고 있었다.

싸늘한 하늘 아래서.[11]

에밀 수베스트르[12]는 말한다. "냇물의 교차로에서 범한 죄, 사랑의 로마네스크한 모험, 성자와 요정과 악마와의 만남 등을 덧붙이기를 바란다. 그러면 뱃사공의 이야기가 민중의 상상력으로 영원히 미화된 이 위대한 시편의 가장 극적인 몇 장(章) 가운데 하나를, 어떻게 해서 이루어놓았는가를 이해할 수 있으리라."

브르타뉴 지방과 마찬가지로 극동 지방에서도 카롱의 배를 알고 있는 것이다. 폴 클로델은 7개월 간의 중국 생활에서 되돌아왔을 때,

---

11 베르아랑, 《공허한 시골 *Les Villages illusoires*》, 〈뱃사공〉
12 에밀 수베스트르, 《그물 밑에서 *Sous les filets*》, 〈빌렌느의 뱃사공〉, p. 2.

'사자(死者)의 축제'에 대한 감동적인 시를 다음과 같이 번역한 바 있다. "피리가 혼들을 인도하고, 징소리가 꿀벌처럼 그들을 모은다…… 물가를 따라 준비를 마친 배는 밤이 오기를 기다린다." "배는 출발하고 항적(航跡)의 폭넓은 움직임 속에 한 줄기 불의 행렬을 남기면서 선회한다. 누군가가 작은 램프를 켜고 있다. 반투명한 물의 넓은 흐름 위 가녀린 불빛, 그것이 한순간 깜박이다가 사라진다. 금빛 파편이나 연기 속에 녹아서 타오르는 불의 장화를 붙잡는 팔은 그 때문에 물의 무덤에 닿아 빛의 일시적인 번쩍임이 차디찬 물의 사자(死者)들을 물고기처럼 유혹한다." 이와 같이 축제는 사라져버린 생명과 사라져가는 생명을 동시에 모방한다. 물은 불과 인간들의 무덤인 것이다. 저 멀리서 '밤'과 '바다'가 함께 죽음의 상징주의를 완성한 것처럼 생각되었을 때, 몽상하는 사람은 '장의(葬儀)의 덜거덕거리는 불길한 소리나 짙은 어둠 속에서, 무서운 타격으로 내려치는 철(鐵)로 된 북의 소리를'[13] 듣는 것이다.

죽음이 지닌 답답하고 괴롭게 완만한 모든 것에도, 다같이 카롱의 표시가 붙어 있다. 혼을 가득 실은 배는 항상 가라앉아버리는 것만 같다. '죽음'이 죽는 것을 두려워하고 있는 것처럼 보이며 물의 사자(死者)가 아직도 난파를 무서워하고 있는 것처럼 보이는 것은 얼마나 가공(可恐)할 이미지인가? 죽음은 결코 끝날 수 없는 여행이며, 위험의 끊임없는 조망(眺望)인 것이다. 배에 지나치게 무게가 가해지

---

13 폴 클로델,《동방에의 인식 *Connaissance de l'Est*》, p. 35 이하.

는 것은 혼이 잘못을 저지르지 않기 때문이다. 카롱의 배는 항상 지옥을 향한다. 행복의 뱃사공은 존재하지 않는 것이다.

카롱의 배는 이와 같이, 인간들이 파괴하지 못하는 불행에 숙명적으로 결부된 상징이 되는 것이리라. 그것은 고뇌의 세월을 지나가는 것이리라. 생틴느가 말한 바와 같이(앞의 책, p. 303) "카롱의 배는 스스로 (그리스도교의) 최초의 열광 앞에서 모습을 감추었을 때에도 아직 사용되고 있었다. 인내! 그는 다시 나타날 것이다. 그곳은 어디인가? 어느 곳이나…… 초기 골르 교회 시대 이래, 생 드니 승원의 다고베르(Dagobert) 무덤 위에는 전설이 서린 배를 타고서 코큐토스(Cocyte)의 냇물을 건너가는 왕이나 그 혼들이 그려져 있었고, 13세기 말에는 당당한 권위로 단테가 그의 '지옥'의 뱃사공으로서 늙은 카롱을 부활시켰던 것이다. 그를 뒤따라 같은 이탈리아에서, 아니 더 한층 가톨릭적 신앙이 깊은 도시에서, 더구나 교황의 슬하에서 일하면서 미켈란젤로는…… 최초의 심판 벽화 속에 신과 그리스도와 성모 마리아와 성자들과 동시에 뱃사공 카롱을 그렸던 것이다." 그리고 생틴느는 "카롱 없이 지옥은 있을 수 없다"고 결론을 내리고 있다.

샹파뉴 지방의 그렇게 몽상적이지는 못한 시골에서도 늙은 뱃사공의 흔적을 발견할 수가 있는 것이다. 몇몇 마을은 아직도 교회 밖에서 소액(小額)의 조세(租稅)를 지불하고 있다. 장례식 전날 고인의 어버이는 모든 친지에게 '사자의 잔돈'을 갚으러 가는 것이다.

요컨대 민중이나 시인 그리고 들라크르와와 같은 화가는 모두 자신의 꿈속에 '죽음의 세계에서 우리를 인도하지 않으면 안 되는 안내자의 이미지'를 재발견하는 것이다. 미토페(mythopée)의 형태로 살아 있는 신화는 매우 명료한 이미지에 결부된 극히 단순한 신화이다. 이러한 신화가 대단히 끈덕진 것은 그 때문이다. 어떤 시인이 카롱의 이미지를 다시 사용할 때 그는 여행과 마찬가지로 죽음을 생각한다. 그는 가장 원초적인 장의(葬儀), 장례(葬禮)를 다시 한 번 사는 것이다.

V

죽음 속의 물은 지금까지 우리에게 받아들여진 원소로서 나타났다. 이제부터 우리는 죽음 속의 물이 '욕구된 원소(élément désiré)'로서 나타나는 이미지를 모으기로 하자.

사실 물질적 원소의 부름은 때때로 매우 강하기 때문에 자살의 명료한 타입을 우리가 결정하는 데 쓰일 수 있다. 그때 물질은 인간의 운명을 결정하는 것을 도와주는 것처럼 보인다. 보나파르트 부인은 비극적인 것의 이중의 숙명, 또는 인생의 비극성과 문학적 비극성을 합치시키는 긴밀한 관련을 다음과 같이 나타내고 있다. "인간에 의해서 선택된 죽음의 종류는 그것이 현실에서 그들 자신의 자살이든 허구에 있어서 작중 인물의 자살이든 결코 우연에 의해 규정되는 것이 아니고 각각의 경우에 따라 정신적으로 결정되는 것이다."(앞의 책, p. 584) 이 문장에서 하나의 역설이 생기는 것이며, 이에 대해서 우리는 설명하고자 한다.

몇 가지 측면에서 보면, 심리적 한정작용은 현실에서보다 허구에서 더욱 '강하다'고 말할 수 있다. 왜냐하면 전자에서는 환상의 여러 수단이 결여되어 있는지도 모르기 때문이다. 허구에서는 목적과 수단은 소설가의 처리에 맡겨 있다. 범죄와 자살이 인생 속에서보다 소설 속에서 그 수가 많은 것은 이 때문이다. 그리하여 극적 드라마, 특히 드라마의 변증론(discursivité)이라 부를 수 있는 것이 소설가에게 깊은 흔적을 새기고 있다. 원하든 그렇지 않든 소설가는 작중 인물에 의하여 문학적으로 덮여 있기는 하지만 자기 스스로 존재의 근원을 드러내는 것이다. 배경으로 '어떤 현실'을 사용해도 헛된 것이리라. 그러한 현실을 투영하는 것도 소설가이며 그 현실을 얽어매는 것도 소설가인 것이다. 현실에서 모든 것은 남김없이 말해지는 것이 아니며, 인생이 쇠사슬의 굴레를 뛰어넘어 스스로의 연결성을 숨기고 있는 것이다. 소설에서는 말해지는 것밖에 존재하지 않는 것이며, 소설은 작가의 상상력이 명확하게 결정되어 인간성의 강한 한정작용을 발견하는 경우에만 힘차게 된다. 한정작용은 드라마 속에서 촉진되고 배가되기 때문에, 작가가 깊이 스스로를 드러내는 것은 극적요소에 의해서인 것이다.

문학에서 '자살'의 문제는 극적 가치를 판단하는 데 있어 결정적인 문제이다. 모든 문학적 기교에도 불구하고 범죄는 내면적으로는 설명이 불충분하다. 이것은 외적 상황에 너무나도 명백한 기능인 것이다. 또 이것은 항상 살인자의 성격에서 비롯되는 것이라고만 할 수 없는 하나의 사건으로서 폭발하고 있다. 이와는 반대로 문학에서 자살은 긴 내면적 운명으로서 준비되는 것이다. 이것은 문학적으로 말하면 가장 준비가 잘 되어.행해진 완전한 죽음인 것이다. 잠시 소설

가는 "우주 전체가 자기 주인공의 자살에 참가하기를 바라는 것이
다." 따라서 문학에서의 자살이 '죽음의 상상력'을 우리에게 주는
것은 극히 당연한 것이다. 그것은 죽음에 관한 이미지를 정돈하고
있다.

상상력의 영역에서, 죽음의 네 개의 고향(불, 물, 대지, 공기의 4원
소)은 각각 신봉자와 지원자를 갖고 있다. 우리는 물의 비극적인 부
름만을 취급하기로 하자.

살아 있는 님프들의 고향은 죽은 님프들의 고향이기도 하다. 물
은 가장 여성적인 죽음의 물질이다. 햄릿과 오필리아 사이의 최초의
장면에서, 햄릿은 ─ 즉 자살의 문학적 준비의 규칙에 따르면서 ─
그가 마치 운명을 예언하는 점쟁이인 것처럼 깊은 몽상에서 깨어나
중얼거린다. "이게 바로 아름다운 오필리아로구나! 님프여, 그대의
기도 속에서 내 모든 죄를 기억해다오"라고.(《햄릿》 제3막 제1장) 그때
부터 오필리아는 타인의 죄 때문에 죽지 않으면 안 되며, 작은 냇물
에서 조용하게 죽지 않으면 안 되는 것이다. 그녀의 짧은 인생은 이
미 사자(死者)의 인생이다. 기쁨이 없는 이 인생은 햄릿의 독자의 공
허한 기대이며, 애달픈 메아리에 지나지 않는 것이 아닐까? 그러면
곧바로 작은 냇물 속의 오필리아를 보도록 하자.(제4막 제7장, 쥘 드로
키니 역)

왕비

시냇가에 버드나무가 은빛 이파리를 물 위에 비추며 비스듬히 서 있네.

오필리아는 그 가느다란 가지에 쐐기풀, 앵초, 데이지들을 말아 감고, 상

스러운 양치기들이 지저분하게 부를 수 있는 자란(紫蘭)도 곁들여서.

무구한 선녀들 사이에서는 죽은 자(者)의 손가락[14]이라고 불리지만.

그리고 오필리아는 아름다운 꽃다발을 만들어, 그 꽃의 관을 늘어진 가지에 걸어, 기어오른 순간 심술궂게 가지가 뚝 부러져, 꽃다발과 함께 흘러가네.

옷자락이 펼쳐지고 마치 인어처럼 물 위에 뜨면서 기도의 노래를 부르고 있네.

죽음이 다가오는 것도 모르는 채 물에서 살며 물과 친해진 존재처럼,

아! 그것도 한순간일 뿐, 부푼 옷자락은 곧 물을 머금어, 아름다운 노랫소리를 그만두게 하는 것 같이 저 가련한 희생을 냇물 밑 진흙 속으로 이끌어가네.

그뿐 다음에는 아무것도…….

레어티즈

가련한 오필리아, 이젠 물은 그만이리라. 난 눈물을 흘리지 않으리라.

하지만 무리한 인정은 어쩔 수 없는 일. 사람들은 아무렇게나 말하겠지.

눈물이 다 말라버리면, 이렇듯 울며 슬퍼하는 일도 없으리…….

이러한 소설화된 죽음 속에 사건이나 광기나 자살을 고려에 넣는

---

14 늑대의 발(patte-de-loup)은 일반적으로 쉽싸리를 가리키는 명칭이다. 다른 번역자들은 영어의 명칭 '죽은 자의 손가락(dead men's fingers)'을 원문대로 옮겨 놓고 있으나, 이 말의 남근숭배적(男根崇拜的 phallique) 의미는 매우 뚜렷한 것이다.

것은 쓸모없는 것처럼 여겨진다. 정신분석은 먼저 사건에 그 심리학적 역할을 부여하는 것을 우리에게 가르쳤다. 불과 장난하는 자는 스스로를 불태우며 또 그렇게 하기를 바라고, 또 타인을 불태워버리기를 바란다. 신용할 수 없는 물과 장난하는 자는 물에 빠지거나 또 물에 빠져 죽기를 바란다. 한편 문학에서 광인들은 드라마에 협력하고 드라마의 법칙에 따르기 때문에 충분한 이성과 충분한 결정력(決定力)을 지니고 있다. 그들은 행동의 테두리 밖에서 행동의 통일성을 존중하고 있다. 따라서 오필리아는 우리에게서 여성적인 자살의 상징이 되는 것이다. 그녀는 참으로 물 속에서 죽기 위해 태어난 인간이며, 셰익스피어가 말한 것처럼 그녀는 거기에서 '자기 자신의 원소'를 다시 발견하는 것이다. 물은 젊고 아름다운 죽음, 꽃다운 죽음의 원소이며 또한 인생과 문학의 드라마에서 물은 오만함과 복수심이 없는 죽음, 마조히스트적 자살의 원소인 것이다. 물은 자신의 고통으로 '울(pleurer)' 줄밖에 모르며, 눈이 쉽사리 '눈물에 빠지는' 여성의 깊은 유기체적 상징인 것이다. 남성은 여성적인 자살 앞에서 레어티즈처럼 자신 속에 있는 어떤 여성적인 모든 것을 통해 이러한 불길한 고통을 이해하는 것이다. 눈물이 메말랐을 때, 그는 ─ '메마르게' 되어 ─ 다시 남성이 되는 것이다.

　냇물 속의 오필리아의 이미지만큼 극도로 섬세한 이미지가, 그럼에도 불구하고 어떠한 '리얼리즘'도 지니고 있지 않다고 강조할 필요가 있을까? 셰익스피어는 물의 흐름을 따라 떠도는 '실재'의 물에서 익사하는 여성을, 꼭 관찰하지는 않았다. 이와 같은 리얼리즘은 이미지를 돌기시킨다기보다는 오히려 시적 비약을 억제하는 것이 될

것이다. 결코 이와 같은 광경을 아마 본 적이 없는 독자가, 그러나 이
것을 보고 감동하는 것은, 이 광경이 원초적인 상상력의 자연에 속해
있기 때문이다. 일상생활에서 꿈꾸어진 물이나 연못의 물이야말로
자기 자신이 '오필리아화(化)하여' 잠자는 존재, 즉 자신을 내팽개치
고, 표류하며 조용히 죽어가는 존재들에 의해 쉽게 숨겨지는 것이다.
그때 죽음 속을 물의 사자(死者)들은 떠돌면서 꿈꾸기를 계속하는 것
이다……《착란 Ⅱ》에서 아르튀르 랭보는 이러한 이미지를 발견하고
있다.[*]

> 창백하고 황홀한 흘수선을, 생각에
> 잠긴 물의 사자(死者)에 때때로 내려간다…….

VI

땅 위로 오필리아의 유해를 옮겨 놓는다 해도 헛된 일이리라. 그
녀는 참으로 말라르메가 말한 바와 같이(《디바가시옹》, p. 169) '영원히
익사한 오필리아…… 재난에도 다치지 않는 보석'인 것이다. 몇 세기
동안, 그녀는 꽃다발과 함께 물결에 머리칼을 펼치면서 냇물을 표류
하는 모습으로 몽상가와 시인에게 나타나리라. 그녀는 가장 명백한

---

[*] 아마 바슐라르가 잘못 기억하여 《착란 Ⅱ》에 나오는 것으로 착각한 모양이나, 여기에서
인용한 시구는 《술취한 배》 23행과 24행이다.

시적 제유법(synecdoque)[*]의 하나의 기회가 되리라. 물에 뜬 머리카락, 물결에 빗질하는 머리카락이 되리라. 몽상에 있어 세부묘사의 창조적 역할을 보다 더 잘 이해하기 위해서, 물에 뜬 머리카락이라는 이 영상만을 잠시 기억해두도록 하자. 이것이 혼자서 물의 심리학의 상징을 활동케 하고, 또 오필리아의 콤플렉스를 거의 혼자서 설명하고 있음을 우리는 보게 될 것이다. 샘의 '여인(Dames)'들이 쉴 새 없이 긴 금발을 빗질하고 있는 전설은 무수히 많다.(세비요, 앞의 책, 제2권, p. 200) 그녀들은 냇가에서 황금이나 상아의 빗을 자주 잃어버린다. "제르(Gers)의 인어들은 비단처럼 길고 가는 머리카락을 지니고 있으며, 황금의 빗으로 머리를 빗질한다."(p. 340) "그랑드 브리에르의 강가에서는 길고 흰 옷을 입고 머리를 늘어뜨린 한 여인이 익사했다고 한다." 옷도 머리카락도 모두 냇물을 따라서 길게 내뻗어, 흐름이 머리카락을 빛나게 하며 빗질을 하는 것처럼 보인다. 이미 얕은 여울의 조약돌 위에서 냇물은 살아 있는 머리칼처럼 장난하고 있는 것이다.

때때로 물의 요정(ondine)의 머리칼은 그녀의 저주의 도구가 된다. 베랑제 페로(Bérenger Féraud)는 저지대 뤼자스 지방의 한 콩트를 보고하고 있는데, 거기서 물의 요정은 다리 난간 위에서 "굉장한 머리칼을 빗질하는 일에 몰두하고 있다. 그러나 그녀에게 너무 지나치게 가까이 가는 경솔한 사람은 불행해지기 마련이다. 왜냐하면 그런

---

[*] 부분으로 전체를 나타내는 비유법.

158

사람은 머리칼에 휘말려서 물에 던져져버리기 때문이다."[15]

　아주 인공적인 콩트도 이미지의 이러한 창조적 상세함을 잊어버리지 않도록 주의를 게을리하지 않는다. 로베르 부인의 어떤 콩트 속에, 트라마린느가 근심과 후회에 못 이겨 바다에 몸을 던질 때 곧바로 물의 요정들에게 붙잡혀, 재빨리 '은빛의 차디찬 바다처럼 푸른 비단 옷'으로 입혀져, 머리칼이 '물결과 같이 가슴 위로 흘러내리는' 것처럼 풀어져버리는 것이다.[16] 자기 자신이 물 위로 뜨기 위해서는 인간이 모두 뜨지 않으면 안 되는 것이다.

　언제나 상상력의 영역에서 일어나는 것과 마찬가지로 이미지의 도치는 이미지의 주요성과 완전하고 자연스런 특성을 입증하는 것이다. 그러나 물의 상징이 다시 완전히 활기를 되찾기 위해서는 풀어진 머리칼이 벌거벗은 어깨 위로 늘어뜨려져 ─ 흐르는 것으로서 충분한 것이다. 애니를 위한 놀라운 시편에서 우리는 매우 유연하고 단순한 다음과 같은 시구를 읽을 수 있다.

> 그리고 그는 드러눕는다 ─ 애니의 변함없는 마음과 아름다움, 그치지
> 않는 꿈속에 ─ 행복하게 목욕하면서 ─ 땋아 늘인 머리에 빠져……
> ─ 에드거 포의 《애니를 위하여》(말라르메 역)

15　L. J. B. 베랑제 페로, 《미신과 死後生存 *Superstitions et Survivances*》, 1896, 제2권, p. 29.

16　로베르 부인, 《옹딘느들 *Les Ondines*》, '도덕적 콩트', 《상상적 여행》에 수록. 암스테르담, 1788, 제34권, p. 214.

오필리아의 콤플렉스와 똑같은 이러한 도치는 가브리엘 다눈치오의 소설 《*Forse che si, Forse che no*》(도나텔라 그로스 역)에 뚜렷이 드러나 있다. 하녀는 거울 앞에서 이사벨라의 머리를 빗기고 있다. 말이 나온 김에 정열에 불타는 의지가 강한 연인이 모르는 사람의 손에 의해 머리가 빗겨지고 있는 광경의 유치함(infantilisme)을 주목해 두기로 하자. 이러한 유치함은 더구나 복합적 몽상을 용이하게 하는 것이다. "그녀의 머리칼은 미끄러지고, 또한 느슨한 물처럼 그 머리칼과 함께 그녀 인생의 형태 없고 어두우며 불확실한, 수많은 사물이 망각과 환기 사이를 미끄러져 가는 것이다. 그리고 갑자기 물결 위에는……." 어떠한 신비의 작용을 통해 하녀의 손으로 빗질하는 머리칼이 냇물이나 과거나 의식을 환기시키는 것일까? "왜 나는 그렇게 했을까? 그리고 그녀가 마음속에서 답을 찾는 동안 모든 것이 형태를 바꾸고 용해되어 흘러갔다. 머리칼의 무더기 속에 몇 번이고 되풀이해서 빗질을 하는 것은 마치 아주 오래전부터 계속되며 앞으로도 끝없이 계속될 마법과 같았다. 얼굴은 서울 서쪽에서 윤곽을 잃고 멀어져, 그리고 다시 되돌아왔으나 이미 그녀의 얼굴은 아니었다." 얼굴은 보여지고 있으며 냇물은 거기에 완전히 존재하여, 끝없는 그 도망과, 깊이와, 변화하고 또 변화시키는 거울을 지니고 있는 것이다. 얼굴은 자신의 머리, 머리칼 그것과 더불어 거기에 있다. 이와 같은 이미지에 대해서 명상할 때 자연스런 참다운 이미지를 자세한 부분에 걸쳐 결정 짓지 못하는 한, 상상력의 심리학은 초안마저도 마련하지 못하리라는 것을 우리는 이해하게 된다. 이미지의 자연스런 싹〔芽〕, 물질적 원소의 힘에 의해서 길러진 싹에 의해서만 이미지는 번식되고 모아지는 것이다. 원소적 이미지는 아주 멀리까지 자신의 창조를 발전시켜 인정하기 어렵게 되어 마침내는 그것들의 신기성(新奇性)에 대한 의욕 때문에 스스로를 분별하지 못하게 되는 것이다. 그러나 하나의 콤플렉스는 매우 징후적인(symptomatique) 심리적 현상으로서 전적으로 그것을 드러내는 데는 단 한 번의 표현만으로 충분한 것이다. 그러한 특징을 한 번만 표현함으로써 살게 되는 일반적인 이미지가 갖는 솟아오르는 힘은 그것만으로 형식의 탐구에 몰두하는 상상력의 심리학 특질을 부분적으로 이해시키는 데 충분한 것이다. 상상력에 관한 많은 심리학은, 형식의 문제를 향한 일방적인 주의 때문에 개념 또는 도식의 심리학에 지나지 않는 것이라는 사실에 처해 있다. 그것은 거의 '이미지화된 개념'의 심리학에 지나지 않는다. 그러니까 '이미지의 이미지'라는 영역에서만 발전할 수 있으며, 또 이미 여러 형식을 표현할 수 있는 문학적 상상력이 우리의 상상 의욕을 연구하는 데 회화적 상상력보다 유리하다는 것을 말해두기로 하자.

상상력의 이러한 역동적(力動的) 특성을 좀 더 강조하고 그러한 역동적 특성에 또 다른 연구를 바치려고 한다. 우리가 전개하는 주제에 대해 말한다면, 흘러가는 물을 연상시키는 것이 머리칼이라는 형식이 아니라 그 운동이라는 것이 분명한 것처럼 생각된다. 머리칼은 하늘의 천사의 그것일 수도 있으며, 머리칼이 '물결 치자' 마자 자연스럽게 그것은 물의 이미지를 이끄는 것이다. 세라피타(Séraphite)의 천사들에게 일어나는 것이 바로 그런 것이다. "그들의 머리칼에서는 빛의 물결이 솟아오르고, 그 움직임이 인광(燐光)을 발하는 바다의 물결과 같은 진동을 일으키고 있다."[17] 게다가 만약 물의 은유가 강력하게 가치 지워진 그것이 아니라면 이와 같은 이미지가 얼마나 빈약하게 보일 것인가 하는 것을 사람들은 무엇보다도 먼저 느끼리라.

그러므로 시인이 노래하는 살아 있는 머리칼은 어떤 운동, 즉 지나가는 물결, 떨리는 물결을 암시하는 것임에 틀림없다. '영속(永續)하는 파동', 즉 규칙적인 곱슬 머리칼의 두구는 그 때문에 자연스런 파동을 정지하게 해서, 그것이 유발할 수 있는 몽상을 덮어버린다.

물가에서는 모든 것이 머리칼이다. "물의 상쾌함에 이끌려 움직이는 나뭇잎들은 모두 물 위로 자신의 머리칼이 늘어지는 대로 내버려두고 있었다"(《세라피타》, p. 318) 그리고 발자크는 자연이 '스스로의 결혼으로 초록빛을 띠고 있는 머리칼을 향기롭게 하는' 그러한 축축한 분위기를 노래하고 있다.

때때로 너무나도 철학적인 몽상이 콤플렉스를 밀어제치려 하는 것처럼 보인다. 그러므로 냇물에 의해 옮겨지는 지푸라기는 우리들 운명의 무의미함의 영원한 상징이 된다. 그러나 명상 속에서 다소 평정함이 사라지고 몽상하는 사람의 마음에 좀 더 우울함이 짙어지면 망령이 다시 완전한 모습으로 나타날 것이다. 갈대에 의해 멈추어지게 된 풀은 말할 것도 없이 죽은 자의 머리칼이 아니겠는가? 생각에 잠기는 슬픔 속에서 렐리아(Lélia)는 그것을 응시하며 중얼거린다. "우리는 익사한 여인의 머리칼과 비슷한 슬프게 늘어져서 떠 있는 시

---

17 발자크, 《세라피타 *Séraphita*》, p. 350.

든 풀처럼 떠 있을 물조차 없으리라."[18] 이와 같이 오필리아의 이미지는 아주 조그마한 계기에도 이룩되는 것을 볼 수 있다. 이것은 물의 몽상의 근원적 이미지인 것이다.

쥘 라포르그가 비감상적(悲感傷的 désensibilisé) 햄릿이라는 역을 맡는다 해도 헛된 일이리라. "오필리아가 그런 일이 있어 좋은 것인가! 또다시 오필리아라니!"(라포르그의 원문에서는 이 시구의 순서가 뒤바뀌어 있음)

오필리아여, 오필리아여.

연못에 뜨는 그대의 아름다운 육체는 내 옛적의 광기에 떠도는 백합이네.

그가 말하는 바와 같이 ''무의식'의 과실을 먹는' 것은 위험 없이는 안 되는 것이다. 라포르그에게서 햄릿은 '하늘과 같은 물, 그 물 속에 동그라미를 그린' 기묘한 인물로 머물러 있다. 물과 여인과 죽음의 종합적인 이미지는 분산시킬 수 없는 것이다.[19]

쥘 라포르그의 이미지에서 뚜렷하며 아이러니한 뉘앙스는 예외적인 것이 아니다. 기 드 푸르탈레스*는 《프란츠 리스트의 생애》(p.

---

18 G. 상드, 《렐리아 *Lélia*》, p. 122.
19 쥘 라포르그, 《전설적 도덕 *Moralités légendaires*》, 제16판, p. 19, 24, 29, 55.
* 기 드 푸르탈레스 Guy de Pourtalès(1884~1942) : 주네브 출신의 프랑스 평론가이며 소설가. 심미적인 음악평론을 많이 썼음. 주요 저서로는 《햄릿에서 스완까지》(1924)가 있음.

162)에서 "58소절에 쓰여진 오필리아의 이미지는 '아이러니하게' 정신을 뚫고 간다"라고 지적하고 있다. (리스트 자신은 알레그로의 첫머리에 이 말을 쓰고 있다) 생 폴 루*의 콩트, 《내 최초의 슬픔의 빨래하는 여인》에서도 조금 거칠게 강조된 바, 그와 똑같은 인상을 우리는 받게 될 것이다.

어느 날 나의 혼은 오필리아들의 냇물에 몸을 던졌다.

그런데 이것은 아주 순박한 시절에 일어난 일이었다.

......

그녀 이마의 옥수수는 물의 몇 페이지가

다시 닫혀질 때까지 서표(書標)의 끈과 같이 조각 조각 떠도는 것이다.

......

나의 기묘한 혼수상태 위를 백조의 배가 미끄러져 간다.

......

오, 오필리아들의 냇물에 익사한 어리석은 자들이여![20]

오필리아의 이미지는, 위대한 시인이 지워버리는 법을 알고 있는 죽음의 분력(composante)에 거역하기까지 한다. 이러한 분력에도 불구하고 폴 포르(Paul Fort)의 발라드는 부드러움을 되찾는다. "아침의

---

* 생 폴 루 Saint-Pol-Roux(1861~1940) : 프랑스 상징주의 시인. 주요 시집으로 《성체 행렬의 제단》이 있음. 자연과의 신비적인 교감의 세계를 보여준다.

20 생 폴 루, 《내면적 요정극 *Les Féeries intérieures*》, p. 67, 73, 74, 77.

조용한 물소리의 장미처럼, 내일 물의 사자(死者)는 거슬러 오리라. 은빛 종소리는 헤엄치리라. 얼마나 상냥한 바다인가."[21]

물은 죽음을 인간화하며 아주 둔한 신음소리에 몇 개의 밝은 소리를 뒤섞는 것이다.

때때로 부드러움이 더하면, 보다 익숙해진 망령들이 죽음의 리얼리즘을 극도로 부드럽게 만든다. 그러나 물에 관한 한 마디의 말, 그것만으로도 오필리아의 깊은 이미지를 나타내는 데 충분하다. 말렌느 공주[*]가 그녀 방의 고독 속에서 자신의 운명의 예감에 사로잡혀 "아! 내 방의 갈대는 얼마나 울부짖고 있는 것일까?"라고 중얼거리는 것은 이 때문인 것이다.

VII

시의 기능을 지니는 모든 위대한 콤플렉스와 마찬가지로, 오필리아의 콤플렉스도 우주적 단계에까지 올라갈 수가 있다. 그때 오필리아의 콤플렉스는 '달과 물결의 일치'를 상징화한다. 거대한 떠도는 영상은, 퇴색하여 죽어가는 세계의 이미지 전체를 보여주는 것처럼 생각된다. 이렇게 해서 요하힘 가스케의 나르시스는 안개와 우수의 어느 날 밤, 물이 비치는 그림자를 통하여 밝아지는 하늘의 별들을

---

21 폴 포르, 《에르미타주 *Ermitage*》, 1897년 7월호.
[*] 말렌느 공주 La princesse Maleine는 메테르링크의 초기 시극 제목이며 동시에 주인공 이름이기도 함.

붙잡는 것이다. 우주적 단계에 함께 올라가는, 우주적 오필리아에 합치하는 우주적 나르시스라는 이미지의 두 개의 원리의 융합, 즉 상상력의 거역할 수 없는 압력의 결정적 증거를, 나르시스는 우리에게 제시해주는 것이다.[22] "달이 나(물)에게 말을 했다. 그녀 말의 상냥함을 몽상하면서 나는 창백해졌다. '당신의 꽃다발(창백한 하늘에서 꺾은 꽃다발)을 주시오' 라고 연인처럼 그녀는 말했다. 그리고 오필리아와 같이 엷은 자줏빛 옷을 입고, 아주 파리해진 그녀를 나는 보았다. 열병을 앓는 듯한 꽃 빛깔을 한 그녀의 눈이 흔들리고 있었다. 나는 별의 꽃다발을 내밀었다. 그랬더니 어떤 초자연적인 향기가 그녀에게서 풍겨나왔다. 구름이 우리의 모습을 엿보고 있었다……." 하늘과 물의 사랑에 대한 이러한 장면에서 정탐경(偵探鏡)을 통해 보듯이, 아무것도 빠뜨린 게 없는 것이다.

달과 밤과 별은, 그때 많은 꽃들처럼 냇물 위에 그림자를 던지고 있다. 우리가 물결 속에서 그것을 응시할 때 별의 세계는 물결치는 대로 사라져버리는 것처럼 생각된다. 물의 표면을 지나가는 빛은 위로받지 못하는 존재와 같고 빛 그 자체도 배신당하여 무시되고 잊혀지게 된다.(p. 102) 어둠 속에서 "그녀는 굉장한 것을 부수고 있는 것이다. 무거운 옷은 떨어진다. 오, 해골같이 슬픈 오필리아여! 그녀는 냇물 속에 가라앉는다. 별이 스러져버렸을 때 그녀는 냇물을 따라서 흘러갔다. 나는 울고, 그녀는 팔을 내밀었다. 슬픈 머리칼이 물을 떨

---

22 요하힘 가스케, 앞의 책, p. 99.

어뜨리므로 그녀는 핼쑥해진 얼굴을 뒤로 제치고, 조금 몸을 일으켜 여전히 나를 괴롭히는 목소리로 '당신은 내가 누구인지 알고 있다. 내가 당신의 사는 보람이라는 것을 잘 알고 있다. 그런데도 나는 가 버리는 것이다……' 라고 속삭였다. 한순간 물의 위쪽에 봄의 여신과 마찬가지로 순결하고 영적(靈的)인 발목을 보았다…… 그것은 사라 져버렸고, 기묘한 정적이 나의 피 속을 흘러갔다……." 이것이 바로 달과 물결을 교차시켜 흐름에 충실히 따라 저들의 이야기를 뒤쫓아 가는 몽상의 내적인 유희인 것이다. 이와 같은 몽상은, 언어의 모든 기능에 있어 밤과 냇물의 우수를 '실재화' 하는 것이다. 또 반영과 그 림자를 인간화한다. 또한 그 드라마와 고통을 냇물은 알고 있는 것이 다. 이러한 몽상은 달과 구름의 싸움에 참가한다. 이것은 양쪽에 투 쟁의 의지를 부여한다. 이것은 모든 환상이나 움직여 변화하는 모든 이미지에 의지를 부여한다. 그리고 휴식이 찾아와 냇물이 갖는 매우 단순하고 가까운 운동을 하늘에 존재하는 것들이 받아들일 때, 저 거 대한 몽상은, 떠도는 달을 배신당한 여성의 유해로 보고 모욕받은 달 속에서 셰익스피어적 오필리아를 보는 것이다.

이와 같은 이미지가 갖는 특징이 전혀 현실주의적인 기원(起源) 을 갖지 않는다는 것을 다시 강조할 필요가 있을까? 그것들의 특징 은 꿈꾸는 존재의 투영(projection)에 의해서 생기는 것이다. 물에 비 친 '달' 속에서 다시 오필리아의 이미지를 발견하기에는 강한 시적 교양이 필요한 것이다.

물론 요하힘 가스케의 영상이 예외적인 것은 아니다. 매우 다양 한 시인들에게서 이와 같은 흔적을 볼 수 있으리라. 예를 들면 쥘 라

포르그의 오필리아에서 보이는 다음과 같은 월광적(月光的 lunaire)
모습을 묘사해두기로 하자.

"그는 잠시 창가에 팔굽을 세우고, 금빛 만월이 미풍이 이는 바
다에 비쳐, 거기서 벨벳 같은 검은색과 용해된 금의, 부서진 기둥을
굴절시키고 있는 것을 바라보고 있다.

우수에 찬 물에 비치는 달빛……

성자이며 지옥의 죄를 범한 오필리아는 그리하여 한밤 내내 떠돌
고 있었던 것이다……"(《전설적 교훈》, p. 56)

마찬가지로 조르주 로덴바흐의 《죽음의 도시 브뤼주》를 거리 전
체의 '오필리아화(化)'로서 해석할 수도 있으리라. 운하를 떠다니는
물에 빠져 죽은 여인을 결코 본 일이 없는데도 소설가는 셰익스피어
적 이미지에 사로잡힌다. "바람이 마지막 나뭇잎을 쓸고 있던 저녁과
가을의 이 쓸쓸함 속에서 그 어느 때보다 자신의 인생을 끝마치려고
하는 욕망과 무덤에 대한 참기 어려운 마음을 그는 느꼈다. 한 사람
의 숙은 자가 탑으로부터 그의 혼을 향해 그림자를 내뻗고, 어떤 충
고가 낡은 벽으로부터 그가 있는 곳까지 찾아오면 또 어떤 속삭이는
목소리가 물로부터 일어나 다가오는 것처럼 생각되었으나, ― 그 물
은 셰익스피어의 무덤 파는 사람들이 말하는 것처럼 오필리아의 앞
을 지나가고 있는 것이다."[23]

---

23 조르주 로덴바흐, 《죽음의 도시 브뤼주 *Bruges-la-Morte*》, 플랑마리옹版, p. 16. 또
한 《신기루 *Le Mirage*》, 제3막을 참조할 것. 즈느비에브의 환영은 꿈꾸는 사람에게 이
렇게 말한다. "낡은 운하를 따라가는 나의 당신의 오필리아입니다……"

생각컨대, 보다 다양한 이미지를 동일한 주제 아래 모을 수는 없는 것이다. 왜냐하면 거기에 통일성을 인정할 필요가 있으며, 오필리아의 이름은 언제나 아주 판이한 상황 속에서도 돌아와 입에 오르내리기 때문이며, 또 이 통일성과 이 이름이 상상력의 위대한 법칙을 상징하기 때문이다. 불행과 죽음의 상상력은 강력하고 자연스런 물질적 이미지를 특히 물의 물질 속에서 발견한다.

따라서 몇 사람의 시인에게 물은 참으로 실질에서 죽음을 대신하고 있는 것이다. 공포가 완만하고 조용한 것 같은 몽상을 물은 전해 준다. 《두이노 제3비가(悲歌)》 속에서 눈물에 젖은 어머니의 상냥한 미소로서 방긋 웃는 공포인, 물의 미소 짓는 공포를 릴케는 느꼈던 것처럼 보인다. 잔잔한 물 속의 죽음은 몇 가지의 모성적 특징을 가지고 있다. 조용한 공포는 '살아 있는 싹〔芽〕을 가볍게 하는 물 속에 용해되어'[24] 버린다. 여기서는 물이 탄생과 죽음의 양의적 이미지를 혼합하고 있다. 물은 무의식적인 기억과 미래를 내다보는 몽상으로 가득 찬 실체인 것이다.

어떤 몽상이나 꿈이 이와 같이 하나의 실체 속에 흡수되었을 때 전존재는 거기에서 기묘한 영속성을 받아들이는 것이다. 꿈은 잠들어버린다. 꿈은 정지한다. 꿈은 하나의 '원소'의 완만하고 단조한 삶에 참가하도록 되어 있다. 자신의 '원소'를 발견한 뒤에 꿈은 모든 자신의 이미지를 거기에 용해시킨다. 꿈은 물질화하는 것이다. 꿈은

---

24 라이너 마리아 릴케, 《두이노의 悲歌 Les Élégies de Duino》, 앙젤로즈 역, p. 25.

'우주에 삼투하는 것이다(se cosmose).' 알베르 베갱은 카루스(Carus)에 있어 꿈의 참다운 종합은 정신적 존재가 우주적 실재와 일체화하는 깊은 종합이라는 것을 상기시켰다.[25] 몇 사람의 몽상가에 있어, 물은 죽음의 우주인 것이다. 그때 '오필리아화(化)(ophélisation)'는 실체인 것으로 되어, 물은 밤의 세계가 된다. 물 옆에서는 모든 것이 죽음 쪽으로 기울어진다. 물은 빔과 죽음의 모든 힘과 연결된다. 그리하여 파라셀수스[*]에 있어서 달은 물의 실체를 유해(有害)한 영향력으로 침투하는 것이다. 달빛을 오래 받은 물은 독(毒)이 서려 있는 상태로 머물러 있는 것이리라.[26] 파라셀수스적 사고 속에서 매우 강력한 물질적 이미지들은 오늘날의 시적 몽상에 있어서도 여전히 살아 있다. "달은 자기가 영향을 미치는 사람들에게 삼도(三途 Styx) 강의 물 맛을 준다"[27]라고 빅토르 에일 미슐레[**]는 말한다. 잠자는 물 가까이에서는 꿈꾸는 것으로부터 결코 치유되지 않는다……

---

25 알베르 베갱, 《낭만적 혼과 꿈 *L' Ame romantique et le rêve*》, 조제 코르티刊, p. 140

* 파라셀수스 Paracelse(1493~1541) : 점성술사, 인류학자, 신비론자, 신학자를 겸한 독일의사. 인간과 자연(우주)의 조화를 건강이라 생각하는 그는 책에만 의존하지 않고, 경험을 중시하며 수은 따위의 물질을 응용하는 치료법을 쓰기도 했다. 또한 연금술의 방법을 발전시켜 근대과학의 선구자가 되었다.

26 하인리히 브루노 쉰들러 Heinrich Bruno Schindler, 《마술적 정신생활》(1857), p. 57 참조.

27 V. 미슐레, 《降神術者의 여러 모습 *Figures d'évocateurs*》, 1913, p. 41.

** V. E. 미슐레 Victor-Émile Michelet(1861~1937) : 프랑스의 작가. 빌리에 드 릴 아당의 영향을 크게 받아 상징주의적 詩와 소설을 썼으나, 이윽고 신비주의적 경향으로 흘러 인생 자체의 신비화, 상징화를 시도했다. 주요 저서로는 《열렬한 인생에의 人門》(1931)이 있음.

170

VIII

죽음이나 자살 등의, 불길한 운명에 대한 끝없는 몽상 전부가, 그렇듯 강하게 물과 결부되어 있는 것이라면, 많은 혼에 대해서 물이 특별히 우울한 원소라는 사실에 놀랄 필요는 없을 것이다. 보다 더 잘 위스망스(Huysmans)의 표현을 써서 말해본다면, 물은 '우울하게 하는 원소(élément mélancolisant)'인 것이다. 우울하게 하는 물은, 로덴바흐나 포처럼 작품 전체에 명령을 한다. 에드거 포의 우울은 날아가버린 행복이나 삶이 불타고 있는 강렬한 정념, 열정에서 비롯되는 것은 아니다. 그것은 곧장 '용해된 불행'인 것이다. 그 우수는 참으로 실체적인 것이다. '나의 혼은 침전하는 물결이었다'라고 그는 어디선가 말하고 있다. 폭풍 속에서 물은 '고뇌하는 원소'라는 것을 라마르틴(Lamartine)도 알고 있었다. 주네브 호반에 거처를 정하여, 물결이 그 포말을 창에 부딪치는 동안 그는 쓰는 것이다. "내가 호수와의 단조로운 교제로 오직 혼자서 지낸 이 숱한 낮과 밤 동안만큼 물의 속삭임이나 탄식이나 분노나 신음이나 물결의 파동을 연구했던 일은 이제까지 없었다. 아주 조그마한 것도 빼놓지 않고 물에 대한 시를 썼던 것이다."[28]라고. 그러한 시는 비가(悲歌)였으리라고 생각한다. 다른 데서도 라마르틴은 "물은 '슬픈 원소'다. 우리들 바빌론의 강가에 앉아서 표류했다. 왜 그랬느냐고? 그건 물이 전 세계와 함께

---

28 라마르틴느, 《속내 이야기 *Confidences*》, p. 306.

울기 때문이다"라고 쓰고 있다.(p. 60) 마음이 슬플 때 세계의 모든 물은 눈물로 변하는 것이다. "나는 주홍빛 술잔을 거품이 이는 샘물에 담궜다. 그랬더니 그것은 눈물로 가득 찼다."[29] 어쩌면 눈물의 이미지는 물의 슬픔을 설명하기 위해 몇 번이고 생각에 떠오를 것이다. 그러나 이러한 비교는 불충분하며, 물의 실체에 참다운 불행이라는 기호를 붙이는, 가장 깊은 이유에 대해서는 마지막에 설명하고자 한다.

죽음은 물 속에 존재하는 것이다. 우리는 지금까지 장송(葬送)의 항해의 이미지를 특히 환기시켰다. 물은 멀리 옮겨지며, 세월처럼 지나간다. 그러나 또 하나의 다른 몽상이 우리를 사로잡아, 완전한 분산상태 속에서 우리들 존재의 멸망을 알려주는 것이다. 흙이 먼지를, 불이 연기를 지니고 있는 것처럼 각각의 원소는 자기 자신의 분해를 지니고 있다. 물은 보다 완벽하게 분해된다. 그것은 완벽하게 죽도록 우리를 도와준다. 예를 들면 크리스토프 말로(Christophe Marlowe)의 《파우스트》 마지막 장면에서 "오, 나의 혼이여, 작은 물방울로 변하여, 영원히 눈에 띄지 않도록 대양 속에 떨어져라"라고 말하는 파우스트의 바람이 그러하다.

이와 같은 '분해'의 인상은 어느 때에는 가장 견고하고 낙관적인 혼까지도 습격하는 것이다. 그리하여 클로델[30]도 '하늘이 이미 안개

---

29 에드거 키네, 《아스베뤼스 *Ahasvérus*》, p. 161.
30 폴 클로델, 《동방에의 인식》, pp. 257~258.

와 물의 공간에 지나지 않으며' '모든 것이 녹아' 그 결과 스스로의 둘레에 '특징이나 형태'를 찾아본다 해도 헛된 일인 것 같은 그러한 시간을 경험했던 것이다. '수평선에는, 오로지 그지없이 짙은 색깔의 중단뿐. 모든 물질은 단지 물 속에서만 모여진, 나의 뺨을 흐르는 것을 느낀 눈물처럼' 이러한 이미지의 연속을 정확하게 체험한다면, 점진적인 응집화와 물질화의 한 예를 갖는 것이 되리라. 맨 처음에 분해하는 것, 그것은 비(雨) 속의 풍경으로서 특징과 형체가 혼합되어 있다. 그러나 조금씩 전 세계는 스스로의 물 속에 모여진다. 단 하나의 물질이 모든 것을 사로잡는 것이다. '모든 것은 용해된다.'

몽상이 전체적 교훈을 받아들이는 시인만이 이러한 철학적 깊이에 도달할 수 있는 것이며, 만약 사람들이 폴 엘뤼아르의 다음과 같은 훌륭한 이미지를 다시 체험한다면 그러한 것을 판단할 수 있을 것이다.

> 나는 닫힌 물 속을 흘러가는 배와 같아
> 죽은 자처럼 단 하나의 원소를 지니고 있었을 뿐.

닫힌 물은 자신의 가슴 속에 죽음을 껴안는다. 물은 죽음을 원소로 한다. 물은 죽은 자와 더불어 자신의 실질로 죽는다. 그때 죽음은 '실체적 허무'가 되는 것이다. 사람들은 절망 속으로 더 멀리 갈 수 없다. 어떤 사람들에게 있어서 "물은 절망의 물질인 것이다."

제4장

복합적인 물

진실에 눈만 돌릴 게 아니라
그대 자신의 모든 것을 남김없이 거기에 쏟아라.
— 폴 클로델, 〈돼지〉, 《동방에의 인식》, p. 96.

I

　물질적 상상력, 즉 4원소에 관한 상상력은, 설령 하나의 원소를 우대하는 경우조차도, 4원소가 결합된 이미지와 함께 놀기를 좋아한다. 물질적 상상력은 자기 마음에 드는 원소가 모든 것에 스며들기를 바라며, 그 원소가 세계 전체의 실체이기를 바란다. 그러나 이러한 근본적인 단일성이 있음에도 불구하고, 물질적 상상력은 세계의 다양성을 지니려고 한다. 결합의 개념은 이와 같은 목적에 쓰인다. 형식적 상상력에는 '구성'이라는 개념을 필요로 한다. 하지만 물질적 상상력은 '결합'의 개념을 필요로 한다.

　특히, '물은' 힘의 결합의 주제를 명백하게 하는 데에 가장 적합한 원소이다. 물은 얼마나 많은 실체를 동화하는 것인가! 얼마나 많은 에센스를 자신에게 끌어들이는 것인가! 물은 설탕이나 소금 같은 대조적인 물질을, 비슷한 정도로 쉽게 받아들인다. 물에는 모든 색깔이나 맛이나 냄새가 스며들어 있다. 그러므로, 고체가 물에 녹는다는 현상은 소박한 화학, 상식의 화학, 약간의 꿈이 곁들여진 시인의 화학인 그런 소박한 화학의 중요한 현상 가운데 하나라는 것을 우리는 이해할 수 있다.

　그리하여 여러 가지 물질의 결합을 바라보기를 좋아하는 사람은 뒤섞이지 않는 액체를 만났을 때 언제나 놀라는 것이다. 그것은 물질화하는 몽상에 있어서, 모든 액체는 물이며, 흐르는 모든 것이 물이며, 또한 물은 유일한 액체 원소이기 때문이다. 액체성은 확실히 물의 기본적 성격인 것이다. 말루엥(Malouin)과 같은 신중한 화학자가 18세기에 또 이렇게 말한 바 있다. "물은 가장 완전한 액체이며, 기타 다른 용액들은 그 유동성을 물에서 얻는 것이다"[1]라고. 이러한 단언에는 증거가 없으나, 전 과학적인(préscientifique) 몽상이, 자연스런 몽상, 어린애 같은 몽상의 경향을 띤다는 것을 잘 보여주고 있다. 예를 들면, 아이들이 야등(夜燈)의 기적을 보고 어떻게 감탄하지 않을 수 있겠는가? 기름이 떠 있다! 그렇듯 끈적끈적한데도! 그렇지만 기름은 물이 타는 것을 돕고 있는 게 아닌가? 모든 신비가 불가사의한 것의 둘레에 모여, 몽상이 약동을 시작하자마자 여러 방향으로 퍼지는 것이다.

마찬가지로, 기초적 물리학의 '4원소가 들어 있는 유리병'[*]도 독특한 노리개로 다루어진다. 거기에는 비중(比重)의 순으로 쌓여 있는, 서로 혼합하기 어려운 네 종류의 액체가 들어 있으며, 그리하여 병은 야등의 빛남을 배가시키는 것이다. 이 '4원소의 유리병'은, 전 과학적인 정신과 근대적인 정신을 구분하기 위한 하나의 좋은 예를 제공해줄 수 있으며, 또 공허한 철학적 몽상을 그 근원에서 포착하는 것을 도와줄 수가 있다. 근대정신에 있어서 합리화는 곧장 이루어진다. 근대정신은 물이 수없는 액체 가운데 하나라는 것을 알고 있다.

---

1 말루엥, 《의학적인 화학 *Chimie médicale*》, 1755, 제1권, p. 63.

* '4원소가 들어 있는 유리병 la filoe des quatre éléments'에 대해서는 자세히 알 수 없으나, 다만 《그랑 라루스》 사전에 의하면, '元素가 들어 있는 유리병 la fiole des éléments'은 수은·물·기름 등이 들어 있는 가느다란 마개의 유리병으로, 그것들의 혼합을 통해서 액체의 농도를 나타낸다고 되어 있다.

근대정신에 있어 혼합하기 어려운 액체의 비중 차이만으로 현상을
설명하기에 충분한 것이다.

그와는 반대로, 전 과학적인 정신은 과학을 피하여 철학을 향해
나아간다. 예를 들면, 4원소의 병에 관한 파브리키우스[*]의 《물의 신
학》 ― 이 저자는 앞으로 여러 번 인용될 터인데, 그건 그의 책이 아
주 믿기 어려운 부질없는 생각을 파스칼과 같은 사람의 실증적인 가
르침에 혼합시킨 '공상적 물리학'의 매우 좋은 예이기 때문이다 ―
에는 다음과 같이 기록되어 있다.

> 이것은 무게도 색깔도 다른 네 종류의 액체의 공통적인 상쾌한 광경을
> 보여주는 것이다. 그 액체들을 함께 혼합시킨다 해도, 혼합되어 있는 것
> 은 잠시뿐이고, 플라스코를 놓자마자…… 액체는 각각 스스로의 자연스
> 런 위치를 찾아 되돌아가버린다. 검은 액체, 그것은 흙을 나타내는 것으
> 로, 밑바닥에 가라앉으며, 회색 액체는 곧바로 윗부분에 위치하여 물을
> 나타낸다. 세 번째 액체는 푸른색으로 그 다음에 이어서, 공기를 나타낸
> 다. 마지막으로 가장 가벼운 액체, 그것은 불처럼 붉으며, 그 윗부분에
> 있다.[2]

---

[*] 파브리키우스 Fabricius(Jean-Albert)(1668~1736) : 독일의 프로테스탄트 신학자이
며, 문헌학자, 언어학자. 그리스 문학사를 처음으로 편집한 것으로 알려져 있다. 주요
저작으로는 《물의 神學》(1730~34)이 있다.

2 파브리키우스, 《물의 신학 또는 물의 창조를 통해 나타난 성스러운 善意에 관한 試
論》, 불역판, 파리, 1743. 이것은 18세기에 자주 인용된 책이다. 최초의 번역에는 저자
의 이름이 빠져 있다. 두 번째 번역에는 저자의 이름이 붙어 있다.

여기에서 볼 수 있는 바와 같은 조금 지나치게 상상력이 넘치는
실험은 액체정력학(液體靜力學 hydrostatique)의 기본 법칙만을 나타낼
뿐이지만, 철학적 상상력에 하나의 구실을 주어 실험의 테두리를 벗
어나 있다. 이것은 4원소의 학설에 대해 유치한 이미지를 주는 것이
다. 이것이야말로 표본병에 집어넣은 고대 철학의 전부인 것이다.

그러나 우리는 이러한 과학적인 장난감, 너무나도 상상이 지나치
게 넘치는 실험에 집착하지 않을 것이다. 프랑스 학교에서 가르치는
의사적(擬似的) 과학적 교양에서의 유치함은 때때로 이와 같은 실험
으로 만성화되어 있다. 우리는 앞서, 몽상의 조건과 사고의 조건을
구별하고자 한 권의 책을 쓴 바 있다.[3] 현재의 작업은 그 반대로서,
꿈이 어떻게 인식과 결부되는가를 보여주고자 하며, 물질적 상상력
이 네 개의 기본원소 사이에서 이룩하는 결합의 작용을 보여주고자
한다.

II

하나의 특징이 곧장 눈에 띈다. 즉 이 상상적인 결합들은 두 개
의 원소를 결합시키는 데 지나지 않으며, 결코 세 개의 원소를 결합

---

3 《과학정신의 형성. 객관적 인식의 정신분석에의 기여 *La Formation de l'Esprit
scientifique, contribution à une psychanalyse de la connaissance objective*》, 브
렝版, 1938.

시키는 일은 없다. 물질적 상상력은 물과 흙과 결합시키고, 물을 그 반대물인 불과 결합시킨다. 또 흙과 물을 결합시키고, 때때로 수증기나 안개 속에 공기와 물의 결합을 본다. 그러나 어떠한 '자연스런' 이미지에서도 결코 물과 흙과 불의 3중의 물질적 결합이 실현되는 것을 볼 수는 없다. 하물며, 어떠한 이미지도 4원소 전부를 받아들일 수는 없는 것이다. 그러한 축적(accumulation)은 원소에 관한 상상력에 있어서, 즉 하나의 물질을 선택하는 것과 어떠한 결합에 있어서도 그 물질에 대해 어떤 특권을 지니게 한다는 것을 항상 필요로 하는 그런 물질적 상상력에 있어서, 참을 수 없는 모순일 것이다. 만약 3원소의 결합이 나타난다면 문제는 그야말로 인공적인 이미지이며, 관념으로 만들어진 이미지에 다름 아니라는 것을 확신할 수 있는 것이다. 참다운 이미지, 즉 몽상의 이미지는 일원적이거나 아니면 이원적이다. 그런 이미지들은 실체의 단조로움 속에서 꿈꿀 수 있다. 만약 그런 이미지들이 결합을 원한다면, 그것은 두 원소의 결합인 것이다.

물질적 상상력에 의한 원소의 혼합에 관한 이러한 이원론적인 성격에는, 하나의 결정적인 이유가 있다. 즉 이러한 혼합은 언제나 결혼인 것이다. 사실, 두 개의 기본적 실체가 결합하여, 서로 혼합되자마자, 이것들은 유성화(有性化)한다. 상상력의 세계에서 두 개의 실체에 있어 상반된다고 하는 것은 성(性)이 반대된다고 하는 것을 뜻하는 것이다. 만약 혼합이 물과 흙처럼 여성적 성향을 가지는 두 개의 물질 사이에서 행해진다면, 결국! 이것들 중에서 한쪽은 상대쪽을 '지배하기' 위해서 다소 남성화하게 될 것이다. 이러한 조건만으로, 결합은 견고하고 영속적인 것이 되며, 이러한 조건만으로 상상적 결

합은 '현실적 이미지(image réele)'가 된다. 물질적 상상력의 지배 속
에서 모든 결합은 결혼이며, 삼자 사이의 결혼이란 존재하지 않는 것
이다.

　우리는 이제부터, 상상적인 원소의 결합에 대한 예에서와 마찬가
지로 물이 개입된 원소에 관한 몇 가지 혼합을 연구해나갈 것이다.
물과 불 — 물과 밤 — 그리고 특히 물과 흙의 결합을 차례로 검토해
나갈 것이다. 왜냐하면, 형식과 물질에 관한 이중의 몽상이 창조적
상상력에 대한 가장 강한 테마를 암시하는 것은 바로 이 마지막 결합
속에서이기 때문이다. 물질적 요인(la cause matérielle)에 관한 심리학
의 원리는, 특히 물과 흙의 혼합을 검토함으로써 이해될 수 있는 것
이다.

　　III

　물과 불의 결합에 대해서는, 아주 간단히 요약할 수 있다. 사실
우리는 이 문제를 《불의 정신분석》에 관한 연구에서 이미 다룬 바 있
다. 특히 우리는, 알코올에 의해 암시된 이미지를 검토했다. 알코올
은 불길에 싸이면 본래의 실체와는 반대의 현상을 받아들이는 것처
럼 보이는 이상한 물질이다. 알코올이 축제의 밤에 불꽃을 내며 타오
를 때, '물질은 미친 것처럼' 보여, 여성적인 물이 아주 수줍음을 잃
어버리고, 불이라는 자신의 주인에게 정신없이 몸을 내맡기는 것처

럼 보이는 것이다! 몇 사람이 이러한 이상한 이미지의 둘레에 다양한 인상이나, 서로 상반되는 감정을 쌓아올린다고 해도, 그리고 이러한 상징 아래서 참다운 콤플렉스가 형성된다 해도 전혀 놀랄 것은 없다. 우리는 이러한 콤플렉스를 '호프만 콤플렉스(complexe de Hoffmann)'[*] 라고 이름 붙였다. 왜냐하면 펀치(punch)[**]라는 상징이 환상적인 작 가의 작품 속에서 기묘하게 활동적인 것으로 나타났기 때문이다. 이 콤플렉스는 때때로 자신의 무의식 속에서 이루는 역할의 중요성을 확실히 증명하는 광기 어린 믿음을 설명해준다. 그러므로 파브리키 우스는 주저하지 않고 '오랫동안 저장된 물'은 '다른 물보다도 가볍 고 주정(酒精)을 포함한 액체'가 되어, '화주(火酒 eau de vie)처럼 거 의 거기에 점화할 수가 있다'[4]고 말하는 것이다. 소중하게 간직해둔 그 맛 좋은 화주의 술병을 비웃고, 좋은 포도주처럼 베르그송적 지속 에 동의하는 그 화주를 비웃는 사람에게, 파브리키우스는, '창조주' 를 찬미하기 위해 《물의 신학》을 쓴 매우 성실한 철학자라고 대답할 필요가 있으리라.

사실, 경험이 많은 화학자들에 있어서조차, 18세기에 화학이 실 체를 개별화하는 방향으로 기울어질 때에도, 화학이 기본적 물질의 특권을 지워버리지 않고 있음을 볼 수 있다. 그리하여 제프로와

---

[*] 바슐라르는 《불의 정신분석》에서, 호프만 콤플렉스의 무의식적 源流에는 술에 불을 붙이는 펀치 술의 상징이 깃들어 있다고 지적했다. 보다 자세한 것은 《불의 정신분석》 제6장 알코올 — 불타는 물을 참조하기 바란다.

[**] 브랜디 또는 럼주에 레몬즙, 홍차, 설탕 등을 섞어 거기에 불을 붙여서 만든 음료수.

4 《트레부의 문학적 추억 *Mémoire littéraire de Trévoux*》, 1730, p. 417.

(Geoffroy)[5]는 '온천'에서 유황이나 타르(bitume) 냄새가 나는 것을 설명하는데, 곧장 유황이나 타르의 실체에 의지하지 않고, 반대로 그것들이 '물질이며 불의 생성력'이라는 것을 환기시키고 있다. 그러므로 온천은 무엇보다 먼저, 물과 불의 직접적인 구성물로서 상상되는 것이다.

물론, 시인에 있어서는, 결합의 직접적인 성격은 보다 더 결정적인 것으로 되리라. 돌발적인 은유, 놀라운 대담성, 전격적인 아름다움이 독창적인 이미지의 힘을 증명할 수 있다. 예를 들면, 발자크는 어떤 '철학적' 시론(試論) 가운데서, 아무 설명도 준비도 없이 마치 주석을 필요로 하지 않는 명백한 진리이기나 한 것처럼, "물은 불타는 물체이다"라고 공언하고 있다. 이것이야말로 '강바라의 마지막 말(la dernière)'[*]인 것이다. 이것은 레옹 폴 파르그(Léon-Paul Fargue)[6]가 말한 바와 같이 '가장 큰 생명적 경험의 원점'에 있는 '완벽한 말'의 서열에 손꼽을 수 있는 것이다. 이와 같은 상상력에 있어서, 외톨이가 된 홀로인 물, 순수한 물은 불 꺼진 편치이고, 과부이며, 상처

---

5 제프로와, 《의학적 物質槪論 *Traité de la Matière médicale*》, 파리, 1743, 제1권, p. 91.

* 《강바라》(1837)는 《절대의 참구》, 《알려지지 않은 걸작》 등과 함께 '철학적 연구'의 책으로 분류된다. 예술가를 주인공으로 하는 소설로서, 세속적인 의미에서는 미치광이이며 작곡가인 강바라가 우주 실체의 에테르와의 교감법칙에 의해 음악을 창조하려는 야망을 품지만 좌절하고 만다. 바슐라르가 인용한 말은 소설의 끝부분에 나오는 것으로, 落魄한 음악가가 금화를 받고 눈물을 흘리면서 중얼거리는 말이다.

6 레옹 폴 파르그, 《램프 아래서 *Sous la lampe*》, 1929, p. 26.

입은 실체에 지나지 않는다. 거기에 다시 생기를 불어넣고, 새로이 물의 거울 위에 불길을 춤추게 하며, 델테이유[*]와 더불어 "너의 이미지가 그렇듯 가느다란 운하의 물을 불태운다"(《콜레라》, p. 42)고 말할 수 있기 위해서는, 불타는 이미지가 필요하리라. "물은 젖은 불꽃이다"라고 말하는, 저 노발리스의 수수께끼 같은 완벽한 말도 똑같은 말이다. 해케트(Hackett)는 랭보에 관한 멋진 논문에서 아르튀르 랭보의 심상세계(psychisme)에 깊은 물의 흔적이 존재하는 것을 주목했다. "지옥의 계절 속에서, 시인은 끊임없는 강박 관념이 되어 그에게 붙어 다니는 물을 마르게 해달라고 불에게 요구하고 있는 것처럼 보인다…… 그렇지만 물, 그리고 물에 관련되어 있는 모든 경험은, 불의 작용에 반항한다. 하지만 랭보는 불에게 구원을 비는 동시에 물을 불러들이는 것이다. 두 개의 원소는 감동적인 표현 속에서 긴밀히 결합되어 있다. '나는 요구한다. 나는 요구한다! 갈퀴의 일격을, 한 방울의 불을.'"[7]

이와 같은 불의 물방울, 젖어 있는 불꽃, 불타는 물 속에서, 두 개의 물질을 응집시킬 줄 아는 상상력의 두 개의 싹〔芽〕을 어떻게 바라보지 않을 수 있겠는가. 이와 같은 물질의 상상력 앞에서 형식의 상상력이 얼마나 저급하게 보이는 것인가!

---

[*] 델테이유 Joseph Deltheil(1894~　) : 프랑스 소설가. 모더니즘의 요소가 강한 자유분방하고 재기 넘치는 소설 《콜레라 Choléra》(1925), 《쟌다크》(1925) 등을 썼다. 페미나 상 수상.

[7] C. A. 해케트, 《랭보의 서정성 Le lyrisme de Rimbaud》, 1938, p. 112. 특히 해케트는 111페이지에서 '홍수의 아들' 인 인간에 대한 정신분석적 설명을 행하고 있다.

물론, 즐거운 밤의 모임에서 불타는 화주(火酒)와 마찬가지로 그만큼 특수한 이미지가 만약, 거기에 더 깊은 더 오래된 몽상, 물질적 상상력의 밑바닥 자체에 닿아 있는 몽상이 개입되지 않는다면, 상상력을 이와 같은 이미지의 비약에로 이끌어가지는 못할 것이다. 이러한 본질적인 몽상은, 그야말로 반대물(反對物)들의 결혼인 것이다. 물이 불을 끄고, 여자가 정열을 끄는 것이다. 물질의 왕국 안에서 물과 불 이상의 반대물은 아무것도 찾지 못할 것이다. 어쩌면 물과 불은, 유일한 참된 실체적인 모순을 제출하는 것인지도 모른다. 논리적으로 한쪽이 다른 쪽을 불러들인다고 하면, 성적(性的)으로는 한쪽이 다른 쪽을 원하는 것이다. 물과 불보다 더 위대한 생식자(géniteur)를 어떻게 꿈꿀 수 있겠는가!

리그베다(Rig-Véda)[*] 속에서, 우리는 아그니(Agni)^{**}가 물의 아들이라는 찬가를 발견할 수 있다. "아그니는 물의 친척이며 누이들이 한 사람의 동생을 사랑해주듯이 그렇게 사랑을 받고 있다…… 그는 백조처럼 물결 사이에서 숨 쉬며 새벽에 깨어나 사람들을 생활로 되돌아가게 한다. 그는 소마(soma)^{***}와 같은 창조자인 것이다. 마치 사

---

* 인도 고대종교의 聖典. 기원전 1천년 경에 만들어진 것으로, 베다 神들의 예배찬가를 중심으로 하여, 인생의 윤리, 우주관 등을 서정적으로 노래한다.
** 베다에 나오는 불의 神.
*** 베다 의식의 가장 중요한 공물(소마액, 神酒)을 가리키는 이름으로 그것을 만든 식물 이름에서 따온 말이다. 또한 이것을 신격화한 신의 이름이기도 하다. 소마는 산에서 자라는 관목의 일종으로 그 줄기에서 방향(芳香)이 나는 액(液)이 나온다고 한다. 이것을 짜서 신에게 바친 것이다.

지를 움츠린 동물과 같이 그는 물 한가운데 누워 있지만, 거기에서 태어나 자라는 것이다. 그리고 그의 빛은 멀리까지 퍼지는 것이다."[8]

"아그니가 물 속에 숨어 있을 때 당신들 가운데서 누가 그를 찾아낼 수 있겠는가. 그는 새로이 태어난 것이다. 하지만 공물(供物)의 힘에 의해서, 그는 자신의 어머니들을 태어나게 한다. 풍요한 물의 싹〔芽〕인 물결은 '대양'으로부터 나오는 것이다."

"물결 사이에 모습을 나타내자마자, 빛나는 아그니는 자라나 일렁거리는 불꽃 위에 올라가서, 그 영광을 내뿜는다. 빛나는 아그니가 태어나는 그때, 하늘과 대지는 불안에 떤다……."

"하늘에서 물과 결합된 그는, 찬란히 빛나는 모습이 된다. 만물의 받침대인 이 현자(賢者)는, 비의 근원을 쓸어버리는 것이다."

'바다'에서 나온 태양의 이미지, 불의 천체의 이미지는, 여기서 객관적이며 지배적인 이미지이다. 태양은 '붉은 백조'인 것이다. 그러나, 상상력은 끊임없이 '우주'에서 소우주로 나아간다. 상상력은 작은 것을 커다란 것에, 그리고 커다란 것을 작은 것에 번갈아 투영하는 것이다. 만약 '태양'이 '바다'의 영광스런 남편이라면, 리바숑(libation)[*]의 차원에서, 물은 불에 '몸을 바치는' 것이 필요하며, 불은 물을 '지니는' 것이 필요하리라. 불은 자신의 어머니를 낳은 것이지만, 이것이 바로 연금술사들이 리그베다를 모르는 채 싫증 날 만큼 사

---

8 P. 생티브, 《프랑스 및 프랑스 식민지에서의 물의 민속 전집 *Corpus du Folklore des eaux en France et dans les colonies françaises*》, 누리版, 1943, pp. 54~55.

* 공물(供物)로서 신에게 신주(神酒)를 따르는 것.

용하는 공식인 것이다. 이것은 물질적 몽상의 근원적인 이미지이다.

괴테도 '호문쿨루스'* 의 몽상으로부터 우주적 몽상으로 통하는 도정을 아주 빨리 편력한다. 우선 맨 처음에 '매혹적인 자기' 속이나 '생명적인 자기' 속에서 무엇인가가 빛난다. 이어서 물로부터 나온 불이 "갈라테아(님프)의 소라고둥의 둘레에서 불타오른다. 그것은 서로 힘차고 아름답게, 그리고 부드럽게 마치 사랑의 맥박으로 뛰는 것처럼 계속 불타오른다." 마침내, '불은 확 타올라, 섬광을 발하여 이윽고 꺼져' 그리고 인어들은 또다시 합창을 시작하는 것이다! "얼마나 멋진 불길이, 서로 반짝이며 부서져 흩어지는 물결을 비추는 것인가? 그것은 빛을 발하고 경계하고 번쩍이는 것이다. 물체가 밤의 행로에 불타오르며, 전면에 불길이 흐르는 것이다. 그리하여, 사물의 본원인 사랑이 군림하는 것이다! 바다에 영광 있어라! 성스런 불에 둘러싸인 물결에 영광 있어라! 파동에 영광 있어라! 불에 영광 있어라! 불가사의한 모험에 영광 있어라!"[9] 이것이야말로 두 개 원소의 결혼을 위한 축혼가(祝婚歌)가 아니겠는가?

아무리 근엄한 철학자일지라도, 물과 불의 신비로운 결합 앞에서는 이성을 잃어버린다. 물 밑에 보존되어 있기 때문에 무엇보다도 기이한 불인 인(燐)을 발견한 화학자 브란트(Brandt)의 리셉션이, 비루인슈비크 공작 저택에서 열렸을 때, 라이프니츠는 라틴어 시를 썼다.

---

* 《파우스트》에 나오는 인공으로 만들어진 소인.
9 괴테, 《파우스트》, 제2부 포르샤 역, pp. 374~375.

이러한 기적을 찬양하기 위해서 모든 신화가 그 시 가운데를 통과하고 있다. 프로메테우스의 도둑질, 메디아(Médée)*의 옷, 모세의 빛나는 얼굴, 예레미야가 파묻는 불** 베스타***에 시중하는 처녀들, 무덤의 램프, 이집트와 페르시아 승려들의 싸움. "자연계에서조차도 모르는 그러한 불, 제2의 불카누스****가 점화한 뒤, '물'은 그걸 지니고 있었으며, 그 불이 자기의 조국을 다시 불의 구역에 연결하려는 것을 방해했던 것이다. 불은 물 속에 매몰되고, 자신의 존재를 숨겼으나, 불멸하는 혼의 영상으로서, 빛나고 반짝이면서 그 무덤으로부터 나왔다……."

일반적인 전설은 이러한 지적인 신화의 쌓여 있는 더미를 입증하고 있다. 전설 속에서 물과 불이 결합하는 것은 드물지 않다. 이미지가 마멸된 경우가 있다 할지라도 그 이미지가 갖는 성적(性的)인 특징을 쉽게 알아볼 수 있는 것이다. 그러므로 전설 속에서는 벼락이 내려친 지상에서 생겨나는 샘이 많이 있다. 샘은, 흔히 '벼락으로부터' 생겨나는 것이다. 그와는 반대로 가끔, 벼락은 황량한 호수에서 발생한다. 드샤름(Decharme)은 포세이돈의 삼지창이, '나중에 해신(海神)에게도 운반되어진, 세 개의 뾰족한 끝이 달려 있는 하늘의 신

---

* 황금 양털을 손에 넣은 아로고船의 전설적 영웅 이아손의 아내였으나, 후에 그에게서 버림받아, 그 복수를 하기 위해 자기 아들을 죽이고 만다.

** '예레미야가 파묻는 (감추는) 불'이라는 표현은 비유적인 것으로 해석할 수 있다. 예언자 예레미야의 말을 듣지 않는 자들을 불과 함께 태워버리겠다는 뜻이 깃들어 있다.

*** 로마 신화에 나오는 아궁이의 女神.

**** 로마 신화에 나오는 불과 대장간의 神.

의 벼락'[10]이 아닐까 하고 자문하고 있다.

　다음 장에서, 우리는 상상적인 물이 갖는 여성적 성격에 대해 설명할 것이다. 여기서 지적하려고 하는 것은 불과 물의 일반적 화학이 가지는 결혼의 성격뿐이다. 불의 남성적 성격 앞에서, 물의 여성적 성격은 구제할 길이 없다. 물은 남성적이 될 수 없는 것이다. 결합되면, 이 두 개의 원소는 모든 것을 창조하는 것이다. 바호펜(Bachoffen)[11]은 여러 페이지에 걸쳐 상상력이 불과 물의 이중적인 힘의 내면적 결합으로서 '창조'를 꿈꾼다는 것을 보여주고 있다. 바호펜은 이러한 결합이 덧없는 것이 아니라는 것을 증명했다. 그것은 끝없는 창조의 조건인 것이다. 상상력이 물과 불의 영속적인 결합을 꿈꿀 때, 독특한 힘을 가진 혼합적인 물질적 이미지를 이루는 것이다. 그것은 '뜨거운 습기(濕氣)(l' humidité chaude)'의 물질적 이미지이다. 많은 우주발생적인(cosmogonique) 몽상에 있어서, '뜨거운 자기' 야말로 기본적 원리인 것이다. 그것이야말로 활기 없는 대지에 생기를 불어넣어, 대지에 살아 있는 모든 형태를 출현시키게 되는 것이리라. 특히, 바호펜은 수많은 텍스트에서 바커스 신이 모든 습기의 주인으로서(als Herr aller Feuchtigkeit) 지명되어 있는 것을 보여주고 있다.

　그러므로 뜨거운 습기라는 관념이 많은 정신 가운데서 이상한 특권을 지니고 있음을 쉽사리 검증할 수 있는 것이다. 이러한 관념에

10　드샤름, 《고대 그리스 신화학 *Mythologie de la Grèce antique*》, p. 302.
11　《고대인의 무덤의 상징해석 *Gräbersymbolik der Alten*》, 예를 들면, p. 54.

의해서 창조는 확실한 완만함을 가지는 것이다. 시간은 충분히 오랫동안 끓여진 물질 속에 새겨진다. 더 이상 무엇이 작용하고 있는지 알지 못한다. 불인가, 물인가, 아니면 시간인가? 이 3중의 불확실함은 무엇으로도 대답하는 것을 가능하게 한다. 어떤 철학자가 자신의 우주발생론을 만들어내기 위해서 '뜨거운 습기'와 같은 관념에 결부될 때, 그는 어떠한 객관적 증거로도 방해하지 못할 만큼의 내적인 불확실을 되찾는 것이다. 사실, 우리는 여기서 이미 서술한 바 있는 심리학적인 원리가 작용하고 있는 것을 볼 수 있다. 즉 감정의 양의성(兩義性 ambivalence)은 무한한 가치부여를 위한 가장 확실한 바탕인 것이다. 뜨거운 자기라는 관념은, 믿기 어려운 힘의 양의성의 기회인 것이다. 표면적이며 변하기 쉬운 성질 위에 작용하는 양의성만이 문제가 되는 것은 아니다. 문제가 되는 것은 바야흐로 물질인 것이다. 뜨거운 습기 그것은 양의적인 것이 된 물질, 말하자면 물질화된 양의성인 것이다.

IV

우리는 이제부터 '물'과 '밤'의 결합에 대해 몇 가지 고찰을 할 터인데, 그것이 우리의 상상적 물질주의(matérialisme imaginaire)에 관한 일반적 명제에 저촉되는 것처럼 생각된다. 사실, 밤은 보편적인 현실처럼 생각되어, 자연계 전체를 제압하는 거대한 존재로 취급될 수 있으나, 그것은 물질적 실체(substances matérielles)와는 아무 관계

190

가 없다. 만일 '밤'이 의인화된다면 그것은 그 어떤 것도 거역하지 못하는 여신(女神), 모든 것을 포함하고 모든 것을 숨기는 여신이 된다. 밤은 '베일'의 여신인 것이다.

그렇지만 물질에 관한 몽상은 매우 자연스런, 매우 타파하기 어려운 몽상이므로, 상상력은 활동적인 밤이나, 스며드는 밤, 사람의 마음을 잘 구슬리는 밤, 여러 사물들의 물질 속에 들어가는 밤의 꿈을 아주 일반적으로 받아들이는 것이다. 그때 '밤'은 더 이상 옷을 입은 여신이 아니며, '대지'와 '바다' 위에 펼쳐지는 베일도 아니다. '밤'은 '밤의 것'이고 실체이며, 밤의 물질적인 것이다. 밤은 '물질적' 상상력에 의해 파악된다. 그리고 물은 가장 혼합하기 쉬운 실체이므로, 밤은 물에 침투하고, 호수를 그 깊숙이까지 흐리게 하며, 연못에 스며들게 하는 것이다.

때때로 침투가 너무 깊고, 너무 내적이어서, 상상력(想像力)에 있어서, 연못이 대낮에도 얼마간 이러한 밤의 물질을, 실체적(實體的)인 어둠을 지니고 있을 정도이다. 연못은 '스팀팔로스화하는(stymphalise)'* 것이다. 연못은 괴상한 새들이 서식하는 검은 늪지, '아레스**'의 스팀

---

* 그리스 신화에 나오는 헤라클레스의 12공적 가운데 '스팀팔로스' 호(湖)의 사나운 새들을 퇴치한 일이 들어 있다. 바슐라르가 이 이야기를 바탕으로 해서 '스팀팔로스化하다stymphaliser'라는 동사를 만들어냈음이 분명하다. 아르카디아 북쪽에 있는 스팀팔로스 호수에는 청동의 발톱과 날개와 부리를 가진 사나운 새들이 살고 있었는데, 軍神 아레스에게 길러져 날개를 활처럼 쏘아 적을 쓰러뜨렸다고 한다. 헤라클레스가 이 새들을 퇴치시킨 것이다.
** 아레스 Arès : 호전적인 그리스의 신. 특정한 당파에 소속되지 않으면서 약탈과 살인을 일삼는다.

팔로스화한 젖먹이들이 깃털을 화살처럼 흩어지게 하고 농산물을 휩쓸며 진흙투성이로 만들고 인간의 살을 배불리 먹는"[12] 검은 늪지가 되는 것이다. 이러한 '스팀팔로스화'는, 생각컨대 헛된 은유는 아니다. 이것은 우울한 상상력의 독특한 상태와 연결되어 있는 것이다. 말할 것도 없이 사람들은 스팀팔로스화된 풍경을 음울한 광경에 의해 부분적으로 설명하리라. 그러나 만약 이와 같이 황량한 연못의 광경을 표현하기 위해서 여러 밤의 인상들이 모여진다면 그것은 단순한 사건이 아닐 것이다. 이러한 밤의 인상들은 모이는 법(法), 늘어나는 법, 무거워지는 법에 자신의 고유한 방법을 갖는다는 것을 인정하지 않으면 안 된다. 물은 그러한 인상(印象)이 보다 잘 집중하는 중심점이며, 그것들이 보다 오래 존속되는 물질을 그들 인상에 준다는 것을 인정하지 않으면 안 된다. 많은 이야기에서, 저주받은 장소는 그 중심에 어둠과 공포의 호수를 갖고 있는 것이다.

몇몇 시인들에서 이와 같이 '밤'을 가슴에 품고 있는 상상의 바다가 나타난다. 옛날의 뱃사람들이 경험보다는 오히려 공포의 장(場)으로 생각한 저 '어둠 속의 바다(la Mer des Ténèbres)'가 바로 그것이다. 에드거 포의 시적 상상력은 이러한 '어둠의 바다'를 탐험했다. 어쩌면 흔히 저 납빛의 검은 색깔을 바다에 주는 것은 폭풍으로 화(化)한 '하늘'의 어둠이리라. 바다가 폭풍일 때, 에드거 포의 우주론에는, 언제나 '구릿빛'의 독특한 똑같은 구름이 나타난다. 그러나 가

---

12 드샤름, 앞의 책, p. 487.

리개에 의해서 그림자를 설명하는 쉬운 합리화에 비해, 상상력의 영역에서는 직접적이고 실체적인 설명을 느낄 수 있다. 황폐화는 너무나 크고, 깊고, 내적이어서, 물 그 자체마저도 '잉크빛'을 띠고 있을 정도이다. 이러한 무서운 폭풍 한가운데서, 무시무시한 뼈오징어의 배설이 발작적으로 행해져, 바다의 심층부 전체에 양분을 준 것처럼 생각된다. 이러한 '어둠의 바다'는 '인간의 상상력이 생각할 수 있는 것보다 훨씬 더 황량한 풍경'[13]인 것이다. 이리하여 특이한 현실은 상상할 수 있는 것의 피안 — 철학자들이 깊이 생각해볼 가치가 있는 기이한 도치로서 나타난다. 상상할 수 있는 것을 뛰어넘어보라. 그러면 당신들은 마음과 정신을 혼란스럽게 하기에 족할 만큼 강력한 현실을 갖게 되리라. 여기에 '무서우리만큼 검게 툭 튀어나온' 절벽이 있고, 대서양을 '짓누르는' 무서운 밤이 있다. 폭풍은 그때 물결의 품에 들어간다. 폭풍 그것 또한 일종의 요동하는 실체이며, 내부의 덩어리를 거머쥐는 체내운동(體內運動 mouvement intestin)이다. 그것은 '사방으로 법석대는 짧고 강렬한 찰랑거림'인 것이다. 이것에 대해 곰곰이 생각해보면, 이렇듯 내적인 운동은 객관적 경험에 의해서는 얻을 수 없다는 것을 알 수 있으리라. 철학자들이 말하듯이, 사람들은 그와 같은 운동을 내적 성찰(imtrospection) 속에서 경험하는 것이다. 밤이 뒤섞여 있는 물은, 잠자려고 하지 않는 오래된 후회인 것이다……

---

13 에드거 포, 《기묘한 이야기》, 보들레르 역, p. 223.

연못가의 밤은, 특수한 두려움, 몽상하는 사람에게 스며들어, 몽상하는 사람을 떨게 하는 일종의 '축축한 두려움'을 가져다 준다. 밤뿐이라면 보다 더 적은 육체적 두려움을 주리라. 그리고 물뿐이라면 보다 더 뚜렷한 강박관념을 주리라. 하지만 밤의 물은 폐부를 찌르는 듯한 두려움을 준다. 에드거 포의 호수 가운데 하나는 낮의 밝음 속에서는 '정다운' 모습이지만 밤이 되면 무시무시한 공포를 눈뜨게 한다.

"그러나 밤이 다른 모든 것들에게 그렇듯이 그 장소에 이불을 던져, 신비로운 바람이 음악을 속삭이려고 할 때 — 그때 아! 라고, 나는 언제나 쓸쓸한 호수에 두려움을 느끼며 눈을 뜨는 것이다."(말라르메, 불역판, p. 118)

날이 새면, 악령들은 아마 다시 물 위를 도망쳐 달려가는 것이리라. 풀어 헤쳐지는 허망한 안개가 되어 악령들은 사라져버린다……. 조금씩 조금씩 두려워하는 것은 그들인 것이다. 이리하여 그들은 점점 작아져서, 사라져버리는 것이다. 반대로 밤이 되면 물의 유령들은 응축되어, 따라서 가까이 다가온다. 공포는 인간의 심장에까지 커진다. 냇물의 유령들은 그리하여 밤과 물로 충분히 양분을 취하는 것이다.

밤의 연못가에서의 두려움이 특별한 두려움인 것은, 역시 그것이 어떤 범위를 지니는 두려움이기 때문이다. 그것은 동굴이나 숲 속에서의 두려움과는 아주 다르다. 그것은 그렇게 가까이 있는 것도 아니고, 그렇게 응집되거나 한정되어 있지 않는, 보다 유동적인 것이기도 하다. 물 위의 그림자는 땅 위의 그림자보다도, 말하자면 더욱 동적(動的)인 것이다. 그림자의 운동과 생성을 조금 설명해보기로 하자.

밤의 할미새(lavandières)는 강가의 안개 속에 자리를 잡는다. 그녀들(할미새)이 저들의 희생을 이끌어가는 것은 물론 밤의 전반부이다. 이것이야말로, 우리가 기회 있을 때마다 되풀이 서술하고자 하는 저 상상력의 법칙, 다시 말하면 상상력이 하나의 생성이라는 법칙의 특수한 경우인 것이다. 상상되지 않는, 그러기에 정당하게 이야기되는 일이 없는 공포의 반사작용을 떠나서, 공포는 문학작품 속에서 그 공포가 명백한 생성이라는 경우에만 전달되는 것이다. 밤은 저 홀로 와서 망령들에게 생성을 가져다 준다. 이 망령들 가운데서 당번병(當番兵)만이 공격적인 것이다.[14]

그러나 이 모든 망령들이 환영이라고 생각한다면 잘못 판단하는 것이 되리라. 그들은 우리에게 가장 가까운 관계가 있는 것들이다. 클로델은 말하고 있다. "밤은 우리의 증거를 빼앗아간다. 우리는 이제 더 이상 자신이 어디에 있는지를 알지 못한다…… 우리의 시각의 한계에는 이미 가시적인 것이 있는 게 아니라, 동질적(homogène)이고 직접적이며, 무관심하고 치밀한 감옥으로서 보이지 않는 것이 있는 것이다." 물가에서 밤은 차가운 냉기를 불러일으킨다. 늦은 나그네의 피부에 물의 전율이 달려가고 축축한 현실은 대기 속에 있는 것이다. 편재(遍在)하는(omniprésente) 밤, 결코 잠자지 않는 밤이, 언제나 잠자고 있는 연못의 물을 깨운다. 갑자기 사람들은 눈에 보이지 않는 무서운 망령의 현존을 느낀다. 베랑제 페로(Bérenger Féraud)의

---

14 조르주 상드, 《전원 속의 환상 *Visions dans les campagnes*》, pp. 248~249.

보고에 따르면(앞의 책, 제2권, p. 43) 아르덴느 현에는 '그 누구도 본 적이 없는 무서운 동물의 모양을 한 도비(Doby)와 와외(oyeu)라 불리는 물의 정령'이 있다고 한다. 도대체 사람이 한 번도 본 일이 없는 무서운 모양이란 어떤 것일까? 그것은 사람이 눈을 감은 채 바라보는 존재, 더 이상 표현할 수 없게 되었을 때 입에 오르내리게 된 존재이다. 목은 졸려지고, 얼굴은 잡아당겨져, 표현할 수 없는 두려움에 얼어붙는다. 무엇인가 물처럼 차디찬 것이 얼굴에 달라붙는다. 어둠 속의 괴물은 웃고 있는 해파리인 것이다.

그러나 심장은 늘 떨고만 있지는 않는다. 물과 밤이 자신의 부드러움을 결합시키는 때가 있는 것이다. "밤의 꿀은 천천히 소모된다"고 쓴 르네 샤르는 밤의 물질을 즐겨 맛보았던 게 아닐까. 스스로 편안한 혼에 있어서, 물과 밤은 다같이 공통된 향기를 띠고 있는 것처럼 생각되며, 축축한 그림자는 이중의 상쾌함을 지닌 향기를 갖고 있는 것처럼 생각된다. 물의 향기를 잘 느낄 수 있는 것은 밤뿐이다. 태양의 냄새는 너무나 강해서 햇볕을 쬔 물은 자신의 향기를 우리에게 줄 수가 없다.

언어의 모든 의미에서, 이미지를 자신의 양식으로 삼을 줄 아는 시인 또한 해변의 밤의 '흥취(saveur)'를 인정할 것이다. 폴 클로델은 《동방에의 인식》에서 이렇게 쓰고 있다. "밤이 너무나 고요하여 내게는 그것이 짜디짜게 생각될 정도이다."(p. 110) 밤은 때때로 가까이에서부터 우리를 감싸며 입술을 차갑게 하려고 다가오는 아주 가벼운 물과 같다. 우리는 자신 속에 있는 수분에 의해서 밤을 빨아들이는 것이다.

극히 활발한 물질적 상상력, 즉 세계의 물질적 내면을 붙잡을 줄 아는 상상력에서, 물이나 밤, 맑은 공기 등 자연계의 커다란 실체들은 이미 '높은 흥취(haut goût)'를 갖는 물질들이다. 그것들은 그림같이 고운 사탕과자를 필요로 하지 않는다.

V

물과 흙의 결합은 반죽을 낳는다. 반죽은 물질주의의 기본적 도식 가운데 하나이다. 그러므로 철학이 그러한 연구를 소홀히 하는 것이 우리에게는 늘 이상스럽게 생각되었다. 사실 반죽은 형식이 밀어제쳐지고, 지워지며, 용해되는 참으로 내면적인 물질주의의 도식인 것처럼 생각된다. 반죽은 우리의 직관에서 형식에 대한 관심을 제거해버리므로, 따라서 기초적인 형태로 물질주의의 여러 문제들을 제기하게 된다. 형식의 문제는 그러므로 두 번째로 제기되는 것이다. 반죽은 물질에 대한 최초의 경험을 가져다 준다.

반죽 속에는 물의 작용이 뚜렷하다. 손으로 반죽하는 일이 계속되는 동안 일꾼은 흙이나 가루나, 석고반죽의 특수한 성질 쪽으로 이행할 수 있으리라. 하지만 자신의 작업을 시작하면 그가 최초로 생각하는 것은 물에 대해서이다. 물이 그의 최초의 조수인 것이다. 그러니 그때에 물이 활동적인 양의성 속에서 꿈꾸어지는 것을 놀랄 필요가 있을까. 양의성이 없으면 몽상도 없으며, 몽상이 없으면 양의성도 없는 것이다. 그런데 물은 그 완화시키는 역할과 그 응집시키는 역할의 두 가지 면에서 교대로 꿈꾸어진다. 물은 결합을 풀기도 하고 맺기도 하는 것이다.

첫번째 작용은 명백하다. 물은 옛 화학책에서 말하고 있는 바와 같이, '다른 원소들을 완화하는' 것이다. 건조를 ─ 불의 행위를 ─ 파괴함으로써, 물은 불의 정복자가 되는 것이다. 물은 불에 대해 끈질긴 복수를 한다. 물은 불의 힘을 느슨하게 하고, 우리 속의 열기를 진정시킨다. 물은 망치 이상으로, 흙을 부수고, 모든 실체를 유연하게 만든다.

그리고 나서, 가루를 반죽하는 작업이 계속된다. 부서진 흙의 실체 그 자체 속에, 참으로 물을 스며들게 할 수 있고, 가루가 물을 마시며, 물이 가루를 먹을 때, 그때야말로 '결합'의 경험이, '결합'의 긴 꿈이 시작되는 것이다.

실체적으로 '결합시키는' 이러한 힘을 내면적인 끈의 공유(共有 communauté)에 의해서 일꾼은 자기의 일을 꿈꾸면서, 어떤 때는 흙에, 어떤 때는 물에 부여한다. 사실 여러 가지 무의식 속에서, 물은 그 점착성 때문에 사랑을 받고 있는 것이다. 진득진득한 것의 경험은 수많은 유기적인 이미지와 결부된다. 즉 유기적인 이미지는 반죽한다는 긴 끈기 있는 일 속에서 끝없이 일하는 사람의 마음을 사로잡는 것이다.

미슐레[*]가 선험적으로 이러한 화학, 즉 무의식적인 몽상에 바탕

---

* 쥘 미슐레 Jules Michelet(1798~1874) : 프랑스의 대표적 역사가, 소설가. 자유와 필

을 둔 이와 같은 화학의 신봉자로서 우리 앞에 모습을 나타낼 수 있는 것은 이러한 이유 때문이다.[15] 그에게서 "바다의 물은, 일체의 혼합으로부터 멀리 떨어진, 넓은 바다 한가운데서 퍼올린 가장 순수한 물마저도, 다소 끈적끈적하다…… 화학적 분석은 이러한 성격을 설명하지 못한다. 거기에는 어떤 유기적인 실체가 존재하고 있는 것으로서, 화학적 분석은 그것을 파괴하고, 그것이 가지는 특수한 것을 빼앗아, 그것을 일반적인 원소에 난폭하게 환원시킴으로써 실체에 다다르지 못하는 것이다." 그는 그때 자신의 펜 밑에서 매우 자연스레 '점액(mucus)'이라는 말을 발견하여 점착성과 점액성이 간섭하는 혼합적인 몽상을 이룩한다. "바다의 '점액'이란 무엇인가? 일반적으로 물이 내보여주는 점착성을 말하는 것인가? 그것은 생명의 보편적인 원소가 아니겠는가?"

때때로 점착성은 꿈의 피로함의 흔적이기도 하다. 그리하여 점착성은 꿈이 진행하는 것을 방해한다. 우리는 그때 끈적끈적한 환경 속에서 끈적거리는 꿈을 체험한다. 꿈의 만화경(萬華鏡)은 둥근 물체나, 완만한 물체로 가득 차 있다. 이와 같은 나른한 꿈은 체계적으로 연구할 수 있다면 반형식적(半形式的 mésomorphe) 상상력, 다시 말하

연성의 투쟁인 역사극에 있어서 프랑스 대혁명의 승리를 높이 평가했으며, 일관해서 민중의 편에 서는 사관을 고수했다. 빅토르 위고와 상통하는 인류에 대한 사명감과 자연과의 교감은 낭만주의적 풍부함을 제공한다. 주요 저서로는 《프랑스 혁명사》, 《프랑스 史》, 《새》, 《바다》, 《마녀》, 《여자》 등이 있다. 롤랑 바르트의 《미슐레論》은 테마 비평의 방법으로 미슐레의 세계를 새롭게 부각시킨 획기적 논문이다.

15 미슐레, 《바다 *La Mer*》, p. 111.

면 형식적인 상상력과 물질적 상상력 사이의 중개적 상상력의 인식으로 이끌어갈 것이다. 반형식적인 꿈의 물체는 가까스로 형태를 지닐 뿐, 이윽고 형태를 잃어버리고, 반죽처럼 시들어버리는 것이다. 끈적거리고, 물렁물렁하고, 나른하고, 때때로 인광(燐光)을 띤 ― 빛나는 것이 아닌 ― 물체에는, 꿈의 생활의 가장 강한 존재론적 농밀(濃密)함이 결부되어 있다고 생각된다. 반죽의 꿈에 속하는 이와 같은 꿈은, 창조하고, 형성하고, 변형하고, 반죽하기 위한 투쟁 또는 패배의 교차인 것이다. 빅토르 위고가 말한 것처럼, '모든 것은 부정형(不定形)한 것까지도 지배하는' 것이다.(《바다에서 일하는 사람들》, 호모 에닥스)[*] 눈 그 자체, 즉 순수한 시각은 고체에 대해서 피로를 느낀다. 눈은 변형을 꿈꾸기를 바란다. 만약 눈이 꿈의 자유를 진정으로 받아들인다면, 모든 것은 살아 있는 직관 속을 흘러갈 것이다. 살바도르 달리의 '늘어진 시계'^{**}는 책상 모서리에 축 늘어져서 방울방울 매달려 있다. 그것은 끈적거리는 시공(時空) 속에 살아 있다. 일반화된 물시계처럼, 달리의 시계는 괴상함의 유혹에 직접적으로 순송하는 물체를 '흐르게' 한다. '비합리의 정복'을 고찰해본다면 이 회화(繪畵)의 헤라클레이토스주의는 놀라운 성실성의 몽상에 의존해 있는 것을 알 수 있으리라. 이렇듯 깊은 변형은, 실체 속에 변형을 새겨 넣는 것을 필요로 하는 것이다. 살바도로 달리가 말하는 것처럼, '늘어진 시

---

* 호모 에닥스 Homo Edax : '무엇이든지 파괴하다' 또는 '탐욕스런 인간'이라는 뜻.

** '늘어진 시계'는 달리의 《기억의 고집》(1931)이라는 초현실적 그림에 나오는 연체동물처럼 축 늘어진 모습을 가리키는 것이다. 그의 '편집광적 비판적 활동'의 소산이다.

200

계'는 살[肉]이며, '치즈'[16]인 것이다. 이러한 변형은 정태(靜態)적으로 바라보여지기 때문에 흔히 이해되지 않는 경우가 많다. 어떤 '요지부동한' 비평가들은 이러한 변형을 쉽사리 광기 어린 행위로 취급해버린다. 그들은 깊은 꿈의 힘을 체험하지 못하며, 또 깜짝하는 순간에도 때때로 성스러운 완만함의 은혜를 주는 풍부한 점착성의 상상력에 참여하지 못한다. 우리는 전(前) 과학적인 정신 속에서 그와 같은 공상(songeries)의 여러 흔적을 발견할 수 있다. 그러므로 파브리키우스에 있어서 순수한 물은 이미 풀[糊]인 것이다. 그것은 반죽 속에서 행해지는 연결을 '실현하는' 것을 무의식에 의해 인수시키는 실체를 포함하고 있다. "물은 그것이 나무나 쇠, 그 밖의 단단한 물체에 쉽사리 달라붙게 되는, 점착력이 있으며 끈끈한 물질을 지니고 있다."(앞의 책 p. 30)

이와 같은 물질주의적 직관을 가지고 생각하는 것은 파브리키우스와 같은 무명(無名)의 학자만은 아니다. 보하브[*]의 화학 속에서도 같은 이론을 발견할 수 있다. 보하브는 《화학 원리 Éléments de Chymie》에서 이렇게 쓰고 있다. "돌이나 벽돌이라도 부수어 '불' 의 힘에 말리면…… 언제나 약간의 '물' 이 나온다. 그러므로 돌이나 벽돌도 일부분은 그 기원을 '물' 에 두고 있는 것으로서, 물은 풀과 같이 양자를 서로 결부시키는 것이다."(불역판, 제2권, p. 562) 달리 말하

---

16 살바도르 달리, 《비합리의 정복 La conquête de l'irrationnel》, p. 25.
* 보하브 Boerhaave(1668~1738) : 오란다의 의사이며 화학자. 라이덴 대학교수.

면, 물은 만능의 풀인 것이다.

물질에 대한 이러한 물의 '부착작용(prise)'은, 만약 우리가 시각적 관점에만 만족한다면, 완전히 이해되지 않을 것이다. 그것은 촉각에 관한 관찰을 가하지 않으면 안 된다. 그것은 두 개의 민감한 분력(分力 composantes)을 구비하는 말이다. 그 힘이 아무리 스러져가는 것이라 할지라도, 시각적 관찰에 덧붙이는 촉각적인 경험의 힘이라는 것을 추구해본다는 것은 흥미 있는 일이다. 이렇게 해서 일하는 사람과 기하학자 사이, 행위와 시각작용 사이에 너무나 지나치게 빨리 일치를 구하는 공작적 인간(工作的 人間 homo faber)의 이론을 수정할 수 있게 되는 것이다.

그리하여 우리는 '공작적 인간'의 심리학 속에서, 현실과 가장 멀리 떨어져 있는 몽상과 가장 힘겨운 노동을 동시에 다시 통합시킬 것을 제안하리라. 손 역시 자신의 몽상과 가설을 갖는 것이다. 그것은 물질을 내면성 속에서 알도록 도와준다. 따라서 물질을 꿈꾸도록 도와주는 것이다. '공작적 인간'의 노농에서 생기는 '소박한 화학'의 가설은, 적어도 '자연스런 기하학'의 관념과 같은 정도의 심리학적 중요성을 갖고 있다. 다같이 이 가설을 물질을 보다 내면적으로 판단하기(미해결된 문제를 해결된 것으로 생각하는 것) 때문에 몽상에 더 깊이를 주는 것이다. 반죽하는 일 속에는 이제 더 이상 기하학도, 모서리도, 절단면도 없다. 그것은 연속되는 꿈인 것이다. 그것은 작업하는 사이에 지그시 눈을 감을 수 있는 일인 것이다. 그러기에 그것은 내면적 꿈인 것이다. 그 다음에, 몸 전체를 포착하는 리듬, 엄밀하게 리듬이 부가되어 있다. 그것은 지속의 지배적 특질, 즉 리듬을 지니고 있다.

반죽의 일에서 생기는 이러한 몽상은 특수한 힘에의 의지, 즉 실체 속에서 '돌입하여' 여러 실체들의 '내면에 닿는' 남성적 기쁨, 또한 밀알의 내부를 알아, 물이 대지를 정복하듯이 대지를 내면적으로 정복하고, 근원적인 힘을 다시 발견하며, 여러 원소들의 싸움에 참가하여, 용해하는 힘에 아무런 방책도 없이 가담한다는 남성적 기쁨과 반드시 일치하는 것이다. 다음에, 결합하는 행동이 시작되고 반죽하는 일이 천천히, 그러나 규칙적으로 진척되어, 용해하는 기쁨보다는 악마적이 아닌 특수한 기쁨을 획득하며.또한 대지와 물의 결합의 점진적 성공을, 손은 직접적으로 의식하는 것이다. 그때 물질 속에 다른 지속, 즉 원활하고 비약이 없으며 명백한 목적도 없는 지속이 새겨진다. 그러므로 이러한 지속은 '형식화되지' 않는다. 이것은 고체의 작업 속에서 관찰에 의해 발견되는 계속적인 소묘(ébauches successives)라는 다양한 '휴게소(reposoirs)'[*]를 가지고 있지 않다. 이러한 지속은 실체적 생성이며 내부에서의 생성인 것이다. 그리고 이것은 또한 내면적 지속의 객관적인 한 예를 줄 수 있는 것이다. 빈약하고 단순하며 거친 지속, 그것을 추구하기 위해서는 노동이 필요한 것이다. 상승하고 생산하는 지속이라도, 그것은 비발생론적(非發生論的 anagénétique)[**] 지속이다. 그것은 참으로 힘겨운 지속이다. 진정한

---

[*] 노상에 설치된 임시 제단의 의미를 지님.

[**] 비발생론적이라는 용어는 기관퇴화(器官退化 catagénèse)의 반대말로서, 생체작용의 복잡화와 세분화에 의해 전진하는 발전을 가리킨다.

일꾼은 '반죽을 손으로 주무른'* 적이 있는 자를 말하는 것이다. 그들은 작용하는 의지, 손을 행사하는 의지를 가지고 있다. 매우 특수한 이 의지는, 팔뚝의 동여매기(ligature)에 있어 눈에 뛴다. 까치밥 나무열매(cassis)나 포도를 짓이겨본 자만이 소마(Soma)에의 찬가를 이해할 수 있을 것이다. "열 손가락은 양조통 속에서 준마를 내갈기고 있다."(《베다의 찬가와 기도》, 루이 르누, 불역편, p. 44) 만약 부처가 백 개의 팔을 가지고 있다면, 그것은 그가 가루를 반죽하는 사람이기 때문일 것이다.

반죽은, 베르그송류의 '공작적 인간'의 기하학적 손에 의해 거의 반대 명제인 '역동적인 손'을 낳는다. 그것은 에너지의 한 기관이 아니다. 역동적인 손은, 힘의 상상력을 상징하고 있는 것이다.

손으로 반죽하는 여러 가지 직업에 대해 생각해볼 때, '물질적인 요인(la cause matérielle)'을 보다 더 잘 이해할 수 있으며 그 다양성을 알아차릴 수 있다. 형상을 만드는 행위는 형식의 부여에 의해 충분히 분석되지 않는다. 마찬가지로 물질의 효과는 형상을 만드는 행위에 대한 저항에 의해 충분히 나타나게 되지 않는 것이다. 모든 반죽의 작업은, 참으로 실증적이고 참으로 활동적인 물질적 요인이라는 개념에도 이끌어진다. 이것이야말로 자연스런 '투영(projection)'**이다. 이것이야말로, 인간의 모든 사고와 행동과 몽상을 사물에, 또 일하

---

* '반죽을 손으로 주무르다mettre la main à la pâte'라는 프랑스어 표현은 자기 자신이 일을 하는 것을 의미한다.

** 프로이트적인 의미에서는 무의식적인 현실에의 투영(投影).

는 사람을 작품에로 옮기는, '투영하는(projectante)' 사고의 특별한 경우이다. 베르그송류의 '공작적 인간'의 이론은, 명료한 사고의 '투영' 밖에는 고찰하지 않는다. 그 이론은 몽상의 '투영'을 소홀히 했던 것이다. 자른다거나 끊는다거나 하는 직업은, 물질 위에 충분히 내면적인 교육을 베풀지 않은 것이다. 거기에서 투영은 외적이고 기하학적인 채 그대로 머물러 있는 것이다. 물질은 거기에서 행위의 지주로서의 역할을 맡는 일조차 하지 못한다. 물질은, 여러 행위의 찌꺼기일 뿐이며, 재단(裁斷)이 잘라내지 않은 것에 지나지 않는다. 자신의 대리석 덩어리 앞에서 조각가는, 형식적 요인의 세심한 하인인 것이다. 그는 형체가 정해지지 않은 것의 삭제에 의해서 형식을 발견한다. 자신의 점토 덩어리 앞에서 모형 만드는 사람(彫刻家 le modeleur)은 변형에 의해서, 그리고 무정형(無定形)의 몽상적인 성장작용에 의해서 형식을 찾아내는 것이다. 내면적인 꿈, 성장하는 꿈에 가장 가까운 것은, 모형 만드는 사람인 것이다.

매우 단순화된 이러한 〔二折畫式〕 대조는 우리가 형식과 물질의 교훈을 효과적으로 분리시켰다고 생각하지 못하도록 한다는 것을 덧붙일 필요가 있을까? 참다운 천재는 이러한 것들을 통일시킨다. 우리들 자신이 《불의 정신분석》에서, 로댕이 또한 물질의 꿈을 다룰 줄 안다는 것을 매우 잘 입증하고 있는 직관에 대해 떠올린 바 있다.

반죽의 경험에 대한 아이들의 영광에 대해서 지금 새삼스레 놀랄 필요가 있을까? 보나파르트 부인은, 그와 비슷한 경험의 정신분석학적 흥미를 상기시켰다. 항문적 결정요인[*](肛門的決定要因 les déterminations anales)을 분리시킨 정신분석학자들을 따라 자신의 배설물에 대한 어린아이와 어떤 정신쇠약 환자들의 관심을, 그녀는 상기시키고 있다.[17] 그 책에서 우리는, 보다 발달된 그리고 객관적 경험이나 시작품에 보다 직접적으로 적용된 심리 상태만을 분석하고 있는 것이므로 순수하게 활동적인 요소에서 그리고 정신분석학적 결함으로부터 벗어나면서, 반죽하는 일의 특질을 명확히 해야 할 것이다. 반죽의 일은 정규적인 유년시대를 지니고 있다. 바닷가에서 어린아이는 젊은 해리(海狸)와 같이 매우 일반적인 본능의 충동에 따르는 것처럼 보인다. 코프카[18]가 보고한 바, 스탠리 홀은 아이들에게는 호상생활(湖上生活) 시대의 조상을 환기시키는 특징이 있다는 것을 지적하고 있다.

진흙이 물의 가루라는 것은, 재(灰)가 불의 가루라는 것과 같다. 재, 진흙가루, 그리고 연기는, 자신의 물질을 끝없이 교환하는 이미지를 줄 것이다. 이 세분화된 형체들에 의해서, 원소적 물질들은 서로 전달되는 것이다. 이것들은 얼마간 4원소의 네 가지 가루와 비슷하다. '진흙'은 가장 강하게 가치가 부여된 물질 가운데 하나이다.

---

*   프로이트에 의하면, 리비도 발전의 5단계 중 제2단계인 肛門愛期. 이 시기에 리비도가 고정되는 성격은 强氣를 특징으로 하며, 退嬰的, 적대적, 강박적이 된다고 한다.

17   마리 보나파르트, 앞의 책, p. 457.

18   코프카 Koffka, 《마음의 성장 *The Growth of the Mind*》, p. 43.

물은, 그 형체를 통해 온화하고 느리며 안전한 풍요성의 원리 그 자체를 대지에 가져다 주는 것처럼 생각된다. 아키(Acqui)에서의 진흙 목욕에 대해, 미슐레는 다음과 같은 말로, 다시 소생된 데 대한 열광과 믿은 전부를 이야기하고 있다. "진흙이 모여 있는 좁은 호수에서 나는 산속에서 그것을 준비하고 여과시켜, 응축시킨 후에, 자신의 불투명성을 통해 자신의 행위 자체와 싸우고 또한 관통하기를 바라면서, 작은 대지의 진동으로 진흙을 들어 올려, 미소한 화산의 작은 분출로 그것을 꿰뚫는, 물의 세찬 노력에 감탄해 마지않는다. 그러한 분출은 공기의 거품에 지나지 않으나, 영속하는 다른 분출은, 딴 곳에서는 방해가 되지만 수많은 마찰 후에, 태양을 바라보는 데 매혹된 이들 진흙의 작은 혼들의 욕구와 노력처럼 생각되는 것을 마침내 정복하고 획득하기에 이르는, 한줄기 흐름의 불변하는 존재를 보여주고 있는 것이다."[19] 이와 같은 페이지를 읽으면, 여러 가지 차원에도 불구하고 모든 형식적 이미지를 무시하면서, '미소한 화산(volcan microscopique)'이라는 독특하게 역동적인 이미지를 '투영하게 되는' 거역할 수 없는 물질적 상상력이 활동하고 있음을 우리는 느끼게 된다. 이와 같은 물질적 상상력은 모든 실체의 삶에 참여하여, 거품에 의해서 작용되는 진흙의 부글거림을 사랑하기에 이르는 것이다. 그때 모든 열기와 포피(包被 enveloppement)는 모성(母性)이 된다. 그리고 미슐레는 '결코 더럽지 않은 진흙탕'인 살아 있는 진흙 속에 몸을

---

19 쥘 미슐레,《산 *La Montagne*》, p. 109.

담그면서 이렇게 외치는 것이다. "사랑하는 만인의 어머니여! 우리는 하나입니다. 난 당신에게서 나서, 당신에게로 돌아갑니다. 그러니 솔직히 당신의 비밀을 내게 말해주세요. 당신이 거기에서 이처럼 뜨겁고 힘찬 다시 젊어진 혼을 내게 보내어, 나로 하여금 더 살도록 바라는 당신의 그 깊은 어둠 속에서, 당신은 무엇을 하고 있는 것입니까? 거기서 무엇을 하고 있는 것입니까? 네가 보고 있는 것, 네 눈이 닿는 곳에서 내가 하고 있는 일이 바로 그것이란다. 그렇게 그녀는, 뚜렷하게, 조금 낮은 목소리로, 그러나 분명히 모성적인 부드러운 목소리로 말했다." 이와 같은 모성적인 목소리는 참으로 실체에서 나오는 게 아닐까? 다시 말하면 물질 그 자체에서 나오는 게 아닐까? 물질은 그 내면성을 통해서 미슐레에게 말하는 것이다. 미슐레는 물의 물질적 삶을 그 본질과 모순 속에서 포착하고 있다. 물은 "자신의 일 자체에 대항하여 싸운다." 이것이 모든 것을 만들고, 용해시키며 응결시키는 유일한 방법인 것이다.

이러한 양가(兩價 bivalente)의 힘은 '계속되는 다산성(fécondité continue)'에 대한 확신의 기초로서 언제나 머무르게 되리라. 연속되기 위해서는 모순되는 것을 통일하지 않으면 안 된다. 《자연의 여신과 삶의 여신》에 관한 책 가운데서, 에르네스트 세이에르(Ernest Seillière)는 정당하게, 늪지의 식물의 풍요한 성장이 텔루리즘(tellurisme)*의 상징이라는 것을 주목하고 있다.(p. 66) 이름 없고, 비옥하며, 짧고

---

* 풍속, 습관, 성격에 대한 풍토의 영향.

풍부한, 식물적 성장의 힘을 결정하는 것은, 늪지에서 현실화된 흙과 물의 실체적 결혼이다. 미슐레와 같은 혼은 진흙이 식물의 힘이나 대지의 재생하는 힘에 우리가 참여하도록 도와주고 있다는 것을 이해하고 있다. 그가 미끈거리는 진흙 속에 완전히 잠겼던 때의, '흙에 파묻힌 생활'에 대해서 쓴 저 기이한 페이지들을 읽어보기 바란다. 그러한 대지가, "동정에 넘쳐 있고, 애무하듯이 자신의 상처 입은 아이를 따스하게 해주고 있는 것을 나는 느꼈다. 바깥쪽에서일까? 안쪽에서도 역시 마찬가지다. 왜냐하면 대지는 생생하게 하는 그 활기로써 스며들어, 내게 들어와 뒤섞이며, 자신의 혼을 나의 내부 속에 배어들게 하는 것이다. 동화(同化)는 우리들 사이에서 완전하게 이루어졌다. 이제 나는 더 이상 그녀(대지)와 나를 구별할 수 없었다. 마침내는, 그녀가 덮어버리지 못했던 것, 내게 자유로이 남겨진 부분인 얼굴이 귀찮을 정도가 되었다. 파묻힌 육체는 행복했는데 그것은 나였다. 파묻히지 않았기 때문에, 머리는 불평을 털어놓고 있었으나, 그것은 이미 내가 아니었다. 적어도 나는 그렇게 믿고 있었던 것이리라. 얼마나 굳건한 결혼이었던가! 더욱이 나와 '대지' 사이에는, 결혼 그 이상이었던 것이다! 차라리 '자연의 교환'이라고 말할 수 있으리라. 나는 '대지'였으며, 대지는 인간이었다. 그녀는 자신을 위해 나의 허약함과 죄를 빼앗았고, 나는 '대지'가 됨으로써, 그녀의 생명과 열기와 젊음을 빼앗았던 것이다."(p. 114) 진흙과 육체와의 '자연의 교환'은, 여기서 물질적 몽상의 완벽한 한 예가 된다.

또한 폴 클로델의 다음과 같은 글을 생각해볼 때, 흙과 물의 유기적 통일에 대해서 똑같은 인상을 갖게 될 것이다. "4월, 오얏나무

가지의 예언적인 개화기에 앞서서, 모든 땅 위에 '태양'의 하인인 '물'의 작업이 시작된다. 물은 녹이고, 따스하게 하고, 부드럽게 해서 스며들며, 소금은 수액이 되고, 납득시키고, 씹어 삼키고 뒤섞는다. 그리고 이와 같이 기초가 준비되자마자 생명은 출발하며, 식물적 세계는 자신의 모든 뿌리를 통해서 우주적 토양에 다시 겨냥하기 시작한다. 최초의 몇 달에 산성의 물은, 조금씩 조금씩 짙은 과즙, 약간의 술, 성적(性的) 기능을 완전히 갖춘 쓰디쓴 꿀이 되어간다……."[20]

점토 또한 많은 사람들에게, 끝없는 몽상의 주체가 되는 것이리라. 어떠한 진흙, 어떠한 점토에 의해서 자신이 만들어졌는가를 인간은 끝없이 자문해보게 되리라. 왜냐하면 창조하기 위해서는 언제나 점토나 조형적 물질, 즉 거기서 흙과 물이 결합하려고 하는 양의적 물질이 필요하기 때문이다. 점토가 남성인가 여성인가를 알려고 문법학자가 의논하는 것은 헛된 일이 아니다. 우리의 부드러움과 딱딱함은 서로 모순되는 것이며, 점토는 남녀양성적(androgynes) 참가를 요구하는 섯이다. 점토다운 점토는, 충분한 흙과 물을 이미 지니고 있음에 틀림없으리라. 우리가 독특하게 점토와 눈물로 만들어졌다고 말하는 밀로즈(O.V. de L. Milosz)[21]의 페이지는 얼마나 아름다운 것인가. 고통과 눈물이 모자라게 되면, 인간은 메마르고 빈곤해져 저주를 받게 된다. 다소 눈물이 지나치다거나, 점토 속에 용기와 응고가 모

---

20 폴 클로델,《해뜨는 나라의 검은 새》, p. 242.
21 O. V. 드 밀로즈,《미겔 마냐라 *Miguel Mañara*》, p. 75.

자랄 때, 그것은 또 하나의 비참인 것이다. "점토의 인간이여, 눈물은 너의 비참한 뇌수를 물에 빠지게 했던 것이다. 소금기 없는 언어는 너의 입 위로 미지근한 물처럼 흐르고 있다."

이 책에서 우리는, 물질적 상상력의 심리학을 전개하기 위한 모든 기회를 포착할 것을 약속했으므로, 거역하는 물질에 의해 행해지는 형식의 어렵고 완만한 정복을 그 과정에서 경험할 수 있는 물질적 몽상의 또 하나의 선(線)을 추구함이 없이, 반죽하는 것이나 비비는 것의 몽상에서 떠나기를 바라지 않는다. 물이 여기서는 부재인 것이다. 따라서 일하는 사람은, 성장하는 작품의 '풍자적 개작(parodie)'에 마치 우연히 그러하듯이 몰두하리라. 물의 기능에 대한 이러한 패러디는, 우리로 하여금 상상적인 물의 힘을 이해하도록 조금 도와줄 것이다. 우리는 이제 철을 단련시키는 혼의 몽상에 대해서 이야기하고자 한다.

대장간의 몽상(la rêverie forgeronne)은 때늦은 것이다. 일이 단단한 것에서 출발하고 있기 때문에, 일하는 사람은 먼저 어떤 의지를 의식한다. 처음에 등장하는 것은 의지이며, 다음에 계략(計略 ruse)이 불에 의해 전연성(展延性 malléabilité)을 정복하게 된다. 그러나 망치 아래서 변형이 뚜렷해지고, 철막대기가 구부러질 때 변형(déformation)의 몽상의 무엇인가가 일하는 사람의 혼에 들어오게 되는 것이다. 그때 조금씩 조금씩 몽상의 문이 열린다. 그리고 또 그때 '철의 꽃(fleurs de fer)'이 태어난다. 그것이 식물적 영광을 모방하는 것은 어쩌면 외면적인 것에서부터일 것이다. 그러나 더 한층 공감을 가지고 그 구부러짐의 패러디를 추구할 때, 그것이 일하는 사람으로부터 내면적인 성장의 힘을 받았다는 것을 느끼게 되는 것이다. 승리가 있은 뒤, 대장간의 망치는, 몇 번이고 소용돌이 모양(volute)을 다듬는 것이다. 부드러움의 꿈, 무엇인지 잘 알지 못하는 유동하는 것의 추억이 단련된 철 속에 담겨져 있다. 하나의 혼 속에서 살아왔던 꿈이, 자신의 작품 속에서 계속해서 살아간다. 오래 단련된 쇠창살은 살아 있는 울타리 그대로 머물러 있다. 그 기둥을 따라서 자연스런 호랑가시나무보다 조금 더 단단하고 윤기없는 하나의 호랑가시나무가 계속 올라간다. 그리고 인간과 자연의 환경에서 꿈꿀 줄 알고, 모든 시적 도치로 즐길 줄 아는 자에게서, 밭의 호랑가시나무는 이미 식물의 굳어짐이며 단련된 철이 아니겠는가?

철을 단련시키는 혼의 이러한 환기작용은 물질적 몽상을 새로운 모습으로 나타나게 하는 데 쓰일 수 있는 것이다. 철을 유연하게 하기 위해서는 어쩌면 한 사람의 거인이 필요할지도 모르지만, 철의 꽃에 자잘한 구부림을 배치하지 않으면 안 될 때에는, 거인은 난쟁이들에게 사리를 내주어야 할 것이다. 그때 땅의 정령은 참으로 금속으로부터 나오는 것이다. 사실 모든 환영적(fantomatique) 존재의 미소화(微小化 la mise en miniature)는, 여러 원소에 관한 몽상의 영상화된 형태인 것이다. 쌓아올린 흙 밑이나 수정의 모서리에서 발견되는 존재들은 물질 속에 끼워 넣어져 있다. 그 존재들은 물질의 근원인 힘인 것이다. 만약 물체(objet)가 아니라 그 물체의 실체 앞에서 꿈꾼다면, 존재들의 눈을 뜨게 할 수 있으리라. '작은 것'은 '큰 것' 앞에서, 실체의 역할을 맡고 있다. '작은 것'은 '큰 것'의 내면적 구조인 것이다. '작은 것'은 설령 단순히 형식적인 것으로 나타난다 할지라도

'큰 것' 속에 스스로를 가두고 또 집어넣으면서, 스스로를 물질화한다. 사실 참으로 형식적인 몽상은, 충분히 커다란 차원을 가지는 물체를 구성하면서 발전하는 것이다. 그는 팽창하는 것이다. 그와는 반대로, 물질적 몽상은 각기 물체에 금은을 상감(象嵌 damasquine)한다. 물질적 몽상은 조각하는 것이다. 조각하는 것은 언제나 이 몽상이다. 이것은 일하는 자의 몽상을 계속하면서, 여러 실체의 밑바탕에까지 내려가는 것이다.

그러므로 물질적 몽상은, 삼투(pénétration)의 꿈에 있어서 가장 엄하고 적대적인 실체에 대해서도 내면성 그 자체를 획득하는 것이다. 물질적 몽상은 안정되어 있음과 동시에 자상스런 삼투의 역할을 내맡기는 반죽의 일에 있어서, 당연히 더욱 편해지는 것이다. 우리가 대장간의 몽상을 떠올리는 것은, 가루를 반죽하는 몽상의 부드러움이나 유연해진 반죽의 기쁨, 긴밀한 물질 위에서 언제나 성공하는 물에 대한, 반죽하는 사람과 꿈꾸는 사람의 감사 등을 보다 더 잘 느끼게 하기 위한 것에 지나지 않는다.

물질의 상상력에 몰두하는 '공작적 인간'의 몽상을 사람들이 추구하고자 한다면 끝이 없을 것이다. 어떤 물질이 충분히 작용했다고 그에게는 결코 보이지 않을 테지만, 그것은 그 물질에 대해 꿈꾸기를 결코 끝맺지 않았기 때문인 것이다. 형식은 완성된다. 그러나 물질은 결코 완성되지 않는다. 물질이란 끝없는 몽상의 도식인 것이다.

제5장

모성적인 물과 여성적인 물

······ 그리고 옛날처럼 그대는 바다 속에서 잠들 수 있으리.
— 폴 엘뤼아르, 《삶의 필연성》

I

우리가 앞 장에서 지적한 바와 같이, 보나파르트 부인은, 매우 전형적인 몇 개의 상상적 화면에 대한 에드거 포의 애착을, 아주 어린 시기의 추억의 의미에서 해석하고 있다.

보나파르트 부인의 정신분석학적 연구 가운데 한 부분은 "어머니로서의 풍경의 사이클(le cycle de la mère-paysage)"이라고 제목을 붙이고 있다. 정신분석학적 탐구의 영감에 따를 때, 자연에 대한 감정을 — 그것이 깊고 진실한 것이라면 — 설명하는데, 풍경의 객관적 특질만으로는 불충분하다는 것을 곧 이해할 수 있으리라. 우리로 하여금 현실을 열렬히 사랑하게 만드는 것은, 현실에 대한 '인식(connaissance)'이 아니다. 근원적이며 원초적인 가치는 '감정(sentiment)'인 것이다.

사람들은 자연을 인식하지도, 보지도 않은 채 다른 곳에서 만들어지는 사랑을 사물들 속에 구상화함으로써 사랑하기 시작한다. 그리하여 무엇인지 알지 못한 채 막연히 사랑하기 때문에, 세부에 있어 자연을 탐구하는 것이다. 자연에 주어지는 탐미적 묘사는 열정을 가지고, 또는 변하지 않는 사랑의 호기심을 가지고 자연히 바라보여지고 있다는 증거이다. 더욱이 자연에 대한 감정이 몇 사람의 마음속에서 그토록 지속적인 것은, 그것이 근원적 형식 속에, 모든 감정의 근원에 자리잡고 있기 때문이다. 그것은 아들이 어버이에 대해 느끼는 감정이다. 모든 사랑의 형태는, 어머니에 대한 사랑에서 하나의 분력

(分力 composante)을 받아들이는 것이다. 자연이란, 성인이 된 사람에게 있어서 '광대하게 퍼져서 무한 속에 투영된 영원한 어머니'(p. 363)라고, 보나파르트 부인은 우리에게 말하고 있다. 감정의 측면에서 보면 자연은 어머니의 '투영'인 것이다. 특히 "바다는 모든 인간에게, 모성적 상징 가운데 가장 크고 변하지 않는 것의 하나"라고, 보나파르트 부인은 덧붙이고 있다.

그리고 에드거 포는, 이러한 '투영', 이러한 상징작용의 특히 명료한 한 예를 제공하고 있는 것이다. 어린아이로서의 에드거 포가 '직접적으로(directement)' 바다의 기쁨을 찾아볼 수 있는 것이라고 반박하는 사람들이나, '심리적 현실'의 중요성을, 오해하는 현실주의자들에 대해서, 보나파르트 부인은 "현실로서의 바다는 혼자서, 지금 그러한 것처럼 인간들을 매혹하는 데 충분하지는 않다. 바다는 그들을 위해 이중(二重)의 효력이 있는 노래를 부르지만, 그 가장 위쪽에 위치하며 표면적인 효력이 가장 매혹적인 것은 아니다. 언제나 바다 쪽으로 인간을 끌어당기는 것은, 깊은 노래인 것이다"라고 대답하고 있다.

이러한 깊은 노래는 모성적인 목소리이며, 우리의 어머니의 목소리이다.

"우리가 그것을 사랑하는 것은 산이 파랗다든가 바다가 푸르다든가 하는 이유 때문이 아니고, 비록 우리의 기호에 이와 같은 이유들을 부여한다 할지라도, 우리들, 즉 우리의 무의식적 추억의 무엇인가가 푸른 바다나 파란 산 속에서 스스로를 다시 구상화시킬 수 있는 것을 찾아내기 때문인 것이다. 나아가 이러한 우리의 무엇인가, 그리

고 우리의 무의식적 추억의 무엇인가는 언제나 또 도처에, 유년시절
의 사랑으로부터 솟아나오고 있는 것으로서, 그 사랑은 무엇보다도
먼저 사람에, 그것도 어머니 또는 유모이었던 보호하는 사람(créature
-abri)이나 젖 먹이는 사람(créature-nourriture)에 대해서만 향해 있는
것이다……." (p. 371)

요약하면, 아들로서 어버이에 느끼는 사랑은, 이미지를 투영하는
적극적인 최초의 원리이며, 또한 상상력의 투영적 힘, 즉 모든 이미
지를 독점하며, 가장 확실한 인간적 시점(perspective)인 모성적 시점
속에 그것들을 유치시키는 무한한 힘이기도 한 것이다. 이후에 계속
되는 그 밖의 사랑은 물론 최초의 상냥한 기능에 접목될 것이다. 그
러나 이 모든 사랑은, 우리의 최초의 감정이 갖는 역사적 우선권을
결코 파괴하지 않으리라. 마음의 연대기(年代記)는 파괴할 수 없는
것이다.

이어서, 사랑과 공감(共感)의 감정이 은유로 나타나면 나타날수
록, 근원적 감정 속에서 힘을 길어 올리러 갈 필요가 점점 더 많아질
것이다.

이러한 조건 속에서, 어떤 이미지를 '사랑한다는 것(aimer)'은 항
상 어떤 사랑에 '빛을 비치는 것(illustrer)'이며, 또 어떤 이미지를 사
랑한다는 것, 그것은 그렇게 하는 줄도 모르는 채 사랑을 위해 새로
운 은유를 찾아내는 일인 것이다. '무한한' 세계를 사랑하는 것, 그
것은 한 사람의 어머니에 대한 사랑의 '무한성'에 물질적인 의미와
객관적인 의미를 주는 것이 되는 것이다.

우리가 모든 것들로부터 내버림을 받았을 때, '쓸쓸한' 풍경을

사랑한다는 것, 그것은 고통스런 부재감(不在感 absence)을 보상한다
는 것이며, 우리가 내버리지 않는 것을 기억한다는 일이다…… 마음
을 다 바쳐 어떤 현실을 사랑하자마자, 그 현실은 벌써 혼이 되고, 추
억이 되어버리는 것이다.

II

　우리는 물질적 상상력의 관점에서 출발함으로써, 이러한 총괄적
고찰들을 결합시키는 것을 시도해나갈 것이다. 자신의 모유(母乳)와
자기 자신의 실체로 우리를 기르는 피조물〔母性〕이 매우 다양하고 먼
외면적 이미지에 자신의 지워버릴 수 없는 각인(刻印)을 찍는다는
것, 그리고 그러한 이미지는, 형식적 상상력의 관습적 주제에 의해서
는 정확하게 분석되지 않는다는 것을, 우리는 보게 될 것이다. 요컨
대 매우 높게 가치 지워진 이러한 이미지들이 형식보다 더 많은 물질
을 지니고 있다는 것을 우리는 내보여주게 될 것이다.
　이러한 증명을 하기 위해서 우리는, 젖 모양의 외관, 즉 젖 같은
은유를 받아들일 것을, 호수나 냇물, 그리고 바다 그 자체의 물 같은
자연스러운 물에 대해 강요하고자 하는 문학적 이미지들을, 조금 후
에 연구해나갈 것이다. 이러한 '이치에 어긋나는(insensées)' 은유들
이 잊을 수 없는 사랑에 빛을 비추고 있는 것을 우리는 내보여주게
될 것이다.
　우리가 이미 지적한 바와 같이, 물질적 상상력에 있어서 모든 액

체는 물인 것이다. 모든 실체적 이미지의 근원에 원초적 원소 중의 하나, 물을 두도록 하는 것은, 물질적 상상력의 기본적 원리인 것이다. 이러한 지적은 이미 시간적으로나 역동적으로 정당화되어 있다. 즉 상상력에 있어서 '흐르는(coulée)' 모든 것은 물에 속해 있으며, 철학자라면 흐르는 모든 것은 물의 본성을 나누어 갖고 있는 것이라고 말하리라. '흐르는' 물이라는 말의 형용사는 매우 강해서 항상 그리고 도처에서, 스스로의 실명사(substantif)를 창조하는 것이다. 겉모습은 거의 중요하지 않고, 어떤 형용사를 주는 데 지나지 않으며, 어떤 변화를 나타내는 데 지나지 않는다. 물질적 상상력은 곧장 실체적 본성에까지 나아가는 것이다.

만일 우리가 지금, 문제를 정신분석학적인 의미로 검토하면서 무의식의 세계에서 더 멀리 탐구를 추진한다고 하면, 모든 물은 젖이라고 말하지 않으면 안 되리라. 보다 더 정확하게 말한다면, 모든 행복스런 음료는 모유인 것이다. 우리는 이에 대해서 물질적 상상력의 두 단계, 무의식적 깊이의 연속적인 두 단계에 의한 설명의 한 예를 가지고 있다. 즉 우선 모든 액체는 물이며, 다음에 모든 물은 젖인 것이다.

꿈은, 원초적인 유아(幼兒)의 생활이라는 크고 단순한 무의식 속으로 내려가는 한 개의 곧은 뿌리를 지니고 있다. 꿈은 또한 보다 표면적인 층에서 살고 있는 총생(叢生 fasciulèe)의 뿌리로 된 그물도 지니고 있는 것이다. 우리가 상상력에 관한 책에서 특히 연구한 것은, 의식과 무의식이 뒤섞여 있는 이러한 표면적인 영역이다. 그러나 이제야 비로소 깊은 지대가 항상 활동하고 있으며, 젖의 물질적 이미지가 물의 보다 의식적인 이미지를 지탱한다는 것을 보여줄 때가 된 것이다. 최초의 관심의 핵심은 유기체적 관심에 의해서 만들어진다.

우선 처음에 우생적(偶生的 adventives)[*] 이미지의 핵심이 되는 것
은 유기체적 관심의 핵심인 것이다. 만약 언어가 어떻게 점진적으로
가치 지워지는가를 검토해본다면, 똑같은 결론에 다다를 것이다. 최
초의 문장구성법(syntaxe)은 일종의 기본적 요구의 문법에 따르는 것
이다. 그때 모유는, 액체적 현실을 표현하는 세계(ordre)에 있어서의
최초의 실명사(實名詞 substantif)이며, 보다 정확하게 말한다면, 최초
의 구강실명사(口腔實名詞 le premier substantif buccal)인 것이다.

곁들여서, 입에 결부되어 있는 어떠한 가치도 억압(프로이트적인
의미)에서 받을 수 없다는 것을 주목하기로 하자. 입이나 입술은, 그
야말로 실증적이고 명확한 최초의 행복의 토지, 허용된 관능의 토지
인 것이다. 입술에 대한 심리학은, 그것만으로도 하나의 긴 연구를
할 만한 값어치가 있는 것이리라.

이러한 공인된 관능성에 보호되어, 정신분석적 영역의 검토에 대
해서 조금 설명하고, 물의 '모성'의 근원적 특성을 입증하는 몇 개의
예를 보도록 하자.

분명히, 생티브가 인용한 베다 찬가의 심리적 지주가 된 것은,
모유의 직접적으로 인간적인 이미지인 것이다. "우리의 어머니이며,
희생의 의식에 참여하기를 바라는 물은, 자신의 길을 따르면서 우리

---

[*] 우생적이라는 말은 식물학 용어로서, 동질성의 조직이 아닌 곳에서 발전하는 조직을
의미한다.

에게 와서, 자신의 모유를 우리에게 나누어 준다."[1]

사실, 자연의 은혜에 대해 신들에게 감사드리는 막연한 철학적 이미지만을 여기서 본다면, 잘못 생각하게 될 것이다. 신들에 대한 귀의는 훨씬 더 내면적인 것이며, 생각컨대 이미지에 대해 그 리얼리즘의 절대적인 공정(公正 intégrité)을 부여할 필요가 있는 것이다. 물질적 상상력에서, 모유와 같은 물은 완전한 양식이라고 말할 수 있으리라. 생티브가 보고한 찬가는 다음과 같이 계속하고 있다.

"신들의 양식은 물 속에 있고 약초도 물 속에 있다. …… 물이여 내 몸이 당신의 행복스런 효력을 느낄 수 있고, 또 오랫동안 태양을 바라볼 수 있도록 온갖 병을 쫓아버리는 모든 약을 완성에로 이끌어 가기를."

열심히 노래 부르자마자, 그리고 물의 모성에 대한 숭배의 감정이 열렬하고 진지하게 되자마자 물은 젖이 된다. 찬가의 어조는, 만약 그것이 성실한 마음을 활기차게 한다면, 기이한 규칙성으로, 원초적 이미지, 베다적인 이미지를 가져다 줄 것이다. 객관적이고 거의 학문적이려고 한 한 권의 책에서 미슐레는 '바다'에 대한 자신의 '세계관(Anschaung)'을 피력하면서, 아주 자연스럽게 모유의 바다, 생기에 넘치는 바다, 식량으로서의 바다의 이미지를 재발견하고 있다.

"식량으로서의 물은, 공통된 어머니의 품에 안겨서 태아처럼 길

---

1 생티브, 《물의 민속학 Folklore des eaux》, p. 54. 또한 루이 르누, 《베다의 찬가와 기도 Hymnes et Prières du Veda》, p. 33 참조. "그는 지면과 천지를 홍수 지게 한다. 바루나(Varuna)가 젖을 원할 때."

러지며, 게으르게 입을 열고서 호흡하는 물고기처럼 유연한 성질에 알맞는 모든 종류의 살진 미미한 존재들로 꽉 차 있다. 그것은 자신이 삼키고 있는 것이 무엇인지 알고 있을까? 겨우 극히 작은 양식이라도 모유처럼 그것에게는 알맞은 것이다. 세계의 커다란 숙명인 굶주림은 대지에 대해서일 뿐, 여기 바다에 있어서는 미리 예고되어 있어, 알려져 있지 않다. 어떠한 운동에 대한 노력도 어떠한 양식에 대한 탐색도 없다. 삶은 꿈과 같이 떠돌지 않으면 안 된다."[2]

이것은 아주 뚜렷하게, 배부르게 먹은 아이, 자신의 안락 속을 떠도는 아이의 꿈이 아닐까? 말할 것도 없이 미슐레는, 자신을 매혹하는 이미지를 여러 가지 방법으로 '합리화(rationalisé)' 했던 것이다. 앞에서 우리가 말한 바와 같이, 그에게서 바다의 물은 '점액(mucus)'인 것이다. 그것은 벌써, "부드럽고 풍부한 여러 원소를 가져다 주는 극히 미소한 존재의 활발한 행동에 의해서, 경작되고(travaillée) 풍부하게 된 것이다."(p. 115) "이러한 마지막 말은 바다의 삶에 대한 깊은 관점을 열어주는 것이다. 바다의 아이들은 대체로, 젤라틴질의 태아와 비슷한 것으로서, 점액질의 물질을 빨아들이고 또 산출시켜, 물을 그것으로 채워, 따스한 모유 속같이 끊임없이 새로운 아이들이 거기에 헤엄치러 오는 무한한 자궁의 다산적(多産的)인 부드러움을 물에 부여하는 것이다." 이렇듯 많은 부드러움, 이렇듯 많은 따스함은 계시적(啓示的)인 표시이다. 그것들을 '객관적으로' 암시하는 것은

---

2 미슐레, 《바다》, p. 109.

아무것도 없다. 모든 것이 그것들을 '객관적으로' 정당화하는 것이다. 가장 커다란 현실도 우선 먼저 사람이 먹는 것과 결부되어 있다. 미슐레의 범생물학적 비전에 있어서, 바다의 물은 바로 '동물적인 물(l'eau animale)'이며, 모든 존재의 최초의 양식인 것이다.

'영양을 주는(nourricière)' 이미지가 다른 모든 이미지를 지배한다는 가장 좋은 증거는, 결국 미슐레가 우주적 차원에서, 모유로부터 유방으로 옮겨가는 것을 주저하지 않는 것이다. "해변을 둥글게 하면서 끊임없이 쓰다듬는 애무에 의해 '바다'는 모성적인 윤곽, 그리고 내가 말하고자 하는 바, 아이가 그토록 부드러움과 안전함과 따스함과 휴식을 강하게 느끼는, 여성의 유방의 눈에 보이는 애정을, 해변에 쏟고 있는 것이다."[3]

만약 그가 우선 먼저 물질적 상상력의 힘, 모유의 실체적 이미지의 힘에 의해 정복되고 붙잡혀 있지 않았다면, 어떤 해안 깊숙이에서, 또 어떤 둥그스름한 곳(岬) 앞에서 미슐레가 여성의 유방의 이미지를 볼 수 있었겠는가? 이와 같이 대담한 은유 앞에서는, 물실적 상상력의 원리에 기대는 것 이외에 다른 설명은 없다. "형식을 지배하는 것이 물질인 것이다." 유방이 둥근 것은 모유로 부풀어 있기 때문이다.

미슐레에게 바다의 포에지는, 그러므로 깊은 지대에서 살고 있는 몽상인 것이다. 바다는 모성이며, 물은 놀라운 젖이다. 대지는 자신

---

3 미슐레, 《바다》, p. 124.

224

의 자궁 속에 따뜻하고 풍부한 양식을 준비하고 있다. 해변에서는 유
방이 부풀어 올라, 모든 존재에게 '살진 미물(des atomes gras)'을. 옵
티미즘(낙관주의)이란 풍요로움인 것이다.

III

모성적 이미지에 대한 직접적 귀의를 이와 같이 단정하는 것은,
이미지와 은유의 문제를 부정확하게 제기하는 것이라고 생각할 수
있다. 우리의 태도를 반박하기 위해서, 자연 경관의 단순한 환상과
관찰만으로도, 그 또한 직접적 이미지를 부과하는 것처럼 보인다는
사실을 사람들은 주장하리라. 예를 들면, 조용한 비전에 영감을 받은
매우 많은 시인들은, 달빛에 비쳐진 고요한 젖 같은 호수의 아름다움
에 대해 우리에게 말하고 있는 것이라고 사람들은 반박하리라.

그러면 물의 포에지에 매우 친근한 이러한 이미지를 논해보도록
하자. 물질적 상상력에 관한 우리의 논문에 외견상 아무리 불리하다
할지라도, 그것이 매우 다양한 시인들에 미치는 매혹을 설명할 수 있
는 것은 형식이 아니고 물질에 의해서란 것을, 결국에는 우리에게 증
명해주리라.

사실, 이러한 이미지의 현실성이 어떻게 해서 구체적으로 상상되
는 것일까? 달리 말하면 이러한 특수한 이미지의 창조를 결정하는
객관적 조건은 무엇일까?

달빛을 받아 깊이 잠들어 있는 호수 앞에서 상상력에, 젖 같은

이미지가 나타나기 위해서는, 달의 밝음이 분산(分散)되지 않으면 안 되며 — 가벼이 움직이는 물이라고는 말하지만, 달빛에 비쳐진 풍경을 더 이상 노골적으로 비치지 않을 만큼 표면이 움직이는 물이 필요하며 — 결국 투명성에서 반투명성에로 물이 이행하여, 부드럽게 불투명한 것이 되어, 불투명화해버리는 것이 필요한 것이다. 그러나 그것이야말로 젖 같은 이미지가 할 수 있는 모든 것이다.

하지만 우유 사발이나 농부의 아내가 들고 있는 거품 이는 우유통, '객체로서의' 우유를 생각하기 위해서는, 그것으로 정말 충분한 것인가? 그렇게는 생각되지 않는다. 그러므로 이미지는, 시각적 조건의 측면에서는, 자신의 원리도 힘도 지니고 있지 않다는 것을 고백하지 않으면 안 된다. 시인의 신념을 정당화하고, 이미지의 빈도와 자연스러움을 정당화하기 위해서는, '보이지 않는' 여러 분력(分力), 또는 그 성질이 '시각적(visuelle)'이 아닌 여러 분력을 이미지에 통합시키지 않으면 안 된다. 그러한 것을 통해서 물질적 상상력이 드러나게 될 것이 바로 이러한 여러 분력이리라. 오직, 물질적 상상력의 심리학만이 이와 같은 이미지를, 현실의 전체성과 현실의 생활 속에서 설명할 수 있으리라. 그러니 이런 이미지를 활동시키는 모든 분력을 통합시키도록 해보자.

그렇다면 젖 같은 물이라는 이미지는 요컨대 무엇일까? 그것은 따스하고 행복스런 밤의 이미지, 밝고 감싸는 물질의 이미지, 공기와 물, 하늘과 대지를 동시에 붙잡아 합치시키는 이미지, 우주적이고 넓고 거대하며 부드러운 이미지인 것이다. 만약 사람들이 이러한 것을 진정으로 체험한다면, 달의 젖빛 밝음에 멱 감는 것이 세계가 아니고, 가장 친근한 안락함과 가장 감미로운 양식을 떠올릴 만큼 구체적이고 확실한 행복에 먹 감는 것이 구경꾼이라는 것을 인정하게 된다. 또한 냇물의 젖은 결코 얼어붙지 않을 것이다.

시인은 겨울의 달이 물 위에 젖 같은 빛을 쏟는다고는 결코 우리에게 말하지 않으리라. 대기의 따스함과 빛의 부드러움, 그리고 혼의 편안함이 이미지에는 필요한 것이다. 이것이야말로 이미지의 물질적인 여러 분력인 것이다. 이것이야말로 강력하고 원초적인 여러 분력인 것이다. "흰빛이라는 것은 그 다음에 오는 것이리라." 그것은 연역되는 것이리라. 그것은 실명사(實名詞 substantif) 뒤, 실명사에 의해 이끌어진 형용사로서 모습을 나타내게 되리라. 꿈의 영역에서는, 색깔이 젖과 같이 흰 것이기를 바라는 말의 질서는 거짓인 것이다. 꿈꾸는 사람은 우선 먼저 젖을 손으로 만져보고, 그 다음에 잠들어 있는 그의 눈이 때때로 흰색을 보는 것이다.

하지만 상상력의 영역에서 사람들이 흰색에 대해 기분을 맞추기는 어렵지 않을 것이다. 달의 금빛 어린 빛이 냇물 위에 덧붙여질 때, 색깔의 형태적이고 표면적인 상상력은 그 때문에 흐트러지지는 않을 것이다. 표면의 상상력이 누런 것을 희게 보는 것은 우유의 물질적 이미지가, 인간의 마음 깊숙이에서 그 부드러운 걸음을 계속할 만큼, 그리고 또 꿈꾸는 사람의 평온함을 완전히 '실현시켜' 행복스런 인상에 하나의 물질이나 실체를 부여할 만큼 충분히 강렬하기 때문이다. 우유는 진정제 중의 가장 좋은 진정제인 것이다. 그러므로 인간의 평온함은 응시된 물을 우유로 배어들게 할 것이다. 《찬사》*에서 생 종 페르스는 이렇게 쓰고 있다.

······ 그리고 이 고요한 물과

오전의 부드러운 고독에 마음을 고백하는 모든 것은 다 우유인 것이다.

거품 이는 급류는, 그것이 아무리 희다 할지라도 이와 같은 특권을 결코 갖지 못할 것이다. 그러므로 물질적 상상력이 스스로의 원초적 원소를 꿈꾸고 있을 때, 색깔은 정말로 없는 것이다.

'상상적인 것(l'imaginaire)'은, 스스로의 깊은 영양분을 주는 뿌리를 '이미지' 속에서 찾지 않는다. 그것은 먼저 보다 가깝고 감싸는 듯한, 보다 물질적인 '현존'을 필요로 한다. 상상적인 현실은 묘사하기 전에 스스로를 환기시킨다.

포에지는 항상 호칭(vocatif)** 인 것이다. 그것은 마르틴 부버가 말하고자 한 것처럼, '그것(Cela)'의 질서이기에 앞서 '너(Tu)'의 질서에 속한 것이다.

그러므로 '달(Lune)'은 시적 세계에서 형식적 존재이기에 앞서 불질이며 꿈꾸는 사람에게 스며드는 하나의 흐름인 것이다. 인산은 그 자연스럽고 소박한 포에지의 상태 속에서, "잠자고 있든가 아니면 잠 깨어 있을 때, 달이 그의 쪽을 향해 다가와서 몸짓으로 그를 현혹하든가, 또는 접촉에 의해 즐거움이 그 고통을 주든가 하는 밤이 되기까지는, 매일 밤 보는 달에 대해서 생각하지 않는 법이다. 그가 마

---

* 《찬사 Éloge》는 생 종 페르스의 초기 시집. 앙티유 섬의 자연, 식민지의 생활, 바다 등이 주제가 되어 있다. 특히 지드와 발레리, 라르보의 주목을 끌었다.
** 신에의 부름, 소명이라는 뜻으로 쓴 말.

음에 품고 있는 것은 순회하는 빛나는 원반의 이미지도, 무언가의 방법으로 거기에 붙어 있을지도 모르는 악마적 존재의 이미지도 아닌, 무엇보다도 먼저 몸을 가로질러가는 달의 흐름의 움직이는 이미지, '민감한 이미지(l' image émotive)'인 것이다……."[4]

말의 점성학적 의미에 있어서, 달이 '감응력'이며, 어느 때에 우주에 스며들어 물질적 통일을 주는 우주적 실체라는 것을, 이보다 더 잘 말할 수 있겠는가?

게다가 유기체적 추억이 지니고 있는 우주적 특성은, 물질적 상상력이 원초적 상상력이라는 것을 이해하게 됨으로써, 우리를 놀라게 하는 바가 전혀 없다. 물질적 상상력은, 사물의 창조와 생활을 활기에 찬 빛이나 직접적 감각의 확실성과 함께, 다시 말하면 우리 기관의 위대한 공감각적(cénesthésique) 교훈에 귀를 기울이면서 상상하는 것이다. 우리는 이미 에드거 포의 상상력이 지닌 놀라우리만큼 직접적인 특성에 경탄한 바 있다.

그의 '지리학(géographie)', 즉 대지를 꿈꾸는 그의 방법에는, 똑같은 각인이 찍혀 있다. 또한 극지(極地)의 바다, 더욱이 이것을 말할 필요가 있는데, 에드거 포가 결코 방문한 적이 없었던 바다에서, 고든 핌의 탐험의 깊은 의미가 이해되는 것은, 물질적 상상력에 그 정당한 기능을 되돌려주는 것 때문일 것이다. 에드거 포는 기괴한 바다의 상태를 다음과 같은 표현으로 묘사하고 있다.

---

4 마르틴 부버, 《나와 너 *Je et Tu*》, 즈느비에브 비앙키 역, p. 40.

"그때 물의 열기는 정말 굉장하고, 그 색깔은 급한 변동을 일으키면서, 이윽고 투명함을 잃어, 불투명한 우유빛 색조를 띠었다." 스쳐 지나가면서 말하는 것이지만, 나중에 나오는 지적에 따르자면, 물이 그 투명함을 잃어버리면서 우유빛이 된다는 것을 주목하자. 에드거 포는 다음과 같이 계속한다. "우리들 가까이에서 바다는 여느 때와 같이 단조로우며, 결코 보트를 위험하게 할 만큼 거칠지 않았다. 그러나 우리는 오른쪽이나 왼쪽에 서로 다른 간격을 둔, 급하고 넓은 동요를 느끼며 가끔 놀라는 것이었다……."(p. 270) 3일 후에 남극의 탐험가는 다시 이렇게 쓰고 있다. "물의 열기는 굉장했으며 (하지만 이것은 극지(極地)의 물에 대해서이다) 그 우유빛 색조는 어느 때보다도 뚜렷했다."(p. 271)

이러한 것으로 알 수 있는 바와 같이, 이젠 일반적인 겉모습에서 전체적으로 포착된 바다가 문제되는 게 아니고, 뜨겁고 동시에 흰 실체, 즉 물질로 포착된 물이 문제인 것이다. 그것은 따스하기 때문에 흰 것이나. 흰색에 앞서 뜨거움이 인정되어 있는 것이다.

아주 명백한 일이지만, 이야기하는 사람에게 영감을 불어넣어주는 것은 경치가 아니라, 행복한 추억이며, 추억 가운데서도 가장 조용하고 마음을 진정시키는, 양육하는 젖과 어머니 품의 추억인 것이다. 배불리 먹고, 모유의 품에 안기어 깊이 잠든 아이의, 감미로운 신뢰까지 떠올리게 하면서 끝맺는 다음과 같은 페이지 속에서 모든 것이 그러한 것을 증명하고 있다. "극지(極地)의 겨울은 분명히 다가오고 있었다. ─ 하지만 공포의 행렬을 동반하지 않고 다가오고 있었다. 나는 몸과 마음의 마비를 느꼈다 ─ 몽상에 대한 놀랄 만한 경사

(傾斜)를……." 극지의 겨울이 지닌 엄한 리얼리즘은 극복되어 있다.
상상의 젖은 자신의 역할을 다했던 것이다. 그것은 혼과 육체를 마비
시켰던 것이다. 그 이후 탐험가는 생각에 잠기는 몽상가가 된다.

흔히 아주 아름다운 — 내면적 미, 물질적 미의 아름다운 — 직
접적 이미지는, 그 밖의 다른 근원을 갖고 있지 않다. 예를 들면, 폴
클로델에 있어서 강이란 무엇인가? "그것은 대지의 실체의 액화(液
化)이며, 대지의 주름살의 가장 은밀한 곳에 뿌리를 내린 흐르는 물
의 분출, 모유를 빠는 '대양'의 끌어당기기에 의한 젖의 분출인 것이
다."[5]

여기서 다시 무엇이 명령하는 것일까? 형식일까, 아니면 물질일
까? 삼각주의 언덕을 지닌 강의 지리학적 소묘일까, 아니면 액체 그
자체, 유기체적 정신분석에 있어서의 액체, 즉 젖일까? 그리고 본질
적으로 실체론적인(substantialiste) 해석에 의하지 않는다면, 모유를
빠는 대양에 맺어진 강의 하구를 인간적으로 역동화하면서, 독자가
시인의 이미지에 '참여하는' 것은 어떤 중개자의 힘을 빌리는 것일
까?

우리는 몇 번이고, 모든 위대한 실체적 가치와 가치부여된 인간
의 모든 움직임이, 쉽사리 우주적 단계로 상승하는 것을 본다. 젖의
상상력에서 '대양'의 상상력에로의 이행에 무수한 과정이 있는 것은

---

5 폴 클로델, 《동방에의 인식》, p. 251.

젖이란 것이 비약을 기회 있을 때마다 찾아내는 상상력의 가치이기 때문이다. 클로델은 또 이렇게 쓰고 있다. "우리들 속에 '바다의 범람처럼' 존재하고 있다고 이사야가 우리에게 말하는 젖."[6] 젖은 한없는 행복으로 우리를 충만시키고 또 적셔주는 게 아닐까? 따스하게 결실을 맺게 하는 여름 소나기의 풍경 속에서, 젖의 홍수의 이미지를 우리는 생생하게 발견할 수 있으리라.

인간의 마음에 굳게 연결된 똑같은 물질적 이미지는, 스스로에서 파생된 형식을 끊임없이 변화시키는 것이리라.

미스트랄[*]은 《미레이유》(제4가)에서 다음과 같이 노래하고 있다.

바다가 오만한 스스로의 가슴을 진정시켜

— 그지없는 유방으로 서서히 숨 쉬는 때여 오라.

조용히 잠잠해지는 젖 같은 바다의 풍경이 바로 이와 같은 것이리라. 그런 바다는 무수한 유방과 무수한 마음을 가진 어머니일 것이다.

이것은 물이 무의식적인 것에서 젖이며, 과학적 사고의 역사의 흐름에 있어서 물이 흔히 '자양분이 되는(nutritif)' 하나의 원리로서

---

6 폴 클로델, 《劍과 거울 *L'épée et le miroir*》, p. 37.

***** 프레데릭 미스트랄 Frédéric Mistral(1830~1914) : 프랑스 시인. 중세기의 남프랑스에서 활기를 띠었던 음유시인의 전통을 되살려, 프로방스어와 문학의 계승 발전에 크게 기여. 그의 장편 서사시 《미레이유 *Mireille*》는 널리 알려진 작품이다. 1904년 노벨 문학상 수상.

취급되었기 때문이다. 전 과학적인 정신에 있어서, 영양섭취는 '설명되어야 할' 기능이기는커녕, '설명하는(explicative)' 기능이라는 것을 잊지 않도록 하자.

전(前) 과학적 정신에서 과학적 정신으로 옮길 때, 생리학과 화학의 설명 속에 하나의 전도(轉倒)가 행해지리라. 과학적 정신 속에서, 생리학을 화학으로 설명하려고 시도하리라. 무의식적 사고에 가장 가까운 전 과학적 사고는, 화학을 생리학에 의해 설명하고 있다.

그리하여 '소화시키는 사람'에게 화학적 실체의 '소화작용'은 연금술사에게는 굉장한 명쾌함을 갖는 작용이었던 것이다. 이와 같이 단순한 생리학적 직관으로 뒷받침된 화학은, 어느 만큼 이중으로 자연스러운 것이다. 그것은 쉽사리 소우주에서 대우주로, 그리고 인간에서 세계로 상승한다. 인간의 갈증을 풀어주는 물은 대지에 물을 대주고 있다. 우리가 단순한 은유로 취급하는 이미지를, 전 과학적 정신은 구체적으로 생각한다. 대지가 물을 '마신다'고 전 과학적 정신은 진실로 생각하는 것이다.

18세기 중엽, 파브리키우스는, 물을 "대지와 공기를 기르는" 하인으로 생각하였다. 따라서 물은 기르는 원소의 단계에까지 옮겨가는 것이다. 이것은 근원적인 물질적 가치 가운데서 가장 커다란 것이다.

IV

음료에 대한 완전한 정신분석은, 알코올과 우유, 불과 물, 즉 디오니소스 대(對) 퀴베리*의 변증법을 나타내는 것이다. 그때 의식적인 삶, 즉 개화된 삶에 의한 몇 개의 절충이론(éclectisme)이, 무의식적인 것의 가치부여를 다시 체험하자, 또 물질적 상상력의 원초적 가치를 참조하자마자, 불가능한 것이 되어버리는 것을 이해할 수 있으리라.

예를 들면 《푸른꽃》에서(불역, p. 16) 노발리스는 우리에게, 하인리히의 아버지는 집 안에서 '한잔의 술이나 우유'를 마시고 싶어한다고 말하고 있다. 마치 수많은 신화를 포함한 이야기에서 역동화된 무의식이 망설이고 있기나 한 것처럼! 이 무슨 남녀동체적(男女同體的 hermaphrodite) 연약함인가! 원초적 요구를 숨기는 예의 바름으로써, '술 또는 우유 한잔'을 요구할 수 있는 것은 현실의 인생에 있어서뿐이다. 하지만 꿈이나 참다운 신화 속에서, 사람들은 원하는 것을 항상 요구하고 있는 것이다. 마시고자 하는 것을 사람들은 언제나 알고 있다. 사람들은 언제나 똑같은 것을 마신다. 꿈에서 사람들이 마시는 것은, 꿈꾸는 사람을 가리키는 확실한 표시인 것이나.

이 연구보다 더 깊은 물질적 상상력의 정신분석은, 음료와 미약(媚藥 philtre)의 심리학을 다루어야 할 것이다. 벌써 50년 전 일이지만, 모리스 퀴페라트(Maurice Kufferath)는 "미약(媚藥)은 삶의 위대한 신비의 이미지 그 자체이며, 사랑과 붙잡을 수 없는 개화, 그 강력한 생성의 조형적 표현이며, 또한 비극적 본질을 우리에게 나타나게 하

---

* 바슐라르는 여기서 디오니소스를 술, 퀴베리를 젖에 관련시켜 상징적으로 표현하고 있다.

234

는 완전한 의식에의 꿈으로부터 이행하는 것의 조형적 표현인 것이다"[7]라고 이미 말한 바 있다. 그리고 바그너가 이 '약'을 개입시킨 것을 비난하는 문학비평가들에 대해서 퀴페라트는 "미약의 마술적 효과는 아무런 '육체적' 역할을 하지 않으며, 그 역할은 순수히 '심리적'인 것이다"라고 정당하게 항변하고 있다.(p. 148)

그러나 이 '심리적'이라는 말은 너무 지나치게 포괄적이다. 퀴페라트가 그 말을 썼던 시대의 심리학은 오늘날 소유하고 있는 것 같은 많은 연구 수단을 갖추고 있지 않았다. 망각이라는 연구 영역은, 50년 전에 생각하고 있었던 것 이상으로 매우 분화되어 있는 것이다. 그러므로 미약의 상상력이라는 것도 극히 다양할 수 있는 것이다. 우리는 이러한 문제를 전개시키는 것은 부수적으로 생각할 수 없다. 이 책에서 우리의 임무는, 근원적 물질에 대해 자세히 설명하는 일이다. 그러므로 근원적 음료에 대해서만 상세히 설명하기로 하자.

젖과 같이 영양이 되는 물, 분명히 소화되는 원소, 즉 영양이 되는 원소로서 생각되는 물, 다시 말하면 근원적 음료가 갖는 직관력이 너무나 강하기 때문에, 원소의 근원적 개념을 보다 잘 이해하는 것도 어쩌면 이와 같이 '모성화된' 물에 의해서이리라. 액체의 원소는 그때, 어머니 중의 어머니 젖인 최고의 젖(ultralait)으로 나타나는 것이다. 《다섯 개의 위대한 오드》(p. 48)에서 폴 클로델은, 난폭하고 직접적인 방법으로 본질에 다다르기 위해, 어느 정도 은유를 야성화하고 있다.

---

[7] 모리스 퀴페라트, 《트리스탄과 이솔데 *Tristan et Iseult*》, p. 149.

"그대들 샘은 전혀 샘이 아니다. 원소 자체다!"

"원초적 물질이여! 내게 필요한 건 어머니다!라고 나는 말한다."
원초적 본질에 취한 시인은 '우주' 속에서의 물의 장난은 무엇인가,
물의 변형과 분배는 무엇인가라고 말한다.

"태양에 거두어지고, 필터와 증류기(l'alambic)에 걸러져, 산들의
에너지에 의해 분배된, 그대들 정돈된 물을 난 바라지 않는다. 썩기
쉬운, 흐르는 물을."

클로델은 존재의 변증법을 실체 그 자체 속에 간직하면서, 이제
더 이상 흐르지 않을 액체의 원소를 포착한 것이리라. 마침내 간직되
고, 소중하게 되고, 보존되고, 우리 자신에 통합된 원소를 그는 포착
하고자 한 것이다. 시각적 형태의 헤라클레이토스주의에 이어서 본
질적 유동성과 완전한 유연성을 지니는 강력한 리얼리즘이 계속되
며, 또 이것은 우리 자신과 같은 온도를 지닌 것으로서, 다시 우리를
따스하게 하는 열기와, 넘쳐 흐르지만 전체적 소유의 기쁨을 남겨주
는 유동성을 갖고 있는 것이나. 요컨대, 실재하는 물, 모성적인 젖,
영원한 어머니, '어머니(la Mère)'

V

물을 무궁무진한 젖, '어머니'의 자연의 젖으로 만드는 이러한
실체적 가치부여(valorisation)는 여성적 특성을 물에 깊이 새기는 작
용만으로 끝나지 않는다. 모든 인간의 삶, 또는 적어도 모든 인간의

꿈꾸어진 삶 속에서, 연인 또는 아내라는 제2의 여성이 모습을 나타내는 것이다. 제2의 여성 또한 자연 위에 투영될 것이다. 어머니로서의 풍경 옆에 여성으로서의 풍경이 자리를 잡을 것이다. 어쩌면 투영된 두 개의 자연은 간섭하거나 서로 겹치거나 할 수 있을 것이다. 그러나 그것들이 구별될 수 있는 경우도 있다. 우리는 이제 여성으로서의 자연의 투영이 극히 명료한 경우를 보여주고자 한다. 사실, 노발리스의 꿈은 물의 여성적 실체론[*]을 확증하기 위한 새로운 몇 가지이유를 우리에게 가져다 준다.

꿈에서 만난 연못 속에, 손을 담그고 입술을 적신 뒤, 노발리스는 '목욕을 하고자 하는 누를 수 없는 욕망'에 사로잡힌다. 어떠한 '투영'도 그를 그와 같이 이끌지 못한다. 그를 부르고 있는 것은, 손이나 입술로 접촉한 '실체' 그 자체인 것이다. 그것은 마술적 분배(participation magique)[**]의 효력에 의해 '물질 쪽에서(matériellement)' 그를 부르고 있는 것처럼 생각된다.

꿈꾸는 사람은 옷을 벗고 연못 속으로 내려간다. 그때 이미지만 단독으로 다가와, 물질에서 발생하여, 원초적인 감각적 실체에서 그

---

[*] 실체론(實體論 substantialisme)은 철학적으로는 어떤 실체의 존재를 인정하는 의미에서 사용하는 말이지만, 여기서는 물의 여성적 본질을 뜻하는 것이리라.

[**] 마술적 분배(participation magique)는 사회학자 레비 브륄이 사용한 말로서, 같은 부족의 인간이 특수한 사물에 대해 깊은 본질적 관계를 맺는, 미개인의 심성을 가진 전이론적(前論理的), 주술적 능력을 가리키는 개념. 이러한 현상은 미개인에게만 있는 것이 아니고, 바슐라르적 측면에서 말한다면, 모든 인간에는 '물질적' 지배와 동일화(同一化)가 있는 것이다.

리고 스스로를 투영할 줄을 아직 모르는 도취에서, 또 싹〔芽〕에서 나타나듯이 이미지가 태어나는 것이다. "도처에서 모르는 이미지가 솟아나와 서로 똑같이 뒤섞이고, 눈에 보이는 것이 되어 '꿈꾸는 사람'을 둘러쌌는데, 그 때문에 상쾌한 원소〔물〕의 물결 하나 하나는 부드러운 가슴인 양 그에게 찰싹 붙는 것이었다. 이 파도 속에는, 매력적인 한 떼의 젊은 처녀들이 용해되어 있어, 한순간 그 젊은이가 접촉하여 다시 모습을 나타내는 것처럼 보였다."[8]

깊이 물질화된 상상력에 관한 놀라운 페이지로서, 여기서는 물이 — 그 양과 질에 있어서 — 더욱이 반영의 단순한 요정극 속에서가 아닌, 물에 '용해된 젊은 처녀(de la jeune fille dissoute)'로서, 또한 '젊은 처녀의 액체적 본질(essence liquide de jeune fille)', '매혹적인 처녀의 용액(eine Auflösung reizender Mädchen)'으로서 모습을 나타내고 있다.

남성의 가슴과 접촉함으로써, 또 어쩌면 남성의 욕망이 뚜렷해질 때, 여성적 형태가 물의 실체 자체에서 태어나는 것이리라. 그러나 '관능의 실체(la substance voluptueuse)'는 욕망의 형태 이전에 존재하는 것이다.

만약 우리가 거기에 너무나 빨리 '백조 콤플렉스'를 부여한다면, 노발리스의 상상력이 갖는 기묘한 특성 가운데 하나를, 잘못 아는 것이 되리라. 이러한 것을 위해서는 원초적 이미지가 가시(可視)적인

---

8 노발리스, 《푸른꽃 *Henri d' Ofterdingen*》, 알베르 역, p. 9.

것이라는 증거를 갖지 않으면 안 되리라. 하지만 그러한 영상이 활동적인 것처럼 보이지는 않는다. 매혹적인 젊은 처녀들은 원소〔물〕속에 다시 녹아들기를 지체하지 않으며, '황혼에 도취된' 꿈꾸는 사람은, 덧없는 처녀들과의 어떠한 연애도 체험하지 못한 채 여행을 계속하는 것이다.

그러므로 노발리스에 나타나는 꿈속의 존재들은 손으로 만질 때만 존재하고, 물은 남성의 가슴에 닿을 때만 여성이 되는 것으로서, 멀리 떨어져 있는 이미지를 나타내지는 않는다. 노발리스적인 몇 가지 꿈이 지닌 극히 흥미 깊은 이러한 신체적 특성은 어떤 명칭을 붙여야 마땅한 것처럼 생각된다. 노발리스는 보이지 않는 것을 보는 '견자(見者 Voyant)'라고 말하는 대신에 손으로 만질 수 없는 것, 만져서 느껴지지 않는 것, 비현실적인 것을 건드리는 '접촉하는 사람(Touchant)'*이라고 우리는 감히 말할 수 있는 것이다. 그는 꿈꾸는 어떠한 사람보다도 더 깊이 근원에 다다르는 것이다. 그의 꿈은, 천상(天上)의 의미(le sens éthéré)에서가 아닌 깊이(profondeur)의 의미에서, 꿈속의 꿈인 것이다.

그는 잠 그 자체 속에서 잠을 자며, 잠 속에서 잠을 산다〔生〕. 아주 은밀하게 숨겨진 지하실에서 이와 같은 제2의 잠을 사는〔生〕 것 말고, 그런 잠을 바라지 않는 자가 있을까? 그때 꿈의 존재들은 더욱더 우리에게 가까이 다가오고 있는 것이며, 우리를 건드려, 희미한

---

* 접촉하는 사람(Touchant)은 동사 toucher(만지다, 손을 대다, 접촉하다)의 현재분사로, 바슐라르가 만든 용어이다.

불처럼 우리의 몸 속에서 살기 위해 찾아오는 것이다.

　이미 우리가 《불의 정신분석》에서 지적한 바와 같이, 노발리스의 상상력은, '열량주의(熱量主義 calorisme)', 다시 말하면 뜨겁고, 부드럽고, 포근하고, 감싸며, 보호하는 실체의 욕망에 의해서, 또 존재 전체를 둘러싸, 내면적으로 스며드는 물질의 욕구에 의해서 지배되어 있다. 이것은 깊이 속에서 발전하는 상상력이다. 환영(幻影 fantômes)은 증기와 같지만, 그러나 충실한 형태로서, 또한 덧없는 존재와 같지만, 손으로 만져볼 수 있고, 내면적인 삶의 깊은 열기가 조금은 전달된 존재로서, 실체에서 나오는 것이다. 노발리스는 모든 꿈은 이러한 깊이의 징후를 지니고 있다. 노발리스가 놀랄 만한 물, 즉 도처에 처녀를 배치하고, 그녀를 '부분관사(部分冠詞 partitif)'에 주는* 이와 같은 물을 찾아내는 꿈은 넓은 지평선이나 커다란 비전을 갖는 꿈이 아니다. 놀랄 만한 호수, 스스로의 물의 열기, 즉 부드러운 열기를 질투하듯이 보존하고 있는 호수가 있는 곳은, 동굴의 깊숙이나 대지의 품속인 것이다. 이렇듯 깊이 가치부여된 물 속에서 생겨난 시간적 이미지는, 더구나 어떠한 농도도 갖지 않을 것이며, 스스로 속에 근원의 물과 열량(熱量)의 표시를 간직하면서, 서로 뒤섞일 것이다. 오직 물질만이 남을 것이다. 이와 같은 상상력에 있어 형식적 이미지의 영역에서는 모든 것을 잃어버리지만, 물질적 이미지의 영역에서는 아

---

* "처녀를 부분관사에 준다"는 말의 의미는 처녀가 일정한 양의 물을 머금은, 또는 물이 일정한 양의 처녀를 머금은 것 같은 상태를 표현하는 것이 아닐까?

무엇도 잃어버리지 않는다. 실체로부터 진실로 생겨난 환영들은, 자신의 행동을 그렇게 멀리까지 밀고 갈 필요가 없다.

물은 꿈꾸는 사람에게 '부드러운 가슴처럼' 달라붙어 있기 마련이다. 꿈꾸는 사람은 그 이상을 요구하지는 않으리라……. 사실, 꿈꾸는 사람은 실체적 소유를 즐기는 것이다. 그가 어떻게 형식에 대해 어떤 종류의 경멸을 느끼지 않을 수 있을까? 형식은 이미 옷이다. 너무나 뚜렷하게 그려진 나체는 얼음처럼 차갑고, 닫혀 있으며, 자신의 선(線) 속에 가두어져 있는 것이다. 그렇기 때문에, 열량이 주어진 (calorisé) 꿈꾸는 사람에게, 상상력이란 순수하게 '물질적 상상력'인 것이다. 그가 꿈꾸는 것은 물질에 대해서이며, 그가 필요로 하는 것은 물질의 열기이다. 밤의 비밀 속, 어두운 동굴의 고독 속에서, 현실이 그 무게와 실체적 삶과 더불어 본질적으로 지탱될 때, 덧없는 영상들은 문제가 되지 않는 것이다!

부드럽고 따뜻한, 훈훈하고 축축한 이와 같은 물질적 이미지들은 우리를 치료한다. 이러한 이미지들은, 꿈속에서는 매우 진실하며 매우 깊이 꿈꾸게 하는 것이므로, 우리들 무의식적 인생에 중대한 영향을 계속 끼치는 상상적 의학(médecine imaginaire)에 속한 것이다.

몇 세기 동안, '근원적 습기'와 '자연스런 열기' 사이의 균형이 건강으로 지탱되어왔다.

1623년에 죽은, 저자 레시우스(Lessius)는 이렇게 표현하고 있다. "이러한 인생의 두 개의 원리는 조금씩 조금씩 사라져가고 있다. 이 근원적 습기가 줄어들어감에 따라서, 열기도 줄어드는 것이며, 한쪽이 줄어들자마자, 다른 쪽도 램프처럼 꺼져버린다. 물과 열기는 우리의 두 개의 활력소인 것이다. 이것들을 절약할 줄 알아야 한다. 한쪽이 다른 쪽을 진정시키는 것을 이해하지 않으면 안 된다. 노발리스의 꿈과 그의 모든 공상은, 근원적 습기와 확산된 열기의 합일을 끊임없이 탐구하고 있는 것처럼 보인다. 그리하여 사람들은 노발리스 작품의 멋진 몽상적(onirique) 균형을 설명할 수 있는 것이다. 노발리스는 건강한 꿈, 잘 잠자는 꿈을 알고 있었던 것이다."

노발리스의 꿈은, 그것이 예외적이라고 생각될 만큼 깊은 곳까지 나아간다. 그렇기는 하지만, 조금 '형식적 이미지를 따라서' 탐구함으로써, 몇몇 은유 속에서 그 초안을 찾아낼 수 있을 것이다. 예를 들면, 에른스트 르낭*의 한 구절 속에서 노발리스적 환각의 흔적을 우리는 찾아볼 수 있다.

사실《종교사 연구 *Études d'histoire religieuse*》(p. 32)에서 강에 주어진 형용사 *καλλιπάρθεγος*(아름다운 처녀의)에 대해 르낭이 주석을 달 때 그 물결들은 "젊은 아가씨들 속에 용해되었다"고 태연하게 말하고 있는 것이다. 보는 방향에서 그 이미지를 뒤집고 또다시 뒤집어본다 해도, 어떠한 '형식적 특징'도 발견하지 못하리라. 이것을 정당화할 수 있는 어떠한 구상도 존재하지 않는다. 형식적 상상력

---

* 에른스트 르낭 Ernest Renan(1823~1892) : 프랑스 사상가, 언어학자, 종교 사상가. 처음에는 성직자가 되려고 했으나 과학적 실증주의에 영향을 받아 그만두고, 성서를 중심으로 한 그리스도교의 문헌학적 실증주의적 역사 연구에 몰두했다. 유명한《예수의 생애》(1883)는 그 결실의 하나이다. 실증주의의 거장 텐느와는 아주 대조적인 풍요하고 명징한 문체의 빼어난 산문가로도 알려져 있다. 회상록《유년시절의 추억》(1883)이 있음.

의 심리학자를 향하여, 그로서는 이러한 이미지를 설명하지 못하리라고 도전할 수도 있으리라.

이것은 물질적 상상력에 의해서만 설명할 수 있는 것이다. 물결은 흰색과 투명함을 내적 물질의 손에서 받아들이는 것이다. 이 물질이란 '용해된 젊은 처녀'이다. 물은 용해된 여성적 실체의 고유성을 자기 것으로 취한 것이다. 만약 당신이 순수무구한 물을 원한다면, 거기에 처녀들을 용해시키기를. 만약 당신이 멜라네시아(Mélanésie)의 바다를 원한다면, 거기에 흑인 처녀들을 용해시키기를.

어떤 처녀수장(處女水葬)의 의식 가운데 이와 같은 이미지의 물질적 분력(composante)의 흔적을 발견할 수 있으리라. 생티브는 코트 도르(Côte-d'Or)의 마니 랑베르(Magny Lambert)에서 "오래 계속되는 가뭄 때에, 비를 오게 하기 위해 아홉 명의 젊은 처녀가 크뤼안느 샘물 속에 들어가 완전히 그것을 텅 비게 만들어버렸던" 것을 상기시키고(앞의 책, p. 205) 다시 "수장의식(水葬儀式)은 여기서 순결한 사람들에 의한 샘물의 정화를 동반하고 있다…… 샘물 속으로 내려가는 젊은 아가씨들은 처녀이다"라고 덧붙이고 있다. 그녀들은 '현실적 강요'와 물질적 분배(participation)에 의해서 물을 순수하게 하는 것이다.

에드거 키네의 《아스베뤼스 *Ahasvérus*》(p. 228)에서 가시적 이미지에 가까운 인상을 다시 발견할 수 있으나, 그 '물질'은 노발리스적 물질에 가까운 것이다. "쓸쓸한 해안을 헤엄치면서, 몇 번이나 나는 정열을 쏟아 물결을 가슴에 껴안았던가! 내 목에 물결이 제멋대로 뒤엉켰고, 거품이 내 입술에 입맞춤했다. 내 주위로는 향기로운 번쩍임이 치솟아오르고 있었다."

이러한 것으로 알 수 있는 것처럼, '여성적 형태(forme féminine)'는 아직 태어나지 않았으나 이제 곧 태어나려 하고 있는 것이다. 왜냐하면 '여성적 물질'은 거기서 완전한 상태로 존재하고 있기 때문이다. 그토록 뜨거운 사랑으로 자신의 가슴에 '끌어안는(serre)' 파도는, 그 자체가 고동치는 가슴이 되어버리는 것과 그리 멀지 않은 것이다.

만일 이와 같은 이미지들의 생활에 항상 민감하지 못하고, 분명하게 물질적인 모습에서 '직접적으로' 그것들을 받아들이지 않는다면, 그 이유는 확실히 심리학자들로부터 그것에 기울여야 마땅한 관심을 물질적 상상력이 아직 받아들이지 않기 때문일 것이다. 우리의 모든 문학교육은, 형식에 관한 상상력과 명확한 상상력을 기르는 데 만족하고 있다.

한편, 꿈은 아주 빈번히 형식의 발전 면에서만 연구되어왔기 때문에 꿈이라는 것이, 특히 '물질에 의해서 보방된 삶'이며, 물질적 여러 원소 가운데 굳건히 뿌리박은 삶이라는 것을 알지 못한다. 특히 형식의 연속과 더불어, 변형의 '역동성'을 측정하는 데 필요한 것을 사람들은 아무것도 가지고 있지 않은 것이다. 기껏해서 이러한 변형을 바깥 쪽에서 순수한 기계적 운동(cinétique)으로 묘사할 수 있을 뿐이다.

이 운동은 여러 힘, 미는 힘이나 빨아들이는 힘을 안쪽에서 평가하지 못한다. 만약 꿈에 작용하는 물질적 원소의 역동성에서 분리된다면 꿈의 역동성은 이해될 수 없다. 내적 역동성이 잊혀져 있을 때에는, 꿈의 형식의 동성(動性 mobilité)이 그릇된 관점에서 포착된다.

요컨대, 무의식이 거기에 관여하지 않고 있기 때문에 형식이 움직일 수가 있는 것이다. 이미지의 영역 안에서, 무의식적인 것을 '고정시켜' 그것에 역동적인 법칙을 과하는 것, 그것은 물질적 원소의 깊이에 있어서 삶이다. 노발리스의 꿈은, 물의 명상 속에서 형성된 꿈으로서, 그 물은 꿈꾸는 사람을 감싸고 침투하며, 따뜻하고 충실한 안락함, 즉 양(量)과 동시에 밀도에 있어서의 안락함을 가져다 준다. 그것은 이미지에 의하지 않는 매혹, 실체에 의한 매혹이다. 그렇기에 노발리스적 꿈을 놀라운 마취제(narcotique)로 사용할 수 있는 것은 이 때문인 것이다. 그것은 동요하는 심성(psychisme) 전체를 진정시키는 심적 실체라고도 말할 수 있는 것이다. 우리가 떠올린 바 있는 노발리스의 페이지를 깊이 생각하기를 정말 바란다면, 꿈의 심리학의 중대한 측면을 이해하는 데 새로운 빛을 그것이 가져다 준다는 것을 사람들은 인정하게 되리라.

VI

노발리스의 꿈에는, 조금 지적되어 있는 데 지나지 않으나, 활동적이기까지 한 특성이 있기 때문에 '물의 꿈(rêve hydrant)'의 완벽한 심리학을 갖기 위해서는 거기에 충분한 의미를 주지 않으면 안 된다. 노발리스의 꿈은 사실 '흔들리는 꿈(rêves bercés)'의 수많은 범주에 속해 있다. 경이로운 물에 들어갈 때 꿈꾸는 사람의 최초의 인상은,

'구름 사이나 저녁 노을 속에서 휴식한다' 는 인상인 것이다. 조금 후에 그 사람은 '부드러운 잔디밭 위에 드러누워 있는' 듯한 느낌을 받게 되리라.

그렇다면 꿈꾸는 사람을 떠받치고 있는 참다운 물질은 무엇일까? 그것은 구름도 부드러운 잔디밭도 아니며, 물인 것이다. 구름과 잔디밭은 물질의 표출(expressions)이며, 물은 각인(impression)인 것이다. 노발리스의 꿈에서 물은 경험의 중심에 위치하고 있으며, 둑 위에서 쉬고 있을 때의 꿈꾸는 사람을 계속 흔들고 있다. 이것이야말로 꿈의 물질적 원소가 갖는 항구적인 운동의 한 전형이다.

4원소 가운데서, 흔들 수 있는 것은 물밖에 없다. 물은 '흔드는 원소(élément beçant)' 인 것이다. 이것이 어머니와 같은 흔든다는 여성적 특성을 어느 정도 두드러지게 하는 한 요소이다. 무의식적인 것은 자신의 아르키메데스의 원리를 형성하고 있지는 않으나, 그것을 살고(生) 있다.

봉상 가운데서, 탐구도 하지 않고, 사소한 발견에도 놀라운 정신분석학자와 같이 유레카(Eurêka)라고 외치면서 눈을 뜨지도 않으며, '자신의 환경(son milieu)' 인 밤을 다시 발견하는 목욕하는 사람은 물 속에서 정복된 경쾌함을 사랑하고 또 아는 것이다. 그는 꿈꾸는 인식으로서 그 경쾌함을 직접적으로 즐기지만, 순간 우리가 바라볼 수 있는 것처럼, 그 인식은 어떤 무한에 대해 시야를 여는 것이다.

한가로운 배는, 이와 똑같은 쾌락을 주며, 또 같은 몽상을 낳는다. 라마르틴이 주저함 없이 말한 바와 같이, 그것은 "자연의 가장 신비스런 관능 가운데 하나"[9]인 것이다. 마법의 배나 로망파의 배는, 몇 가지 점에서, 다시 획득된 요람이라는 것을, 수많은 문학적 참조에 의해서 우리는 쉽사리 증명할 수 있으리라. 근심도 없이 평온한 긴 시간, 그리고 쓸쓸한 배의 밑바닥에 누워서 우리가 하늘을 응시하고 있는 긴 시간, 어떠한 추억을 만나는 것일까?

모든 이미지는 부재이며, 하늘은 텅 비어 있으나, 운동은 생생하고 원만하게, 또 리듬을 지닌 채 거기에 있다. 그것은 아주 조용한, 거의 움직이지 않는 운동인 것이다. 물은 우리를 운반해간다. 물은 우리를 흔든다. 물은 우리를 잠들게 한다. 물은 우리에게 어머니를 되돌려준다.

흔들리는 꿈과 마찬가지로 일반적이기는 하나 또한 형식상 그다지 자세하지도 않은 주제에 대해서, '물질적 상상력'은 다시 자신의 특별한 각인을 찍는다. 물결 위에서 흔들리는 것은, 꿈꾸는 사람에게는, 어떤 특수한 몽상, 즉 단조로워지면서 깊어져가는 몽상의 기회인 것이다. 미슐레는 간접적으로 그러한 것을 지적하고 있다. "이제 더 이상 장소도 시간도 없다. 주의(注意)가 거기에 쏠리는 것 같은 특별한 지점도 전혀 없다. 그리고 이젠 더 이상 주의마저도 없다. 몽상은 깊고, 더욱더 깊어져…… 물의 부드러운 대양 위 꿈의 대양이 되어간다."[10]

이러한 이미지에 의해, 미슐레는 주의력을 느슨하게 하는 습관적 행위의 유혹을 그리고자 한 것이다. 은유적 관점(perspective)을 거꾸

---

9 라마르틴, 《속내 이야기》, p. 51.
10 미슐레, 《사제 *Le Prêtre*》, p. 222.

로 할 수도 있으리라. 왜냐하면 물 위에서 흔들려지는 삶은 주의력을 진정으로 느슨하게 하기 때문이다. 그러므로 배 속에서의 몽상은 로킹 체어(rocking-chair, 흔들의자) 속에서의 몽상과는 같지 않다는 것을 이해할 수 있으리라. 배 속에서의 이러한 몽상은, 꿈꾸는 특수한 습관, 즉 정말로 습관 자체인 몽상을 결정하는 것이다. 예컨대, 만약 물결 위에서 꿈꾸는 습관이 거기서 없어지게 된다면, 라마르틴 시(詩)에서 중요한 분력(分力 composante)이 사라지게 되리라. 이러한 몽상은 때때로 기묘한 깊이의 내면성을 가지고 있다.

발자크는 "배의 관능적인 동요는 영혼 속을 떠도는 사고를 어렴풋이 모방하고 있다"[11]라고 말하는 데 주저하지 않는다. 긴장이 풀어진 행복스런 사고의 얼마나 아름다운 이미지인가!

어떤 물질적 원소, 어떤 자연스런 힘에 결부되는 모든 꿈과 몽상이 그렇듯이, '흔들리는' 몽상과 꿈은 증대된다. 이러한 것들 뒤로 다른 꿈들이 찾아와, 기이한 부드러움의 인상을 계속 줄 것이다. 그것들은 부한한 행복을 맛보게 해줄 것이다. 구름 위를 노저어 가고, 하늘 속을 헤엄쳐가는 것을 배우는 것은, 물가나 물 위에서이다. 발자크는 같은 페이지에서 "강은 우리가 그 위를 날아갔던 오솔길과 같다"고 쓰고 있다. 물은 우리를 상상적 여행으로 이끌어간다. 라마르틴도 물과 하늘의 이와 같은 물질적 연속성을 표현하고 있는데, '하늘의 빛나는 광대함과 뒤섞여진 눈'이 되었을 때, 더 이상 하늘이 어

---

11 발자크, 《골짜기의 백합 *Le lys dans la vallée*》, 칼만-레비刊, p. 221.

디에서 시작하고, 호수가 어디에서 끝나는지를 알지 못하는 것이다. "나 자신이 순수한 창공 속을 헤엄쳐 우주의 대양 속에 가라앉아 있는 것처럼 생각되었다. 그러나 내가 잠겨 있었던 내면의 기쁨은 그처럼 내가 혼합되어 있었던 대기(大氣)보다도, 천 배나 훨씬 무한하고 빛으로 가득 차 있으며, 헤아릴 수 없는 것이었다."[12]

이와 비슷한 텍스트의 심리적 범위를 보여주기 위해서는 어느 것도 잊어버려서는 안 된다. 인간은 '지탱되어(porté)' 있기 때문에 '움직여지는(transporté)' 것이다. 인간은 참으로 자신의 지극히 행복한 몽상에 의해 '가벼워지게 되어(allégé)' 있으므로 하늘을 향해 날아오르는 것이다.

힘차게 역동화된 어떤 물질적 이미지의 은혜를 받아들였을 때, 그리고 존재의 실체와 삶과 더불어 상상할 때, 모든 이미지는 활기를 띠는 것이다. 노발리스는 그리하여 '흔들리는 꿈(rêve bercé)'에서 '옮겨지는 꿈(rêve porté)'에로 이행해간다. 노발리스에게, '밤' 그 자체는 우리를 옮기는(지탱하는) 물질이며 또 우리의 삶을 흔드는 대양인 것이다. "'밤'은 그대를 어머니같이 지탱하고 있다."[13]

---

12 라마르틴, 《라파엘 *Raphaël*》, 제15절.
13 노발리스, 《밤에의 찬가 *Les hymnes à la nuit*》, 스토크版, p. 81.

제6장

순수성과 순수화, 물의 모랄

마음이 바라는 모든 것은 언제나 물의 형상으로 환언될 수 있다.

— 폴 클로델, 《위치와 命題》, 제2권, p. 235.

I

　우리는 말할 것도 없이 순수성과 정화의 문제를 그 전체적인 넓이 속에서 취급하려는 의도를 가지고 있지 않다. 그것은 현재 종교적인 여러 가치의 철학에 속한 문제에 지나지 않는 것이다. 순수성은 가치부여작용(valorisation)의 기본적 범주 가운데 하나이다. 아마 모든 가치를 순수성에 의해 상징화할 수도 있으리라. 이런 커다란 문제의 매우 응축된 요약을 로제 카이유아*의 책《인간과 성스러운 것 *L'homme et le sacré*》에서 발견할 수 있으리라. 우리의 목적은 이 책에서 의식(儀式 rites)에 대해 자세히 설명함이 없이 또 의식적(儀式的) 순수성에 관련된 모든 것에서 벗어남으로써 우리는 '물질적 상상력'이 물 속에서 더할 나위 없이 순수한 물질, 자연스럽게 순수한 물질을 발견하는 것을 보다 특별히 내보여주고자 한다. 이렇게 해서 물은 순수성을 위한 자연스런 상징으로 나타나 정화(淨化)의 장황한 심리학에 명확한 의미를 부여하는 것이다. 우리가 묘사하고자 하는 것은 물질적 모델에 결부된 이와 같은 심리학인 것이다.

　말할 것도 없이 사회학자들이 풍부하게 나타내 보여준 것처럼 가치부여작용에 대한 커다란 범주의 근원에는 사회적인 주제가 있기

---

* 로제 카이유아 Roger Caillois(1913~　) : 프랑스 사상가, 사회학자. 명석한 지성으로 문학, 사회학, 기타 여러 분야에서 독자적인 연구를 했다. 주요 저서로는《인간과 신화》(1938),《생 종 페르스의 시학》(1954),《환상적인 것의 핵심》(1965) 등이 있음.

마련이다. 달리 말하면, 참다운 가치부여작용은 본질적으로 사회적
인 것에 속한다. 그것은 서로 교환하기를 바라는 여러 가치 집단의
모든 구성원에게 널리 알려져 있고 지적된 어떤 각인(刻印)을 갖는
여러 가치로 만들어진 것이다. 그러나 은밀한 몽상, 사회를 도피해서
세계를 유일한 벗으로 간주하고 싶어하는 꿈꾸는 사람의 몽상의 가
치부여작용도 역시 고려하지 않으면 안 된다고 우리는 생각한다. 물
론 이러한 고독은 완전한 것은 아니다. 특히 고립된 몽상가는 언어에
결부된 꿈의 여러 가치를 간직하고 있으며, 자기 종족의 언어에 대한
고유한 포에지를 간직하고 있는 것이다. 그가 사물에 적용하는 말은
그 사물을 시화(詩化)하며, 사회의 전통에서 완전히 벗어날 수 없는
의미에서, 그 사물에게 정신적으로 가치를 부여하는 것이다. 사회적
관습으로부터 가장 자유롭게 몽상을 개발하는 가장 혁신적인 시인
도, 언어의 사회적 바탕에서 나오는 싹〔芽〕을 자신의 시편 속으로 가
져가고 있다. 그러나 형식과 말이 포에지 전체는 아니다. 그것들을
연결하기 위해서는, 몇 개의 물질적 주제가 긴급한 것이 된다. 몇 개
의 물질이 스스로의 꿈의 힘, 즉 참다운 시편에 통일성을 주는 일종
의 시적 견고성을 우리 내부에 옮겨다 준다는 것을 증명하는 것이 확
실히 이 책에서 다뤄야 할 우리의 임무인 것이다. 만일 사물이 우리
의 관념을 정리한다면, 근원적 사물은 우리의 꿈을 정리하는 것이다.
근원적 사물은 우리의 꿈을 받아들이고 보존하며 앙양시켜준다. '순
수성의 이념(l'idéal de pureté)'은 어디에나, 그리고 또 어떠한 물질 속
에나 함부로 놓여질 수는 없는 것이다. 정화의 의식(儀式)이 아무리
강력한 것이라 할지라도 그것을 상징화할 수 있는 어떤 물질에 향하

는 것은 정상적인 것이다. 맑은 물은 순수성의 안이한 상징주의에 대한 한결같은 유혹이다. 사람은 각자 안내자도, 사회적 관습도 없이 이와 같은 자연스런 이미지를 발견한다. 그러므로 상상력의 물리학은 이러한 자연스럽고 직접적인 발견을 염두에 두지 않으면 안 된다. 그리하여 그것은 일상적인 경험보다 더 한층 중요한 것으로 드러난 물질적 경험에 어떤 '가치'를 부여하는가를 주의깊게 검토하지 않으면 안 되는 것이다.

그러므로 이 책에서 우리가 취급하는 명확하고 제한된 문제 속에는 순수성의 관념에 대한 사회학적 특성을 우리에게 한쪽으로 제쳐 놓도록 강요하는 방법적 의무가 있는 것이다. 따라서 여기서 다시, 아니 여기서 특히, 신화학의 자료를 이용하는 데에 우리는 매우 신중하게 될 것이다. 시인들의 작품이나 고독한 몽상 속에서 더욱 강하게 효력이 있다고 느낄 때에만 우리는 그 자료를 사용할 것이다. 그리하여 우리는 모든 것을 현실적인 심리학에 다시 이끌어 갈 것이다. 형식과 개념이 아주 빨리 경화됨에도 불구하고 물질적 상상력은 현실적으로 유효한 힘 그대로 머물러 있는 것이다. 물질적 상상력만이 끊임없이 전통적 이미지를 활기차게 하며, 몇몇 오래된 신화적 형식을 부단히 소생시키는 것이다. 물질적 상상력은 형식을 변형시킴으로써 형식을 소생시키는 것이다. 하나의 형식이 변형하는 것은 스스로의 존재양식(être)에 반대되는 것이다. 우리가 어떤 변형과 만나게 될 때, 물질적 상상력이 형식의 높이 밑에서 작용하고 있음을 확인할 수 있다. 문화는 형식을 — 너무나 자주 말을 우리에게 전달한다. 만약 우리가 문화 축적의 상태에도 불구하고, 자연 앞에서 약간의 몽상,

254

약간의 자연스런 몽상을 다시 발견하는 법을 안다면 우리는 상징주의가 하나의 물질적 힘이라는 것을 이해하게 될 것이다. 우리의 개인적 몽상이 아주 자연스럽게 격세유전적(隔世遺傳的 atavique) 상징을 다시 형성하는 것은 그 격세유전적 상징이 자연스런 상징이기 때문이다. 한 번 더 꿈이 자연의 힘이라는 것을 이해하지 않으면 안 된다. 우리가 그러한 것을 다시 말할 기회를 가지게 될 것이지만, 순수성을 몽상함이 없이는 순수성을 알 수 없는 것이다. 자연 속에서의 각인(刻印 marque)의 증명과 실체를 바라보지 않고는 강하게 순수성을 꿈꿀 수가 없는 것이다.

II

만약 우리가 신화학적 자료들을 사용할 때 지극히 아끼는 것이라면, 합리적 인식에의 모든 참조를 거부하지 않으면 안 된다. 무엇보다도 필요한 일로 이성(理性)의 원리를 세운다면, 우리는 상상력의 심리학을 만들어낼 수 없을 것이다. 흔히 숨겨진 이러한 심리학적 진실은 우리가 이 장에서 취급하는 문제에 대해 아주 명확하게 나타날 것이다.

근대적 정신에서, 순수한 물과 불순한 물의 차이는 완전히 합리화되어 있다. 화학자와 위생학자가 수도꼭지 위의 게시판에 음료수라고 표시된 곳을 스쳐 지나가고 있다. 그러나 모든 것은 다 말해진 것이고 극도의 의구심도 다 제거된 것이다. 어떤 합리주의적 정신은

— 고전적 교양이 그 대부분을 만들어내고 있으므로, 볼품없는 심리학적 인식을 지니고 있으나 — 고대의 텍스트에 대해 명상하면서, 마치 탐조등처럼 텍스트의 데이터 위에 명확한 인식의 빛을 비추는 것이다. 어쩌면 합리주의적 정신은 물의 순수성에 대한 인식이 예전에는 불완전한 것이었음을 알게 되리라. 하지만 그러한 인식도 마찬가지로 아주 제한된 분명한 경험에 결부된 것이라고 믿는 것이다. 이런 조건에서 옛 텍스트에 대한 독서는 흔히 '지나치게 지적인 수업'이 되어버리는 것이다. 오늘날의 독자는 너무나도 자주 '자연스런 인식'에 대해 옛사람들을 칭찬하고 있다. '직접적'이라고 생각되는 인식이 극히 인공적일지도 모르는 체계에 포함되어 있다는 것을 잊고 있으며, 또한 '자연스런 인식'이 '자연스런' 몽상 속에 포함되어 있다는 것을 잊어버리고 있는 것이다. 상상력의 심리학자가 다시 발견하지 않으면 안 되는 것은 바로 이러한 몽상이다. 사라져버린 문명의 텍스트를 해석할 때 특별히 재구성하지 않으면 안 되는 것은 이러한 '몽상'인 것이다. 단지 사실의 무게를 잴 뿐만 아니라 꿈의 무게를 결정하지 않으면 안 될 것이다. 왜냐하면 문학의 세계에서는 아주 단순한 묘사라 할지라도 모든 것은 보여지기 전에 꿈꾸어져야 하기 때문이다.

예를 들면, 기원전 8세기 헤시오도스(Hésiode)가 쓴 다음과 같은 옛 텍스트를 읽어보자. "바다로 흘러 들어가는 강의 하구나 그 수원(水源)에서는 결코 오줌을 누어서는 안 된다. 이것을 꼭 명심해두어라."[1] 다시 헤시오도스는 "거기에서 또한 당신의 또다른 심리적 요구도 충족시켜서는 안 된다. 그것 역시 불길한 짓이다"라고 덧붙이고

있다. 이와 같은 처방들을 설명하기 위해서 공리주의적 견해의 직접
적 특성을 내세우는 심리학자들은 곧바로 그 이유를 찾을 것이다. 다
시 말하면 그들은 헤시오도스가 초보적인 위생의 교훈에 대해 걱정
하고 있다고 상상할 것이다. 인간에게는 마치 '자연스런 위생학' 이
존재하는 것이기나 한 것처럼! 절대적인 위생학이 존재하기나 하는
것일까? 건강법에는 얼마나 많은 비법이 있는 것일까!

사실 정신분석학적 설명만이, 헤시오도스가 선고한 금지령에서
뜻을 헤아려볼 수 있는 것이다. 그 증거는 그리 멀리 떨어져 있지 않
다. 우리가 방금 전에 인용한 텍스트는 "태양을 향해 서서 오줌을 누
어서는 안 된다"라고 말하는 다른 금지령과 같은 페이지 속에 들어
있다. 이러한 처방은 확실히 어떠한 공리주의적 의미도 지니고 있지
않다. 금지되어 있는 행위는 빛의 순수성을 흐리게 할 위험이 조금도
없는 것이다.

그러므로 어떤 항목에 유효한 설명은 다른 항목에도 유효한 것이
다. 태양이나 아버지의 상징에 대한 남성적 항의는 정신분석학자에
게 이미 잘 알려져 있다. 태양을 치욕에서 보호하는 금지령은 또한
강물도 보호하는 것이다. 초보적 도덕의 그와 같은 규칙이, 여기서
태양의 부성적(父性的) 권위와 물의 모성을 지키고 있는 것이다.

이러한 금지령은 변하지 않는 무의식적 충동 때문에 필요하며,
오늘날에도 여전히 필요한 것으로 남아 있다. 사실 순수하고 맑은 물

---

1 헤시오도스,《일과 나날 *Les travaux et les jours*》, 발츠 역, p. 127.

은, 무의식적인 것에서 모독에의 부름인 것이다. 우리의 시골에는 얼마나 많은 더럽혀진 생물이 있는 것인가! 미리 산책자(散策者)의 실망을 즐기는 아주 명확한 심술궂음이 항상 문제되는 것은 아니다. '죄(crime)'는 인간에 대항해서 '잘못'보다 더 높이 겨냥한다. 그것은 몇 가지 특성에서 보면, 신성모독(sacrilège)의 모습을 띠고 있다. 그것은 어머니로서의 자연에 대한 모독인 것이다.

마찬가지로 전설 속에서 의인화된 자연의 힘에 의해 무례한 나그네에게 과해진 벌은 수없이 많다. 예를 들면 세비요가 보고한 바스노르망디(Basse-Normandie)의 다음과 같은 설화가 있다. "생물을 더럽힌 버릇없는 자를 현장에서 막 붙잡은 요정들은 비밀회의를 연다. 우리의 물을 흐리게 한 자에게, 넌 어떻게 하길 바라니? — 말더듬이가 되어 한마디도 지껄일 수 없게 된다면 좋겠어 — 그럼 애야, 너는? — 늘 입을 헤벌리고 걸으며 날아다니는 파리를 꿀꺽 삼킨다면 좋겠어 — 그럼 애야 너는? — 널 존경하는 나머지, 예포를 쏘지 않고는 한 발짝도 걷지 못한다면 좋겠어."[2]

이와 같은 이야기는 무의식적인 것 위에서 작용하는 행동, 꿈의 힘을 잃어버린 것이다. 그러한 이야기는 웃으면서, 그림 같은 아름다움을 위해서만 전해지는 것에 지나지 않는다. 그러므로 그러한 이야기는 더 이상 우리의 샘물을 옹호하지는 못한다. 더욱이 합리성의 분위기 속에서 전개되는 공중 위생학적 처방이 옛날이야기의 부족을

---

2 세비요, 《프랑스의 민속 *Le Folklore de France*》, 제2권, p. 201.

메우지는 못한다는 것을 주목하기 바란다. 무의식적 충동에 대항하여 싸우기 위해서는 '활동적인' 이야기나, 꿈의 충동의 축(軸 axe) 자체 위에 이야기를 꾸미는 '우화(fable)'가 필요한 것이다.

　이러한 꿈의 충동은, 악에 대해서와 마찬가지로 선에 대해서도 우리에게 작용하는 것이다. 그리하여 우리는 물의 순수성과 불순성의 드라마에 대해 어렴풋이 공감하는 것이다. 예를 들면, 더러운 강물에 대한 특수하고, 이치에 어긋나고, 무의식적이고, 직접적인 메스꺼움을 느끼지 않는 자가 있을까? 하수도나 공장에 의해 오염된 강물에 대해서도 마찬가지가 아닐까? 사람들에 의해서 흐려진 이와 같은 자연스런 위대한 아름다움은, 원한을 불러일으키는 것이다. 위스망스는 몇 가지 저주스런 종합문(période)*의 어조를 높이기 위해, 그리고 자신의 풍경의 악마 취미를 분명히 하기 위해, 그러한 메스꺼움과 원한을 희롱한다. 예컨대 그는, 오늘날의 비에브르(Bièvre) 강(江), '도시'에 의해서 더럽혀진 비에브르 강의 절망적인 모습을 장황하게 늘어놓고 있는 것이다. "이 누더기를 걸친 강", "이 기묘한 강, 모든 찌꺼기의 이 배출구, 여기저기 푸르스름한 역루에 거품이 일고, 탁한 가래침이 군데군데 뱉어져 있고, 하수구 위에서 콸콸 소리 내며 흐느껴 울면서 벽구멍 속으로 사라져가는 슬레이트와 흐릿한 납 빛깔의 더러운 물이 괴는 곳, 곳곳마다 물은 꼼짝하지 못하게 되어 문둥병으로 좀먹어 들어가는 것처럼 보인다. 물은 고여 있다가, 이어서 흘러

---

* 여러 節로 구성되어 있는 긴 문장.

가는 그을음을 움직이게 하며 찌꺼기로 늦은 발걸음을 다시 걷게 한
다."[3] "비에르 강은 썩은 쓰레기 더미에 지나지 않는다." 덧붙여서 유
기적 은유를 사용하는 물의 본래적 소질을 주목하기 바란다.

다른 많은 페이지도 귀류법(歸謬法 absurde)[*]으로 순수한 물에 결
부된 '무의식적 가치(la valeur inconsciente)'의 증명을 할 수 있으리
라. 시냇물과 샘물과 강, 즉 자연스런 투명성의 그러한 모든 저장을,
신선함과 젊음 속에서 맞아들이는 우리의 열렬함에 의해, 순수한 물
이나 수정 같은 물이 빠지는 위험도를 잴 수 있는 것이다. 투명함과
신선함에 대한 은유가 아주 직접적으로 가치부여된 실체(實體)에 결
부될 때 생명을 안전하게 보존하는 것을 우리는 느끼는 것이다.

III

물론 순수성의 자연스럽고 구체적인 경험도, 시각의 여건(자료)
보다 그리고 위스망스의 관찰의 여건보다 훨씬 물질적인 꿈에 가깝
고, 훨씬 감각적인 여러 요인을 지니고 있는 것이다. 순수한 물의 값
어치를 잘 이해하기 위해서는 가족의 샘물에 자신의 버들을 담그게

---

3 J. K. 위스망스, 《파리 스케치 *Croquis parisiens*》, 《물을 따라서》, 《하나의 딜레마》, 파
리, 1905, p. 85.

* 제기된 명제라고 인정되지 않으면 불리한 결론에 이르게 되는 것으로서, 逆으로 증명
되는 방법을 귀류법이라 한다.

했던 포도 재배자에 대항하여, 또한 물을 거기서 마신 뒤 시냇물의 진흙탕을 휘저어놓는 데 사디스틱한 기쁨을 찾는 — 샘물의 저 아틸라(Attila)[*]들 — 그 모든 독신자(瀆神者)들에 대항하여, 여름의 행진이 있은 후, 배반 당할 갈증의 힘을 다해 반항하는 것이 필요하다. 다른 누구보다도 시골 사람이 순수한 물의 값어치를 잘 아는 것은 그 물이 위태로운 순수함이라는 것을 알고 있으며, 또한 적당한 때, 무미(無味)함이 짜릿한 맛을 가지는, 존재 전체가 순수한 물을 원하는 그런 드문 순간에, 맑고 신선한 물을 마실 줄 알기 때문이다.

단순하기는 하나 전체적인 이러한 쾌락과는 반대로, 나쁜 물, 쓰디쓰고 짠물에 대한 놀라울 정도로 다양하고 복잡한 은유의 심리학을 만들 수가 있으리라. 이러한 은유는, 무수한 뉘앙스를 포함하는 혐오감 속에서 통일된다. 전(前) 과학적 사고에의 단순한 참조는 합리화가 불순함에 대한 '본질적 복잡함(complexité essentielle)'을 이해할 수 있게 하리라. 오늘날의 과학적 측면에서 본다면, 사정이 다르다는 것을 우선 주목해두기로 하자. 나쁜 물이나 마시지 못하는 물을 오늘날의 화학적 분석은 명확한 형용사로 나타내고 있다. 만약 분석이 결함을 드러낸다면 물은 셀레나이트(황산칼슘)를 함유한다든가 석회질 또는 바실루스성(bacillaire)이라고 말할 수 있으리라. 만약 결함이 축적된다면 형용사는 다만 '병치된(juxtaposées)' 것으로서 나타나, 따로 떨어져 있는 채로 머물러 분리된 경험 속에서 발견될 것이

---

[*] 훈族의 왕을 가리킴.

다. 이와는 반대로 무의식적인 것으로서 ― 전(前) 과학적 정신은 형
용사를 '모으는 것이다(agglomère).' 그리하여 18세기의 어떤 책의
저자는 나쁜 물에 대한 실험을 하고 나서, 자신의 판단 ― 혐오 ― 을
여섯 개의 형용사로 투영(projette)하고 있다. 즉 그 물은, 동시에 '쓰
고, 질소를 함유하고, 염분이 있고, 유황질이고, 타르질이고, 구역질
나게 하는' 것이라고 말하고 있다. 이러한 형용사들은 모욕이 아니고
무엇이겠는가? 이것들은, 어떤 물질에 대한 객관적 분석이라기보다
는 오히려 혐오에 대한 심리학적 분석에 결부되어 있다. 이것들은 음
주가의 찌푸린 얼굴의 총체를 나타내고 있는 것이다. 과학사가(科學
史家)들이 너무나 쉽사리 믿고 있는 바와 같이, 이것들은 경험적 인
식의 총체를 나타내고 있지 않다. 연구자의 심리학을 만들게 될 때
비로소 전(前) 과학적 탐구의 의미를 잘 이해하게 될 것이다.

분명히, 무의식의 관점에서 보면 불순성은 항상 복잡하며 항상
팽창되어 있고 다가치(多價値 polyvalente)의 유해성을 지니고 있는 것
이다. 따라서 물은 모든 나쁜 짓에 의해 고발될 수 있다는 것이 이해
되리라. 의식적 정신에서, 그것이 악의 단순한 상징, 외적 상징으로
받아들여진다면, 무의식에 있어서는, 극히 내적이고 실체적인 적극
적 상징작용의 대상이 되는 것이다. 불순한 물은 무의식에서 악의 용
기(容器 réceptacle), 즉 모든 악을 향해서 열려 있는 용기이며, 악의
실체인 것이다.

또한 우리는 저주의 불확실한 총체로서 나쁜 물을 고발할 수 있
으리라. 우리는 그것을 '저주할' 수 있으리라. 이렇게 말하는 것은
나쁜 물에 의해 악에 적극적인 형식을 갖도록 할 수 있기 때문이다.

이 점에서, 어떤 행위를 이해하기 위해서 어떤 실체를 필요로 하는 물질적 상상력의 필연성에 사람들은 따르게 된다. 이처럼 저주받은 물에서는, 어떤 모습이나 여러 특성 가운데 하나에 악(惡)인 것이 총체 속에서 악이 되어버리는 하나의 상징으로 충분하다. 악은 성질 (qualité)에서 실체로 이행해간다.

그러므로 조그마한 불순성이 전면적으로 순수한 물의 가치를 빼앗아버리는 것임을 설명할 수 있다. 불순성은 저주의 기회가 된다. 그리고 그것은 악의에 찬 사고를 자연스럽게 받아들인다. 알다시피 불건강한 사고에 의해 영원히 파괴된 절대적 순수의 도덕적 공리(公理)는, 자신의 투명성과 신선미를 조금 잃어버린 물에 의해서 완전히 상징화되는 것이다.

주의 깊은 눈이나 최면술에 걸린 눈으로 물의 불순성을 검토해보거나, 양심을 음미해보듯이 물을 음미해보면, 어떤 인간의 운명을 읽어낼 수 있으리라. 물점(水占 l' hydromancie)[*]의 몇 가지 수단은, 물에 떠 있는 구름을 참조하는 것인데, 거기에는 흰 달걀[4]이나 아주 이상한 나무처럼 생긴 인상을 주는 액체적 물질이 쏟아져 있는 것이다.

탁한 물에 있어서도 몽상가는 존재한다. 그들은 도랑의 거무튀튀한 물이나 거품의 작용을 받는 물, 그 실체 속에 수맥(水脈 veines)을 내보여주며, 제 스스로에서 솟아 나오듯이 진흙의 소용돌이를 치솟

---

[*] 물점은 컵에다 물을 가득 부어 놓고 그것을 바라보며 미래를 예견하는 점.
[4] 콜렝 드 플랑시 Collin de Plancy, 《악마의 사전 *Dictionnaire Infernal*》, '달걀占' 항 참조.

게 하는 물에 감탄하는 것이다. 그때 꿈꾸며, 또 악몽의 식물적 성장으로 뒤덮히는 것은 물뿐인 것처럼 생각된다. 이러한 꿈의 성장작용은 이미 몽상에 의해서 물가의 식물들에 대한 관찰에 이끌려 있는 것이다. 물가의 플로라(flore)*는, 어떤 사람들에게는 참다운 이국 취미이며, 태양의 꽃이나 투명한 삶에서 멀리 떨어져, 어떤 다른 곳을 꿈꾸는 것에 대한 유혹인 것이다. 물 속에 꽃을 피워, 굵은 손바닥 모양의 수련의 손처럼 물 위에 무겁게 펼쳐 있는 불순한 꿈은 무수히 많다. 잠자는 사람이, 악을 실은 무거운 물결의 삼도(三途 Styx)**의 강, 검고 진흙투성이의 흐름이 자신 속이나 주위에 맴도는 것을 느끼는 그런 불순한 꿈은 무수히 많다. 그리고 우리의 마음은 이러한 어둠의 역동성 속에 움직여지고 있다. 그리고 또 우리의 잠든 눈은 암흑에서 암흑으로 끝없이 어둠의 이 생성을 따라가는 것이다.

더욱이 순수한 물과 불순한 물의 이원론은, 평형이 잡힌 이원론이 아니다. 물론 도덕적인 저울은 순수와 선(善) 쪽으로 기운다. 물은 선(善) 쪽으로 옮겨진다. 물의 광대한 민속학을 검토한 바 있는 세비요는 저주받은 샘물의 숫자가 적은 것에 놀라고 있다. "악마가 샘물과 관계를 맺는 것은 드문 일로서, 그 이름이 붙어 있는 것이 거의 없으나, 한편 성자의 이름으로 표시된 숫자는 매우 많으며, 또 요정의

이름을 갖고 있는 것도 많다."[5]

IV

또한 물에 의한 정화라는 수많은 테마에 합리적인 기초를 너무 빨리 부여해서는 안 된다. 스스로를 정화하는 것은, 순수히 그리고 단순히 스스로를 청결하게 하는 것만은 아니다. 그리고 인간이 타고 난 지혜 안에서 인정하게 되는 원초적 요구인 양 청결함의 요구에 관해 말할 아무런 권한도 주어지지 않았다. 극히 신중한 사회학자들도 그러한 함정에 쉽사리 빠져버린다. 그리하여 에드워드 타일러(Edward Tylor)는 줄루인[*]들이 장례식에 참석하고 나서 몸을 깨끗이 하기 위해서 여러 번 목욕을 하는 것을 상기시킨 후 "이러한 행위가 단순한 청결함이 갖는 그러한 것과는 조금 구별되는 의미를 갖기에 이른다는 것을 지적하지 않으면 안 된다"[6]고 덧붙이고 있다. 그러나 그러한 행위가 본래의 의미와는 다른 '의미를 갖기에 이르렀다'는 것을 단언하기 위해서는, 이 본래의 의미에 관한 여러 자료를 가져오지 않으면 안 되리라. 그런데 아주 흔히, 공리적이고 합리적인 건전

---

5 세비요, 앞의 책, 제2권, p. 186.

* 줄루인 Zoulous : 남 아프리카 케이프 타운 부근에 사는 종족.

6 에드워드 B. 타일러, 《원시문명 *La Civilisation primitive*》, 불역판, 제2권, pp. 556~557.

한 어떤 행위를 하게 하는 그 본래의 의미를 관습의 고고학 속에서 붙잡는 것을 가능하게 하는 것은 아무것도 없는 것이다. 타일러 자신이 물에 의한 정화의 한 예증을 다음과 같이 보여주고 있으나, 이것은 청결에 대한 걱정과는 아무런 관계가 없는 것이다. "관습적인 더러움에서 몸을 깨끗하게 하기 위해서 몸을 씻는 카프르인들(cafres)은 일상생활에서는 결코 몸을 씻지 않는다." 그러므로 "카프르인들은 더러운 혼을 지닐 때에만 몸을 씻는다"는 역설을 말할 수 있는 것이다. 물에 의한 정화에 신경을 쓰는 사람들은, 위생학적 청결함에 신경을 쓰는 것이라고 너무 쉽사리 믿어버리는 것이다. 타일러는 다시 다음과 같은 지적을 하고 있다. "페르시아의 신도는, '정화의' 원칙을 너무 멀리까지 밀고 나가서 모든 종족의 더러움을 목욕으로 없애기 위해, 그들의 신앙심 없는 자를 보고 더럽혀졌을 때, 눈을 씻기까지 한다. 그래서 언제든지 목욕을 할 수 있도록, 긴 주둥이가 달린 단지에 물을 가득 채워 가지고 다닌다. 그렇지만 위생학의 가장 단순한 법칙을 지킬 수가 없기 때문에 인구가 감소되고 있으며, 많은 사람들이 자기보다 먼저 몸을 담근 작은 연못가에서, 법률로 명령된 순수함을 확보하기 위해, 거기에 몸을 담그기 전에, 물을 다시 덮는 물거품을 손으로 걷어내야만 하는 신도를 때때로 볼 수 있다."(앞의 책, p. 562) 이번에는 순수한 물이 너무 지나치게 가치가 부여되어 있어서, 그 어떤 것도 그것을 타락시킬 수 없는 것처럼 보인다. 그것은 선(善)의 실체인 것이다.

로데(Rohde)도 몇 가지 합리화에 대해 잘 변호하지 못하고 있다. 정화를 위해서 솟아나는 샘물 또는 강의 물에 명령하는 원리를 생각하면서, 그는 "악을 질질 끌어 옮기는 힘이 이러한 흐름을 따라 길어 올려지는 물 속에서 지속되는 것처럼 생각되었다. 특히 중요한 오염의 경우에는, 몇 개의 활기찬 샘물 속에서 스스로를 정화하는 것이 필요했다"[7]고 덧붙이고 있다. "살해(殺害)로부터 몸을 깨끗하게 하는 데에는 열네 개의 샘물이 필요하기까지 하다."《쉬다스》[*] 로데는 흐르는 물, 솟아나는 물이 원초적으로 샘물, 즉 '살아 있는 물'이라는 것을 그다지 뚜렷하게 강조하지는 않았다. 그 실체에 계속 맺어져 정화를 결정하는 것은 샘물의 삶인 것이다. 합리적 가치 — 흐름이 더러움을 가져가 버린다는 사실 — 가 아주 보잘것없는 평가를 받기에는 너무 빨리 정복되어버린 것이리라. 그것은 일종의 합리화의 결과인 것이다. 사실 모든 순수성은 실체적인 것이다. 모든 정화작용은 실체의 행위로서 생각되지 않으면 안 된다. 정화의 심리학은 외적 경험에 속한 것이 아니고 물질적 상상력에 속한 것이다. 그러므로 순수한 물에 대하여 활동적이며 동시에 실체적인 순수성이 원초적으로 요구된다. 우리는 정화를 통해 풍부하고 혁신적인 다가치(多價値 polyvalente)의 힘에 참여하는 것이다. 이러한 내적 기능의 가장 좋은 증거, 그것은 액체의 방울방울마다가 고유한 것이라는 사실이다. 정화가 단순한 관수식[*]으로 나타난 텍스트는 수없이 많다. 포세(Fossey)

---

7 로데, 《프시케 Psyché》, 불역판, 補遺 4, p. 605.

* 《쉬다스 Suidas》: 기원적 16세기경의 그리스어로 된 저작.

** 관수식(灌水式 l'aspersion) : 관수기나 나뭇가지로 축복의 물을 머리에서부터 붓는 세례의 일종.

는 그의 《아시리아의 마술 *Magie Assyrienne*》에 관한 책에서(pp. 70 ~73) 물에 의한 정화에 대해서 다음과 같은 사실을 쓰고 있다. "결코 물에 담그는 것이 문제가 되지 않으나, 보통 간단히 7회 아니면 7회를 두 번 되풀이하는 물 끼얹기가 문제이다."[8] 《아에네이우스》에서 "코리네우스는 동료들 둘레에 순수한 물결에 담근 올리브 가지 하나를 세 번 흔들어서 그들 위에 가벼운 이슬을 뿌려서 그들을 깨끗하게 한다."(《아에네이우스》, 제6장, pp. 228~231)

여러 가지 측면에서, '세척(lavage)'은 명쾌한 은유이며 번역으로서 관수(灌水 aspersion)는 현실적 작업, 즉 자신의 현실성을 가져다주는 작업처럼 생각된다. 그러므로 관수는 원초적 작업으로서 꿈꾸어지는 것이다. 이것이야말로 최대한의 심리적 실재를 지니고 있는 것이다. 《시편 제 50》에서 관수의 관념은 실재(réalité)로서, 그야말로 세척의 은유보다 앞서 나타나 있다. "너는 히솝(hysope)[*]으로 내게 물을 뿌려주어, 그리하여 나는 깨끗해지리니." 헤브라이인이 말하는 히솝이라는 것은 그들이 아는 꽃 중에서 가장 작은 꽃이었다. 그것은 아마 베셰렐르(Bescherelle)가 우리에게 말하는 바와 같이 관수기(灌水器)로 사용되었던 해면(海綿)이었을 것이다. 몇 방울의 물은 이렇게 해서 순수성을 부여하는 것이리라. 선지자는 계속해서 "그대는 우리를 씻어주어, 그리하여 우리는 눈보다도 희어지리라"고 노래한다. 물이 내적 존재를 정화할 수 있으며, 죄 지은 혼에 눈의 흰빛을 다시 줄

---

8 생티브 인용, 앞의 책, p. 53.
* 박하과에 속하는 식물 이름.

수 있는 것은, 그것이 내적인 힘을 지니고 있기 때문이다. 육체적으로 물이 뿌려진 자는 윤리적으로 씻긴 것이다.

게다가 특별한 사실은 아니지만 '물질적 상상력'은 근원적 법칙의 한 예가 있다. 즉 물질적 상상력에 있어서 가치부여된 실체는, 미소한 양이라도, 다른 실체를 매우 큰 덩어리(masse)에 작용할 수 있는 것이다. 이것은 힘의 몽상의 법칙 그 자체, 즉 손바닥 속의 작은 양으로, 우주적 지배의 수단을 지니는 것이다. 또한 구체적인 형태로서는, 열쇠가 되는 말이나 조그만 말이 아주 깊숙이 숨겨진 비밀도 드러나게 할 수 있다는 이상(理想)이기도 하다.

물의 순수성과 불순성의 변증법적 주제에 대해서는, 물질적 상상력의 이러한 근원적 법칙이 두 방향에 작용하는 것을 볼 수 있는데, 이것은 실체의 월등하게 '활동적인' 특성에 대한 보장이 된다. 즉 순수한 한 방울의 물은 대양을 정화시키기에 충분하며 불순한 한 방울의 물은 우주를 오염시키기에 충분한 것이다. 모든 것은 물질적 상상력으로 선택된 행동의 윤리적 의미에 달린 것으로서, 만약 그것이 악을 꿈꾼다면, 불순성을 전파하여 악마적 싹(芽)을 개화시킬 것이고, 만약 선(善)을 꿈꾼다면 순수한 실체의 한 방울을 신뢰하여 자비로운 순수성을 빛나게 할 것이다. 실체의 행동은 스스로의 내면성에서 원했던 실체적 생성으로서 꿈꾸어진다. 요컨대 그것은 어떤 인격의 생성에 지나지 않는다. 그리하여 이러한 행동은 모든 상황을 뒤엎고, 모든 장해를 뛰어넘으며, 모든 경계를 부숴버릴 수 있는 것이다. 사악한(méchante) 물은 음흉하나, 순수한 물은 예민하다. 두 가지 의미에서, 물은 의지(意志)가 된다. 모든 일상적 성질이나 표면적 가치는 부차적 특성의 단계로 옮겨진다. 명령하는 것이 바로 내면인 것이다. 실체적 행동이 빛을 발하는 것은, 중심적인 점(點)이나 응집된 의지로부터인 것이다.

이러한 순수와 불순의 행동을 깊이 생각해봄으로써, 물질적 상상력의 역동적 상상력으로서 변모를 파악할 수 있다. 순수한 물과 불순한 물은 이미 실체로서 생각될 뿐 아니라, 힘으로 생각되고 있다. 예를 들면, 순수한 물질은 언어의 현실적 의미에서 '빛을 발하고' 순수성을 비추는 것이다. 또한 거꾸로 빛을 '빨아들이는' 것도 가능하게 된다. 그때 순수한 물질은 '순수성을 응집시키는 데(à conglomérer la pureté)' 쓰일 수 있는 것이었다.

아베 드 빌라르(Abbé de Villars)의 《가발리스 백작과의 대화》[*]에서 한 예를 들어보기로 하자. 물론 그 대화에는 익살스런 농담 투의 어조가 들어 있다. 하지만 진지한 어조가 따로 있는 페이지도 있는데, 그것은 확실히 물질적 상상력이 역동적 상상력으로 변화하는 페이지인 것이다. 보잘것없고, 꿈의 가치를 지니지 않은 많은 환상 속에서, 그때 기묘한 방법으로 순수성에 가치를 부여하는 추론(推論)이 끼어드는 것을 볼 수 있다.

가발리스 백작은 우주 안에서 헤매이는 정령들을 어떻게 환기시

---

[*] 원래 제목은 《가발리스 백작, 또는 신비학에 관한 대화 *Le conte de Gabalis ou Entretiens sur les sciences secrétes*》(1670)이다. 저자는 아베 드 빌라르 Abbé de Villars(1635~1673)인데, 파리에서 절대군주 질서에도 불구하고 자유사상적 방종한 생활을 보냈으며, 라신느의 《베레니스》, 코르네이유 등을 비판하는 책자를 발간, 스캔들을 일으키기도 하다가 암살 당했다.

270

키는가? 유태 강신술의 수단이 아닌, 명확하게 정의된 화학적 조작의 수단에 의해서이다. 정령과 맺어지는 원소를 '정화하는 것(épurer)'만으로도 충분하다고 그는 생각한다. 오목 거울의 도움을 받아, 유리 구(球) 속에 태양 광선의 불이 모여지게 된다. '태양의 가루'가 형성되어, "그것은 다른 여러 원소와의 혼합에서 제 스스로 정화한 뒤(……) 우리 속의 불을 불붙이며, 또한 주문을 통해 우리에게 불의 성질로 변하게 하는 데에 더할 나위 없이 알맞은 것이 된다. 그 때 불의 구체(球體)의 주민들은, 우리의 부하가 된다. 또한 우리와 그들 사이에 쌍방의 조화가 다시 이루어지고, 또 우리가 그들에게 가까이 다가가는 것을 보고 설명하게 되어, 그들은 자기 동포들에게 갖는 우정을 우리에게 갖는 것이다……."[9] 태양의 불이 흩어져버리는 한, 그것은 우리의 생명의 불에 작용하지 못한다. 그 응집은 우선 처음에 자신의 물질화를 낳고, 다음에 순수한 실체에 그 역동적 가치를 준다. 근원적 정령들은 원소에 의해서 '끌어 당겨지는' 것이다. 더욱 조그만 은유를 쓴다면, 그러한 '인력(attraction)'이 '우정'이라는 것을 이해할 수 있으리라. 우리는 이와 같은 화학(化學)이 있은 후에 심리학에 도달하는 것이다.

마찬가지로, 가발리스 백작에게(p. 30) 물은 님프들을 끌어당기기 위한 '경이로운 자석'이 된다. 정화된 물은 님프화(nymphéisée)되

---

9 가발리스 백작, 《상상적 여행기 *Voyages imaginaires*》, 제34권, 암스테르담, 1788, p. 29.

어 있다. 그러므로 물은, 그 실체에서 님프들의 물질적 만남의 장(場)이 되는 것이다. 또한 '의식(儀式)도 상스러운 말도 없고', '악마도 불법적인 기교도 없이', 오직 '순수성의 물리학'만으로, 현자(賢者)는 근원적 정령들의 절대 군주가 되는 것이라고 아베 드 빌라르는 말한다. 정령들에게 명령하기 위해서는 노련한 증류자(蒸溜者 distillateur)가 되는 것만으로 충분한 것이다. '원소를 원소에 의해 분리시키는' 것을 알게 되자, 정신적 정령(esprit)과 물질적 정령 사이의 혈연 관계가 다시 이루어진 것이다. '정신(Geist)'이라는 플랑드르 파생어인 가스(gaz)라는 말의 사용은 자매어(姉妹語 doublet)가 중복법(pléonasme)을 바탕으로 한다는, 은유화의 과정을 실천하는 물질주의적 사고를 분명히 하는 것이다. 정신적 정령은 물질적 정령이며, 더욱 단순하게 '어떤 정령의 세계에 속해' 있다고 말하는 대신에, 가발리스 백작의 직관을 분석하기 위해서, 어떤 '원소적' 정령은 어떤 '원소'가 되었다고 말할 수 있으리라. 형용사에서 실명사로, 품질에서 실체로 이행하는 것이다. 그와는 반대로 이렇게 해서 물질적 상상력에 전적으로 복종하게 됐을 때, 스스로의 원소적 힘 속에서 꿈꾸어진 물질은, 정신이나 의지(意志)가 되기까지 양양되는 것이다.

V

　맑은 물이 암시하는 정화의 꿈과 비교하지 않으면 안 되는 여러 특성 중의 하나는, 신선한 물이 암시하는 경신(更新)의 꿈이다. 우리는 새롭게 되어 다시 태어나기 위해서 물 속에 잠기는 것이다.《공중정원 空中庭園》에서 스테판 게오르게는 "나에게서 떠오를 수 있도록 나의 속에 잠기시오"라고 속삭이는 물결 소리를 듣고 있다. 즉 떠오르는 의식을 지닐 수 있기 때문이다. 소위 말하는 '청춘의 샘'*은 매우 복잡한 은유로서, 그것만으로도 하나의 긴 연구를 할 만한 가치가 있는 것이리라. 이와 같은 은유 가운데서 정신분석에 속하는 모든 것을 한쪽으로 제쳐버린 뒤, 몇 가지 특수한 지적을 하는 데 그치리라. 그 지적은 어떻게 해서 극히 명확한 육체적 감각인 '신선함'이 스스로의 물질적 기반에서 아주 먼 은유가 되어, 상쾌한 풍경이나 산뜻한 회화, 신선함으로 가득 찬 문학적 페이지에 대해 우리가 말하기에 이르는가를 보여줄 것이다.

고유한 의미와 비유적 의미(le sens figuré) 사이에 '교감'이 있다고 할 때, 그러한 비유의 심리학은 만들어진 것이 아니고 — 속임수로 감추어진 것이다. 그때의 교감은 연상(連想)일 뿐이리라. 사실 교감은 감성적인 여러 인상의 살아 있는 통합인 것이다. 참으로, 물질적 상상력의 진전을 사는(生) 자에게 비유적 의미는 존재하고 있지 않으며, 모든 비유적 의미는 감성의 일정한 무게, 즉 일정한 감성적 물질을 유지하고 있는 것이다. 모든 것은 이러한 영속적인 감성적 물질을 분명히 하는 데 있다.

사람들은 저마다 활력에 차 있는 아침, 집에 찬물의 대야라는

---

* 청춘의 샘 La fontaine de Jouvence : 그리스 신화에 나오는 샘으로 여기서 목욕하는 사람은 젊어진다고 함.

'청춘의 샘'을 가지고 있다. 그리고 이와 같은 일상적인 경험 없이는 아마 시적인 '청춘의 샘'의 콤플렉스는 이루어지지 못할 것이다. 신선한 물은, 인간이 늙어가는 자신의 모습을 보는 얼굴, 또 늙어가는 자신이 보이지 않기를 바라마지않는 얼굴을, 눈뜨게 하여, 다시 젊게 하는 것이다! 그러나 신선한 물은 타인을 위해서보다도 우리 자신을 위해서 얼굴을 젊어지게 하는 것이다. 눈을 든 이마 밑에서 새로운 눈이 활기를 띤다. 신선한 물은 시선(視線)에 다시 불꽃을 준다. 이것 이야말로 물의 명상에 대한 참다운 신선함을 설명할 수 있는 도치(倒 置)의 원리인 것이다. 시원해지는 것은 바로 그 시선 쪽인 것이다. 만 약 참으로 물질적 상상력을 통해서 물의 실체에 참가한다면, 우리는 신선한 시선을 투영하게 되는 것이다. 눈에 보이는 세계에서 주어지 는 신선함의 인상은, 눈을 뜬 인간이 사물 위에 투영한 신선함의 표 출인 것이다. '감성적 투영(projection sensible)'의 심리학을 이용하지 않고 이와 같은 것을 이해하는 것은 불가능하다. 이른 아침 얼굴에 끼얹는 물은, 바라보는 에너지(l'énergie de voir)를 눈뜨게 한다. 물은 시각을 활동적인 것으로 만들고, 시선을 행동, 즉 명료하고 간결하 며 용이한 행동으로 만든다. 그때 사람들은 바라보고 있는 것에 젊 고 싱싱한 신선함을 부여하고자 하는 것이다. 이안브리코스 (Jamblique)[10]가 우리에게 말하고 있는 바이지만, 콜로포노스(kolophon) 의 신탁은 물에 의해 예언을 하고 있다. "그렇지만 물은 결코 신성한

---

10 생티브, 앞의 책, p. 131.

274

영감(靈感)을 전부 전하는 것은 아니다. 그러나 '전하는 데' 필요한 소질을 우리에게 제공하여, 빛나는 숨결을 우리 속에서 정화시킨다……."

순수한 물에 의한 순수한 빛, 이와 같은 것이 재계식(齋戒式 lustration)의 심리학적 원리가 되어 우리에게 나타나는 것이다. 물 가까이에서 빛은 새로운 색조(tonalité)를 얻는 것이며, 또한 빛은 맑은 물을 만날 때 더 한층 밝음을 얻는 것처럼 보인다. "매취(Metzu)는 자신의 색조의 완벽성을 지니기 위해, 연못 한가운데 설치한 정자에서 그림을 그렸다"[11]고 테오필 고티에는 우리에게 말하고 있다. 우리의 투영심리학(psychologie projetante)에 충실하게, 우리는 오히려 '자신의 시선의 완벽성'에 대해 말하고 싶다. 투명성의 저장을 지니고 있을 때, 투명한 눈으로 풍경을 볼 수 있게 되는 것이다. 어떤 풍경의 신선함은 그것을 바라보는 하나의 방법인 것이다. 어쩌면 풍경은 양보하지 않으면 안 되는 것이며, 약간의 초록색과 물을 지니고 있지 않으면 안 되는 것이지만, 가장 긴 일을 다시 하는 것은 물질적 상상력인 것이다. 상상력의 이러한 직접적 행동이 명백하게 되는 것은, 문체의 신선함이 가장 어려운 성질에 속하는 문학적 상상력을 문제로 할 때이다. 그것은 작가에 달린 것이지, 취급된 주제에 달린 것은 아니다.

'청춘의 샘'의 콤플렉스에는 말할 것도 없이 치유에 대한 희망이

---

11 테오필 고티에 Théophile Gautier, 《소설집 *Nouvelles*》, 〈황금 양털〉, p. 183.

결부되어 있다. 물에 의한 치유는 그 상상적 원리에서, 물질적 상상력과 역동적 상상력이라는 이중의 관점에서 고찰되지 않으면 안 된다. 첫번째 관점에서 본다면, 주제는 극히 뚜렷하므로 환자의 병과는 정반대인 효험(vertus)이 물에 부여되어 있다고 말하는 것만으로 충분하다. 인간은 치유하려는 자신의 욕망을 투영하며, 또 동정해주는 실체를 꿈꾸는 것이다. 18세기에 광수(鑛水 eaux minérales)나 열수(熱水 eaux thermiques)에 바쳐진 의학적 작업의 위대함에 사람들은 그저 놀랄 뿐일 것이다. 우리의 세기는 그처럼 장광설을 늘어놓지는 않는다. 이와 같은 전 과학적(前科學的) 작업들이 화학보다는 심리학에 속한 것을 쉽사리 이해할 수 있으리라. 그것들은 물의 실체 속에, 환자와 의사의 심리학을 새기고 있는 것이다.

역동적 상상력의 관점은 보다 더 일반적이고 단순하다. 물의 최초의 역동적 교훈은 사실 기초적인 것이다. 인간은 에너지의 눈뜸에 의한 치유의 최초의 증명을 샘물에 요구한다. 이러한 눈뜸의 가장 평범한 이유는 그것을 제공하는 것이 또한 신선함의 인상이라는 것이다. 물은 그 신선하고 젊은 실체에 의해서, 우리 자신이 에너지에 넘쳐 있다고 느끼게끔 도와준다. 난폭한 물에 바친 장(章)에서, 우리는 물이 그 에너지의 수업을 배가시킬 수 있는 것임을 보게 될 것이다. 하지만 지금은 물치료법(hydrothérapie)이 단순히 표면적인 것만이 아니라는 것을 알아두어야 할 것이다. 그것은 중핵적(中核的)인 분력(分力)을 지니고 있다. 그것은 신경의 중심부를 각성시킨다. 그것은 윤리적 분력을 지니고 있다. 그것은 인간을 에너지에 넘치는 생명에 눈뜨게 한다. 그때 위생학은 하나의 시가 되는 것이다.

　　순수함과 신선함은 이렇게 해서 물의 연인이면 누구나 인정하는
특수한 기쁨을 주기 위해 협력하는 것이다. 감성적인 것과 감각적인
것의 일치는 하나의 윤리적 가치를 지탱시키기에 이른다. 많은 길을
통해서, 물의 명상과 경험은 우리를 하나의 이상에 이끌어간다. 우리
는 원초적인 여러 물질들에 의한 수업을 낮게 평가해서는 안 된다.
그것들은 우리의 정신의 젊음에 흔적을 남긴 것이다. 그것들은 필연
적으로 젊음의 저장이 되는 것이다. 우리는 그것들이 내면적인 추억
에 결부되어 있음을 다시 발견한다. 그리고 우리가 꿈꿀 때, 참으로
몽상 속에 빠져들 때, 우리는 어떤 원소의 식물적이며 소생적인
(rénovatrice) 생명에 맺어 있는 것이다.

　　이와 같은 때에만, 우리는 젊어지는 물의 '실체적' 특성을 실감
하고, 또 탄생의 신화를 우리 자신의 꿈속에 재발견하여, 그 모성적
기능에서의 물, 즉 융이 보여준 바와 같은(앞의 책, p. 283), 죽음 속에
서, 그리고 죽음을 넘어서 '사람을' 살게 하는 물을 다시 발견하는
것이다. 젊어지는 물의 이러한 몽상은 그때 아주 '자연스런' 몽상이
되기 때문에, 이것을 '합리화'하려고 애쓰는 작가들을 우리는 거의
이해할 수 없게 된다. 예를 들면 에르네스트 르낭의 빈약한 희곡《젊
어지는 물》을 상기하기 바란다. 거기에서 우리는 연금술적 가치관을
체험하는 데에 어울리지 않는 명석한 작가를 볼 수 있으리라. 그는
증류에 대한 근대적 관념을 우화로 커버하는 데 만족하고 있다. 프로
스페로라는 작중 인물로 나오는 아르노 드 빌뇌브는 자신의 '생명의
물'(술)을 알코올중독이라는 비난으로부터 회복시키는 것이 필요하
다고 생각한다. "우리의 정묘하고 위험한 액체는 입술 끝에서 마셔지

지 않으면 안 된다. 병째로 마셔 어떤 이들이 곤드레가 되는 데 비해 우리가 버젓이 살아 있다 해서, 그게 우리 잘못이겠는가?"(제2막) 르 낭은 연금술이 무엇보다 먼저 마술적 심리학에 속하는 것을 알지 못 했던 것이다. 그것은 시에 인접하여, 객관적 경험 쪽보다는 꿈 쪽에 인접한 것이다. '젊어지는' 물은 꿈의 힘이다. 그것은, 한순간이라도 시대착오(anachronisme) — 얼마나 우둔한 일인가! — 의 흉내를 내는 역사가에게 핑계를 주는 역할을 할 수 없는 것이다.

VI

이 장(章) 첫머리에서 우리가 말한 바와 같이, 이러한 모든 지적 이, 정화와 자연스런 순수성과의 여러 관계의 문제에 깊이 관련된 것 은 아니다. 자연스런 순수성의 문제만으로도 긴 전개를 필요로 하리 라. 이러한 자연스런 순수성을 의심케 하는 어떤 직관을 우리가 환기 시키는 것만으로 충분하리라. 그러므로 가르디니*의 《예전(禮典)의 정신》을 연구하면서, 에르네스트 셀리에르**는 이렇게 쓰고 있다.

---

* 가르디니 Romano Guardini : 이탈리아의 베로나에서 출생, 1910년 가톨릭 사제가 되어 제1차 세계대전 이후 가톨릭 개혁운동을 주도. 본 대학 등에서 종교철학, 심리학을 강의하면서, 신학에만 머무르지 않고, 파스칼, 도스토예프스키, 릴케 등에 관한 우수한 고찰을 남겼다. 주요 저서로는 《세계와 인간》(1939), 《소크라테스의 죽음》(1945) 등이 있음.
** 에르네스트 셀리에르 Ernest Seillière(1866~1955) : 프랑스의 사상가. 니체의 영향을

"예를 들면, 그렇게도 부실하고 위함한 물을 주문(呪文)이나 마법과 비슷한 그 소용돌이와 선회, 또는 그 영원한 불안의 모습 속에서 바라보라. 그러면 축복의 예전적(禮典的) 의식은 자신의 깊이 속에, 악의를 남기고 있는 것을 쫓아내어 무력하게 하고, 자신의 악마적인 힘을 묶어버리며, '선량한' 자연에 보다 합치하는 힘을 자신 속에 눈뜨게 하면서, 포착할 수 없는 신비스런 기능을 훈련시키고, 또한 자신 속에 마술적이고 매혹적인 악의가 있는 것을 전부 마비시키면서, 그 기능을 혼의 복종 아래 두는 것을 알게 될 것이다. 그리스도교적 의식의 전문가인 우리의 시인이 역설하는 바와 같이, 이러한 것을 조금도 경험하지 못한 사람은 '자연'에 대해서 아무것도 모르는 것이다. 하지만 예전은, 자연의 비밀을 투시하며, '인간의 혼 속에 있는 것과 같은 잠재적인' 힘이 그 속에 잠자고 있는 것을 우리에게 내보여주는 것이다."[12]

그리하여 에르네스트 셀리에르는 물의 실체적 악마화(la démonisation substantielle)라는 개념이, 악마적 영향을 그 정도로 멀리까지 끼치고 있지 않은 클라게스[*]의 직관을 깊이에서 뛰어넘고 있음을 보

강하게 받아, 개인주의적 자아의 문명을 공격하고 反 로망주의와 反 근대적 입장을 취했다. 주요 저서로는 《데모크라시의 제국주의》(1907), 《아폴론과 디오니소스》(1905) 등이 있음.

12 에르네스트 셀리에르, 《자연의 여신에서 삶의 여신까지 *De la déesse nature à la déesse vie*》, p. 367.

* 루드비히 클라게스 Ludwig Klages(1872~1976) : 독일의 철학자이며 심리학자. 베르그송과 비슷한 '生의 철학'을 지향하면서 약간 통속적인 경향으로 나아갔다. 20세기

여준다. 가르디니의 관점에서 본다면, 정말 '물질적 원소'야말로 그 실체에 있어서 우리 고유의 실체를 상징하고 있는 것이다. 가르디니는 슐레겔(Schelegel)의 직관과 일치하는 것으로서, 후자에서 사악한 정령은 직접적으로 '육체적인 여러 원소 위에' 작용하는 것이다. 이러한 관점에서 본다면, 죄가 있는 혼은 이미 나쁜 물인 것이다. 물을 정화하는 예전적(禮典的) 행위는, 그것과 맺어지는 인간적인 실체를 정화 쪽으로 향하게 하는 것이다. 그러므로 사물의 중심에서와 마찬가지로 인간의 마음속에 있는 악을 뿌리째 뽑아버림과 동시에 자연 전체에서 악을 근절시킨다는 요구, 즉 '동질적 정화(la purification consubstantielle)'의 주제가 나타나는 것을 우리는 볼 수 있다. 따라서 윤리적인 삶 역시 상상력의 삶처럼 우주적인 삶이 되는 것이다. 세계 전체는 새롭게 되기를 바라고 있다. 물질적 상상력은 세계를 깊이에서 극화(劇化)한다. 물질적 상상력은 인간의 내면적 삶의 모든 상징을 여러 실체들의 깊이 속에서 찾아내는 것이다.

그러므로 순수한 물, 실체로서의 물, 즉자적(卽自的)인 물(l'eau en soi)이, 어떤 상상력의 소유자의 눈에서, 원초적 물질의 자리를 차지할 수 있는 것임을 이해하게 된다. 그때 물은 다른 모든 실체가 물의 속성인 것 같은 일종의 실체 속에 실체로서 나타난다. 그리하여 폴 클로델은 그의 '시카고 지하교회'[13]에 대한 계획 속에서, 참다운

스페인 사상계에 커다란 영향을 끼쳤다. 주요 저서로는 《의식의 본질에 대하여》(1921)가 있음.

13 폴 클로델, 《위치와 명제》, 제1권, p. 235.

본질적인 물, 실체적으로 종교적인 물을 '대지(大地)'의 품에서 찾아낼 수 있음을 확신하고 있다. "땅을 파 내려가면 물이 보인다. 따라서 그 주위에 목마른 혼들이 줄을 지어 서고 밀치게 되는 성스런 수반(水盤 vasque)의 밑바닥은 호수가 차지하는 것이다…… 지금은 근원적으로 '하늘'을 의미하는 '물'의 거대한 상징주의를 자세히 설명할 때가 아니다……." 비전을 보는 시인에 의해 꿈꾸어진 이 지하의 호수는, 이와 같이 '지하의 하늘'을 나타내는 것이리라……. 물은 자신의 상징주의 속에서 모든 것을 통합하는 법을 알고 있다. 클로델은 다시 '마음이 바라는 모든 것은, 언제나 물의 형상으로 환원될 수 있다'고 말하고 있다. 욕망 가운데서 가장 큰 것인 물은 참으로 다 퍼낼 수 없는 신성한 선물인 것이다. 제단(祭壇)이 거기에서 솟아오르게 하는 이 지하의 호수, 이 내면적인 물은, '더럽혀진 물을 경사(傾瀉 décantation)하는 수반'이리라. 그 단순한 존재만으로, 물은 거대한 도시를 깨끗하게 할 수 있으리라. 물은 자기 혼자만의 실체의 내면성과 영속성 속에서 끊임없이 기도하는 일종의 '물질적 수도원(monastère matériel)'과 같은 것이 되리라. 하나의 실체의 형이상학적 순수성에 관한 다른 많은 증명을 우리는 '신학(神學)' 속에서 찾아낼 수 있으리라. 우리는 다만 상상력의 형이상학에 관련되어 있는 것만을 잊지 않고 기억해둔 데 지나지 않는다. 선천적으로 위대한 시인은, 깊은 삶 속에 자신의 자연스런 자리를 갖고 있는 여러 가치를 상상하는 것이다.

제7장

부드러운 물의 우월성

이집트 사람에게는 모든 물이 다 부드러웠다.
특히 오시리스로부터 흘러나온 강에서 길어올린 물은,
— 제라르 드 네르발, 《불의 딸들》, p. 220.

I

이 연구에서 우리는 '물질적 상상력'에 대해 주로 심리학적인 지적에 그치기를 바랐기 때문에, 신화적 이야기 가운데서는 자연스럽고 활동적인 몽상 속에 지금 다시 활기를 띠게 하는 것이 가능한 몇 가지 예만을 들 수밖에 없었다. 기억의 판에 박은 관례에서 가능한 멀리 떨어진, 또 끊임없이 창의에 차 있는 상상력에 대한 몇 가지 예만이, 물질적 이미지, 즉 형식을 뛰어넘어서 그 자체에 도달하는 이미지를 주는 그러한 소질을 설명할 수 있는 것이다.

그러므로 우리는 한 세기 전부터 신화학자들을 갈라놓고 있는 논쟁[*] 속에 끼어들 필요가 없었다. 잘 아는 바와 같이, 신화학 이론의 이러한 분열은, 도식적인 형태로 신화를 연구할 때 인간의 척도에 의하느냐, 아니면 사물의 척도에 의하느냐 하는 것을 문제 삼는 데 있는 것이다. 달리 말하면, 신화란 것이 한 영웅의 화려한 행위의 추억인가, 아니면 한 세계의 대변동의 추억인가 하는 것을 문제 삼는다는 말이다.

그런데 만약 신화가 아니라 신화의 여러 단편, 즉 다소 인간화된 물질적 이미지를 고찰한다면, 논쟁은 곧바로 보다 사소한 것이 되어, 극단적인 신화학적 여러 교의(敎義 doctrine)를 화해시키는 것이 필요

---

[*] 언어학적 증거와 자연신화를 기반으로 신화를 연구하는 자연신화학파와 아니미즘, 미개민족의 제의(祭儀)를 중심으로 신화를 연구하는 인류학파의 대립을 의미한다.

하다고 느끼게 되리라.

만약 몽상이 현실에 결부된다면 몽상은 현실을 인간화하고, 위대하게 하며, 찬미할 것이다. 현실성의 모든 특성은, 꿈꾸어지자마자 영웅적인 성질이 되어버린다. 그리하여 물의 몽상에서, 물은 부드러움과 순수성의 히로인이 되어버리는 것이다. 따라서 꿈꾸어진 물질은 객체로서 머물러 있지 않고, 에베메로스설화(化)한다(s'évhémérise)[*]고 참으로 말할 수 있는 것이다.

반대로, 그 일반적인 불충분성에도 불구하고, 에베메로스설은 비범한 인간생활의 연속성과 관련성을 일상적인 물질적 인상에 가져다 주는 것이다. 강은 수많은 면모에도 불구하고, 유일한 운명을 받아들여서, 그 근원은 흐름 전체에 대해 책임과 공적을 갖는 것이다. 힘은 근원에서 비롯된다. 상상력은 지류(支流 affluent)에 대해서는 거의 고려하지 않는다. 상상력은 지리(地理)가 한 사람의 왕의 역사이기를 바란다. 물이 흘러가는 것을 바라보는 몽상가는, 강의 전설적 근원, 머나먼 원천을 떠올리는 것이다. 자연의 모든 힘 속에서 잠재적인 에베메로스설(évhémérisme)이 존재하고 있다. 그러나 이러한 2차적 에베메로스설은, 물질적 상상력의 깊고 복잡한 감각주의를 우리에게

---

[*] évhémériser(에베메로스說化하다)라는 동사는 évhémérisme(에베메로스의 신화 실재설)에서 바슐라르가 만든 말이다. 에베메리즘에서는 신화의 신들이 자연현상과 윤리적 원리를 나타낸 것이라는 寓意說에 반대하여 신들이 과거에 공적이 많았던 인간이었다는 합리적 해석을 주장한다. 그리스의 에베메로스(기원전 300년경)가 이름 붙인 것으로, 그에 의하면 신은 영웅이 사후에 숭배된 결과이며, 신화는 그 신의 일을 기록한 것이다.

잊어버리게 할 수는 없는 것이다. 이 장에서, 우리는 물의 심리학에서 감각주의의 중요성을 내보여주도록 노력할 것이다.

신화 속에서 활동하고 있는 이미지에 관한 자연주의적 교의(敎義)에 논거(論據)를 가져다 주는 이러한 소박한 감각주의는, '대양'의 물에 대한 샘물의 상상적 패권(覇權)에 하나의 이유를 부여한다. 이와 같은 감각주의에서, 직접적으로 감각하며, 만져서 맛 보는 요구가 바라보는 즐거움을 대신하고 있다. 예를 들면, 음료의 물질주의는 영상(vision)의 이상주의를 말살시킬 수가 있는 것이다. 아주 작은 모습의 물질주의적 분력(分力)이 하나의 우주론(cosmologie)을 해체시킬 수 있는 것이다. 학문적 우주론은 소박한 우주론이 직접적으로 감각적인 특질을 지니고 있는 것을 우리가 잊어버리게 하고 있다. 상상적 우주발전론(cosmogonie) 속의 물질적 상상력에 정당한 자리를 부여하게 될 때, '부드러운 물이 참다운 신화적 물'이라는 것을 이해할 수 있게 되리라.

II

바다의 물이 비인간적인 물로서, 인간에게 '직접적으로' 유용한 것이라는 존중할 만한 원소의 첫번째 '의무(devoir)'를 다하지 못하고 있다는 것, 이것이야말로 신화학자들이 너무나도 잊어버리고 있는 사실이다. 어쩌면 바다의 신들이 아주 다양한 신화학에 생기를 불어넣고 있는 것이리라. 하지만 어떠한 경우, 어떠한 모습에서도 바다의 신화가 원초적 신화일까, 하고 의심해보는 일이 남아 있다.

　우선 먼저, 극히 분명한 일이지만, 바다의 신화학은 어떤 특정한 지역의 신화학이라는 것이다. 그것은 연안(沿岸) 지방의 주민들에게만 관련이 있다. 나아가, 논리학에 의해서 아주 빨리 이끌려진 역사가들은 해안의 주민들이 숙명적으로 수부(水夫)들이라고 너무나 쉽사리 단언해버린다. 아무런 근거없이, 모든 존재들, 즉 남자나 여자나 아이들에게 현실적이며 완전한 바다의 경험이 주어지고 있는 것이다. 사람들은 원양항해나 해상의 모험이, 무엇보다도 먼저 '이야기되어진(racontés)' 모험이나 항해라는 것을 알지 못하고 있다. 항해자의 이야기를 듣고 있는 어린이로서는, 바다의 최초의 경험은 '이야기(récit)'의 세계에 속해 있는 것이다. 바다는 꿈을 주기 전에 옛이야기를 주는 것이다. 심리학적으로 매우 중요한 — 옛이야기와 신화의 분열은, 그러므로 바다의 신화학 쪽에서 본다면, 나쁜 결과가 되는 것이다. 아마 옛이야기는 꿈에 결부되어 끝나버리고, 꿈은 — 극히 빈약하게 — 옛이야기로 스스로를 기르는 것이리라. 그러나 옛이야기는 자연스런 꿈의 공상적 기능에 진정으로 참여하고 있지 않으며 바다의 옛이야기가 다른 어떤 것보다도 보잘것없는 것은 항해자의 이야기가 거기에 귀를 기울이는 사람에 의해서 심리학적으로 검증되지 않기 때문이다. 멀리서 돌아왔다고 거짓말을 해봤자 소용없는 일이다. 바다의 영웅들은 언제나 멀리서 돌아오며, 저쪽에서 돌아와, 결코 바닷가에 대해 말하지 않는다. 바다가 우화적(寓話的)인 것은 무엇보다도 먼저 그것이 가장 먼 여행을 한 항해자의 먼 곳의 공상적 이야기를 꾸며낸다. 그러나 자연스런 꿈은, 우리가 보고, 만지고, 먹는 것을 이야기로 꾸며낸다. 심리학의 연구에서 꿈과 물질적 상상력의 본질적 '인상주의'를 해치는 이러한 최초의 '표현주의'가 삭제된 것은 잘못인 것이다. 듣는 사람이 많이 느끼도록 하기 위해서 웅변가는 너무나 지나치게 말한다. 그러므로 해양적인 무의식은 '말해진(parlé)' 무의식이며 모험담 속에 분산되는 무의식, 잠자지 않는 무의식인 것이다. 따라서 그것은 곧바로 스스로의 꿈의 힘을 잃어버린다. 그것은 일반적인 경험의 둘레에서 꿈꾸며, 밤의 꿈속에서 낮의 끝없는 몽상을 계속하는 그러한 무의식보다도 깊지 못하다. 그렇기에 바다의 신화학은 공상력(fabulation)의 원천에 접촉되는 일이 극히 드문 것이다.

물론, 신화의 정확한 심리학적 연구에 장애가 되는 '가르쳐진(enseignée)' 신화학의 연구에 대해 우리는 상세히 설명할 필요가 없다. '가르쳐진' 신화학 속에서 사람들은 특수성에서 시작하는 대신 일반성으로부터 시작하는 것이다. 느끼게 하는 노고를 지불하지 않고서도 이해시킬 수 있다고 믿는 것이다. 세계의 각 지방은 특히 지명(指名 désigné)된 신을 받아들이고 있다. 넵튠(Neptune)*은 바다를 취하고, 아폴론(Apollon)은 하늘과 빛을 취한다. 이제 더 이상 어휘만이 문제가 되지는 않는다. 그러므로 신화의 심리학자는 명칭 뒤에 있는 사물을 재발견하기 위해서 또한 원초적인 몽상, 자연스런 몽상, 고독한 명상, 즉 모든 의미의 경험을 받아들여 우리의 모든 공상을

---

* 로마의 신화에 나오는 바다의 신.

모든 객체 위에 투영시키는 그런 몽상을 이야기(récit)와 옛이야기
(conte) 이전에 체험하기 위해서, 노력하지 않으면 안 되리라. 다시
한 번 말하지만 이러한 몽상은 바다의 무한 앞에, 일반적인 물, 일상
적인 물을 자리잡게 하지 않으면 안 되는 것이다.

III

　바닷물에 대한 대지의 물의 패권은, 당연히 근대적 신화학자들에
게서 스쳐 지나가지 않고 있다. 이 점에 대해서 우리는 샤를르 플로
와(Charles Ploix)의 작업을 빼놓고는 생각할 수 없으리라. 플로와의
신화학의 '자연주의'가 가장 일반적인 우주현상의 척도에서 잰, 소
박하게도 대규모적인 자연주의가 되면 될수록, 그것은 우리에게 흥
미 있는 것이다. 대조적인 방향을 따라가며, 눈에 보이는 것과 멀리
있는 것 곁에 만져서 알 수 있는 것과 감각되는 것에도 자리를 만들
어주고자 하는 물질적 상상력에 관한 우리의 이론을 시험하는 데 좋
은 예가 될 것이다.

　샤를르 플로와에서 ― 모든 변주의 단조로운 주제인 ― 근원적으
로 신화적인 드라마는, 잘 아는 바와 같이 낮과 밤의 드라마이다. 모
든 영웅은 '태양적(solaire)'이다. 그리고 모든 신은 빛의 신이다. 모
든 신화는 밤에 대한 낮의 승리라는 동일한 이야기를 말하고 있다.
그리고 신화에 활기를 불어넣는 감정은 어둠에 대한 두려움, 마침내
새벽이 고치러 오는 불안과 같은, 그 어떤 것보다도 원초적인 감정이

다. 신화가 인간의 마음에 드는 것은 종말이 좋게 끝나기 때문이며, 신화가 좋게 끝나는 것은, 밤의 끝, 즉 낮의 성공, 선한 영웅의 성공, 베일을 찢어 발기발기 잘라놓으며, 고뇌를 해방시켜, 지옥 속에 있는 듯 어둠 속에서 길을 잃어버린 사람들에게 생명을 다시 되돌려주는 용기에 찬 영웅의 성공에 의해, 밤이 끝나는 것처럼 신화도 그렇게 끝나기 때문이다. 플로와의 신화 이론에서, 모든 신들은, 지하에 사는 신까지도, 그들이 신이기 때문에 새벽을 받아들이며, 하루가 됐든 한 시간이 됐든, 신성한 기쁨에 언제나 화려한 무훈(武勳)인 낮의 행위에 참여하려고 오는 것이다.

이러한 일반적인 주제와의 합치 속에서, 물의 신은 자신의 일부분을 하늘에서 취하게 되는 것이다. 제우스가 푸르고, 밝고, 조용한 하늘을 가졌기에, 포세이돈이 회색빛의 흐리고 구름 낀 하늘을 갖는 것이리라.[1] 그리하여 포세이돈도 변함없는 천상의 드라마 속에서 하나의 역할을 맡는 것이다. 따라서 먹구름이나 구름의 덩어리, 안개는 넵투누스적 심리학의 '원조적 개념'이 되는 것이다. 그런데 하늘에서 '숨겨진' 물을 짜내는 것은 말할 것도 없이 물의 몽상을 통해서 끊임없이 생각되어진 물체이다. 비의 선구자적 상징은, 특수한 몽상, 즉 자비로운 비를 향한 목장의 바람을 진정으로 사는 극히 식물적인 몽상을 눈뜨게 하는 것이다. 어떤 때에, 인간이라는 존재는 하늘의 물을 욕구하는 식물이 되는 것이다.

---

1 샤를르 플로와, 《자연과 신들 *La Nature et les dieux*》, p. 444.

샤를르 플로와는 포세이돈이 원초적으로 천상적인 특성을 갖고
있다는 자신의 주제를 지탱하기 위해서, 수많은 증거를 갖추고 있다.
이 원초적 특성에는, 포세이돈에게 대양적인 여러 힘이 부여된 것이,
시대에 뒤처진 일이라는 결과가 생겨 포세이돈*이 바다의 신으로서
움직이기 위해서는, 다른 인격신이 와서 말하자면 구름의 신의 대역
(代役)을 맡을 필요가 있는 것이다. 플로와는 "부드러운(소금기를 포함
하지 않은 물) 물의 신과 짠물의 신이 단 하나이며 똑같은 인물이라는
것을 절대로 있을 수 없는 일이다"라고 말하고 있다. 마찬가지로, 하
늘에서 바다로 가기 전에, 포세이돈은 하늘에서 대지로 가는 것이다.
트레젠느에서는 "대지의 최초의 과일이 그에게 제공되어 있는 것이
다." 그는 포세이돈 피탈미오스라는 이름으로 존경을 받고 있다. 그
러므로 그는 '식물의 생육의 신'인 것이다. 모든 식물의 신은 부드러
운 물의 신, 배와 구름의 신들과 가까운 신인 것이다.

　원초적 신화학에서는, 샘물을 솟아나게 하는 것도 역시 포세이돈
이다. 그리고 샤를르 플로와는 삼지창(三枝槍)을 '샘물을 발견하는
마술적 지팡이'와 동일시하고 있다. 흔히 이 '지팡이'는 남성적인 난
폭함으로 행사된다. 사티로스의 공격에 대항하여 다나오스의 딸을
보호하기 위해서, 포세이돈은 삼지창을 던지나, 그것은 바위에 꽂혀
버리고 만다. "그것을 뽑자, 세 개의 가느다른 물줄기가 거기에서 솟

아올랐는데, 그것이 레르네의 샘이 된다." 잘 아는 바와 같이, 수르시에(sourcier, 지팡이로 지하수맥을 찾아내는 점장이를 가리킴)의 지팡이는 오랜 역사를 갖고 있는 것이다! 18세기에는 흔히 이것을 '야곱의 막대기(la verge de Jacob)'라고 불렀는데, 그 자력(磁力)은 남성적인 것이다. 많은 재능들이 뒤섞인 현대에서는 '수르시에르(sourcières)'*에 대해 거의 말하지 않는다. 이와는 대조적으로, 영웅의 극히 남성적인 행위에 의해 샘이 치솟게 되므로, 무엇보다도 샘물이 여성적인 물이 된다는 것에 사람들은 놀라지 않는 것이다.

샤를르 플로와는 "포세이돈은 그러므로 부드러운 물이다"라고 결론을 내리고 있다. 이것은 일반적인 의미로 부드러운 물인 것이다. 왜냐하면 들판의 수많은 샘에 흩어진 물은 모두 '자신의 물신(物神 fétiches)'을 갖고 있기 때문이다.(p. 450) 그러므로 최초의 일반화 속에서 포세이돈은 샘물과 강의 신들을 개괄(槪括)하는 신이 된다. 우리가 그를 바다에 결부시켰을 때, 포세이돈이 광대한 바다를 점유하고, 더 이상 특수한 강에 결부되지 않을 때 그는 이미 일종의 신격화된 개념이 되어버린다는 것을 로데는 보여주고 있다.[2] 더구나, 대양 자체에도 이러한 원초적 신화학의 추억이 결부된 채 남아 있는 것이다. 오케아노스(Okeanos)라는 말을 통해서, "바다가 아닌, 세계의 끝에 위치하는 부드러운 물(potamos)의 커다란 저수지를 이해하지 않

---

* 수르시에의 여성형.
2 로데, 《프시케》, 불역판, p. 104.

292

으면 안 된다"(p. 44)고 플로와는 말한다.

적대적 상황에도 불구하고, 부드러운 물의 몽상적 직관이 계속되는 것을 이보다 더 어떻게 잘 말할 수 있겠는가? 하늘의 물, 가느다란 비, 우정에 넘치는 유익한 샘물은 모든 바다의 물보다 더 직집적인 교훈을 주는 것이다. 바다를 짜디짜게 한 것은 일종의 타락에 지나지 않는 것이다. 소금은 몽상, 즉 부드러움의 몽상, 가장 물질적이고 자연스런 몽상 중의 하나에 족쇄를 채우는 것이다. 자연스런 몽상은 부드러운 물, 신선해지고 목마름을 달래주는 물에 대한 특권을 항상 지닐 것이다.

V

부드러움에 대해서는, 신선함에 대해서와 마찬가지로, 모든 전통작용의 특성을 물에 부여하는 은유의 조직을, 거의 물질적 측면에서 추구할 수 있다. 입에 감미롭게 느껴지는 물은 몇 가지 직관에서, 물질적으로 부드럽게 된다. 보하브(Boerhaave)의 화학에서 채택된 하나의 예가 이러한 부드러움의 실체화의 의미를 우리에게 보여줄 것이다.

보하브[3]에 있어서, 물은 '극히' 부드럽다. 사실 "물은 매우 부드

---

3 보하브, 《화학의 원소 *Eléments de chymie*》, 불역판, 1752, 제2권, p. 586.

럽기 때문에, 건강한 인간에게 있는 열(熱)의 정도에 환원되어, 이어
서 '눈의 각막이나 코의 점막과 같은' 감각이 아주 섬세한 우리의 신
체의 부분에 적용된다 해도, 어떠한 고통도 자극하지 않을 뿐 아니
라, 자연스런 상태 속에서…… 체액(體液 humeurs)에 의해서 자극되
는 것과 다른 기분을 조금도 야기시키지 않는 것이다." "더욱이 무엇
인가 염증에 의해서 긴장된 신경 위에 가볍게 적용되면, 아주 미소한
부분에도 매우 민감하여, 물은 그것에 조금도 영향을 끼치지 않는다.
궤양(潰瘍)이 된 부분 또는 생생한 살 위에 부어져도…… 그것은 어
떠한 염증도 야기시키지 않는다." "궤양의 암 때문에 노출되어 반쯤
소멸된 신경 위에 적용되는, 따스한 물의 찜질은 고통의 격렬함을 가
라앉히며 유연하게 한다. 고통을 가라앉히기 때문에 물이 부드럽다"
라고 말하는 은유가 작용하는 것을 볼 수 있다. 보하브는 다음과 같
이 결론을 내리고 있다. "우리 신체의 다른 체액과 비교해보면, 물이
다른 어떤 것보다도 부드럽다. 그 점착성만을 통해서 이상하고 부적
낭한 방법으로 우리의 신경에 작용하기를 그치지 않는 향유(香油
Huile)까지도 예외가 아니다. …… 결국 모든 쓴 실체(corps)가 인간
의 육체에 극히 유해한 자연스런 쓴맛을 잃어버리게 하는 점에서, 물
은 위대한 부드러움의 증거를 갖게 된다."

　단맛과 쓴맛은, 이제 더 이상 여기서는 미각(味覺)의 인상을 참조
하고 있지 않으며, 싸움에 들어갈 수 있는 것은 실체적인 특성들인
것이다. 이 싸움에서는, 물의 단맛(부드러움)이 승리한다. 이것이 바
로 그 실체적 특성의 표시인 것이다.[4]

　이제 최초의 감각에서 은유에 이르기까지의 도정(道程)을 이해할

수 있을 것이다. 메마른 목구멍이나 혀가 받아들일 수 있는 부드러움의 인상은 극히 명확한 것이지만, 그 인상은 물에 의한 실체의 유연화나 용해의 시각적 인상과는 전혀 공통되는 바가 없는 것이다. 그럼에도 불구하고 물질적 상상력은 작용하고 있으며, 원초적 인상을 실체에 가져다 주고 있다. 따라서 물질적 상상력은 물에서 음료의 특성, 우선 먼저 원초적인 음료의 특성을 부여한다. 그러므로 새로운 관점에서 본다면, 물은 젖이며, 또한 젖처럼 부드럽지 않으면 안 된다. 부드러운 물(민물)은 항상 인간의 상상력에서 특권적인 물일 것이다.

---

4 물의 부드러움은 혼 그 자체에 스며든다. 《에르메르 트리스메지스트 *l'Hermès Trismégiste*》(루이 메나르 역, p. 202)에는 "물의 과잉은 혼을 부드럽고, 상냥하고, 사교적으로 만들며 순응하기 쉽게 만든다"라고 씌어 있다.

제8장

난폭한 물

자연이 몽상과 안일과 권태라고 상상하는 것이야말로
우리 세기의 매우 치명적인 경향이다.
— 미슐레, 《산》, p. 362.

大洋은 두려움으로 끓어오른다.

— 뒤 바르타스

I

역동적인 심리학에, 그 정당한 역할을 되돌려줄 때 ― 우리가 물과 흙의 구성에 관해 행한 고찰에 대하여 시도했던 것처럼 ― 유발되었거나 요구되었던 모든 물질을, 인간의 일을 좇아서 구별하기 시작할 때 인간의 눈에 참으로 '현실'이 구성되어질 수 있는 것은, 인간의 활동성이 충분히 공격적이며, 그리고 지혜롭게 공격적일 때에만 곧바로 이해할 수 있는 것이다. 그때 세계의 모든 물체는 자신의 올바른 '시련율(試鍊率 coefficient d' adversité)'*을 받아들이는 것이다. 이러한 적극적 행동주의의 뉘앙스는, '현상학적 지향성(l' intentionalité phénoménologique)'**에 의해서 충분히 표현되었다고는 생각되지 않는다. 현상학자(現象學者)의 예(例)들은, 지향성이 갖는 긴장의 정도를 충분히 명백하게 하지 않는 것이다. 그것들은 너무나 '형식적'이며 너무나 지성적인 그대로이다. 그러므로 힘이 아닌 형식을 객체화하는 객체화의 원리에, 집중적인 물질적 평가의 여러 원리가 배반하는 것이 된다.

대상(objet)을 그 힘과 저항과 물질에서, 다시 말하면 전체적으로

---

* 바슐라르가 만든 말.

** '현상학적 지향성'이란 무엇인가에 대해 의식이 갖는 근원적이며 일반적인 특성을 의미하기도 하고, 또한 사고하는 주체로서 사고 내용 자체를 지탱하는 의식의 특성을 의미하기도 한다. 대상을 지향하는 의식, 또는 대상에의 開示로서의 의식적 존재가 갖는 힘이라고 풀이하기도 한다.

이해하기 위해서는, 형식적 지향성, 역동적 지향성, 물질적 지향성을 동시에 필요로 하는 것이다. 세계는 우리 시대의 거울임과 마찬가지로 우리 힘의 반동이기도 한 것이다. 만약 세계가 나의 의지라면, 그것은 나의 적이기도 한 것이다. 의지가 크면 클수록 그만큼, 적도 크게 된다. 쇼펜하우어의 철학을 잘 이해하기 위해서는, 인간의 의지에 그 원초적 특성을 유지시키지 않으면 안 된다. 사람과 세계의 싸움에서, 도화선에 불을 붙이는 쪽은 세계가 아니다. 그렇기에 우리는, '세계는 나의 도발(挑發)이다' 라는 공식을 선언함으로써, 쇼펜하우어의 교훈을 완전히 하고, 《의지와 표상으로서의 세계》의 지성적 표상과 명확한 의지를 참으로 덧붙이는 것이다. 항상 승리에 차 있고 정복하는 분노, 나의 즐거운 분노를 표상하기나 하는 것처럼, 공격의 바른 위계(位階 hiérarchie)에 따르는 나의 날카롭고 뛰어난 지도력으로써 세계를 '놀라게' 하므로 나는 세계를 '이해' 하는 것이다. 에너지의 근원인 한 존재는 '선험적인(a priori)' 분노인 것이다.

　　이러한 적극적 행동주의의 관점에서 본다면, 물질의 4원소는 도발의 서로 다른 네 개의 타입, 분노의 네 개의 타입이 된다. 그와는 반대로 심리학이 우리 행동의 공격적 특성에 바르게 관심을 갖게 된다면, 물질적 상상력의 연구에서, 노여움의 네 개의 뿌리를 발견하게 되리라. 또한 거기에서, 외견상 주관적인 (노여움의) 발견에 대한 객관적인 행동을 보게 되리라. 그리고 또한 거기에서, 음험하고 난폭한, 집요하고 보복적인 노여움을 상징화하기 위한, 여러 원소를 보호하게 되리라. 상징의 충분한 부(富)가 없이, 또 상징의 숲이 없이 어떻게 심리학적 조사(l'enquête)에서 섬세한 정신(l'esprit de finesse)의 획득을 바랄 수 있겠는가? 또 만약 우리가 승리의 그토록 다양한 객관적 기회에 대하여 어떠한 주의도 기울이지 않는다면, 결코 만족하지 않고 결코 지겨워하지 않는 힘의 몽상의 모든 회귀와 반복(反覆)을, 어떻게 이해시킬 수 있겠는가?

우리는 세계인식이 갖는 적극적 역할을 이해하기 위해서, '도발'이 필요불가결한 개념이 된다는 것은 패배로는 심리학이 형성되지 않기 때문이다. 온화하고 수동적이고 조용한 인식에서는 곧바로 세계를 알 수 없다. 모든 구성적 몽상은 — 그리고 힘의 몽상보다 더 본질적으로 구성적인 것은 없지만 — 극복된 적의(敵意)의 희망 속이나 패배한 적(敵)의 비전 속에서 활기를 펴는 것이다. 객관적 개념에 대해 생생하고 활력에 넘치는 현실적인 의미를 발견하는 것은, 적대하는 원소에 이긴 자랑스런 승리의 심리학적 이야기를 작성할 때뿐이다. 존재에 역동적인 통일성을 주는 것은 (승리의) 오만함이며, 또한 신경 섬유를 만들어서 길게 늘이는 것도 그것이다. 생의 비약에 직선적 특성, 다시 말하면 그 절대적 성공을 주는 것은 오만함이다. 반사운동(réflexe)에 화살의 방향을 주어, 실체(réalité)에 구멍을 뚫는다는 최고의 남성적 기쁨을 주는 것은, 명확한 승리의 감정이다. 자랑스럽고 생생한 반사운동은, 선행하는 사정(射程 portée)을 고의적으로 앞질러 간다. 그것은 더 멀리 간다. 만약 그것이 이전의 행동과 같은 거리밖에 나아가지 않는다면, 벌써 기계적인 것이 되어 동물화되었으리라. 참으로 인간의 시뉴(표시 signe)를 지니는 방위의 반사운동, 인간이 준비하고, 닦으며, 경계하는 — 반사운동은 공격하면서 방어하는 행동이다.

그것은 어떤 공격 의지에 의해서 언제나 역동화되어 있다. 그것은 어떤 모욕에 대한 대답이지, 감각에 대한 대답이 아니다. 그러니 거기에 대해서 잘못 생각해서는 안 된다. 모욕하는 적이 반드시 인간이 아니며, 벌써 사물들이 우리에게 질문을 던지고 있는 것이다. 거꾸로, 대담한 경험 속에서 인간은 현실을 난폭하게 만들어버린다.

만약 도발과 사물을 공격하는 욕구와 공격적인 작업에 의해서 꼼짝없이 역동화된 인간의 반사운동에 의해 이와 같은 조직재생론적 (anagénétique) 정의를 채용하고자 한다면, 물질의 4원소에 대한 승리가 더욱 건강에 좋고, 기운을 돋구며 새롭게 혁신시키는 것임을 이해할 수 있을 것이다.

이러한 승리는, 네 개의 건강의 타입, 어쩌면 네 개의 기질(氣質)의 이론*보다 더 중요한 특성을 인간 태도의 분류법에 제공할 수 있는 활력과 용기의 네 개의 타입을 결정하는 것이다. 행위가 거기에 대해 작용하는 물질 — 그리고 행위가 작용하는 물질이나, 작업이 행해진 물질에 대해 어떻게 제1급의 위치를 주지 않을 수 있겠는가? — 로 특징지워진 적극적 위생학은, 그러므로 자연의 생명 속에 당연히 네 개의 뿌리를 갖는 것이다. 4원소는, 물질적이라기보다는 더욱 역동적으로 네 개의 치료법의 타입을 명시하고 있는 것이다.

---

* '네 개의 기질의 이론 la théorie des quatre tempéraments', 즉 사성론(四性論)은 인간의 성질을 다혈성, 점액질, 담즙질, 우울질로 나누는 이론을 가리킨다. 거기에 각각 불, 공기, 대지, 물의 4원소가 대응하게 되고 점성학적 의미가 덧붙여져 르네상스 시기에 매우 유행하였다.

II

싸우는 물질 원소에서 비롯된 행동과 건강의 결과에 나타나는 이와 같은 차이를 실감하게끔 하기 위해서, 우리는 깊은 물질의 흔적을 그대로 남기면서 극복된 적의(敵意)가 갖는 여러 인상을 가능한 한 가까이에서부터 연구해나가고자 한다. 그것은 한편 바람에 대항하는 걷는 사람의 기능항진(機能亢進 dynamogénie)*의 경우이며, 다른 한편 물의 흐름에 대항하는 헤엄치는 사람의 기능항진의 경우이다.

이 책에서의 우리의 목적이, 문학창조의 심리학에 하나의 기여를 가져온다는 데 있으므로, 곧바로 우리의 지적(remarque)을 설명하기 위해서, 걷는 사람 니체와 헤엄치는 사람 스윈번**이라는 두 사람의 문화적 주인공을 선택하기로 하자.

니체는 산 속에서의 긴 산보와 산꼭대기의 바람을 가득 받는 삶에 의해서, 참을성 있게 자신의 권력에의 의지를 단련했다. 산꼭대기에서 그는 다음과 같은 것을 사랑했던 것이다.

야성적인 바위의 험악한 신성(神性)[1]

---

* '기능항진' 이란 흥분과 자극을 통한 기관 기능의 항진을 의미하며, 禁륜의 반대 개념이다.

** 스윈번 Charles Swinburne(1837~1909) : 고전에 조예가 깊은 아일랜드의 시인으로 셸리에 경도된 서정시인. 대표작 《시와 발라드 제1 · 2집》은 서정 표현의 원숙함과 열정이 넘치며, 이미지의 환기력과 자연과의 교감에 있어서는 보들레르의 영향이 강하게 반영되어 있다.

1 《이 사람을 보라》의 〈시〉, 앙리 알베르 역, p. 183.

L' âpre divinité de la roche sauvage.

　이것은 바람 속의 사상이다. 게다가 니체는 보행을 싸움으로 하고 있다. "보행은 그의 싸움인 것이다." 짜라투스트라의 정력적인 리듬을 부여하는 것이 바로 보행인 것이다. 짜라투스트라는 앉아서 말하지 않으며, 소요학파(péripatéticien)[*]처럼 산책하면서 말하는 것도 아니다. 에너지에 넘쳐 걸으면서 그는 자신의 교의(敎義 doctrine)를 말하는 것이다. 그는 그것을 하늘의 사방팔방(aux quatre vents du ciel)에 내던지는 것이다.

　이 얼마나 안이한 활력인가! 바람에 대항하여 싸움은 거의 언제나 패배하는 일이 없다. 질풍에 쓰러질지도 모르는 '바람의 영웅'은 정복 당한 장군 가운데서 가장 우스꽝스런 자가 될는지도 모른다. 바람을 '일으키는' 영웅은, "나는 구부러질지언정 부러지지는 않는다"는 갈대의 금언(金言)을 받아들이지 않는다. 왜냐하면 그것은 기다리는 것, 힘 앞에서 자신을 구부리는 것을 권하는 '수동적인 금언'에 다름 아니기 때문이다. 그것은 걷는 사람의 능동적 금언이 아니다. 왜냐하면 '불굴의' 보행자는 바람을 마주하고, 또 바람에 대항해서, '전진하면서' 스스로를 굽히기 때문이다. 그의 지팡이는 폭풍을 뚫고, 대지에 구멍을 내며, 질풍을 검(劍)으로 자른다. 역동적 관점에서 본다면, 바람 속의 보행자는 갈대의 '반대'인 것이다.

---

[*] 소요학파 아리스토텔레스가 산보하면서 철학을 강론했다는 말에서 나온 것으로 아리스토텔레스의 학설을 신봉하는 유파를 가리킨다.

더 이상 슬픔은 존재하지 않는다. 삭풍으로 찢겨진 눈물은, 가장 인공적이고 가장 외면적인, 그리고 가장 고뇌에 차 있지 않은 눈물이다. 그것은 여성적인 눈물에 속하지 않는다. '싸우는 보행자'의 눈물은 고통의 질서에 속하지 않고 분노의 질서에 속한 것이다. 그리고 폭풍의 노여움에 대해 노여움으로 대답하는 것이다. '정복 당한' 바람은 눈물을 닦을 것이다. 그러므로 다눈치오처럼, 싸움의 흥분 속에서 보행자는 '폭풍의 유황냄새'[2]를 들이마시는 것이다.

그리고 폭풍 속에 둘러싸인 보행자는 얼마나 쉽게 사모트라케(Samothrace)[*]의 승리를 상징하고 있는가! 그는 곧 작은 깃발이고, 국기이며, 군기(軍旗)인 것이다. 그는 용기의 표시이고, 힘의 증거이며, 토지의 점령인 것이다. 폭풍에 펄럭이는 외투는 그러므로 바람의 영웅에 내재하는 일종의 깃발, 빼앗을 수 없는 깃발인 것이다.

바람에 대항하는 발걸음이나 산 속에서의 발걸음은 어쩌면 '열등 콤플렉스'를 정복하는 것을 가장 잘 도와주는 연습일 것이다. 반대로, 목적을 바라지 않는 그러한 발걸음, '순수시'와 같은 그러한 '순수한 발걸음'은 힘에의 의지가 갖는 일정한 직접적인 여러 인상을 준다. 그것은 산만한 상태에서의 힘에의 의지이다. 매우 내성적인 인간은 위대한 보행자이다. 그는 한 걸음 한 걸음마다에 상징적인 승

---

2 다눈치오, 《*Forse che si, forse che no*》, p. 37.

* 사모트라케는 에게海의 섬 중의 하나로, 거기에서 승리의 여신상이 손상된 채 발견되었다. 현재 루브르 미술관 정면을 장식하고 있는 조각상이 바로 이것이다. 제작 연대는 305년 경으로 추정되며, 테메파리오스 폴리올케토스 海戰의 승리를 기념하여 만들어진 것이라 전한다.

리를 가져오고, 휘두르는 지팡이마다에 자신의 내성적인 기질을 '보상' 하는 것이다. 도시에서 멀리 떨어져, 여자에게서 멀리 떨어져, 그는 산꼭대기의 고독을 찾는다. "벗이여, 도망쳐라, 그대의 고독 속으로 도망쳐라.(Fliehe, mein Freund, in deine Einsamkeit)"[3] '순수한 싸움', 여러 원소에 대항하는 싸움을 다시 발견하기 위해 인간과의 싸움에서 도망쳐라. 바람과 싸움으로써 싸우는 것을 배우라. 짜라투스트라는 '사납고 거센 바람이 부는 저쪽으로 도망쳐라"는 말로 이 시구를 끝맺고 있다.

III

이제는 2장 접이로 된 그림(diptyque)의 두 번째 부분을 보도록 하자.

물 속에서의 승리는 바람 속에서보다 더 드물고 위험스러우며, 칭찬할 만한 것이다. 헤엄치는 사람은 자신의 성질과 아무런 관계가 없는 원소를 획득하는 것이다. 젊은 헤엄치는 사람은 조숙한 영웅이다. 그리고 우선 먼저 참다운 헤엄치는 사람은 젊은 헤엄치는 사람이 아니고 누구이겠는가? 수영의 최초의 연습은, 공포를 극복하는 기회인 것이다. 보행은 이와 같은 히로이즘의 실마리를 갖고 있지 않다.

---

3 니체, 《짜라투스트라는 이렇게 말했다 *Ainsi parlait Zarathoustra*》, 알베르 역, p. 72.

(물이라는) 새로운 원소에 대한 이 공포에, 학생을 깊은 물에 자주 집어넣는 수영 선생에 대한 두려움이 결부된다. 그리하여 수영. 선생이 아버지의 역할을 맡는 오이디푸스 콤플렉스가 나타나는 것을 사람들은 놀라지 않을 것이다. 나중에 대담하게 헤엄치는 사람이 된 에드거 포가 여섯 살 적에는 물을 무서워했다는 것을, 전기(傳記)는 우리에게 말하고 있다. 극복된 공포에는 언제나 오만함이 결부되어 있는 것이다. 시인이 '도버와 칼레 사이에서 도버 해협을 횡단하려고 시도했을 때에도 굉장한 일을 한다고 생각하지 않았으리라'고 헤엄치는 사람으로서의 오만함을 드러내고 있는, 에드거 포의 어떤 편지를 보나파르트 부인은 인용하고 있다. 그녀는 또 에드거 포가 어쩌면 옛 추억에 다시 살면서, 헤엄치는 아버지나 정력적인 헤엄치기 — 선생의 역을 맡아, 여인 헬렌의 아들을 물결 속에 집어 던지는 광경을 이야기하고 있다. 다른 소년이 포와 같은 방법으로 헤엄치기를 익혀 나갔지만, 그 시도는 위험한 것이 되지 않을 수 없어 에드거 포는 물에 뛰어 들어가서 학생을 구출하지 않으면 안 되었다. 그리하여 보나파르트 부인은 다음과 같이 결론을 맺었다. "고유의 방법으로 움직이는 이러한 추억에, 자신이 아버지를 대신하려고 하는 깊은 오이디푸스적 욕망이 그때 무의식의 밑바닥에서 솟아나 결부되었던 것이다"[4] 라고. 아마 포에게, 오이디푸스 콤플렉스는 보다 중요한 다른 근원을 갖고 있는 것이겠지만, 그러나 생각컨대 무의식이 아버지의 영상을

---

4 보나파르트 부인, 앞의 책, 제1권, p. 341.

배가시켜, 성인식(成人式 initiation)의 모든 형식이 오이디푸스적인 여러 문제를 과하고 있음을 확인하는 것은 흥미 있는 일이다.

그렇지만, 에드거 포의 물에 속하는 심적 성향(性向)은 극히 특수한 것에 머문다. 헤엄치기 ― 선생으로서의 포에게, 우리가 방금 포착한 활동적 분력(分力)은, 포의 시학 속에서 물의 직관을 지배하는 특성에 지나지 않는 우울한 분력을 지배하는 데 이르지 못하는 것이다. 그러므로 우리는, 수영의 남성적 경험을 설명하기 위해서 다른 시인에게 향하고자 한다. 난폭한 물의 영웅들을 우리에게 내보여줄 수 있는 사람은 아마 스윈번일 것이다.

물의 일반적인 포에지에 관련된 스윈번의 사상이나 이미지에 대해서, 많은 페이지를 쓸 수가 있으리라. 스윈번은 그의 유년시대를 와이트(Wight) 섬의 해변에서 지냈다. 뉴캐슬에서 25km 떨어진 거리에 있는, 조부모가 사는 지역은, 호수와 강의 나라에 커다란 정원들을 펼쳐놓고 있었다. 영지(領地)는 블라이스(Blyth)강의 물로 경계를 이루고 있었는데,[5] 영지가 이처럼 '자연스런 경계선'을 가지고 있을 때 소유자는 얼마나 기분이 좋겠는가! 소년 스윈번은 이렇게 해서 자기 자신의 강을 갖는다는 가장 감미로운 재산을 알았던 것이다. 그때 참으로 물의 이미지가 우리에게 속하게 되는 것이다. 그러한 물의 이미지는 우리의 이미지이며, 우리는 바로 그 이미지와 같은 것이다.

---

5 라푸르카드, 《스윈번의 젊음 *La jeunesse de Swinburne*》, 제1권, p. 43.

스윈번은 자신의 물이나 바다에 속한다는 것을 알고 있었던 것이다.
바다에 대한 감사에서 그는 다음과 같이 썼다.

> 나를 키운 바다, 초록빛 거품이 이는 영불해협에, 내 마음은 세상의 그
> 어떤 것보다도 견고하게 매어 있다. 나를 위해 바다는 너그러운 가슴을
> 벌리고, 그지없이 장중한 사랑의 노래를 시작하며, 태양이 빛을 아주 마
> 음껏 뿌리도록 명령하고, 그토록 기분좋은 격렬한 나팔소리를 나를 위해
> 울려 퍼지게 하는 것이다.
> —《이별의 발라드》

폴 드 뢸(Paul de Reul)은 비슷한 시편들의 활기 넘치는 중요성을
인정했다. 그는 이렇게 쓰고 있다. "단순히 은유를 써서만 시인은 자
기가 바다나 대기의 아들이라고 말할 뿐 아니라, 존재의 통일성을 이
룩하여, 아이를 청년에, 청년을 어른에 맺어지게 하는 자연의 여러
인상들을 축복하는 것이다"[6]라고. 그리고 폴 드 뢸은 주석(註釋)에서
《사이모도스의 뜰》에 나오는 다음과 같은 시구를 인용하고 있다.

> 지상에서 태어난 어떤 것도 바다나 즐거운 바람, 하늘이나 신선한 대기
> 이상으로, 내게 친한 것은 없다. 오, 바다여, 그대는 사랑의 갈망 그 자체
> 보다 더 친하고, 그대는 내게 어머니인 것이다.

---

[6] 폴 드 뢸, 《스윈번의 작품 *L'oeuvre de Swinburne*》, p. 93.

'원소의 부르는 소리(l'appel de l'élément)'가 울려 퍼질 때 자연의 모든 다채로운 회화인 사물(choses)과 물체(objets)와 형태가 흩어지며 소멸하는 것을, 어떻게 이보다 더 잘 말할 수 있을까? 물의 부르는 소리는 종합적이고 내면적인 천부의 재능을 얼마만큼 요구하는 것이다. 물은 거주할 사람을 원한다. 물은 고향처럼 부른다. 라푸르카드(앞의 책, 제1권, p. 49)가 인용하고 있는, W. M. 로세티에게 보낸 편지에서, 스윈번은 "물 속에 있기를 바라지 않고서 결코 물 위에 있을 수는 없다"라고 말하고 있다. 물을 바라본다는 것, 그것은 '물 속에' 있기를 바라는 것과 같은 것이다. 쉰 여섯 살 때 스윈번은 다시 자신의 혈기를 다음과 같이 우리에게 말하고 있다. "나는 아이처럼 달려가, 옷을 벗고 물 속에 뛰어들었다. 그리고 이 일이 겨우 몇 분밖에 계속되지 않았는데, 나는 바야흐로 천국에 있었던 것이다!"

그러면 이제 수영의 이러한 역동적 미학에 대해 다루어보도록 하자. 그리고 스윈번과 더불어, 물결의 적극적 유인에 귀를 기울여보자.

먼저 도약과 뛰어듦, 대양 속으로의 최초의 도약과 뛰어듦을 보자. "바다에 대해 말한다면, 그 염분은 나의 출생 이전부터 내 피 속에 '있었던' 것이다. 아버지의 손에 붙잡혀서 양팔 가운데 흔들려, 이윽고 공기를 통과하는 투석(投石)처럼, 행복하게 소리치며 웃으면서, 흐르는 물결 속에 머리부터 던져지는 즐거움, 이에 앞서는 즐거움을 나는 떠올릴 수가 없다 — 이것은 참으로 어린이를 통해서만 느낄 수 있는 즐거움인 것이다."[7]

이것이야말로 절대로 정확한 분석이 행해지지 않은 성인식(成人式)의 광경에 지나지 않는 것이지만, 스윈번의 확신에 따라, 거기에서 고뇌와 적의의 모든 이유가 없어져 최초의 쾌락의 특성만이 그에게 주어지는 것이다. 서른 여덟 살 때 스윈번이 한 친구에게 "내가 다른 여러 가지 사물을 두려워했던 것을 생각하지만, 바다에 대해선 결코 그렇지 않았다"고 쓰고 있음을 우리는 말 그대로 믿어왔다.

이와 같은 단언은, '최초의 드라마', 항상 '최초의 행위'에 결부되어 있는 드라마를 잊어버리는 것이 된다. 이것은 추억 자체에서 입문자(入門者 initié)의 내적 공포를 '은폐하는' 성인식의 축제를, 본질적인 기쁨으로서 인정하는 것과 같은 것이다.

사실 '바다 속으로의 도약'은 다른 어떤 육체적 사건보다도 위험스럽고 적의에 찬 입문식(入門式 initiation)의 메아리를 울려 퍼지게 하는 것이다. 이것은 '미지에의 도약'에 대해 경험할 수 있는 유일한 이미지, 정확하고 온당하며 유일한 이미지이다. '미지에의 도약'은 물 속으로의 도약이다. 그것은 또한 초보적인 헤엄치기의 '최초의' 도약이다. '미지에의 도약'과 같은 추상적인 표현이, 현실적 경험 속에서 유일한 정당성을 발견하게 될 때, 그것은 이러한 이미지에 대한 심리학적 중요성의 명확한 증명이 되는 것이다. 생각컨대 문학비평은 이미지의 현실적 요소에 충분히 주의를 기울이지 않고 있다. 이러한 예를 바탕으로 해서, '미지에의 도약'과 같은 구체적으로 사용된 말의 표현법이, 물질적 상상력에 의해서 자신의 원소로 되돌려졌을 때, 어떠한 심리적 무게를 받아들일 수 있는 것인가를 포착할 수 있

---

7 라푸르카드, 앞의 책, 제1권 p. 49.

310

으리라고 생각한다. 낙하산으로 내려오는 인류는(une humanité parachutée), 이러한 관점에서 본다면, 새로운 경험을 머지않아 하게 될 것이다.

만약 물질적 상상력이 이러한 경험에 작용한다면, 은유의 새로운 영역을 열게 될 것이다.

그러니 성인식(成人式)에 대한 참으로 원초적이고 극적인 특성을 다시 구성해보기로 하자. '투석기(投石器)의 돌처럼' 미지의 원소 속으로 던져지기 위해, 아버지의 팔에서 떨어질 때, 우선 처음에는 반감의 쓰디쓴 인상밖에는 가질 수 없다. 자기 자신이 '아주 조그만 사람'이라는 것을 느끼게 된다. 빈정거리는 웃음, 마음을 상하게 하는 웃음, 초보자의 웃음을 웃는 사람은 아버지이다. 만약 아이가 웃는다면, 그것은 강제된 웃음, 억제로 웃는 웃음, 놀랄 만큼 복잡하고 신경질적인 웃음에 속하는 것이리라. 아주 짤막한 시련이 있은 뒤에, 아이의 웃음은 순진함을 되찾아, 되돌아온 용기가 최초의 반항을 감추려 하리라. 쉬운 승리, 처음 배우게 된 기쁨, 아버지처럼 물의 존재가 된 데 대한 자랑스러움이, '투석기의 돌'을 아무런 원한도 없이 그대로 내버려두리라.

에우게니오 도르스는 '물의 웃음(rires de l'eau)'에 대한 다가치(多價値)의 특성을 날카롭게 관찰하고 있다. 잘츠부르그 가까이에 있는 헬브룬의 저택을 가리키는 안내인이, 페르세우스와 안드로메다의 목욕하는 상(像)을 감탄하게 하는 한편, 속이 들여다보이지 않는 기계장치가 '수많은 분수'를 치솟게 하여, 방문객의 머리에서부터 발끝까지 적시는 것이다. 에우게니오 도르스는 '농담 작자(作者)의 웃음과 희생자 자신의 웃음'은 같은 가락을 지니고 있지 않다는 것을 느끼고 있다. "불의의 습격에 의한 목욕은, 자기 굴욕(l'auto-humiliation)적인 스포츠의 한 변주이다"[8]라고 그는 말하고 있다.

스윈번이 《레스비아 브랜든 *Lesbia Brandon*》에서 "그를 물의 힘든 체험에 끌어들여 결부시킨 것은 용기라기보다는 차라리 욕망이었다"고 썼을 때, 살아가는 동안 쌓은 여러 가지 인상 때문에, 그 또한 원초적인 인상에 관해서 잘못 생각하고 있었던 것이다. 그는 욕망과 용기의 정확한 구도(構圖)를 알지 못하고 있다. 욕망이 부재였을 때 최초의 용기를 생각함으로써, 헤엄치기가 '용기에의 욕망'에 복종한다는 것을 그는 알지 못하고 있다. 헤엄의 경험과 같은 에너지의 경험 속에는, 용기와 욕망에 대한 양자택일이 존재하지 않으며, 소유격(génitif)의 기운 찬 행동이 존재하고 있다. 정신분석학 이전 시대의 다른 수많은 심리학자들과 마찬가지로, 스윈번은 고립되고, 분리되어 있으며, 상반되는 전체인 것처럼, 즐거움이나 괴로움과 유희하는 단순한 분석에 빠져 있는 것이다. 헤엄은 양의성을 지니고 있다. 최초의 헤엄은 한 편의 희비극(tragi-comédie)인 것이다.

게다가 조르주 라푸르카드는 난폭함의 공감각적 기쁨을 바르게 평가하고 있다. 그의 훌륭한 연구 전체를 통해서, 그는 수많은 정신분석학의 주제에 정당하게 위치를 잡아주고 있다. 라푸르카드의 논문에 따르면서, 우리는 해양 체험의 역동적 특성의 분류를 시도하고

---

8 에우게니오 도르스, 《고야의 생애》, 불역판, p. 153.

자 한다. 우리는 객관적인 삶의 여러 원소가 어떻게 해서 내적 삶의 여러 원소를 상징하는가를 보게 되리라. 헤엄의 근육적 행동 속에 특수한 양의성이 끼어들어 특별한 콤플렉스를 우리가 인식하도록 하리라. 스윈번 시학의 수많은 특성을 요약하는 이 콤플렉스를, 우리는 '스윈번의 콤플렉스'라고 명명할 것을 제안한다.

하나의 콤플렉스는 언제나 양의성의 접합점을 지니고 있다. 하나의 콤플렉스 주위에는, 언제나 기쁨과 괴로움이 서로 자신의 열기를 교환하려고 준비되어 있는 것이다. 그러므로 헤엄의 체험에는, 양의적 이중성이 축적되어 있음을 볼 수 있는 것이다. 예를 들면, 차가운 물은 용감하게 그것을 이겨낼 때, 뜨거운 순환의 감각을 주는 것이다. 거기에서 특수한 상쾌함, 기운을 돋구는 상쾌함의 인상이 생겨난다. '바다의 맛이나 물결의 입맞춤은 괴롭고 또 상쾌하다'고 스윈번은 말하고 있다. 그러나 모든 일을 지배하는 것은, 힘에의 의지에 작용하는 양의성이다.

조르주 라푸르카드가 말하는 바와 같이, "바다는 (헤엄치는 것을) 이기려고 애쓰는 적이지만, 헤엄쳐 물리치지 않으면 안 된다. 이 물결들은 대항해야 할 습격의 무리인 것이다. 헤엄은 온몸으로 적대자의 팔다리에 부딪치는 듯한 인상을 갖는 것이다."[9] 하지만 이렇듯 정확한 의인화의 특수한 성격에 대해 깊이 생각하기 바란다.

"싸우는 자들의 모습을 보기 전에 싸움을 볼 수 있는 것은 아니

---

9 라푸르카드, 앞의 책, 제1권, p. 50.

다." 보다 정확하게 말한다면, 바다는 눈에 보이는 육체도 아니며, 껴안는 육체도 아니다. 그것은 우리의 공격의 역동성에 대응하는 역동적 환경인 것이다. 가시적인 이미지가 상상력에서 솟아나와, '적대자의 팔다리에' 하나의 형태를 주게 될 때마저도, 원초적이고 직접적이기 때문에 역동적이고 용감한 운동의 상상력에 속하는 본질적으로 역동적인 이미지를 독자에게 표현해야 할 필요에 따라, 이 가시적 이미지는 두 번째로, 그리고 종속적으로 찾아오는 것임을 인정하지 않으면 안 되리라. 그러므로 이와 같은 근원적인 역동적 이미지는, 일종의 '즉자적 싸움(lutte en soi)'인 것이다. 그 누구보다도 헤엄치는 사람은, '세계는 나의 의지이며, 나의 도발(挑發)'이라고 말할 수 있는 것이다. 바다를 움직이는 것은 바로 나인 것이다.

이 '즉자적 싸움'의 맛과 열기와 남성적 쾌락을 경험하기 위해서, 너무나 빨리 그 결론에까지 나아가지 않도록 하자. 또 헤엄치는 사람이 자신의 성공을 즐기고, 건전한 피로함 속에서 편안함을 발견하고 있을 때, 너무나 빨리 연습(수련)의 끝까지 나아가지 않도록 하자. 그와는 반대로, '역동적 상상력'의 특성을 분명히 하기 위해서, 어디에서나 마찬가지로 여기서도, 행동을 그 전제 속에서 붙잡아보도록 하자. 그리고 만약 우리가 '순수한 헤엄'의 이미지를 '순수한 역동적 포에지'의 특별한 전형으로서 구성하기를 바란다면, 자신의 최근의 장한 일을 꿈꾸고 있는 헤엄치는 사람의 자랑을, 정신분석해 보기로 하자. 그의 사고(思考)가, '이미지를 지닌 도발'이라는 것을 우리는 알게 되리라. 이미 자신의 몽상 속에서 그는 바다를 향하여, "몇 번이고 나는 나의 새로운 힘을 자랑하며, 그대의 무수한 물결에 거역하는 나의 넘치는 힘을 충분히 의식하면서, 그대에게 '대항하여' 헤엄치며 싸우리라"고 말하고 있다. 의지에 의해서 꿈꾸어진 이 공훈(功勳), 이것이야말로 난폭한 물의 시인들에 의해 노래 불려진 경험인 것이다. 이것은 추억보다는 예상에 의해서 만들어진다. 난폭한 물은 용기의 하나의 도식(圖式)인 것이다.

　그렇지만 라푸르카드는 고전적 정신분석의 콤플렉스 쪽으로 조금 지나치게 빨리 가고 있다. 이러한 일반적 콤플렉스는 아마 심리학적 분석이 다시 발견하는 것이리라. 또 사실 특수화된 콤플렉스는 원초적 콤플렉스의 산물이기는 하나, 회화적 특징으로 스스로를 덮고, 객관적 아름다움 속에서 스스로를 나타내면서 우주적 경험 속에서 스스로를 특징화할 때에만 미적 기능을 갖기(esthétisants)에 이르는 것이다. 만약 스윈번의 콤플렉스가 오이디푸스 콤플렉스를 발전시키는 것이라면, 배경도 인물에 맞출 필요가 있다. 넘치는 호수라든가 흐르는 강 같은 자연스런 물 속에서의 헤엄만이 콤플렉스적인 여러 힘으로 활기를 띨 수 있는 것은 바로 이러한 이유 때문이다. 아주 우스꽝스럽게 선택된 이름은 풀* 콤플렉스의 연습에 참다운 테두리를 줄 것이다. 그것은 또한 우주적 도전의 심리학에 매우 필요한, 고독의 이상을 결여하고 있는 것이리라. 의지를 바르게 '투영'하기 위해서는 고독하지 않으면 안 된다. 자발적인 헤엄의 시편들은 고독의 시편들이다. 풀은 헤엄이 정신적인 면에서 건강에 좋다는 기본적인 심

---

* piscine : 양어장, 연못, 세례반, 수영장, 풀 등의 의미가 있음.

리적 요소를 항상 결여하고 있는 것이리라.

만약 헤엄의 포에지의 지배적 테마를 의지가 채운다면, 감수성은 어떤 역할을 자연스럽게 맡고 있는 것이다. 승리와 패배를 동반하는 물과의 싸움이 갖는 특수한 양의성이, 고통과 기쁨이라는 고전적 양의성 속에 끼여들게 되는 것은 감수성 때문이다. 우리는 다시 이러한 양의성이 평행을 이루지 못하고 있음을 보게 될 것이다. 피로는 헤엄치기의 숙명이며, 사디즘은 조만간 마조히즘에 자리를 잡아주는 것임에 틀림없다.

스윈번에게는, 난폭한 물의 흥분 속에서, 먼저 사디즘과 마조히즘이 콤플렉스를 내포하는 자연에 어울리게, 잘 혼합되어 있다. 스윈번은 물결을 향해서 이렇게 말한다. "내 입술은 그대 입술의 물거품을 축복하리라…… 그대의 달콤하고도 쓴 입맞춤은 술처럼 강하고, 그대의 널따란 포옹은 고통처럼 날카롭다." 그러나 적대자가 가장 강해지고, 그 결과 마조히즘이 자리를 잡는 순간이 다가오는 것이다. 그때 "물결 하나 하나는 괴롭히고 가죽끈처럼 채찍질을 한다." "물결의 태형(笞刑)은 그의 어깨에서 무릎까지 흔적을 남기며, 바다의 채찍으로 피부가 온통 붉게 된 그를 바닷가에 되돌려 보내는 것이다." (《레스비아 브랜든》) 자주 되풀이된 이와 같은 은유 앞에서 마조히즘에 대한 매우 특징적인 채찍질의 양의적 고통을 라푸르카드는 정확하게 환기시켜주고 있다.

이러한 채찍질이 '이야기되어진 헤엄(nage racontée)' 속에서 다시 말하면, 은유의 은유로서 나타나는 것을 우리가 지금 생각해본다면, 문학적 마조히즘, 잠재적 마조히즘이 어떤 것인가 하는 것을 이해할 수 있으리라. 마조히즘의 심리학적 현실 속에서 채찍질은 쾌락의 예비적 조건이지만, 문학적 '현실' 속에서, 채찍질은 예외적인 행복의 귀결이나 연속으로만 나타난다. 바다는 자신이 정복한 인간을 채찍질하여, 바닷가에 내던져버린다. 그렇지만 이러한 도치(倒置)가 우리를 속이지 않는 것임에는 틀림없다. 쾌락과 고통의 양의성은, 인생에 흔적을 남기듯이 시편에 흔적을 남기는 것이다.

한 편의 시가 양의적이고 극적인 억양을 발견할 때, 전 세계의 선과 악이 시인의 마음속에서 서로 맺어지는 가치부여된 순간을, 그 시가 무한히 메아리치고 있는 것이 느껴진다. 다시 한 번 말하지만, 상상력은 개인적 삶의 보잘것없는 사건을 우주적 단계에까지 상승시키는 것이다. 상상력은 이러한 지배적인 이미지에 의해서 활기를 띤다. 스윈번 시학의 대부분은, 물결에 의한 채찍질이라는 지배적 이미지로 설명된다. 그러므로 어떤 특수한 콤플렉스를 나타내기 위해 스윈번의 이름을 쓰는 데는 충분히 근거가 있는 것처럼 생각된다.

우리는 확신하는 바이지만, '스윈번의 콤플렉스'는 모든 헤엄치는 사람들에게 인정받게 될 것이다. 특히 자신의 수영을 이야기하며 그 수영으로부터 한 편의 시를 만들어내는 모든 헤엄치는 사람들에게 인정받게 될 것이다. 왜냐하면 이것은 헤엄을 시화(詩化)하는 콤플렉스 중의 하나이기 때문이다. 따라서 이것은 몇 가지 심리적 상태와 시편의 특성을 뚜렷이 하기 위해 유효한 설명의 주제가 될 것이다.

바이런은 이와 비슷한 연구의 대상이 될 수 있으리라. 그의 작품은, 헤엄의 시학에 속하는 여러 공식들로 넘쳐 있다. 그것들은 근원적 테마의 몇 개의 변주를 제공할 것이다. 그리하여, 《두 사람의 포스 카리》에서 다음과 같은 글을 읽을 수 있는 것이다. "몇 번이나 완강한 팔로, 나는 이 물결들을 둘로 갈랐다. 물결의 저항에 대담한 가슴을 대립시키면서. 재빠른 동작으로 나는 젖은 머리칼을 뒤로 제쳤다…… 나는 멸시하듯 물거품을 헤쳐 나가고 있었다."[10] 뒤로 머리칼을 제치는 동작만으로도 의미 깊은 것이다. 그것은 결의의 순간이며, 싸움을 수락하는 표시인 것이다. 이러한 동작은, 운동의 첫머리에 있고자 하는 의지를 나타낸다. 헤엄치는 사람은 참으로 물결에 맞서 있으며, 그때 바이런이 《차일드 헤럴드의 편력》에서 말하고 있는 바와 같이 '물결은 자신의 주인을 인정하는' 것이다.

물론 우리가 이 장에서 연구해온 격렬하고 활발한 헤엄 이외의 다른 많은 타입의 헤엄이 있다. 물에 대한 완전한 심리학은, 헤엄치는 사람과 물결의 역동적 교제가 나타난 페이지들을 문학에서 발견할 수 있으리라. 예를 들면, 존 샤르팡티에(John Charpentier)는 콜리지에 대해, "그는 몽상적인 유혹에 몸을 내맡겨, 바다 속의 해파리처럼 꽃피는데, 거기서는 해파리가 가볍게 헤엄치며, 자신의 부풀어 오른 낙하산의 리듬과 바다의 그것을 결부시키고, 자신의 떠도는 부드러운 산형화(繖形花)로써 물의 흐름을 애무하는 것처럼 보인다……"[11]

---

10 폴 드 륄, 《워즈워스에서 키츠까지 *De Wordsworth à Keats*》, p. 188.
11 존 샤르팡티에, 《콜리지 *Coleridge*》, p. 135.

고 매우 교묘하게 말하고 있다. 극히 역동적으로 경험한, 물질적 상상력의 힘에 매우 충실한 이러한 이미지에 의해서, 존 샤르팡티에는 우리에게 '유연하며 용량 분석적인 수영'을 이해시키고 있는데, 모든 것이 무의식에서 관계를 맺고 있는 것이므로, 그것은 수동과 능동, 그리고 흔들리는 몽상에 연결된 충동과 부유(浮遊)의 정확한 경계에 있는 것이다. 그리고 이러한 이미지는 위대한 콜리지적 진실인 것이다. 콜리지는 1803년 웨즈우드에게 "나라는 존재는 공통의 주인을 지니고 있지 않은 물건들처럼, 여기저기 뒹굴며 부서지는 물결로 가득합니다……"라고 쓰고 있는 게 아닌가? 이와 같은 것은 세계를 '도발할(provoquer)' 줄 모르는 인간의 몽상일 것이며, 또 바다를 '도발할' 줄 모르는 인간의 수영이기도 할 것이다.

이러한 방향에서 한층 앞선 연구는 우리에게 헤엄의 원형(types)에서 물고기 모양으로 변신하는 이행(移行)을 따라갈 수 있게 하리라. 그렇게 되면 상상하는 물고기에 관한 박물학(博物學)을 세우는 것이 필요하게 되리라. 물에 관한 우리의 역동적 상상력이 아주 보잘 것없기 때문에, 이러한 상상상(想像上)의 물고기는 문학 속에서 그렇게 수가 많지 않다. 티크는 그의 꽁트《물의 사람 *Wassermensch*》에서, 원소의 물에 몸을 바친 한 인간의 변신을 성실하게 추구하고자 시도했다. 그와는 반대로 지로두(Giraudoux)의 《옹딘느》는, 신화적 성실성을 해치고 있으며, 깊은 꿈의 경험에 은혜를 입지 않고 있는 것이다.

그러므로 지로두가 마치 자신을 빨리 피로케 하는 유희에서 도망쳐 나가듯 '물고기의 은유'에서 빠져나가는 이유가 설명되리라. 그

는 은유(métaphore)에서 변신(métamorphose)으로 이행(移行)하지 못
했던 것이다. 인어(人魚)에게 그랑 데카르(grand écart)* 하기를 요구한
다는 것은 물의 역동적 상상력과 공감하지 못한, 정태적(靜態的)이고
형식적인 농담에 지나지 않는 것이다.

흔히 복합적 심리학이 허약해진 또는 빗나간 콤플렉스의 연구에
의해 명확해지는 것이기도 하므로, 우리는 이제 허약해진 스윈번의 콤
플렉스를 연구해보기로 하자. 사실, 바다에 대한 도전 역시 허세 부리
는 자의 행위이다. 예를 들면 바닷가에서 행하면, '도발(provocation)'
은 훨씬 용이하며, 그렇기 때문에 보다 웅변적이 되기도 한다. 그때
그것은 아주 다양한 미학적 분력(分力)으로 장식된 '잠재적 스윈번
콤플렉스'를 나타내는 것이다. 그러므로 우리는 물의 몽상과 문학의
몽상에 대한 새로운 모습 몇 가지를 검토하기로 하자.

IV

'대양'의 '노여움'보다 더 통속적인 테마가 있을까? 조용한 바
다가 갑작스런 노여움에 사로잡히는 것이다. 바다는 포효하고 울부
짖는다. 바다는 분노의 모든 은유, 발광과 격노의 모든 동물적 상징

---

* 무용에서 가랑이가 땅에 닿도록 두 다리를 쭉 벌리는 동작을 일컬음.

을 받아들인다. 바다는 사자(獅子)의 갈기를 흔들어댄다. 그 물거품은 '레비아탕*의 침'과 비슷하며, "물은 날카로운 발톱으로 가득 차 있다." 이와 같이 빅토르 위고는 《바다에서 일하는 사람들》에서 폭풍의 감탄할 만한 심리학을 쓴 바 있다.[12] 민중의 혼에 대해 많이 이야기한 이 페이지들에서, 빅토르 위고는 이해되리라는 걸 확신하면서, 매우 다양한 은유를 모아놓고 있다. 요컨대, 그것은 노여움의 심리학이 가장 풍부하고 미묘한 뉘앙스에 넘치는 심리학 중의 하나이기 때문이다. 그 심리학은 위선과 비겁에서 파렴치와 범죄에까지 이르고 있다. 투영시켜야 할 심리상태의 양(量)은 사람보다 노여움 속에 훨씬 더 많은 것이다. 그러므로 행복하고 선량한 바다의 은유는, 사악한 바다의 은유보다 훨씬 적다.

특히 이하의 페이지에서, 역동적 투영의 원리를 밝혀내고자 하므로, 가능한 범위 안에서 가시적 이미지의 영향을 멀리하면서, 또 우주의 역동적 내면성에 참가하고 있는 몇몇 태도를 추구하면서, 난폭함의 투영의 극히 한정된 경우만을 연구해나가기로 하자.

예를 들면, 기회 있을 때마다, 발자크는 《저주받은 아이》**에서 바다의 역동적 삶과 완전한 조응상태(照應狀態)에 있는 하나의 혼을 우리에게 보여준다.

저주받은 아이 에티엔느는 말하자면 '대양'의 노여움에 바쳐진

---

*　레비아탕은 〈욥기〉에 나오는 거대한 바다의 괴물.

12　빅토르 위고, 《바다에서 일하는 사람들 Les Travailleurs de la Mer》, 제3권, 〈투쟁〉.

**　1847년에 출판된 《철학적 탐구》에 속하는 소설.

것이다. 그가 태어날 때, "무서운 폭풍이 굴뚝을 통해서 울부짖으며, 그 굴뚝은 거기에 불길한 의미를 주는 것을 조그만 돌풍에 이르기까지 되풀이하고 있었다. 게다가 넓이가 하늘과 폭풍의 교류를 잘 도와주고 있었으므로, 아궁이의 많은 깜부기불들은 일종의 호흡을 시작하여, 바람이 부는 대로 차례차례 번쩍이기도 하고 꺼지기도 했다"[13]는 것이다.

기묘한 이미지로서의 연통이 굵은 미완성의 목구멍처럼 — 어쩌면 고의적인 서투름으로써 — 폭풍의 노호하는 호흡을 서투르게 합리화하고 있다. 이와 같은 조잡스런 수단으로, 대양은 꼭 닫힌 방 안에 자신의 예언자적 소리를 옮기는 것이며, 무시무시한 폭풍의 밤의 탄생은 영원히 저주받은 아이의 인생에 숙명적인 표시를 남기는 것이다.

발자크는 그 이야기의 중심부에서 자신의 내적 사상을 우리에게 밝히려고 한다. 스웨덴보르그적[*] 의미에서 분노한 원소의 삶과 불행한 의식의 삶 사이에는 교감(交感)이 있는 것이다. "벌써 여러 번 그는, 자신의 감정과 '대양'의 운동 사이에 있는 신비적인 교감을 발견했다. 그의 독자적인 신비술(神秘術 science occulte)에 의해서 부여된

---

13 발자크, 《저주받은 아이 *L'Enfant maudit*》, 리브레이 누벨版, 파리, 1858, p. 3.

* 스웨덴보르그 Emanuel Swedenborg(1688~1772) : 스웨덴의 종교사상가. 처음에는 다방면에 걸쳐 박식한 과학자로 출발했으나, 천국과 지옥과 인간계를 꿰뚫어보는 내적 시력이 그에게 주어져 신비주의적 범신론(汎神論)을 주장하게 되었다. 주요 저서로는 《하늘나라의 신비》가 있으며, 괴테, 블레이크, 발자크 등의 작가에게 폭넓은 영향을 끼쳤다.

물질에 관한 사상의 신격화가 다른 어떤 사람에게보다도 그에게 이런 현상을 설득력 있는 것이 되게 했다"(p. 60) 물질이 하나의 사상, 하나의 몽상을 지니고 있는 것으로서, 우리의 내부에서 생각하고 꿈꾸며 괴로워하는 데 그치지 않는다는 것을 어떻게 이보다 더 뚜렷하게 인식할 수 있겠는가? 또한 저주받은 아이의 '신비술'이 일상적인 마술이 아니라는 것을 잊어버리지 않도록 하자. 그것은 파우스트의 '박식한' 학문과는 전혀 관계가 없는 것이다. 그것은 여러 원소의 내적 생활의 비밀스런 통찰이며 동시에 직접적 인식인 것이다. 그것은 여러 실체를 작용시킴으로써 실험실에서 얻어지는 것이 아니고, 고독한 명상 속에서의 '자연'과 '대양' 앞에서 얻어지는 것이다. 발자크는 "그가 마지막으로 어머니를 만나러 갔던 숙명적인 밤, '대양'은 이상스럽게 보이는 움직임으로 출렁이고 있었다"고 계속 쓰고 있다. '이상스런 폭풍'이란 '이상스런' 심리 상태 속에 있는 관찰자가 본 폭풍이라는 것을 강조할 필요가 있을까? 그런데 참으로 우주에서 인간에 이르기까지 내적이며 친밀하고 본질적인 교류인 '이상스런' 교감이 존재하는 것이다. 드물고 장엄한 순간마다에 교감은 결부된다. 내적 명상은, 세계의 내면성이 드러나는 관조(觀照)를 준다. 눈을 감은 명상(méditation)과 눈을 크게 뜬 관조(contemplation)는 갑자기 동일한 삶을 갖는 것이다. 혼은 사물 속에서 괴로워하며, 대양의 비참은 혼의 고뇌에 결부되는 것이다. "내부적으로 괴로워하고 있는 바다를 보여주는 것은 물의 동요(動搖)였다. 비탄에 잠긴 개의 울부짖음과 같은 불길한 소리를 내며 밀어닥치는 거창한 파도로 바다는 부풀어 오르고 있었다." 에티엔느는 자신도 모르게 다음과 같이 중얼거려 놀라는 것이다.

"바다는 내게 무엇을 바라는 것일까? 마치 살아 있는 피조물처럼 바다는 꿈틀거리며 탄식하고 있다! 나의 어머니는 자주 내가 태어난 밤 내내, 대양은 무시무시한 경련의 포로가 되어 있었다고 이야기해 주곤 했다. 이제 무슨 일이 내게 일어날까?" 극적인 탄생의 경련은 이렇게 해서 대양의 경련이 되기까지 잠재적으로 상승되어가는 것이다.

그때 '교감(correspondance)'은 페이지에서 페이지로 나아감에 따라 두드러지게 나타난다. "자신의 생각을 숨김없이 털어놓을 수 있으며, 그 사람의 인생이 그의 인생이 되는 것 같은, 또 하나의 다른 자기 자신을 찾아냄으로써, 마침내 그는 대양과 공감하기에 이르렀다. 바다는 그에게 활기에 찬 생각하는 존재가 되었던 것이다."(p. 65) 만약 여기에서 작중 인물과 함께 배경을 활기 띠게 하기 위한 통속적인 아니미즘(animisme)이나 문학적인 기교만을 보게 된다면, 이 페이지의 의도를 이해하지 못하게 될 것이다. 사실 발자크는, 극히 드물게밖에 주목되지 않은 심리학적 뉘앙스를 찾으려 하는 것이며, 그 새로움은 현실적인 심리의 관찰을 보증하고 있는 것이다. 우리는 이런 것들을 역동적 상상력의 심리학에 관한 매우 교훈적인 관찰로서 기억해두지 않으면 안 되리라.

실제로 힘에의 의지가 등장하는 것을 보도록 하자. 에티엔느와 '대양' 사이에는, 어렴풋한 공감, 유연한 공감만이 존재하는 건 아니다. 난폭함의 직접적이고 가역적(可逆的)인 전달인 '노여워하는 공감(une sympathie coléreuse)'이 특히 존재하는 것이다. 그때 저주받은 '아이'가 폭풍을 예보하기 위해, 폭풍의 '객관적 징후'가 필요하다고는 생각되지 않는다. 이러한 예보는 징후학적(徵候學的 séméiologique) 세계에 속하는 것이 아니고, 심리학적 세계에 속하는 것이다. 그것은 노여움의 심리학의 분야인 것이다.

서로 노여워하고 있는 두 사람 사이의 최초의 징후는 아니고 '아무것도 아닌 것' — 어김없이 아무것도 아닌 것이다. 두 노여움의 대화보다 더 친밀한 대화가 있을까? 성난 '나' 와 '너' 는 평온함의 똑같은 분위기, 똑같은 순간에 생겨난다. 그 최초의 징후에서 그들은 직접적이면서 동시에 베일로 가려져 있다. 성난 '나' 와 '너' 는 다 함께 암묵적(暗默的) 생활을 계속하며, 숨겨 있고 그리고 또 노출되어 있다. 그의 위선은 일상적인 시스템, 거의 정해진 예의(禮儀)의 시스템인 것이다. 결국 성난 '나' 와 '너' 는 싸움의 팡파르와 같이 일제히 울려 퍼진다. 바야흐로 그들은 똑같은 진폭(振幅)을 갖는 것이다. 저주받은 '아이' 와 '대양' 사이에는 노여움의 똑같은 도표(diagramme), 난폭함의 똑같은 사다리, 힘에의 의지의 똑같은 일치가 이루어진다. 에티엔느는, "(바다가) 노여워할 때, 자신의 혼 속에서 진정한 폭풍을 느꼈다. 그는 바다의 날카로운 휘파람 소리 속에서 노여워 숨을 쉬며, 바다 위에 유동체(流動體)의 수많은 술장식으로 부서지는 거대한 물결과 함께 달리고, 또 스스로를 바다와 같이 대담하고 무섭다고 느끼며, 그리고 기적처럼 돌아와 펄쩍펄쩍 뛰었다. 그는 바다의 음침한 침묵을 지니고 있으며, 갑작스런 관대함을 흉내내고 있다." (p. 66)

발자크는 여기서 '기묘한 행동의 일반성' 을 입증하는 심리학적 특징을 발견하고 있는 것이다. 사실 바닷가에서 림프성 체질*의 한 아이가 물결에 명령하고 있는 모습을, 보지 못한 사람이 어디 있겠는가? 그 아이는 물결이 복종하려는 그 순간에 명령하는 것을 예측하고 있는 것이다. 그는 모래 위에 자신을 밀어냈다 끌어당겼다 하는 파도의 주기와 자신의 힘에의 의지를 일치시키고 있다. 그는 자기 자신 속에, 쉬운 방어와 '언제나 승리를 차지하는 공격'이 서로 교대하는 교묘하게 리듬을 지닌 일종의 노여움을 들끓게 하고 있다. '대담하게' 아이는 물러가는 물결을 따라가기도 하고, 사라져가는 적의의 바다에 도전하기도 하며, 되돌아오는 바다를 도망치면서 조롱하기도 하는 것이다. 모든 인간의 싸움은 이러한 아이의 유희를 상징하고 있다. 몇 시간 동안이고, 물결에 명령하는 아이는, 이렇게 해서 잠재적 스윈번 콤플렉스, 즉 육지사람(terrien)으로서 스윈번 콤플렉스를 육성하는 것이다.

스윈번 콤플렉스의 모든 형식이 잘 분리되기만 한다면, 문학비평은 이와 같이 특징적인 페이지에 지금 하고 있는 것보다 더 중요성을 틀림없이 부여하리라고, 우리는 생각한다. 여느 때와 다름없는 심리학적 통찰로써, 미슐레는 같은 장면을 다음과 같이 해석했다. "아주 젊은 상상력은 모두 싸움이나 다툼의 이미지를 (물결의 난폭함 속에서 바라보고) 처음에는 두려워한다. 이어서, 이러한 두려움에도 한계가 있다는 것을 알아차려 안심한 아이는, 그에게 원한을 갖고 있는 것처럼 생각되는 야성적인 사물을 무서워하기보다는 싫어한다. 그리

하여 이번에는 아이가 울부짖는 커다란 적을 향해 조약돌로 팔매질을 하는 것이다. 1831년 7월 르 아브르에서, 나는 이러한 결투를 본 적이 있다. 내가 거기에 데리고 갔던 한 여자애가 바다 앞에서 대단한 용기를 느끼고 바다의 도전에 노여워했던 것이다. 그녀는 싸움에 싸움으로 응했던 것이다. 가냘픈 존재의 연약한 팔과 거의 그녀를 염두에 두지 않는 무서우리만큼 굉장한 힘 사이에서 웃음을 자아내게 하는 균형 잡히지 않은 싸움."[14] 더구나, 어떤 콤플렉스를 보다 잘 이해하기 위해서 자기 자신이 거기에 참여할 필요가 있다는 것은 극히 당연한 일이다. 이에 관해서는, 미슐레가 하나의 좋은 예가 되리라. '대양'이 인간의 용기를 '거의 염두에 두지 않는다'고 하는 사실에 대해 그는 형이상학적으로 괴로워하고 있는 게 아닐까?

이와 같은 상호적 도전에서, 작가가 말의 모자람을 느끼면 느낄수록 그만큼 대양은 더 수다스러워지게 된다. 그러나 달아나는 물결 앞에서, 오만함은 언제나 그렇듯이 흥분하는 것이다. 우리 앞에서 도망쳐 달아나는 모든 것은, 그것이 무력하고 생명이 없는 물이라 할지라도, 우리의 용기를 불러일으켜준다. 쥘 상도(Jules Sandeau)의 소설에는, 이와 동일한 잠재적 스윈번 콤플렉스가 여러 세세한 부분에서 발견된다.

"대양이 바닷가에서 밀려나갈 때, 마리안나는 도망가는 물결을

쫓아가지만, 그녀 쪽으로 물결이 되돌아오는 걸 바라보기를 좋아했다. 그래서 이번엔 그녀 차례로 그녀가 도망치는 것이었다…… 그녀는 도망쳤다. 하지만 한 발짝 한 발짝, 싫으면서도 마지못해 걸어가는 걸음걸이로 도망치는 것이어서, 습격되기를 바라는 것처럼 보였다."[15]

때때로 해변 파수꾼의 부르는 소리가, '그녀를 막 물어뜯으려는 물결의 포옹'으로부터 떼어놓는 것이다. 다시 조금 후에는, 위험성이 더 짙어져, 물결이 '하이에나처럼' 마리안나 위에 덤벼들어 '그녀의 몸 위를 짓밟는' 것을 이야기하고 있다. 이와 같이 바다는 동물적인 분노, 인간적인 분노를 지니고 있는 것이다.

그러므로 소설가가 상처받은 혼이나 인생에서 배반당한 가장 부정한 배신에 들볶인 위대한 여인의 반항을 그려나가는 것이지만, 이토록 내면적인 반항을 표현하기 위해, '대양'에 도전하는 아이의 유희보다 더 좋은 것을 작가는 아무것도 발견하지 못하는 것이다! 이것은 최초의 상상력의 이미지가 우리의 삶 전체를 지배하기 때문이다. 또 그런 이미지가, 스스로 그렇게 하는 것처럼 인간 드라마의 핵심에 자리잡기 때문인 것이다. 폭풍은 우리에게 열정의 자연스런 이미지를 가져다 준다. 노발리스가 그의 독특한 직접적 표현의 재능으로 말하는 바와 같이 "폭풍은 열정에게 은혜를 베푸는 것이다."

마찬가지로, 이미지의 근원을 향해 나아갈 때, 또한 이미지를 원

---

15 쥘 상도 Jules Sandeau, 《마리안나 *Marianna*》, 제11판, 파리, 1876, p. 202.

초적 물질과 힘 속에서 다시 체험할 때, 부당하게 웅변조로서 비난을 받는 페이지 가운데서, 어떤 정서를 발견할 수 있다. 마치, 그 아름다운 말의 표현 속에서는 웅변이 이미 말의 폭풍이나 표현한다는 것의 역정이 아니기라도 한 것처럼! 따라서, 하나의 스윈번 콤플렉스의 현실적 의미를 이해했을 때, 다음과 같은 페이지 속에서 진정한 강조를 다시 발견할 수 있는 것이다. "오, 고뇌의 공허함이여! 마리안나는 그 거대한 비애의 바다 앞에서 스스로를 비하시키지 않고, 바닷가를 영원한 탄식으로 가득 차게 했다. 그녀는 자신의 흐느낌에, 어떤 혼이 대답하는 소리를 듣는 것이라고 믿고 있었다. 두 사람 사이에는 무엇인지 알 수 없는 신비한 교류가 이루어졌던 것이다. — 흰 갈기의 말처럼 — 들어 올려진 물결이 노여움으로 뛰었을 때, 창백해지고 머리칼이 흐트러진 그녀는 모래톱으로 달려갔다. 그리고 거기서, '폭풍의 정령' 그대로인 그녀는 자신의 외침을 폭풍의 아우성에 뒤섞었다. — 좋다! 라고 그녀는 파도에 대항하여 걸어가면서 말했다. 좋다! 나처럼 괴로워하고 있으니, 네가 좋다! — 그리고 바람이 얼굴에 내리치는 차디찬 물보라에, 어두운 기쁨으로 몸을 내맡기면서 그녀는 자신의 절망의 언니에게서 입맞춤을 받는 것이라고 생각했다."[16]

이러한 잔혹하고 적극적인 우울, 인간에게 공격을 받은 후에도 되풀이되는 사물에게서 반격을 바라는 우울의 뉘앙스를 강조할 필요가 있을까? 이것은 죽은 물의 포적인 우울과는 아주 다른 난폭한 물

---

16 쥘 상도, 앞의 책, p. 197.

의 우울인 것이다.

가장 부드러운 혼의 주인공들이, 영웅적으로 '보상'하고 있는 현장을 뜻하지 않게 포착할 수 있다. 애정 어린 마르슬린느 데보르드-발모르*는 — 그녀의 큰딸 이름이 옹딘느였는데 — 쉰 살 적에 미국에서 홀로 돌아올 때, 탄식도 외침도 불평의 중얼거림도 없이 '폭풍의 감동적 정경과 사슬에서 풀려난 여러 원소에 대한 인간의 싸움'[17]에 맞부딪치기 위해서 수부(水夫)들에 의해 켕김줄(hauban)**에 단단히 묶여졌던 것을 이야기하고 있다.

이러한 먼 추억의 현실성을 판단하지 않고, 또 작가의 '유년시절의 추억'에 극히 빈번히 나오는 회귀의 히로이즘의 하나가 거기에 있는지 없는지 물어봄이 없이, 계속해서 상상력의 심리학의 커다란 특권을 주목하기로 하자.

즉 실증적 사실의 과대평가는 — 전혀 반대로 — '상상력의 사실'에 대해서 아무것도 증명하지 못하는 것이다. '상상된 사실(le fait imaginé)'은 '현실적 사실'보다 더 중요한 것이다. 마르슬린느 데보

---

* 데보르드-발모르 부인 Marceline Desbordes-Valmore(1786~1859) : 처음에는 가수나 여배우가 되기를 희망했으나 뜻대로 이루어지지 않았으며 쓰디쓴 실연과 결혼을 거쳐 불행한 생애를 끝마쳤다. 주요 시집으로 《悲歌와 로망스》(1819), 《꽃다발과 기도》(1843) 등이 있다. 상처받은 혼의 고뇌와 불안을 열정적으로 노래하고 있다.

17 아르튀르 푸젱 Arthur Pougin, 《데보르드-발모르 부인의 젊음 *La jeunesse de Mme Desbordes-Valmore*》, p. 56.

** 켕김줄 : 돛대 꼭대기에서 양 뱃전에 매어 돛대를 고정시키는 밧줄을 말함.

르드-발모르의 추억 속에서는 기억이 '극적 장면을 만들고 있으며' 따라서 그녀가 상상하고 있음이 확실한 것이다. 젊은 고아의 드라마가 거대한 이미지 속에 새겨진 것이다. 삶 앞에서 내는 그녀의 용기가, 분노하는 바다 앞에서 내는 용기 속에서 자신의 상징을 발견한 것이다.

더욱이 감시되고 제어된 일종의 스윈번 콤플렉스가 활동하고 있는 몇 가지 경우를 볼 수 있다. 생각컨대 이것들은, 역동적 상상력에 관한 우리의 논문에 귀중한 확인을 가져올 수 있는 것이다. 참다운 인간적 평온함이란 무엇일까? 그것은 자기 자신에 대해서 얻은 평온함이지, 자연스런 평온함은 아니다. 그것은 어떤 폭력이나 분노에 대해서 획득한 평온함이다. 그것은 적대자의 무장을 풀고, 적에게 자신의 평온함을 과하여, 세계에 평화를 선언하는 것이다. 우리는 세계와 인간 사이에 있는 극히 가역적인 마술적 교감을 꿈꿀 수 있다.

에드거 키네(Edgar Quinet)는 '마술사 메를렝'[*]에 대한 그의 장대한 시편에서, 기묘한 힘으로 이러한 상상력의 마법을 표현하고 있다.

> '성난 바다를 진정시키기 위해 그대는 무얼 하는가.
> 나는 자신의 노여움을 억누른다.'[18]

---

[*] '마술사 메를렝 l'Enchanteur Merlin'은 중세 켈트 전설과 아서왕 전설에 나오는 인물임. 아주 오래된 고대의 전설 속에서는 아서왕의 궁정에 소속된 음유시인 겸 병정으로 등장하지만. 현대에 와서는 변형되어 마술사로서 성배(聖杯)를 찾는 일에 관계된 인물로 나온다. 아폴리네르, 브르통, 콕토 등이 이 이야기를 쓰고 있다.

[18] 에드거 키네, 《마술사 메를렝 *Merlin l'Enchanteur*》, 제1권, p. 412.

노여움이 역동적 상상력의 최초의 인식이라는 것을 어떻게 이보다 더 잘 말할 수 있겠는가? 우리는 노여움을 주고 또 받아들이며, 우주에 전달시키고, 또한 우주에 있어서와 마찬가지로 마음속에 그것을 머무르게 한다. 노여움은 인간이 사물에 대해 취하는 가장 직접적인 타협인 것이다. 최초의 역동적인 이미지를 주는 것이 노여움이기 때문에, 그것이 공허한 이미지를 낳지는 않는다.

난폭한 물은 우주적 분노의 최초의 도식 가운데 하나이다. 그러므로 폭풍의 정경이 없는 서사시는 존재하지 않는 것이다. J. 루크(Rouch)는 이 점을 지적하며 — 기상학자로서 —《프랑시아드 Franciade》[19][*]에서 롱사르가 그린 폭풍을 연구하고 있다. 인간적 위대함이 세계의 위대함과 비교될 필요가 있는 것이다. "고귀한 사상은 고귀한 풍경에서 생겨난다"고《순교자》(1809) 속에서 폭풍의 회화적 묘사를 끝낸 뒤 샤토브리안은 말하고 있다.

사실, 스윈번 콤플렉스가 장쾌한 철학을 활기 띠게 하고, 자신의 초인적 힘을 의식한 인간이 지배자 넵투누스(바다의 신)의 역할에까지 높아지는 많은 페이지를 발견할 수 있으리라. 잘 아는 것처럼, 지질학에 있어서의 넵튜니즘(水成設 neptunisme)[**]의 지지자인 괴테가 가

---

19 J. 루크,《문학에 있어서의 폭풍과 雷雨 Orages et tempêters dans la littérature》, 1929, p. 22.

* 1572년 미완의 장편서사시.

** 수성설이라는 말은 지질학 용어로서, 암석의 생성에서 물의 역할을 중시한다. 괴테도 수성설 신봉자 중의 한 사람으로 알려져 있다.

장 명백한 '심리학적 넵투누스'의 한 사람이 되어 있는 것은, 우연의 일치일까?《파우스트》제2부에는, 다음과 같은 페이지가 있다. "내 눈은 먼 바다 쪽으로 향해 있었다. 먼 바다는 자기 자신 위에 겹겹이 쌓이려 부풀어 오르고, 이어서 체념을 하고, 넓은 해변가를 괴롭히기 위해 물결을 출렁이게 하고 있었다. 그리고 열광케 하는 피의 움직임에 의해서 오만함이 모든 권리를 어떻게 자극하는가를 보며 나는 노여워하고 있었다. 나는 우연처럼, 눈길을 날카롭게 했다. 밀물은 멈춰 서고, 뒤쪽으로 굴러 떨어지며, 뽐내듯이 그것이 닿아 있던 대상(해변가)에서 멀어져가는 것이었다…… 불모(不毛)의 그 자체인 밀물은 모든 해변에 불모성을 퍼뜨리기 위해서, 기면서 다가와 부풀어 오르고 커지며 굴러 떨어져, 황량한 바닷가의 거대한 넓이를 덮어버리는 것이다. 거기서는 격렬한 물결이 지배하다가 또 물러가버려…… 아무 일도 이루어지지 않는다. 사슬에서 풀려난 원소의 이 무분별한 힘은, 절망에 이르기까지 나를 괴롭힐 수도 있으리라. 그때 나의 정신은 그 물결 자체 위로 높이 올라가는 것이다. 내가 싸우고자 하는 것은 바로 거기인 것이다! 바로 거기에서 이기고 싶은 것이다! 더구나 그건 가능한 일이다! …… 아무리 격렬하다 할지라도, 물결은 언덕 앞에서 모두 굴복하게 된다. 거만하게 나아간다 해도 아무 소용없는 일로서, 하찮은 언덕도 자랑스럽게 물결에 대항하며, 약간 파인 곳도 의기양양하게 물결을 끌어내리는 것이다. 그리하여 나도 처음에는 마음속에서 하나하나 계획을 짜는 것이다. 이 드문 즐거움을 확보하라! 거만스런 바다를 해변으로부터 밀어내라. 그리고 축축한 지역의 경계를 본시대로 돌아가게 하여, 바다를 저 멀리 자기 자신에게로 물러가게 하라…… 이것이 바로 나의 소원인 것이다."[20]

파우스트의 의지가 바라는 것처럼, 응시(regard)로써 소란스러운 바다를 멈추게 한다는 것, 또 미슐레의 아이가 한 것처럼, 적의를 품은 물결에 돌팔매질을 한다는 것, 그것은 역동적 상상력의 같은 이미지이다. 그것은 또한 힘에의 의지 같은 몽상인 것이다. 파우스트와 한 아이 사이의 이 뜻밖의 접근은, 힘에의 의지 속에 언제나 약간의 순진함이 있다는 것을 우리가 알 수 있게 해준다. 이러한 몽상의 술 장식(frange)이 없다면, 힘에의 의지는 무력하게 되리라. 힘에의 의지가 가장 공격적이 되는 것은 이러한 것들의 몽상에 의해서이다. 그러므로, 초인이 되기를 바라는 자는, 어른이 되기를 바라는 아이와 똑같은 꿈을 아주 자연스럽게 재발견하는 것이다. 바다에 명령하는 것은 초인적인 꿈이다. 그것은 천재의 의지이자 아이의 의지인 것이다.

V

'스윈번 콤플렉스' 속에는 마조히즘적 요소가 많다. 우리는 난폭한 물의 심리적 콤플렉스에 '크세르크세스 콤플렉스(complexe de Xerxès)'라는 이름의 한층 뚜렷하게 사디즘적인 콤플렉스를 결부시킬 수 있다.

---

20 괴테, 앞의 책, 포르샤 역, p. 421.

독자 앞에 헤로도투스가 이야기한 일화를 다시 말해보기로 하자.[21]

"크세르크세스가 세스토스와 아비도스 시(市) 사이에 몇 개의 다리를 놓도록 명령한 후, 이 다리들이 완성되자, 무시무시한 폭풍이 일어 동아줄을 끊어버리고 배들을 다 부숴버렸다. 이 소식에 접하자, 성이 난 크세르크세스는 노여움이 일어 헬레스폰트의 바다에 3백 번의 채찍질을 내리치게 하고, 거기에 수갑 하나를 던지게 했다. 그는 또 이와 같은 명령의 집행자들과 함께 사람들을 보내어 뜨겁게 달구어진 쇠로 물에다 낙인(烙印)을 찍게 했다고 한다. 그러나 바다를 채찍질하면서, 다음과 같은 야만스럽고 광기 어린 연설을 행한 것은 분명한 일이다. '바다여, 그대는 그럴 만한 이유가 없음에도 불구하고 무례한 짓을 저질렀으므로, 그대의 주(主)는 그대를 벌하는 것이다. 짐인 크세르크세스는 하는 수 없이 그대를 건너가리라. 그대는 위선적이고 더러운 물이므로, 그 누구도 그대에게 제물을 바치지 않는 것은 당연하도다.' 그는 이와 같이 바다를 처벌하고, 다리의 건축을 지휘했던 자들의 목을 베었던 것이다."[22]

만약 그것이 고립된 일화이며 예외적인 착란이라면, 이 페이지는

---

21 헤로도투스, 《역사》, 제7장, 34, 35.

22 키루스 Cyrus(고대 페르시아 제국의 건설자)는 벌써 그의 성스런 말 가운데 한 마리를 데려간 갠지스강에 복수를 하고 있다. "강의 모욕에 분개한 키루스는 그 후 여자들까지도 무릎을 적시지 않고 건널 수 있을 만큼 그 강을 약하게 만들어버리겠다고 위협하고, 강줄기를 딴 데로 돌리기 위해 3백 개의 운하를 파도록 자신의 군대에 지시했다."

상상력의 연구에 그다지 중요한 것이 되지 못하리라. 하지만 사정은 전혀 다르며, 극히 이상한 착란마저 결코 예외는 아닌 것이다. 메디아왕(크세르크세스를 가리킴)의 행위를 다시 새롭게 하는 전설에는 조금도 모자라는 점이 없다. 그들의 마술이 실패한 후, 얼마나 많은 마녀들이 늪의 수면을 후려치면서 자신의 원한을 객관화시켰던 것인가.[23] 푸크빌[*]이 말하는 바에 따르면, 생티브 또한 이나퀴스 강가에 사는 터키인들의 습관을 보고하고 있다는 것이다. 이 습관은 1826년경에도 여전히 실시되고 있었다.

"서류형식에 맞추어 꾸며지고 서명된 청원장에 의해서, 터키인들은 재판관에게, 이나퀴스 강이 경계에서 나와, 그들의 밭을 황폐하게 한다는 것을 진술하고, 그 강이 자신의 침대로 되돌아가게끔 명령해달라고 탄원한다. 재판관은 그렇게 판정되어지기를 바라는 대로 판결을 내리고, 그 선고(宣告)는 그대로 잘 지켜진다. 그러나 만약 물이 불어나게 되면, 그때 재판관은 주민들을 데리고, 문제의 장소에 가서 강을 향해 물러가라고 명령한다. 강에는 재판의 권고장의 사본이 던져지며 주민들은 강을 침략자나 탈취자로 취급하여 돌을 던지는 것이다……."

이와 똑같은 습관이 아실 밀리앙(Achille Millien)의 《그리스와 세르비아의 민요》(1891년, p. 68)에도 나타나 있다. 죽은 수부(水夫)의 아

---

23 세비요, 앞의 책, 제2권, p. 465.

[*] 푸크빌 Pouqueville(1790~1838) : 프랑스 작가. 그리스 독립운동을 중심으로 한 《그리스 흥망사》를 썼음.

내들이 바닷가에 모인다. 그리하여 이렇게 노래 부르는 것이다.

> 번갈아 물결 위를 채찍으로 때려라.
>
> 아, 거품 이는 물결의 심술궂은 바다야,
>
> 우리 서방 어디 있나, 우리 주인 어디 있나?

이러한 폭력은 모두 원한이나 상징적이고 간접적인 복수의 심리에 따르는 것이다. 우리는 물의 심리학 속에서, 광란하는 흥분의 다른 형식을 사용할지도 모를 비슷한 폭력을 발견할 수 있다. 우리는 그것들을 주의 깊게 검토함으로써, 노여움의 심리학의 모든 세부적인 일들이 플랜 위에서 다시 발견되는 것을 알게 되리라. 사실 '폭풍몰이꾼(Tempestiaire)'*의 습관 속에서 '심술쟁이(taquin)'의 명백한 심리를 볼 수 있는 것이다.

바라는 대로의 폭풍을 얻기 위해서, 폭풍의 호모 파베르(공작적 인간 homo faber)의 폭풍몰이꾼은 아이들이 개에게 짓궂게 굴듯이 물을 자극한다. 그에게는 샘물만 있으면 그것으로 충분한 것이다. 그는 개암나무 막대기나 야곱의 막대기(권위의 상징을 가리킴)를 손에 들고 물가로 간다. 뾰죽한 끝부분으로, 그는 샘물의 투명한 거울을 스치고, 재빨리 다시 잡아당긴다. 그러고는 갑작스런 동작으로 다시 푹 박아, 물을 찌른다.

---

* '폭풍몰이꾼'이라는 말로 번역해본 이 말은 바슐라르가 만든 것으로, '폭풍을 기도로 부르는 사람' 정도의 뜻을 갖는다.

그 무엇에도 상처받지 않은 피부와 같은 물[24]

휴식 속에서 참으로 온화한 물은, 마침내 파문을 일으키기에 이른다. 물의 신경이 바야흐로 활동하는 것이다. 그때 폭풍몰이꾼은 막대기를 물 밑바닥의 모래에까지 집어넣어, 샘물을 내장에 이르기까지 마구 채찍질하는 것이다. 이번에는 원소가 분노하여 그 분노는 우주적인 것이 된다. 폭풍은 울부짖고, 벼락은 폭발하고, 싸락눈은 타닥타닥 튀고, 물은 대지를 침수시킨다. 폭풍몰이꾼은 그의 우주적 행위를 이룩하는 것이다. 그 때문에 물 속에서 우주적 심리학의 모든 특성을 발견하는 것을 확신하면서, 그는 야유의 심리학을 '투영'시키는 것이다.

생티브의 《물의 민속학》에서 우리는 폭풍몰이꾼 행위의 많은 예를 찾아볼 수 있다.[25] 그 중 몇 가지를 요약해보기로 하자. 니콜라스 레미(Nicolas Remi)의 《악마 취미 *Démonolâtrie*》(1595)에서 우리는 다음과 같은 글을 읽을 수 있다.

"2백 명도 더 넘는 사람의 자연발생적이며 자유로운 증언에 따른다면, 마법사로서 화형에 처하게 된 두 사나이가 연못이나 강가에 몇 날이고 모여서, 악마에게서 받은 검은 막대기로, 숱한 증기가 솟아올라 그들을 하늘로 끌어올리기까지, 물을 세차게 후려치다가, 그 마법

---

24 폴 엘뤼아르, 《동물과 인간·인간과 동물 *Les animaux et leurs hommes, Les hommes et leurs animaux*》, '젖어 있는 것'
25 생티브, 앞의 책, pp. 205~211.

이 끊어지자 억수로 퍼붓는 우박 속에서 지상으로 추락한다는 것이
다……."

어떤 호수는 특히 성을 잘 내고, 사소한 '야유'에도 곧바로 반응
을 나타낸다. 포와(Foix)와 베아른(Béarn), 그리고 나바르(Navarre) 백
작가(家)의 한 옛날 역사가는, 피레네 지방에 "불꽃과 불과 천둥을 기
르는 두 개의 호수가 있는데…… 만약 거기에 무언가를 던지면, 곧바
로 공중에서 굉장한 와글거림이 들려오고, 이와 같은 노여움을 눈으
로 본 구경꾼들의 대부분은 불에 닿아서 그 연못의 한결같은 이상한
벼락에 찢겨진다"고 보고하고 있다. 또 다른 작가는, "바덴에서 40리
떨어진 곳에 작은 호수가 하나 있는데, 대지에서 돌과 같은 어떤 물
체를 던지면, 반드시 하늘은 금방 비나 폭풍으로 어지러워진다고 기
록하고 있다." 폼포니우스 멜라(Pomponius Mela)[*]는 특별히 '민감한'
샘물에 대해 쓰고 있다.

"우연히 사람의 손이 (샘가의 바위에) 닿으면 곧 샘물은 터무니없
이 부풀어 올라, 폭풍에 의해 출렁거리는 바다의 물결과 비슷한 모래
의 소용돌이를 말아 올린다"[26]는 것이다.

이상에서 본 바와 같이 민감한 피부를 가진 물이 존재하는 것이
다. 우리는 여러 가지 뉘앙스를 증가시킬 수 있으면 난폭한 물의 반
동을 아무런 피해없이 지니면서 물에 가해지는 공격이 실제로 감소

---

[*] 기원 1세기경의 로마 지리학자.
26 생티브, 앞의 책, p. 109.

될 수 있는 것을 보여줄 수도 있다. 또한 공격이 채찍질로부터 단순한 위협으로 옮겨갈 수 있는 것임을 보여줄 수도 있으리라. 그저 손톱으로 할퀴는 것만으로, 또 아주 미소한 오점만으로도, 물의 노여움을 불러일으킬 수 있는 것이다.

문학적 심리학자로서의 우리의 작업이 몇 가지 전설이나 고대의 이야기를 인용하는 데 그친다면 만족스런 결과에 이르지 못하리라. 사실 크게 크세르크세스의 콤플렉스가 몇몇 작가의 몽상 속에 활동하고 있음을 우리는 보여줄 수 있다. 이제 우리는 그 경우를 몇 개 보고하자고 한다.

우선 맨 처음에는, 물에 대한 공격이 단순한 경멸을 거의 뛰어넘지 않는, 아주 밋밋한 경우이다. 우리는 그것을 에드거 키네의 《아스베뤼스》에서 찾아볼 수 있다.(p. 76) 오만함으로 가득 차 있고 자신의 권력 의지를 믿는 왕은 홍수로 부풀어 오른 대양을 향해 다음과 같은 말로 도전한다.

"대양이여, 먼 바다여, 너는 전에 나의 탑 계단을 세어본 일이 있다…… 성난 가련한 아이여, 너의 발이 나의 포석(鋪石) 위에 미끄러지지 않도록, 또 너의 침[唾]이 나의 난간을 적시지 않도록 주의해라. 계단을 반쯤 올라오기도 전에, 수치를 느끼며 힐떡거리는, 물거품으로 자신의 몸을 둘러싼 너는 내가 지쳐 빠져버렸다고 생각하면서 네 집으로 돌아가리라."

오시앙*에서 폭풍과 싸우는 것은 흔히 검(劍)을 가지고 한다. 셋째 노래에서 칼마르(Calmar)는 칼집에서 뺀 칼을 들고 파도를 향해 나아간다.

"구름이 나지막하게 그의 곁을 지나갈 때, 검은 구름덩이를 휘어잡고, 그 검은 안개 속에 칼을 푹 찌른다. 폭풍의 정령은 공기를 아랑곳하지 않는다……."

우리는 인간에 대해 싸우는 것과 마찬가지로 사물에 대해서도 싸우는 것이다. 투쟁의 에스프리는 동질적(同質的 homogène)인 것이다.

때때로 은유의 방향이 도치되는 수가 있다. 즉 바다에서 저항이 인간에 대한 저항에 이미지를 줄 수도 있는 것이다. 빅토르 위고는 이렇게 메스 르티에리(Mess Lethierry)를 그리고 있다. '거치른 모양이 결코 그를 물러서게 하는 일은 없었는데, 그것은 그가 구속에 거의 좌우되지 않았기 때문이다. 그는 그것도 대양과 마찬가지로 용서하지 않았다. 그것은 복종하는 것을 의미했던 것이다. 만약 바다가 저항한다면 어쩔 수 없는 일이다. 그것은 운명으로 받아들이지 않으면 안 된다. 메스 르티에리는 조금도 양보하지 않았다. 불끈하는 물결도, 항의하는 이웃사람과 같이 그를 말리지는 못했다."[27]

인간은 한 조각의 돌로 만들어진 것이다. 그는 모든 적대자에 대해서 똑같은 의지를 가지고 있다. 모든 저항이 똑같은 의지를 눈뜨게 하는 것이다. 의지의 영역 안에서는 사물과 인간 사이에 구별이 없는 것이다. 오직 한 인간의 저항에 '화를 내며(vexée)' 물러가는 바다의 이미지는, 읽는 이에게 아무런 비평도 야기시키지 못한다. 그러나 거

---

* 오시앙 Ossian : 3~5세기경 겔트족의 병사이며 시인인 오시앙이 노래했다는 서사시.
27 빅토르 위고, 《바다에서 일하는 사람들》, 제1부 제4장.

기에 대해 곰곰이 생각해보면, 그러한 이미지는 크세르크세스의 광기 어린 행위의 단순한 은유가 되는 것이다.

어떤 위대한 시인이 원초적 사고(思考)를 발견하게 되면, 그의 펜 밑에서, 전설의 소박함은, 무언가 잘 알 수 없는 전설적인 아름다움 앞에 사라져버리는 것이다. 크세르크세스는 벌겋게 달군 쇠로 거역하는 헬레스폰트 해협에 낙인(烙印)을 찍지 않았던가? 폴 클로델은 헤로도투스의 본문을 생각하지 않고 그런 이미지를 다시 발견한 것으로 생각된다. 《정오의 분할 *Partage du Midi*》의 제1막 서두에는, 기억만으로 인용하는 것이지만 "바다는 번쩍이는 등뼈, 벌겋게 달군 쇠로 낙인을 찍히는 얼빠진 암소와 같다"는 근사한 이미지가 있다. 이 이미지는 놀란 바다를 피가 흐를 때까지 상처 입히는 저녁 하늘의 감동적인 아름다움이 아닐까? 이 이미지는, 자연 앞에서 — 책과 학교 냄새 나는 충고에서 멀리 떨어져 — 시인이라는 자연의 손으로 만들어진 것이다. 이와 같은 페이지는 우리의 논문에서는 대단히 귀중한 것이다. 이러한 페이지는 포에지가 외견상 인공적인 여러 가지 이미지의 자연스럽고 지속적인 종합이라는 것을 보여주는 것이다.

정복자와 시인은 다 같이 자신의 힘의 낙인을 우주에 찍기를 바란다. 그들은 다 같이 낙인을 손에 들고, 정복한 우주에 자신의 벌겋게 달구어진 쇠를 찍는 것이다. 역사나 과거 가운데서 우리에게 광기스럽다고 생각되는 것이 이제 영원한 현재 속에서 자유로운 상상력의 깊은 진실이 되는 것이다. 현실적으로 인정되지 않으며 심리학적으로 광기(狂氣) 어린 은유는, 그러나 시적 진실인 것이다. 그것은 은유가 시적인 혼의 현상이기 때문이다. 또한 그것은, 자연의 현상이며, 우주적 자연 위에 던져진 인간적 자연의 투영이기도 한 것이다.

VI

그러므로 이러한 모든 전설과 착란과 시적 형식을 아니미즘의 이름 아래 포함시켜버리면, 모든 것을 다 말하지 못한 것이 된다. 사실, 참으로 활기 띠게 하는 아니미즘, 민감하고 의지적인 삶의 모든 뉘앙스를 상상된 세계 속에서 확실히 재발견하고, 또 자연을 불안정한 인간의 모습으로 읽어내는, 세부에 걸쳐 섬세한 아니미즘이 문제라는 것을 염두에 두지 않으면 안 된다.

만약, 교육된 능력이 아니고 자연스런 능력으로서 생각된 상상력의 심리학을 이해하고자 한다면, 다양한 아니미즘, 즉 모든 것을 활기 띠게 하며, 모든 것을 투영하고, 모든 것에 관한 욕망과 영상, 내적 충동과 자연스런 여러 힘을 혼합하는, 그런 다양한 아니미즘에 어떤 역할을 주지 않으면 안 된다.

그때 이미지는 거기에 알맞게, 관념 앞에 다시 자리잡게 되리라. 자연에서 직접 주어지는 '자연스런(naturelles)' 이미지, 자연의 힘과 우리 본성의 힘을 동시에 따르며 자연스런 여러 원소에서 물질과 운동을 받아들이는 이미지, 또 우리의 내부와 기관 속에서 생생하게 느껴지는 이미지가, 거기에 알맞게 제1열에 자리잡게 되리라.

어떤 임의의 인간적 행위를 생각해볼 수도 있다. 그러면 그 행위가 인간의 환경과 들판의 환경에서 동일한 의미를 갖고 있지 않다는 것을 알아차리게 되리라. 예를 들면 아이가 체육관의 톱밥 속에서 달음박질하며 넓이뛰기를 시도할 때는, 인간으로서의 경쟁심밖에는 느끼지 않는다. 만약 그 아이가 연습에서 첫째라면, 그것은 인간 사이에서 첫째라는 것이다. 하지만 '자연스런' 장애물을 뛰어넘거나, 조그만 냇물을 단번에 건너뛰는 것은 얼마나 다른 자랑, 초인적인 자랑이겠는가! 사람은 홀로 있어도 못쓰며, '첫째'가 되지 않으면 안 된다. 더구나 자연의 질서에서 사람은 첫째인 것이다. 그리고 아이는, 버드나무 그늘에서 항시 놀며, 소란스런 물에 용감히 맞서면서, 목장에서 목장으로 두 개의 세계의 주인으로서 걸어가는 것이다. 얼마나 많은 이미지가 거기에 스스로의 자연스런 근원을 붙잡으러 오는 것인가! 얼마나 많은 몽상이 거기에 힘과 승리의 맛(goût), 뛰어넘는다는 것에 대한 경멸의 맛을 포착하러 오는 것인가! 넓은 목장의 작은 냇물을 뛰어넘는 아이는, 모험을 꿈꾸고, 힘과 도약과 대담함을 꿈꿀 줄 아는 것이다. 그는 참으로 하늘을 나는 70리 장화(les bottes de sept lieues)[*]를 신은 것이다.

더구나 '자연스런' 장애물로서의 작은 냇물을 뛰어넘는 것은 우리가 꿈속에서 즐겨 행하는 도약과 아주 흡사한 것이다. 만약 우리가 제안하는 바와 같이, 우리의 현실적 경험의 문지방에 앞서, 잠이라는 거대한 나라에서 우리가 갖게 되는 상상적 경험을 다시 발견하고자

---

[*] 〈하늘을 나는 70리 장화〉는 프랑스 동화에 나오는 이야기이다. 그 장화를 신으면 자기가 가고 싶은 곳으로 날아갈 수 있다. 신기한 장화이다. 마르셀 에메가 쓴 똑같은 제목의 단편이 있다.

노력한다면, 상상과 몽상과 영역 안에서 우리의 밤의 경험을 검증하기 위해 낮이 주어진 것이라는 것을 이해할 수 있을 것이다.

샤를르 노디에는 그의 《몽상 *Rêveries*》에서 다음과 같이 쓰고 있다.

> 우리 시대의 가장 총명하고 심오한 철학자 가운데 한 사람이…… 젊었을 때 공중에서 몸을 지탱하며 비행하는 놀라운 능력을 얻게 되는 꿈을 몇 날 계속해서 꾸고 난 후, 작은 냇물이나 도랑을 지나갈 때마다 건너 뛰어 봤으나 환멸을 느끼지 않은 적이 없었다고 내게 말했다.(p. 165)

작은 냇물을 본다는 것은 먼 몽상을 다시 소생시키는 것이며, 우리의 몽상에 활력을 주는 것이다.

반대로, 정확하게 역동화된 문학적 이미지는 독자를 역동화하는 것이며, 공명하는 혼 속에서 독서에 대한 일종의 위생법, 상상상(想像上)의 체조, 신경중추(神經中樞 centres nerveux)의 체조를 야기시키는 것이다. 신경조직은 이와 같은 시편을 필요로 하고 있다. 그러나 공교롭게도, 우리의 막연한 시학 속에서는, 개인적 처방을 쉽사리 발견할 수 없다.

수사학은 미(美)의 퇴색한 백과사전적 설명과 명쾌함을 순진한 합리화로써 우리에게 참으로 원소에 충실하는 것을 허락하지 않는 것이다. '우리의 상상적 자연의 현실적 환상(fantôme réel de notre nature imaginaire)'을 그 충분한 비약 속에서 우리가 포착하는 것을,

레토릭(rhétorique)은 방해하는 것이다. 만약 그 환경이 우리의 삶을 지배하는 것이라면, 그것은 우리 존재의 진실과 우리 자신의 역동성의 에너지를 우리에게 되돌려줄 것이다.

물의 말

나는 강의 흐름을 바이올린처럼 지닌다.
— 폴 엘뤼아르, 《열려진 책》

거울이라기보다는 전율…… 휴식과 동시에 애무,
흐르는 樂弓에서 물거품의 콘서트로의 이행.
— 폴 클로델, 《해뜨는 나라의 검은 새》, p. 230.

I

우리는 결론에서, 강이 우리에게 주는 서정의 교훈 전부를 통일하고자 한다. 요컨대 이러한 교훈은 매우 커다란 통일성을 지니고 있다. 그 교훈은 참으로 근원적인 원소의 교훈인 것이다.

물의 시의 음성적 통일을 명확히 보여주기 위해서, 우리는 곧바로 극단적인 역설을 전개해나가고자 한다. 즉 물이 유동하는 언어, 원활한 언어, 리듬을 부드럽게 하고, 서로 다른 리듬에 균일한 물을 주는 언어, 계속하며(continu) 또 계속되는(continué) 언어의 주인이라는 역설을 말이다. 그리하여 우리는 유동하며, 활기에 차 있는 포에지나 원천에서 흘러나오는 포에지의 특성을 말하는 표현에, 충분한 의미를 주기에 주저하지 않을 것이다.

지금 우리가 하고 있는 것처럼, 과장함이 없이, 폴 드 륄은 유음(流音), 습음(濕音, l, m, n, r)에 대한 스윈번의 애착을 정확하게 관찰하고 있다. "다른 자음(字音)의 증가나 충동을 회피하기 위한 유음의 사용은, 그에게 다른 중간음을 증가시키도록 인도하고 있다. 간단한 말 대신에 관사나 파생어를 사용하는 것은 다른 동기를 별로 가지고 있지 않은 것이다. — in the june days — Life within life in laid"[1] 폴 드 륄이 수단(des moyens)을 보고 있는 곳에서, 우리는 어떤 목적

---

1 폴 드 륄, 《스윈번의 작품》, p. 32 노트.

(fin)을 보는 것이다. 즉 우리가 말해본다면, '유동성'이란 언어의 욕
망 그 자체인 것이다. 언어는 흘러가기를 바란다. 그것은 본성적으로
흘러가는 것이다. 그 갑작스런 도약이나 로카이유(rocaille)*나 딱딱함
은, '자연화하는(naturaliser)'데 한층 곤란한 인공적 시도가 되는 것
이다.

우리의 주제는, 자연을 모방하는 포에지의 교훈에 머무르지 않는
다. 사실 모방적인 포에지는, 표면적인 채 머물러 있도록 되어 있는
것처럼 보인다. 그것은 살아 있는 소리(son)에서 야만스러움과 서투
름밖에는 이끌어내지 못하는 것이다. 그것은 소리를 내는 기계적인
것을 주지, 인간적으로 살아 있는 음향(sonorité)을 주지는 않는다. 예
를 들면 스피어맨(Spearman)은 다음과 같은 시구에서 거의 뜀박질 소
리가 들린다고 말하고 있다.

'나는 등자(鐙子 stirrup)를 달고 달렸다. 조리스도, 그도,

나는 빨리 뛰었다. 더그도 빨리 뛰었다. 우리는 빨리 뛰었다. 셋이서 모
두.'[2]

어떤 소리를 보다 잘 재창조해내기 위해서는, 더 한층 깊은 곳에
서 만들어내지 않으면 안 되며, 만들려는 의지를 살지(生) 않으면 안
된다. 이 경우 시인은, 우리에게 다리를 움직이도록, 또 뜀박질

---

* 루이 15세 시대의 조가비나 돌로 기구를 장식하는 로코코 취미.
2 스피어맨,《창조적인 마음 *Creative mind*》, p. 88.

(galop)의 불균형한 운동을 충분히 살기 위해 돌면서 달리도록 유도하지 않으면 안 되리라. 그런데 이러한 역동적 준비작용이 결여되어 있는 것이다. 말하게 하고, 움직이게 하며, 바라보게 하는 청취(audition), 즉 '적극적 청취'를 낳는 것은 이러한 역동적 준비인 것이다. 사실, 스피어맨의 이론은 전체적으로 보면 지나치게 개념적이다. 그의 추론은 시각에 굉장한 특권을 주면서 대상에 의지하고 있다. 그러기에 재생산적 상상력의 한 방식에 다다를 수 있을 뿐이다. 그러나 재생산적 상상력은, 창조적 상상력을 은폐하여 행동을 방해한다. 결국, 상상력을 연구하기 위한 참다운 영역은 그림이 아니라 문학작품이고, 말이며, 글인 것이다! 하지만 형식이란 얼마나 하찮은 것인가! 물질이 얼마나 많이 지배하는가! 냇물이 얼마나 위대한 스승인가!

발자크가 말하는 바와 같이 '한 사람 한 사람의 말 속에는 감추어진 신비'[3]가 존재하는 것이다. 그러나 참다운 신비가 반드시 근원이나 원천 속에, 오래된 형태 속에 존재하는 것은 아니다……. 활짝 꽃핀, 생명에 넘치는 말, 과거가 완성시켜버리지 않은, 옛사람들도 이처럼 아름답다고는 알지 못했던 말, 국어의 신비적 보석인 말이 존재하는 것이다. '강(rivière)'이라는 말이 바로 그런 말이다. 이것은 다른 나라의 언어에는 전달 불가능한 하나의 현상이다. 영어의 '강(river)'이라는 말이 갖는 야만스런 음(音)에 관해 음성학적으로 생각해보기 바란다. '리비에르(riviére)'라는 말이 모든 말 가운데서 가장

---

3 발자크,《루이 랑베르 *Louis Lambert*》, 로로와版, p. 5.

프랑스적인 것임을 이해할 수 있으리라. 이 말은 움직이지 않는 '강변(rive)'이라는 말의 시각적 영상으로 만들어진 말이지만, 흘러가는 것을 그치지 않는다……

어떤 시적 표현이, 순수하며 동시에 지배적인 것으로서 나타날 때 그것이 언어의 원초적이고 물질적인 원천과 직접적인 관계를 맺고 있는 것임을 뚜렷이 할 수 있으리라. 나는 항상 시인들이 물의 시에 아르모니카[*]를 결부시키는 데 놀랐던 것이다. 장 파울의《거인》에 나오는 귀여운 맹인은 아르모니카를 켜고 있다.《포칼》에서 티크의 주인공은 유리컵의 가장자리를 아르모니카처럼 켜고 있다. 어떠한 기적으로, 소리를 내는 물컵이 아르모니카라는 이름을 지니게 됐는지 어떻게 자문(自問)하지 않을 수 있었는가? 나는 나중에 바호펜의 책에서 모음의 a(아)는 물의 모음이라고 분명히 읽었던 것이다. 그것 (모음 a)은 aqua(라틴어로 물이라는 뜻), apa(루마니아어로 물이라는 뜻), wasser(독일어로 물이라는 뜻)를 지배하는 것이다. 그것은 물에 의한 창조의 문제가 되는 것이다. a는 최초의 물질을 표시한다. 그것은 우주적인 시편의 머리글자이다. 그것은 티베트의 신비주의에서는 혼의 휴식의 문자인 것이다.

여기서 사람들은 우리를 단순한 언어상의 유사성을 견고한 이유로 받아들이고 있다고 비난할 것이며, '유음(consonnes liquides)'이란

---

[*] 아르모니카harmonica : 유리컵을 목금처럼 나란히 세워놓은 타악기의 일종.

것이 음성학자의 기묘한 비유를 떠올리는 데 지나지 않는 것이라고 말할 것이다. 그러나 이와 같은 반박은 깊은 삶 속에서의 말과 현실의 '교감'을 느끼는 것에 대한 거부처럼 우리에게는 생각된다. 이와 같은 반박은 창조적 상상력, 즉 말에 의한 상상력, 말하는 것(parler)에 의한 상상력, 말하는 것을 근육운동과 즐기고, 입심 좋게 말하며 존재의 심령학적 볼륨을 증대시키는 상상력의 모든 영역을 멀리하려고 하는 의지인 것이다. 이러한 상상력은, 강이 구두점 없는 말이며, 이 이야기(récit)의 경우에서도 '구두점을 붙이는 사람'을 승인하지 않는 엘뤼아르적 문장이라는 것을 잘 알고 있다. 오, 강의 노래여, 자연으로서의 아이(nature-enfant)의 재잘거림이여!

그런데 어찌하여 흐르는 화법, 큰 소리로 떠들어대는 화법, 시냇물의 은어를 살[生]지 않는 것인가!

만약 '말하는 상상력(l'imagination parlante)'의 이러한 모습을 쉽사리 포착하지 못한다고 한다면, 그것은 의성어의 기능에 지나치게 제한된 의미를 부여하려 하기 때문일 것이다. 우리는 늘 의성어(onomatopée)가 메아리이기를 바라고 있으며, 청취에 의해서 완전히 인도되기를 바라고 있다. 사실상 일반적으로 가정하고 있는 것 이상으로 귀는 훨씬 자유스러우며, 모방 가운데서 일정한 전이(轉移)를 받아들이기를 바라는 것이어서, 곧바로 최초의 모방을 흉내 내는 것이다. 인간은 듣는 기쁨에, 활발하게 말하는 기쁨, 자신의 모방자로서의 재능을 나타내는 외면적 기쁨을 결부시키는 것이다. "소리는 의음법(擬音法)의 일부분에 지나지 않는 것이다(Le son n'est qu'une partie du mimologisme)."

샤를르 노디에는 순진한 어린애와 같은 학문으로, 의성어의 투영적 특질을 잘 이해하고 있다. 그러한 특질은 다음과 같은 브로스(Brosses) 재판장*이 말하는 의미에 풍부하게 있는 것이다. "많은 의성어는 그것이 표현하는 운동에서 생기는 음에 따르지 않고 동일한 종류의 다른 움직임과의 유추와 그것의 일반적 효과 속에서 고려될 때, 적어도 그 움직임이 생겨나게 할 음(音)에 따라 형성되는 것이다. 예컨대 이러한 추측이 이루어지는 '눈을 깜박거리는 것(clignoter)'의 행위는 현실적인 어떠한 소리도 내지 않지만 그와 비슷한 종류의 다른 행위는 그것이 수반하는 소리에 의해서 그 말의 뿌리 역할을 하는 음향을 아주 잘 상기시키는 것이다."[4] 그러므로 거기에는, 듣기 위해서 '생산하며' '투영'하지 않으면 안 되는 일종의 대표적 의성어, 즉 떨리는 눈꺼풀에 소리를 주는 일종의 추상적 의성어가 존재하는 것이다.

폭풍이 지나간 뒤에 나뭇잎에서 떨어지면서 이상에서 말한 바와 같이 눈을 깜박거리며 빛과 물의 거울을 떨게 하는 물방울이 있다. 그것을 '바라볼(voir)' 때, 떠는 것이 '들리는' 것이다.

그러므로 우리 식으로 말해본다면, 시적 활동 속에는 조건부의 기묘한 일종의 반영(反映)이 있는 것이다. 왜냐하면 그것은 '세 개'의 뿌리를 갖고 있는 것이기 때문이다. 다시 말하면 시각적 인상, 청

---

* 샤를르 드 브로스(1709~1777) : 프랑스의 풍자작가.

4 샤를르 노디에, 《프랑스 擬聲語 사전 *Dictionnaire raisonné des Onomatopées françaises*》, 1828, p. 90.

각적 인상, 음성적 인상을 모으고 있는 것이기 때문이다. 그리고 표현하는 기쁨은 극히 충일된 것이므로, 마침내 풍경에 자신의 지배적인 '터치(touches)'를 기록하는 것은 음성적 표현인 것이다. 목소리는 몇 개의 영상을 '투사(投射)'한다. 그때 입술과 이빨은 서로 다른 경치를 생기게 하는 것이다. 주먹과 턱으로써 생각할 수 있는 풍경이 있다. …… 발음하는 데 아주 쉽고 감미로우며, 느낌이 좋은 순형(脣形 labiés)의 풍경이 있다. …… 특히 유음의 음소(音素)를 갖는 모든 말을 모을 수 있다면 매우 자연스럽게 물의 풍경을 가질 수 있으리라. 거꾸로, 물의 심적 경향이나 물의 말을 통해 표현되는 시적 풍경은, 매우 자연스럽게 유음(流音)을 발견하는 것이다. 소리, 타고난 소리, 자연스러운 소리 — 다시 말하면 목소리는 — 사물을 있어야 할 위치에 놓는 것이다. 모음화는 참다운 시인들의 그림(peinture)을 지배하는 것이다. 우리는 이제 시인의 상상력을 결정하는 이러한 모음에 대한 귀속에 관한 한 예를 보여주도록 시도해나갈 것이다.

이렇게 해서 내가 냇물의 소용돌이에 귀를 기울였을 때, 시인의 많은 시구에서, 냇물이 백합과 글라디올러스(le glaïeul)를 꽃피게 하는 것을 극히 자연스러운 것으로 생각했던 것이다. 이러한 예를 조금 더 상세하게 연구한다면, 시각적 상상력에 대한 말의 상상력의 승리, 또는 보다 더 간단하게 말하자면, 리얼리즘에 대한 창조적 상상력의 승리를 이해할 수 있을 것이다. 동시에 어원학(語源學)의 시적 무기력을 이해할 수 있을 것이다.

글라디올러스는 그 이름을 — 시각적으로, 그리고 수동적으로 — 검(劍 glaive)에서 받았다. 이 꽃은 베어지지도 않고, 잘라지지도 않은 검, 그 끄트머리가 아주 가늘고, 모양이 좋으나 찌를 수 없을 만큼 연약한 검인 것이다. 그 형태는 물의 포에지에 속해 있지 않다. 그 색깔도 마찬가지다. 이 빛나는 색깔은 따뜻한 색깔이며 지옥의 불꽃이다. 몇몇 나라에서 글라디올러스는 '지옥의 불꽃'이라 불리고 있다. 결국 실제로 냇가에서는 이 꽃을 거의 볼 수 없는 것이다. 그러나 노래 부를 때, 리얼리즘은 언제나 들리기 마련이다. 시각(視覺 vue)은 더 이상 지배하지 않으며, 어원학(語源學)도 더 이상 사고하지 않는다. 귀도 꽃들과 더불어 이름 붙이기를 바라며, 자신이 듣고 있는 것이 언어 속에서 직접 꽃피기를 바란다. 색깔의 부드러움도 이미지로 나타나기를 바란다. 들어보라! '글라디올러스'는 이때 강의 특별한 한숨이며, 또 그것은 펼쳐서 흘러가, 더 이상 이름 붙일 수 없을 가벼운, 아주 가벼운 슬픔과 함께, 우리 내부에서 동시에 일어나는 (synchrone) 한숨인 것이다. 글라디올러스는 우울한 물에 대해서 반쯤 상복(喪服)을 입고 있는 것이다. 기억하고 반영하는 빛나는 색깔에서 멀리 떨어져, 그것은 잊어버릴 수 있는 가벼운 흐느낌인 것이다. '유음(流音)'의 음철은 잠시 옛 추억에 머물러 있는 이미지를, 부드럽게 만들어 앗아가버린다. 그것은 슬픔에 약간의 유동성을 되돌려주는 것이다.[5]

　그렇듯 많은 '파묻힌 종(鐘)' 아직도 울리는 가라앉은 종루(鐘

---

5 말라르메는 글라디올러스를 백조와 결합시키고 있다. '가느다란 목의 백조와 함께 있는 황갈색 글라디올러스' 《꽃들》 이것은 우리의 생각에 의한다면, 물에 기원(起源)을 가진 '결합'이다.

樓), 수정 같은 소리에 무거움을 주는 그렇듯 많은 황금의 하프를, 물소리의 포에지와는 다르게 어떻게 설명할 수 있겠는가! 쉬레(Schuré)가 보고한 독일 가곡에서, 큰 강의 수마(水魔 Nixe)에게 연인을 빼앗긴 청년이, 대항하는 의미로 황금의 하프를 켜는 장면이 나온다.[6] 아름다운 선율에 서서히 정복된 수마(水魔)는 약혼자를 되돌려준다. 마법은 마법으로, 음악은 음악으로 정복되는 것이다. 이렇게 해서 마술에 걸린 대화는 이어져간다.

마찬가지로 물의 웃음은 어떠한 메마름도 지니지 않을 것이며, 그것을 표현하기 위해서는, 조금 미친 종(鐘)처럼, 어떤 종류의 초록색으로 우리는 '청록색(glauque)' 소리를 필요로 할 것이다. 개구리는 음성학적으로 — 상상적인 음성학인 참다운 음성학에서 — 이미 물의 동물인 것이다. 개구리가 초록색이라는 것으로 더욱 그러하다. 선량한 사람들이 물(여기서는 비를 가리키는 뜻)을 개구리의 시럽이라고 부르는 것은 그리 틀린 말이 아니다. 그걸 마시는 녀석은 알다가도 모를 얼빠진 녀석일 게다![7]

---

6 쉬레 Schuré, 《리이드의 역사 *Histoire du Lied*》, p. 103.

7 《개구리에게》라는 베다 찬가의 '자유스런 혼란'을 해석하기 위해서, 루이 르누는(앞의 책, p. 75) '개구리'(여성 명사)에 대한 남성 명사의 등가물을 바라고 있는 듯하다. 샹파뉴 지방의 어떤 마을의 옛날이야기 속에서 '얼빠진 애비'는 '얼빠진 어미'의 상대가 되어 있다. — 다음은 루이 르누가 번역한 두 구절이다. — "'장마철'이 시작되어, 잔뜩 목말라 기다리는 개구리 위에 비가 내릴 때, 개구리들은 아크칼라(akhkhal à)!라고 외치는 거야. 그리고 말야, 아들 개구리가 지 애비 쪽으로 갈 때면 개구리들은 그냥 와글와글 하는 거지." — "만약 개구리들 가운데서 한 마리가 선생 말을 학생이 따라 하듯이 딴 개구리 말을 되풀이한다면, 너희들이 아름다운 목소리로 물 위에서 따라 부르기 시작하는 하나의 노래처럼, 모든 게 잘 어울리게 되는 거지."

폭풍(tempête)의 〔a〕와 삭풍(aquilons)의 시끄러움 뒤에 오는 물 (eau)의 〔o〕, 즉 소리의 용솟음과 아름다운 둥그스름함을 듣는 것은 얼마나 행복한가. 언어가 미친 여자처럼 뒤바뀔 만큼 즐거움이 회복 되는 것이다. 냇물은 농담을 하고, 개울물은 철철 흐르는 것이다. "le ruisseau rigole et la rigole ruisselle."

만약 회오리바람이나 질풍에 귀를 기울여, 물받이통의 소리와 캐 리커처를 함께 연구해본다면, 물의 상상적 음성학의 모든 자매어 (doublet)를 찾는 데 끝이 없게 되리라. 모욕을 폭풍처럼 뱉어내기 위 해서, 그리고 물의 후음적(喉音的 gutturales) 욕설을 토해내기 위해서 는, 아랫입술이 두껍고, 뿔 모양의 돌기가 있으며, 입을 딱 벌린, 온 통 입뿐인 괴물 같은 형태를 물받이 홈통에 결부시키지 않으면 안 된 다. 물받이 홈통은, 이미지이기 전에 '소리' 였으며, 또한 적어도 돌 에서 스스로의 이미지를 곧바로 발견한 소리였던 것이다.

고통과 기쁨에서, 그 소란스러움과 조용함에서, 또 그 농담과 비 탄에서, 폴 포르(Paul Fort)가 말한 것처럼 샘은 확실히 '물이 되어가 는 언어(Verbe)'[8]인 것이다. 그렇듯 아름답고 순박하며 신선한 샘물 소리를 들을 때, 물은 '입에서 솟아나오는' 것처럼 생각된다. 결국 축축한 말의 행복을 모두 입 다물게 하지 않으면 안 되는 것인가? 하 지만 그렇게 되면, 축축함의 깊은 내면성을 나타내는 몇 가지 예문을 어떻게 이해할 수 있겠는가? 예를 들면, 리그베다의 찬가는 짤막한

---

8 《에르미타주 *Ermitage*》誌, 1897년 7월호.

문장으로 다음과 같이 바다와 언어를 연결시키고 있다. "바다가 언제나 물로 부풀어 있고, 언어가 항상 침(唾)으로 젖어 있듯이, 소마에 목마른 인드라의 가슴은 언제나 그것으로 채워져 있어야 할 것이다." [9] 유동성은 언어의 한 원리이며, 언어는 물로 부풀어 있지 않으면 안 된다. 말할 줄 알게 되자마자 트리스탕 차라(Tristan Tzara)가 말한 것처럼 '격렬한 한 떼의 강물이 메마른 입을 가득 채우는' [10] 것이다.

이완과 완만함이라는 넓은 간격을 갖지 않은 위대한 포에지란 존재하지 않으며, 침묵이 없는 위대한 시편도 존재하지 않는다. 물 또한 고요와 침묵의 전형인 것이다. 잠자며 침묵하는 물은, 클로델이 말한 것처럼, '노래의 호수'를 풍경 속에 자리잡게 하는 것이다. 호수 가까이에서, 시적 장중함은 더 깊어진다. 물은 물질화된 커다란 침묵처럼 사는 것이다. 펠레아스(Pelléas)가 "이상한 침묵이 늘 존재한다…… 물이 잠자는 것을 들을 수 있을 듯하다"(제1막)고 중얼거리는 것은, 멜리상스의 샘물 옆에서이다. 침묵을 충분히 이해하기 위해서는, 우리의 혼이 말없이 있는 '무엇인가'를 바라볼 필요가 없으며, 또 혼이 휴식을 뚜렷이 하기 위해서는, 잠자는 자연의 커다란 존재를 자기 가까이에 느낄 필요가 있는 것처럼 생각된다. 시와 침묵의 경계, 잠자는 물의 음향 속에서, 메테르링크는 가장 작은 목소리로 시(詩)를 썼던 것이다.

---

9 《리그베다》, 랑글로와 역, 제1권, p. 14.
10 트리스탕 차라, 《늑대들은 어디서 물을 마시나 *Où boivent les loups*》, p. 151.

II

　물은 또한 간접적인 목소리도 지니고 있다. 자연은 존재론적 메아리(échos ontologiques)로 울리고 있다. 존재들은 근원적인 목소리를 모방하면서 서로 대답하고 있는 것이다. 여러 원소 가운데서, 물은 가장 충실한 '목소리의 거울'[11]인 것이다. 예를 들면, 티티새는 맑은 물의 폭포수처럼 노래한다. 포위스(Powys)[*]는 그의 위대한 소설 《울프 솔런트 *Wolf Solent*》에서, 이러한 은유와 모음변이(母音變異 métaphonie) 때문에 고심한 것처럼 보인다. 예컨대 "티티새 소리의 특수한 억양에는, 세상의 어떤 소리보다 더 많이 공기와 물의 정령이 스며들어 있으며, 울프에게 늘 신비스런 매력을 느끼게 했다. 그것은, 물질계에서 나무 그늘로 덮여지고 고사리로 둘러싸인 연못이 내포하는 것을, 소리의 영역에서 내포하는 것처럼 생각되었다. 그것은 슬픔이 절망으로 화하는 영역의 보이지 않는 선을 넘어서지 않은 채 느낄 수 있는, 모든 슬픔을 그 속에 지니고 있는 것처럼 보였다."(p. 137) 티티새의 지저귐이 떨어지는 수정이나 스러져가는 폭포 소리라는 것을 내가 이해하도록 만든 이 페이지들을, 나는 정말 자주 되풀이해서 읽었다. 티티새는 가까운 물을 위해서 노래하는 것이다. 다시

11　트리스탕 차라, 앞의 책, p. 161.

* 　존 쿠퍼 포위스 John Cowper Powys(1872~1935) : 영국의 소설가이며 비평가, 대표작 《울프 솔런트 *Wolf Solent*》는 널리 알려져 있으며, 풍부한 상상력을 구사하여 인간 존재의 근원을 날카롭게 파헤친 작품들을 남겼다. T. F. 포위스의 친형.

뒷부분에서(p. 143) 포위스는 물과 티티새의 친족관계를 강조하면서, 티티새의 노랫소리 속에, "유동하고 신선하며 떨리는 소리로 된 그 선율적인 폭포가 고갈되어버리기를 바라는 것처럼 보인다"고 말하고 있다.

만약 자연의 소리 속에 의성어의 비슷한 반복이 없다면, 그리고 또 떨어지는 물이 노래하는 티티새의 억양을 다시 주지 않는다면, 자연스런 목소리를 '시적으로' 들을 수 없으리라고 생각된다. 예술은 반영(反映)을 바탕으로 가르쳐지고, 음악은 메아리를 바탕으로 가르쳐질 필요가 있는 것이다. 발명하는 것은 모방하는 것으로 이루어진다. 그때 우리는 현실성을 따르는 것이라고 믿지만, 인간의 입장에서 그것을 번역하는 것이다. 강을 모방하는 것으로 티티새 역시 좀 더 순수함을 투영하는 것이다. 울프 솔런트가 분명히 모방의 희생이며, 강 위쪽의 무성한 수풀에서 들리는 티티새 소리가 아름다운 게르다의 맑은 목소리라는 사실은, 자연스런 소리의 의태(擬態 mimétisme)에 더 한층 의미를 주는 것에 지나지 않는 것이다.

'우주' 속에서는 모든 것이 메아리이다. 만약 새들이, 몽상적인 몇몇 언어학자의 말대로, 인간에게 영감을 준 발성 주체(發聲主體 phonateur)라고 한다면, 새들 자신이 자연의 소리를 모방한 것이다. 부르고뉴와 브레스트 지방의 말투를 오랫동안 주의 깊게 들은 키네는, '물새의 콧소리 속에서 강가의 물결 소리를, 물의 헐떡거림 속에서 개구리의 울음소리를, 피리새의 울음 속에서 갈대의 휘파람 소리를, 프리케이트(3개의 돛대가 달린 쾌속 범선) 소리 속에서 폭풍의 외침'을 다시 발견하고 있다. 폐허 속의 지하실에서 울리는 메아리를 연상케 하는, 저 진동하며 전율하는 소리를, 밤의 새들은 어디서 얻어낸 것일까? "그렇기에 죽음 또는 활기에 찬 자연의 모든 억양은, 살아 있는 자연 속에서 자신의 메아리와 협화음(協和音 consonance)을 가지고 있는"[12] 것이다.

아르망 살라크루(Armand Salacrou)[13]도 티티새와 냇물 사이에 있는 음조가 좋은 친족관계를 재발견했다. 바닷새가 노래하지 않는 것을 지적한 후, 아르망 살라크루는 우리의 작은 숲의 노래가 어떠한 우연에 힘입고 있는 것인가를 자문한다. "나는 늪 가까이에서 자란 한 마리의 티티새가 목쉰 단속적(斷續的)인 소리를 자신의 선율이 뒤섞고 있는 것을 알아차렸다. 티티새는 개구리를 위해서 노래하고 있었던 것일까? 아니면 어떤 강박관념의 희생이었던 것일까?" 물은 또한 하나의 광대한 통일체이다. 물은 두꺼비와 티티새, 양쪽의 소리를 조화시킨다. 적어도 시화(詩化 poétisée)된 귀는, 근원적인 소리로서의 물의 노래에 따를 때, 엇갈리는 소리를 통일로 이끌어간다.

그러므로 냇물이나 강이나 폭포는, 인간이 태어날 때부터 자연스럽게 지닌 어떤 화법(話法 parler)을 지니는 것이다. 그것은 워즈워스가 말한 바와 같이 '인간성의 음악' 인 것이다.

---

12 "그런데, 인간이 작은 새의 아름다운 소리를 입으로 흉내 내는 것은 즐거운 노래를 불러 귀를 즐겁게 하는 것보다 훨씬 이전의 일이었다." (루크레티우스, 《사물의 본질에 대하여》, 제5권, 1378)

13 아르망 살라크루, 《무수한 머리 *Le mille têtes*》, 《엘리자베스 시대의 연극》에 수록. 조제 코르티刊, p. 121.

'인간성의 조용하고 슬픈 음악'

(서정적 발라드)

이렇듯 근원적인 공감으로 들려온 목소리가 어떻게 예언적인 음성이 아닐 수 있겠는가? 사물에 그 신탁적(神託的 oraculaire) 가치를 되돌려주기 위해서 가까이 또는 멀리서 소리를 듣지 않으면 안 되는 것인가? 사물이 우리에게 최면을 걸어야 하는 것인가, 아니면 우리가 사물을 응시해야 하는 것인가? 상상적인 것의 두 개의 커다란 움직임은 물체 가까이에서 생겨난다. 즉 자연의 모든 개체는 거인과 난쟁이를 낳으며, 물결 소리는 하늘의 광대함과 조가비의 파인 구멍을 가득 채우는 것이다. 이것은 활동하는 상상력이 체험하지 않으면 안 되는 두 개의 움직임인 것이다. 상상력은 다가오는 목소리 또는 멀어져가는 목소리를 의미하는 데 지나지 않는다. 사물들의 소리를 주의해서 듣는 사람은, 그것들이 너무 강하게 또는 너무 조용하게 말하려고 한다는 것을 잘 안다. 사물들의 소리를 듣지 않으면 안 된다. 벌써 폭포는 부서져 떨어지고, 냇물은 중얼거리고 있다. 상상력은 의음계(擬音係 bruiteur)로서, 소리를 확대하거나 아니면 둔하게 하지 않으면 안 된다. 한번 상상력이 역동적인 교감(correspondance)의 주인이 되면, '이미지가 참으로 말을 하게 되는 것이다.' 만약 "냇물 위로 몸을 기울인 한 소녀가, 그녀의 얼굴에서 '속삭이는 강물 소리에서 생겨난 아름다움'이 스쳐가는 것을 느끼는 다음과 같은 미묘한 시구"에 대해 곰곰이 생각한다면, 그러한 이미지와 소리의 교감을 이해할 수 있으리라.

'그리고 속삭이는 소리에서 생겨난 아름다움이

그녀의 얼굴 속에 스쳐가리라.'

— 워즈워스, 《3년마다 그녀는 자랐다》

이와 같은 말에 대한 이미지의 교감(correspondance)은 참으로 바람직한 교감이다. 괴로운 심령, 광란하는 심령, 텅빈 심령에 대한 위로는 냇물이나 강의 상쾌함에 의해서 도움받을 수 있으리라. 그러나 이 신선함은 '말해지지(parlée)' 않으면 안 되리라. 불행한 존재는 강물에 말을 걸지 않으면 안 되리라.

오! 친구들이여, 맑은 아침에, 냇물의 모음을 노래하러 오라! 우리의 최초의 괴로움은 어디에 있는 것일까? 우리는 다음과 같이 말하는 것을 망설였던 것이다……. 말없는 사물들을 우리 내부에 쌓아올리는 시간에, 괴로움은 태어나는 것이다. 그렇지만 고통과 추억에도 불구하고, 냇물은 당신들에게 말하는 것을 가르쳐줄 것이며, 장식적 문체(euphuisme)를 통해서 상쾌한 행복감(euphorie)을, 그리고 시편을 통해서 에너지를 가르쳐줄 것이다. 냇물은 순간마다 조약돌 위를 구르는 동그란 몇 마디 아름다운 말을 당신들에게 다시 이야기해 줄 것이다.

바슐라르 사상의 넓이와 깊이

― 물질적 상상력의 혁명

거의 우라늄의 발견에 비견되는 가스통 바슐라르의 문학적 상상력에 관한 일련의 탐구는 이제 우리나라에서조차 낯선 것이 아니다. 이미 소개된 몇몇 빛나는 논문들이 바슐라르 사상의 전체적인 모습을 바라보게 하는 데는 다소 미흡할는지 모르나 그의 사상체계의 뼈대를 이루는 기본적 요소들에 대한 정리는 어느 만큼 질서 있게 이루어놓았다고 볼 수 있을 것이다. 이른바 '상상력의 형이상학(形而上學)'이라고 불리는 바슐라르 철학의 중요한 의미를 캐내는 데에 일반적으로 다음 세 가지의 각도에서 다루는 것이 대체로 승인된 접근 방법인 것 같다.

첫째, 상상력이 투사(投射)되어 나타나는 4원소론(les quatre éléments), 둘째, 상상력의 작용 자체를 묘사하는 이미지의 현상학(la phénoménologie de l'image), 셋째, 상상력의 궁극성을 묘사하는 원형학(l'archétypologie)이 그것들이다.

그러나 이러한 세 가지의 국면이 따로따로 떨어져 생성된 것이 아니라 서로의 기능이 되는 복합적인 체계에서 전체적인 하나로서의 상상 현상으로 얽혀진 것이므로 어느 한 측면만의 지나친 강조는 바슐라르의 본질적인 생각에서 너무나 멀리 빗나가게 되고 말 것이다. 특히 오늘날 널리 알려진 4원소론에 관계된 상상력의 분석이 물, 불, 공기, 흙이라는 네 개의 기본적 물질에 따라 순차적으로 얽어놓은 이미지 유명론(唯名論)인 것처럼 파악하려는 태도는 지극히 자재로운 시적 문체 속에 담긴 상상력 이론의 껍데기만을 스치는 어떤 경직성을 드러내게 될 것이다. 그럼에도 불구하고 과학적 인식론의 추구에서 상상력의 형이상학으로의 변증법적 움직임을 따라가보는 것으로 그치게 될 이 글에서는 4원소론의 가장 핵심적인 알맹이 — 외부로부터 인간의 감각을 통해 알게 된 대상의 이미지가 어떻게 상상력에 의해 동적(動的)인 변화를 일으키는가를 드러내려는 '실체의 정신분석(la psychanalyse de la substance)'을 보다 자세히 더듬어보고 그에 따른 바슐라르 이해의 다양성을 시사하는 것으로 한정하고자 한다. 그렇게 함으로써 세 가지의 중요한 국면으로 전개되는 바슐라르 사상에 대한 열쇠를 거머쥘 수 있으리라 믿는다.

왜냐하면 상상력의 절대적인 힘을 발견하게 된 그의 원형적 요소들을 파헤침으로써 한 국면이 또 하나의 다른 국면을 필연적으로 내포하게 된 총체적 상상 현상을 또한 밝혀내는 것이 되기 때문이다. 4원소를 기초로 한 '물질의 상상력(l'imagination de la matière)'에 대한 바슐라르의 생각이 가장 뚜렷하고 계시적인 것으로 나타난 것은《물과 꿈 *L'eau et les rêves — essai sur l'imagination de la matière*》에서이다. 이 책에서 그는 우리 정신의 상상적 힘은 매우 다른 두 개의 축(軸) 위에서 전개된다고 말한다. 그 하나는 새로움 앞에서 비약을 찾는, 즉 회화적인 것이나 다양함, 예기치 않은 사건을 즐긴다. 또 하나의 상상적 힘은 존재의 근원을 파고들어가, 원초적인 것과 영원적인 것을 동시에 존재 속에서 찾아내고자 한다. 바로 이것을 철학적으로 표현한다면, 형식적 요인에 생명을 부여하는 상상력과 물질적 요인에 생명을 부여하는 상상력 또는 더 간단히 말하면 '형식적 상상력(l'imagination formelle)'과 '물질적 상상력(l'imagination matérielle)' 두 가지로 구분할 수 있는 것이다. 그리하여 시적 창조의 완전한 철학적 탐구를 위해서는 이 두 개념이 불가결한 것이지만 종래의 미학에서는 형식적 요인의 연구만이 행해지고 물질이 갖는 개성화의 힘이 과소평가되었다 하여 바슐라르는 특히 물질적 요인의 중요성을 강조한다.

바슐라르에 따르면 인간의 꿈은 본질적으로 물질적인 것이다. 우리의 꿈은 어린 시절에 탄생지에서 이미 물질화(matérialiser)된다. 고향이란 하나의 영역(étendue)이 아니라 차라리 하나의 물질인 것이다. 시냇물이나 강이 흐르는 곳에서 태어난 사람은 물에 의해 그의 무의식이 지배된다. 이러한 물질적인 꿈은 미학적인 차원이나 시적 세계에서뿐 아니라 철학적인 측면에서도 얼마든지 찾아볼 수 있다. 지적 사고는 물질적 꿈에 연결되어 있고 항구적 지혜(sagesse permanente)는 물질적 항구성(constance substantielle)에 그 근본 바탕을 두고 있다. 어떤 철학이 설득력을 지닐 수 있는 것은 그 속에 아주 자연스런 상상적 힘이 있기 때문이다.

결국 인간은 편애하는(favorite) 하나의 이미지, 하나의 원초적인 감정(sentiment primitif), 근원적으로 몽상적인 하나의 기질에 지배당하는 것이다. 그러므로 바슐라르에 따르면 한 인간의 믿음, 정열, 이상, 사고의 심층적인 상상 세계를 파악하려면 그것을 지배하는 물질의 한 속성으로 파악해야 한다는 것이다. 그리하여 그는 인간의 상상력을 근본적으로 물질적이라고 생각하면서 네 개의 기본적 물질인 물, 불, 공기, 흙으로 분류할 것을 주장한다. 사실 상상력의 영역에서는 불, 공기, 물, 흙 등 어느 것에 결부되느냐에 따라 여러 가지의 물질적 상상력을 분류하는 4원소의 법칙을 확립하는 것이 가능하다고 우리는 믿는다. 그리고 만일 우리가 주장하는 것처럼, 모든 시학이 물질적 본성을 갖는 분력(composante) — 그것이 아무리 미약한 것이라 할지라도 — 을 받아들여야 하는 것이라면, 시적 혼들을 가장 강력하게 결부시키는 것은 이와 같은 기본적인 물질적 요소에 의한 분류이다. 이처럼 4원소에 따라 모든 상상력을 도식적으로 분류한다고 해서 단순히 형식주의적인 발상으로 생각해서는 안 되리라. 사실상 과학 철학자 바슐라르가 물질의 상상력 쪽으로 기울어진 것도 모든 형식주의나 기능주의, 성급한 종합이나 관념적 추상에 대한 심한 부정(否定)에서 비롯된 것이기 때문이다.

그러면 그의 물질적 상상력의 원리에 대해 보다 구체적으로 알아보기 위해 물의 이미지 분석을 보다 자세히 살펴보기로 하자.

바슐라르에 있어서 물의 이미지는 크게 두 개의 유형으로 나누어진다. 무의식의 세계에서 물은 지배적이며 근본적인 요소이지만 그 근원은 언제나 동일한 것은 아니다. 우선 물은 대별해서 부드러운 물(l'eau douce)과 난폭한 물(l'eau violente)의 두 가지로 구분되어진다. 그러나 우리의 상상세계는 근본적으로 '부드러운 물'의 지배 아래 있다. 부드러운 물이 상상력에서 우월성을 갖는 것은 그것이 일상적(quotidien)이기 때문이다. 광대한 바다가 부드러운 물인 시냇물이나 강만큼 강하게 상상세계를 지배하지 못하는 이유는 사실상 사람이 그것을 접촉해보거나(toucher) 감지(sentir)할 수 없기 때문이다. 바다에 관한 이미지는 먼 바다에서 돌아온 사람들의 이야기(conte)의 영역을 넘지 못하는 허구적인 것, 다시 말하면 그것은 구체적인 물질의 영역에 들어오지 못하는 것이다. 부드러운 물에 의해 탄생되는 물의 상상세계는 다시 네 개의 형태로 구별해볼 수 있다. ① 물의 물질적 상상력(l'imagination matérielle de l'eau), ② 문화의 콤플렉스(complexe de culture), ③ 역동적 상상력(l'imagination dynamique), ④ 모성적 상상력(l'imagination maternelle)이 그것들이다.

첫째, '물의 물질적 상상력'은 인간이 직접 물과 접촉(contact)을 함으로써 어떤 관능미(sensualiste)를 느끼며 무의식의 세계가 근원적으로 물에 의해 물질화된 경우를 의미한다. 이것을 다시 세 가지 요소로 나누어 검토해볼 수 있는데, ① 봄의 물(l'eau pritannière), ② 깊은 물(l'eau profonde), ③ 복합적인 물(les eaux composées)이 그것들이다.

'봄의 물'은 맑은 물을 가리킨다. 그 물의 속성은 반영과 신성함이다. 그러므로 그것의 이미지는 거울을 이미지, 즉 나르시스의 이상화(理想化)작용을 말한다. 흔들리는 물에 비친 모습이 미완성적인 데

비해 나르시스의 모습은 완성에 대한 승화감(sublimation)을 일어나게
한다. 나르시스는 개체적인 것과 우주적인 두 양상을 지닐 수 있는
것으로, 고독한 상태의 이미지가 범자연적인(universel) 데까지 확대
되면 우주적 나르시스가 되는 것이다. '깊은 물'은 잠자는 물을 가리
키는 것으로 맑은 '봄의 물'에서는 물을 표면적인 넓이의 관점에서
본 데 비해 양(量)적인 깊이의 관점에서 바라본 것이다. 이 물은 어둡
다는 데 그 특징이 있다. 존재의 깊고 어두운 심연, 즉 죽음에 대한
이미지 — 깊고 움직이지 않는 죽음의 명상으로 나타난다. '복합적인
물'은 물과 다른 요소가 결합된 이미지를 말하는 것으로, 가령 물과
흙, 물과 불, 물과 공기 등의 결합을 들 수 있다. 물과 흙의 결합은 반
죽(pâte)의 이미지로, 물과 불의 결합은 알코올의 이미지로, 물과 공
기의 결합은 안개의 이미지로 나타난다. 알코올에서 불은 물보다 더
지배적인 상태에 있다. 또한 흥미 있는 것은 반죽의 이미지에서 볼
수 있는 것처럼 물질이 형태화한다는 점에서 매우 상징적인 의미를
지니기도 한다.

둘째, '문화의 콤플렉스(complexe de culture)'는 물리적인 물과의
접근에서 곧바로 물질화된 무의식의 세계가 아니라 책이나 전설, 또
는 신화(神話)에서 비롯된 이야기의 영향이 한 요소에서 무의식의
세계에 뿌리박은 상태를 가리킨다. 그것은 물질과 직접적으로 관계
를 맺지는 않으나 역시 근원적으로 인간의 상상세계에 뿌리를 내린
다는 점에서 물질적인 성격을 지니고 있다. 이 콤플렉스는 다시 카
롱의 콤플렉스(complexe de Caron)와 오피리아의 콤플렉스(complexe
d'Ophélie)의 두 가지로 나누어볼 수 있다. 카롱의 이미지는 카롱의

전설에서 비롯된 것이다. 이 콤플렉스는 카롱이 사람을 나룻배에 태워 저승으로 데려간다는 신화를 배경에 깔고 있는 것으로, 죽음에 의한 이별(absence)의 이미지를 가리키는 것이다. '깊은 물'에서 죽음의 이미지가 조용하고 고독한 관조 속의 죽음인 데 비해 카롱의 콤플렉스에 있어서 죽음의 이미지는 흐르는 물에 떠 내려가버린 이별 또는 떠남(départ)의 의미를 띠는 점이 다르다 할 것이다. 또한 오필리아의 콤플렉스는 카롱의 콤플렉스가 죽음에 대한 수동적 요소(élément accepté)라는 성격을 갖는 데 반해 그것이 갈망하는 요소(élément désiré)라는 점에 그 차이가 있다. 다시 말하면 오필리아의 콤플렉스는 보다 더 여성적이고 마조히스트적이라 할 수 있다.

셋째, '역동적 상상력'은 물의 물질적 상상력이 무의식 세계에서 그 상상력을 지배하는 물질에 머무르지 않고 더 능동적이 되어 인간의 의지력(volonté)을 지배하게 되는 경우를 가리킨다. 가령 '맑은 물'은 순수화에 대한 의지를 나타내는 물의 이미지의 좋은 예이다. 도덕적 순수화에 대한 의지는 그 시대마다 양상을 달리하는 사회적 현상이지만 그 근원에서는 맑은 물의 이미지가 자리잡고 있다는 것이다.

넷째, '모성적 상상력(l'imagination maternelle)'은 어머니 또는 다른 여성에 대한 추억이 무의식에 은밀하게 살아남아 있어 물에 대한 무의식적 갈망을 지배하는 것을 말한다. 이것은 어머니의 모유에 대해 알게 된 액체, 또는 유동성(fluidité)의 이미지가 무의식에 스며들어 그 상상세계를 지배하게 되는 결과인 것이다. 그러므로 이러한 상상력은 요람의 흔들림(bercement)과 직접적으로 연결된다. 이를테면 보들레르의 《여행에의 초대 *L'invitation au voyage*》에 나타나는 것과 같은 배의 흔들림의 세계, 또는 흔들리는 배 위에 누워 있는 사람이 하늘의 구름을 바라보게 됨으로써 꿈꾸며 날아가고 싶어하는 욕망을 일으키는 것은 모성적 상상력과 근본적으로 맺어져 있는 것이다. 물질로서의 물의 이미지에 대한 다소 번거로운 검토를 통해서 본 것처럼 바슐라르에서 '부드러운 물'의 우월성은 원초적이며 절대적인 것임을 알 수 있다. 그런데 '난폭한 물'은 부드러운 물이 상상력이나 무의식에 지배적인 요소로서 뿌리박힌 것과는 달리 인간의 의지력에 대한 적(敵), 또는 대립자로서 나타난다. 그것은 무엇인가를 정복하고 넘어서고자 하는 인간의 의지력에 대한 방해물(obstacle)이며 도전자(provocation)인 것이다. 노아의 홍수는 난폭한 물의 가장 좋은 예 가운데 하나로서, 이 홍수로 약한 자는 모두 죽고 강한 자만이 살아남게 되어 인간은 자신도 모르는 사이에 파괴되면서 강해진다는 교훈과 함께 위대한 힘을 얻게 된다. 이러한 난폭한 물은 부드러운 물의 경우와 마찬가지로 다른 요소와 결합되기도 하는데, 공기와의 결합은 파도로 나타나고 흙과의 결합은 지각변동이나 지진으로 나타난다.

이상에서 우리는 물을 테마로 전개되는 물질적 상상력의 여러 모습을 비교적 상세하게 더듬어보았다. 이렇듯 구체성(concrète)과 깊이(profondeur)에 기반을 둔 코페르니쿠스적 전회(轉回)의 검증들은 시와 과학을 상보적(相補的)인 것으로 일치시키면서 한편에서는 과학적 인식의 결함을 메우고 다른 편에서는 '메타퍼의 산문'인 시의 다이아그램(diagramme)을 작성함으로써 현대 프랑스 문학비평에 새로운 지평을 열게 한 하나의 객관적 기준을 마련해준다. 《물과 꿈》(1943)을 비롯한 일련의 물질적 상상력에 관한 획기적인 탐구 ―《로트레아몽》(1939), 《공기와 꿈 ― 운동의 상상력에 관한 시론》(1944), 《흙과 의지의 몽상 ― 힘의 상상력에 관한 시론》(1948), 《흙과 휴식의 몽상 ― 내밀성(內密性)의 이미지에 관한 시론》(1948), 《공간의 시학》(1967), 《몽상의 시학》(1960) 등은 바슐라르의 기본적인 방법 그대로 시와 과학을 기묘한 반대물로서 육화(肉化)시키는 정신분석학적 입장을 지키고 있다.

특히 《로트레아몽》은 그보다 앞서 내놓은 《불의 정신분석》에서 제시한 방법 체계를 한 사람의 시인 연구에 적용한 것으로, 그는 마치 정신과 의사가 환자를 정신분석학적 관점에서 다루듯이 작가의 정신분석이 아닌 작품의 정신분석을 시도한다. 그는 로트레아몽의 《말도로르의 노래 *Les chants de Maldoror*》에 나오는 185종의 동물 이미지에 대한 분석을 통해 공격 위주의 동물과 방어 위주의 동물을 나누어 그에 대한 고찰을 하면서 작품의 이미지는 먼저 우리가 상상으로 본 것을 묘사한 것으로 생각하고 그러한 이미지가 지닌 여러 형태의 콤플렉스를 캐내고 있다. 그러나 바슐라르의 기본적 방향은 한 사람의 시인이나 작품의 전체상을 알아내는 데 있다기보다는 개개의 이미지의 깊이와 빛남을 확인하는 데 있다고 보아야 할 것이다.

모리스 블랑쇼(Maurice Blanchot)의 다음과 같은 언급은 매우 날카롭게 핵심을 꿰뚫은 것처럼 보인다.

G. 바슐라르는 로트레아몽의 주목할 만한 동물 이야기를 작성했는데,
이 동물 이야기는 그 여러 결과를 분석의 영원한 하늘 속에 제출하고 있
다. 대단한 면밀함과 주의로 그 자체에서 평가되고 측정된 각각의 이미
지는 책의 어느 곳에서나 차용되고 있다. 이 책에 대한 다른 여러 이미지
와의 조직적인 비교를 통해 우리를 계발시키고 있는데 이것은 또한 이미
지가 말도로르라 부르는 유니크한 전체 속에 결합되는 순간에 대한 완전
한 무관심에서이다.

　　로트레아몽에서 나타내는 공격성이나 폭력을 그의 순수상태에서
이끌어내려고 함으로써 《말도로르의 노래》 같은 작품에 대해서도 이
와 같은 심층 부분의 접근 방법이 있을 수 있다는 것을 보여준 점에
서 비평의 진로에 새로운 가능성을 터놓은 것이다.

　　피에르 키에(Pierre Quillet)의 '바슐라르론'에 따르면, 《로트레아
몽》(1939)은 바슐라르의 저작 가운데서 '시간의 시학'에 상당하는 것
으로 《지속의 변증법 *La dialectique de La durée*》(P. U. F. 1938)을
상상적인 각도에서 다시 변형시킨 시인론이라는 것이다. 그것은 마
치 《불의 정신분석 *La Psychanalyse du Feu*》(N. R. F. 1938)이 《과학
정신의 형성―객관적 인식의 정신분석에의 기여 *La formation de
l'esprit scientifique: Contribution à une psychanalyse de la
connaissance objective*》(Vrin, 1938)의 한 주석(註釋)이라는 일반적
견해와 비슷한 관계이다. 아마도 이러한 두 개의 상반되는 계열, 순
수한 과학 인식론적 저작과 시적 상상력에 관한 《몽상》의 저작 사이
에는 다른 책들의 관계에서도 얼마든지 찾을 수 있는 것이다. 과학

인식론의 추구에서 상상력의 형이상학으로의 발걸음을 내디디게 된 동기에 대해 바슐라르 자신은 다음과 같이 고백한 일이 있다.

> 과학의 실제와 교육에서 철학으로 옮겼을 때 나는 기대한 것만큼 만족한 기분은 아니었다. 나는 스스로 불만의 이유를 헛되이 찾고 있었는데 어느 날 디종대학 연구실의 다정한 분위기 속에서 한 학생이 나의 '살균 처리된 세계'에 대해 말하는 것을 들었다. 이것은 내게는 하늘의 도움이었다. 바로 이것이었다. 인간은 살균 처리된 세계에서 행복해질 수 없다. 다시 한번 생명을 되살리려면 가능한 한 빨리 거기에 미생물을 번식시켜야 한다. 나는 시인들을 좇아 상상력의 문으로 들어갔다.

살균 처리된 세계에서 살 수 없었던 행복한 철학자 바슐라르의 지향이 그러므로 형식에 대한 물질의 독자성을 주장하는 데서 출발하여, 상상력의 역동성(力動性)과 수직의 축을 따라 생성하는 존재로서의 인간의 본질적 탐색을 거쳐 상상적인 것(l'imaginaire)이 내포하는 윤리적 가치의 확인에까지 이르는 것은 당연한 도정(道程)이었을지도 모른다. 그러나 바슐라르의 정신(animus)과 혼(anima)의 변증법적 활동이 이른바 좁은 범위에서 말하는 상상력 이론에 대한 해부만으로 쉽사리 드러나는 것은 아니다. 바슐라르에게 산다는 것은 생성하는 것, 순간마다 새로운 삶을 획득하면서 진행되는 것이기 때문이다.

그가 《순간의 직관 *L'intuition de l'instant*》(Stock, 1932)에서 베르그송의 '순간의 지속'이라는 시간 개념을 부정하면서 주장한 '비

연속적 순간'의 차원에서는 과거까지도 고정된 불변의 실체가 아닌 것이다. 그러니까 우리에게 끊임없이 새로운 미래가 가능할 수 있는 것은 '한없이 처음부터 몇 번이고 반복되는 고독' 또는 '모든 것을 다시 시작한다는 것, 씀으로 해서 살아간다는 것'이라고 말했을 때의 시간 본질에 충실한 삶의 실존적 팽팽함 속에서이다.

《공간의 시학 *La poétique de l'espace*》(P. U. F. 1957)에서 바슐라르는 그의 고향과 지나간 유년 시절의 추억을 지나치게 많이 이야기하는데, 이것은 단순히 노경(老境)에 들어선 자의 회상 취미에서 비롯된 것은 아니다. 그것은 과거 속에 살아 있는 추억의 '중심적 생명', '하나의 항구적인 이미지'에 가까이 가려는 노력의 표현이다. 다시 말하면 그것은 도달해야 할 미래, 이루어야 할 창조적 과제를 기술(記述)에 의해 붙잡으려는 것이다.

《공간의 시학》은 어떤 의미에서 바슐라르의 상상력 이론 체계에 중요한 전환점을 가져온 저작이라 볼 수 있다. 거기에서 그는 종래의 심리주의적인 방법을 전면적으로 부정하는 것은 아니지만 새로운 현상학적 방법을 채용하고 있다. 이러한 태도의 변화에 대해 그는 다음과 같이 쓰고 있다.

> 아마도 사람들은 질문할 것이다. "왜 이전의 입장을 바꾸어 지금 이미지의 현상학적 결정을 추구하려고 하는가"라고. 상상력에 관한 종래의 저작에서 우리는 사실 가능한 한 객관적으로 물질의 4원소(四元素), 직관적 우주생성론의 네 개 원리의 이미지 앞에 스스로 위치를 밝혀주는 것이 좋다고 생각했다. 과학 철학자로서의 습성에 충실하게 우리는 이미지

를 개인적 해석의 모든 시도 밖에서 고찰하려고 노력했다. 스스로에 대해 과학적 배려와 신중함을 갖는 이 방법은 차차 내게는 상상력의 형이상학을 세우는 데 불충분한 것으로 생각되었다. '신중한' 태도라는 것은 그것만으로도 벌써 이미지의 직접적인 역동성(力動性)에 따르는 것을 거부하는 것은 아닌가.

그러니까 결국 바슐라르가 현상학적 방법을 채택한 것도 '이미지의 직접적인 역동성(力動性)'에 보다 잘 따라가기 위한 것에 다름 아닌 것이다. 시는 정신과 엄밀히 구별되는 의미에서의 '혼(魂)의 현상학'이며, 혼은 하나의 시적 이미지에서 그의 출현을 이끌어낸다. 이미지가 전달되는 것은 그것이 독자의 혼의 깊이에 불러일으키는 울림(retentissement)을 통해서이다. 그리하여 그것은 우리 속에 깊이 뿌리박고 우리 언어의 새로운 존재가 되는 것이다. 좀 더 정확히 말하면 그것은 표현의 생성이기도 하며, 동시에 우리 자신의 존재의 생성이기도 한 것이다. 즉 표현이 존재를 창조하는 것이다. 이와 관련하여 그는 시적 이미지를 객체로 보는 비평의 객관적 태도는 울림(retentissement)을 제거하고 시적 형상이 거기에서 얻게 될 혼의 깊이를 거부한다고 지적하면서 마침내는 순수한 '승화(sublimation) ― 아무것도 승화하지 않는 승화' 라는 말로 시적 이미지의 자주성을 주장한다.

그리하여 바슐라르는 《불의 정신분석》 이래로 그가 계속해서 추구해온 주관의 축을 기점으로 한 작품에 접근하는 방법을 결정적으로 선택하기에 이르는 것이다. 그렇게 함으로써 그는 문학비평에 객관적 기준만을 내세우려는 형식적 이론적 정립에 대한 양심을 무너 뜨리고 스스로의 혼의 진실 편에서 작품에 접근하는 항구적인 원리 를 찾아내게 된다. 그런데 바로 이 점이 바슐라르가 현대 프랑스 문 학비평에 끼친 가장 혁명적인 측면이 아닐까?

바슐라르적 상상력 이론을 계승 발전시킨, 이른바 신비평의 기수 들 ― 장 피에르 리샤르(Jean Pierre Richard), 조르주 폴레(Georges Poulet), 장 스타로벵스키(Jean Strarobinski) 등은 말할 필요도 없고, 구 조적 비평의 스타로 알려진 롤랑 바르트(Roland Barthes), 심리 비평 이라는 분야를 개척한 샤를르 모롱(Charles Maron)까지도 엄밀한 의 미에서 바슐라르의 영향권 안에서 태어난 비평가들이라 할 수 있다.

가령 조르주 폴레가 그의 저서 《출발점 *Le Point de départ*》 (plon, 1964)에서 스스로의 방법론을 제시하면서 예술 작품은 외부에 서 파악할 수 있는 객관적 구조가 아니라는 사실을 말하고 있는데, 이러한 점은 바슐라르의 주장에 그대로 이어지는 것이다. 더욱이 폴 레는 작품에 나타나는 시간과 운동은 깊고 주관적인 것이며 내부에 생기는 발생론적인 것이므로 외부에서 작품의 역사나 초고(草稿)나 선행적 요소들을 연구함으로써 비평이 이루어진다고 생각하는 것은 잘못이라고 말하고 있다. 그는 또 이렇게 덧붙이고 있다.

사람이 예상하는 것과는 반대로 시간은 현재를 통해 과거에서 미래로 가 는 것도 아니며 미래에서 과거로 가는 것도 아니다. 지속(持續)이란 베 르그송이 믿었던 것처럼 의식의 직접 여건 등은 아니다. 우리에게 주어 진 것은 시간이 아니고 순간이다. 이 주어진 순간에서 시간을 만들어내는 것은 우리 자신에 달려 있다.

이와 같은 생각의 뿌리는 기본적으로 바슐라르의 '비연속적 시간', '시적 순간'의 이론에 근거한 것이다. 작품에 나타난 구조적 시간성과 공간성을 가장 큰 문제로 삼는 폴레의 경우에 바슐라르의 '지속의 변증법'을 그 중심적인 주춧돌로 기대고 있다는 것은 부인할 수 없으리라.

오늘날 프랑스 문학비평에서 이른바 테마 비평을 전개하는 비평가들 이외에도 저 철학사상 파격적인 시적 문체로 빛나는 상상력의 형이상학에 크게 영향받은 사람은 하나 둘이 아닐 것이다. 그만큼 바슐라르 사상의 넓이와 깊이는 폭넓은 확대와 심화의 가능성으로 열려 있다고 할 것이다.

이 번역의 텍스트로는 《*L'eau et les rêves-essai sur l'imagination de la matière*》(José Corti, 1979) 제12판을 사용했음을 밝혀둔다.

李嘉林

옮긴이 **이가림**

성균관대학교 불문과와 같은 학교 대학원을 졸업하고
프랑스 루앙대학교에서 박사학위를 받았다.
1966년 동아일보 신춘문예에 시가 당선되어
문단에 데뷔했으며 인하대학교 불문과 교수를 역임했다.
시집으로《빙하기》,《유리창에 이마를 대고》가 있고, 옮긴 책으로는
가스통 바슐라르의《촛불의 미학》,《꿈꿀 권리》, 알베르 카뮈의《시지프의 신화》,
장 콕토의《내 귀는 소라껍질》, 쥘 르나르의《홍당무》등이 있다.

물과 꿈

1판 1쇄 발행 1980년 4월 30일
2판 1쇄 발행 2004년 6월 30일
2판 9쇄 발행 2020년 1월 20일

지은이 가스통 바슐라르 ｜ **옮긴이** 이가림
펴낸곳 (주)문예출판사 ｜ **펴낸이** 전준배
출판등록 1966. 12. 2. 제 1-134호
주소 03992 서울시 마포구 월드컵북로 6길 30
전화 393-5681 ｜ **팩스** 393-5685
홈페이지 www.moonye.com ｜ **블로그** blog.naver.com/imoonye
페이스북 www.facebook.com/moonyepublishing ｜ 이메일 info@moonye.com

ISBN 978-89-310-0045-0 93860

◦ 잘못 만든 책은 구입하신 서점에서 바꿔드립니다.